insel taschenbuch 4663

Gabriela Ja

Die Herbstl

GABRIELA JASKULLA

Die Herbstköchin

Roman

INSEL VERLAG

FÜR KOLDO RODERO, OLAF UND DIE SCHÖNEN SCHWESTERN

Erste Auflage 2018
insel taschenbuch 4663
Originalausgabe

Vertrieb durch den Suhrkamp Taschenbuch Verlag
Umschlag: Rothfos & Gabler, Hamburg
Umschlagfotos: The Picture Pantry/Getty Images; shutterstock
Satz: Satz-Offizin Hümmer GmbH, Waldbüttelbrunn
Druck: CPI – Ebner & Spiegel, Ulm
Printed in Germany
ISBN 978-3-458-36363-7

Die Herbstköchin

PROLOG: DER TURM

Hinauf in den Turm, hinauf! Gianna läuft fast, fliegt. Nur ein paar Schritte, dann hat sie Joachim eingeholt. Joachim, der Gute, der Behäbige, der Schmied, der den Steinmetzen das Werkzeug anfertigt. Er verbringt die meiste Zeit allein in seiner Werkstatt, allein mit dem Feuer, allein mit dem Eimer Wasser, in die er die glühenden Spitzen der Eisen taucht, die Fugeneisen, Zahneisen, Spitzeisen. Je nachdem, wann Joachim die Eisen aus dem Feuer holt, je nachdem, wann er die Enden in das kalte Wasser drückt, dass es zischt und dampft, werden die Spitzen härter oder weicher. Eine zu weiche Spitze verformt sich, eine harte bricht. Das hat man im Gefühl. Der Schmied, obwohl träge und schwer, entscheidet in seiner Werkstatt in Sekundenbruchteilen. Hier aber lässt er sich Zeit. Hier stapft er vor ihr her auf eine enervierende Art und Weise.

Solong. Sein Spitzname. Weil er so lang und so breit ist. Und weil er so lange braucht für alles, außer fürs Schmieden.

Solong. Er dreht sich nicht nach ihr um. Das wäre auch schwierig; der Gang im alten Turm des Doms ist gewunden und schmal.

Solong muss sich beugen beim Hinaufsteigen. Er setzt seine Füße schwer und regelmäßig in den Sand. Rechts herum, rechts herum, rechts herum. Sie steigen und steigen. Auf einem Weg, den schon Hunderte vor ihnen, Tausende festgetreten haben. Der Turm ist der älteste Teil des Doms. Er gehört zu einem früheren Bau; er ist niedriger, gedrungener als die entschieden nach oben strebende gotische Prachtkathedrale, die sich weit über Regensburg erhebt. Der Turm lehnt sich an den späteren Bau an, demütig, wie es scheint, wie ein Diener. Und er hatte ja auch zu dienen, dient noch immer: Durch den Eselsturm wurden die Lasten nach oben geschafft, um weiterzubauen. Sechshundert Jahre dauerte es, bis der Dom fertig war – und seitdem haben die Steinmetze daran zu reparieren und brauchen ihn wieder, den Eselsturm.

Als Kind hat sich Gianna vorgestellt, dass hier wirklich Esel hinaufliefen, immer im Kreis in diesem ockerfarbenen, wüstenfarbenen Turm, der keine Stufen hat, sondern nur diesen Weg, eine Rampe aus Sand, rechts und links begrenzt von Wänden aus großen, geschichteten Steinen. Das verstärkt das Einerlei, das Gleichförmige der Schritte und der Farben, das hat kein Ende, das geht immer weiter, und Gianna nimmt den breiten Rücken Solongs bald nur noch als Fläche war, als schwarzen, gestauchten Rhombus, der steigt und steigt und dabei ein wenig nach links und ein wenig nach rechts schwankt – aber nicht zu viel, sonst stieße er an, sonst berührte seine Schulter die Steine. Jeder dieser Steine ist ein Unikat, jeder trägt das Zeichen des Handwerkers, der ihn geschaffen hat. Gianna hat früher mit dem Zeigefinger oft über die Zeichen gestrichen, es schienen geheimnisvolle Botschaften aus einer anderen Zeit, in einer Sprache, die niemand mehr versteht. Heute aber hat sie keine Zeit zu verlieren. Heute hat sie es eilig, sie will nach oben, denn oben – wartet Quirin.

Wie lange hat sie ihn nicht gesehen? Jahre nicht. Und doch steht er ihr vor Augen. Die Ruhe in seinem Gesicht. Die breiten Schultern. Das Haar, das immer staubig wirkte, auch wenn er es nach der Arbeit sofort wusch und zu kämmen versuchte: Staubhaare, die sich sogleich erneut störrisch aufrichteten. Seine kräftigen Hände – wenn er sich ungeduldig über den Kopf fuhr, sah man die Adern an den Unterarmen hervortreten. Wenn er merkte, dass sie ihn beobachtete, wandte er sich ab, verlegen, ein wenig ungehalten. Dann sah sie seinen massiven Rücken, die überraschend schlanken Beine, die seltsam schwere Anmut, mit der er sich bewegte. Es kribbelt, wenn Gianna daran denkt. Es kribbelte immer, wenn Gianna daran dachte. Aber sie hatte nicht genug nachgedacht, sie war immer nur voraus gewesen, Quirin voraus, ihrem Leben voraus. Damit war nun Schluss. Sie war zurückgekehrt.

Gianna treibt Solong zur Eile an.

Bitte!

Die Dringlichkeit in ihrer Stimme überrascht sie selbst. Solong macht eine beschwichtigende Geste. Es geht ja nicht schneller. Gianna hatte sich nur kurz gewundert, als Quirin diesen Treffpunkt vorschlug. So viel Romantik hätte sie ihm gar nicht zugetraut. Aber, gesteht sie sich beschämt ein, sie hat ihm vieles nicht zugetraut, sie hat ihn immer unterschätzt im Vergleich zu seinem Bruder, dem älteren, dem hemmungslos attraktiven Damian. Quirin ist anders, stiller. Macht nicht so viel Wind. Steht aber im Sturm. Wie hat sie ihn so lange so nachlässig behandeln können?

Solong trägt ihren Korb. Das hat er sich nicht nehmen lassen. Im Korb ist eine Flasche Wein, sind Weintrauben und Brot. Dunkles Roggenbrot, das ein wenig nach Nüssen schmeckt und nach Brand, dazu katalanischer Rotwein, nicht zu schwer, nicht zu leicht. Sie hatte sich Zeit gelassen bei der Auswahl. Nie war es ihr schwerer gefallen, nie war sie unsicherer und umsichtiger gewesen. Sie hat über sich selbst lachen müssen: Ist sie nicht der Profi, die Köchin, die Küchenchefin, erfahren, gewitzt durch Niederlagen und Triumphe in etlichen Ländern? Und doch: Es soll alles stimmen bei diesem Wiedersehen.

Nur noch ein paar Schritte, dann sind sie oben. Dann wird Solong eine niedrige, schwere Tür öffnen und ihr den Zugang ermöglichen zum neuen Turm. Und dann wird er ihr den Vortritt lassen auf die Galerie. Die Galerie verbindet die beiden mächtigen Türme des gotischen Doms. Von unten ist sie nicht einzusehen, von oben hat man den phantastischsten Blick auf die Stadt. Eine feine, steinerne Terrasse ist das, ein Balkon für den lieben Gott. Spielzeugklein unten die Menschen, hingewürfelt die bunten Häuser der Altstadt. Jetzt aber, am Abend, nur ein Lichtergefunkel, bescheiden gegen das des Himmels. Jetzt sind sie da. Schwerfällig schiebt Solong sich zur Seite. Warum schaut er sie so ernst an, ja besorgt?

Gianna, hör mal …

Er will ihr noch etwas sagen, er will sie, so scheint es, auf etwas vorbereiten. Will er sie etwa warnen? Wovor? Vor dem Übergang zwischen den Türmen, der immer noch eine Baustelle ist? Ein paar Meter Bretter und Eisengerüst, und durch die Lücken rauscht die stete Gegenwart der Stadt? Oder will er sie warnen vor dem Mann, den sie doch so gut kennt, so gut, glaubt sie, wie keinen? Quirin, das ist wie Heimkommen, sie weiß das, auch, wenn sie ihn lange nicht gesehen hat, auch, wenn sie ihn verlassen hat – nicht einmal, viele Male. Aber Quirin ist keiner, der zählt oder abrechnet. Quirin war immer nur schönste Gegenwart, rau und hell, so wie der Stein, mit dem er am liebsten arbeitet: grauer Granit, selten geworden in der Gegend. Sie hatte ihm den Staub von der Stirn geküsst, aus viel zu früh gewachsenen Falten. Er hatte gelacht und gesagt:

He, das ist nicht nötig, glaubst du, in der Dombauhütte gibt es kein Wasser und keine Seife? Aber sie hatte darauf bestanden, weiterzumachen, wie eine Katze hatte sie sein Gesicht geleckt, mit ihrer spitzen, kleinen, harten Zunge, und irgendwann hatte auch er sich in eine Katze verwandelt, einen Kater allerdings, einen sehr gefräßigen – so hatten sie gespielt. Und dann war sie gegangen. Immer wieder. Und er war geblieben. Immer. Lange her. Sie reißt sich zusammen. Der Blick von Solong, seine Geste: Geh schon!

Sie betritt den Raum zwischen den Türmen. Unter ihr der Bretterboden des Gerüsts und darunter, in siebzig Metern Tiefe, die Stadt. Die Baustelle verbindet die beiden Türme, und da, beim anderen Turm, ist das Geviert der Galerie. Sie sieht einen niedrigen Tisch, ein Meer von brennenden Kerzen, und da ist endlich Quirin.

Gianna macht einen Schritt, will auf ihn zulaufen, will seinen Namen rufen, will wieder zwanzig sein oder, ach was, fünfzehn, will rufen, dass alles wieder gut ist, dass sie sich freut, dass – aber er steht nicht auf, um ihr entgegenzugehen, er dreht sich nicht einmal um, er …

Regensburg im Herbst

1. SONNENFÄNGER

Sie kann die Geschichte erzählen, als ginge es um Fremde. Oder jedenfalls um andere. Und immer schön der Reihe nach. Hauptfiguren? Vier. Vor allen anderen das Mädchen Gianna. Zu Beginn der Geschichte zwölf oder dreizehn Jahre alt. Von ihren sizilianischen Großeltern hat sie den dunklen Teint. Wie ein zarter Hefeteig, in den ein wenig Safran und ein paar Mandeln geraten sind, sagt ihre Großmutter, die Bäckerin, die es gut mit ihr meint. Zart? Die? Sie hat ein heftiges Temperament, sagt ihre Trainerin. Sie ist eine schlechte Verliererin, meinen ihre Mitspielerinnen, die es missbilligen, wenn Gianna wieder einmal aus dem Kasten stürzt und zur Not foult, statt zu bleiben, wo ein anständiger Torwart hingehört und auf Glück hofft. Gianna, Torhüterin des FFC Donau, verlässt sich lieber auf ihre flinken Füße und auch mal eine schnelle Faust. Nach der gelungenen Aktion, wenn die gegnerische Spielerin sich fluchend wieder erhebt, steht Gianna schwer atmend vor der Schiedsrichterin, taub für deren Ermahnungen – und sieht in ihrem Zorn und ihrer Ungeduld hinreißend aus. Findet Quirin.

Quirin, die zweite Hauptfigur dieser Geschichte. Quirin zeichnet Gianna heimlich während der Spiele. Er zeichnet auf der umgedrehten Pappe der Pommes frites, die er notgedrungen bei jedem Heimspiel in sich hineinstopft. Quirin zeichnet gut, was daran liegt, dass er es ständig tut, aber weil er so viel von Gianna festzuhalten hat, muss er sehr viele Portionen Pommes vertilgen, und das tut seiner Figur nicht gut. Quirin also, ein vorerst dicklicher, gutmütiger Junge, der immer nur *mhm, mhm* brummt, wenn ihn eines der anderen Kinder fragt, ob es etwas von den gelben Kartoffelschnitzen abhaben könne, und *mhm, mhm* kann bei Quirin alles bedeuten, also fassen es die anderen Kinder als ein Nein auf, rennen davon und haben ihn im selben Augenblick vergessen. Quirin nimmt das hin, so, wie er vieles hinnimmt – auch, dass dieselben Kinder, die samstags um Pommes frites betteln, ihn am Montag einen Versager nennen oder Schlimmeres: Sie geben vor, sich nicht mehr an seinen Namen zu erinnern und rufen ihm dann die erstbesten beleidigenden Spitznamen zu, die ihnen einfallen: Pummel! Fetti! Monster! So lernt Quirin früh, schnelle Einfälle zu fürchten – und Gruppen, die sich einig sind.

Damian, der ganz andere. Die dritte Person in dieser Geschichte. Damian ist Quirins älterer Bruder, aber kein Mensch weiß, wer der Familie diesen schönen Kuckuck ins Nest gelegt hat. Nein, eigentlich kein Kuckuck, sondern eher ein Raubvogel, ein Habicht vielleicht oder, noch besser, ein Turmfalke. Tatsächlich liebt Damian Vögel fast so sehr wie seine Unabhängigkeit, aber es wird eine ganze Weile dauern, bis die Tiere und Damian zueinanderfinden. Bis dahin ist Damian vor allem immer fort – fort, wenn ihn sein kleiner Bruder bräuchte, fort, wenn die Mädchen, die ihn gestern auf der Party *interessant* fanden, heute in der Schule auf einen Blick, eine Bemerkung von ihm hoffen, fort, wenn Giannas Vater Lukas eine weitere Aushilfe zum Kellnern in der Klosterschänke braucht. Denn da treffen sich die drei, immer wieder.

Die Klosterschänke mit ihren üppigen Speisen und gescheuerten Bänken, den altmodischen Butzenscheiben und den schwer atmenden Bedienerinnen, die Sommer für Sommer wechseln. Die Schänke, in die die Besucher der absonderlichen kleinen Kirche, amüsiert und verwirrt nach den kurzweiligen Führungen, einkehren, um sich dann, wenn die Rechnung beglichen ist, mit einem letzten Glas in der Hand, an die Donau zu begeben und zu schauen. Das ist hier der Brauch.

Die Donau. Sie ist die vierte Hauptfigur dieser Geschichte, obwohl sie uns zwischendurch abhandenkommen wird. Aber wer die Donau einmal erlebt hat, dem bestimmt sie alles. Die Donau gibt den Rhythmus vor, sie wählt die Farben; der Donau mit ihrem eleganten Eilen entkommt keiner.

Die Donau, das ist kein gemütlicher, träger Fluss, an dessen Ufer Seerosen gedeihen könnten, kein ordentlicher, kontrollierter Kanal – die Donau ist ausladend, gewunden, sie biegt sich in weiten Schleifen von ihren Quellen im Schwarzwald bis zur Mündung ins Schwarze Meer und wird dabei breiter, stattlicher, aber auch immer schneller, rasanter, schneidiger. Die Donau fließt nicht, sie eilt auf ganz eigene Weise: von West nach Ost, während die anderen, die anständigen Flüsse, von Nord nach Süd fließen oder umgekehrt. Die Donau aber liegt quer. Sonnentrotzerin!, so nannte sie Herodot, weil sie dem Sonnenaufgang entgegenströmt. Sonnenfängerin wäre richtig, denn natürlich hat der Fluss es auf die Sonne abgesehen, auf jeden Strahl, jeden Funken, aber es gibt, meinen Menschen, die auch die Wolga kennen, den Don, die Weichsel und die brave, graue Elbe, keinen Fluss, der mehr Glanz und Glamour entfalten kann als die Donau.

Die Donau, sagte Gianna, ist eine Bestimmerin.

Die Jugendlichen, die entlang der Ufer leben, haben sich längst damit abgefunden. Vielleicht versteht man die Donau zwischen vierzehn und zwanzig sowieso am besten, versteht ihren fortwährenden Aufruhr, ihre Ungeduld, ihre Sehnsucht nach Licht, nach dem Fortkommen. Die Donau sagt allen: Es ist möglich. Deshalb erweisen die Jugendlichen dem Fluss ihren Tribut. Auch Quirin und Damian pflegen das Ritual: In jedem Frühjahr kaufen sie sich neue Sonnenbrillen. In ganz Europa erwerben Jugendliche eiserne Schlösser, ritzen ihre Namen und die ihrer Liebsten hinein und ketten sich auf diese Weise an Brückengeländern fest. So krallen sie sich an die Dauer. Nichts wäre den jungen Leuten von Regensburg ferner: Sie kaufen im Frühjahr die neuesten Modelle in den Brillenläden der Gegend – um sie am Ende der Saison in den Fluss zu werfen. So viel gesehen, soll das heißen, nun ist es genug. Und dann verschließen sich Fluss und Himmel, die Wochen des Nebels und des Regens beginnen, und so ist es dunkel und verhangen, dass im März eine allgemeine große Unruhe die Städte und Dörfer der Oberpfalz erfasst, ein geradezu gefährliches Rumoren und Fragen: Wann kommt das Licht? Wann verbünden sich wieder Sonne und Fluss? Und dann rüsten die Optiker vergnügt wieder auf.

2. NETZE

Es war verlässlicher Frühling. Die jungen Leute gaben sich wieder viel Mühe mit den Brillenmodellen, ganz so, als stünde neben dem Sommer auch eine Sonnenfinsternis bevor und es käme darauf an, empfindliche Augen zu schützen. Es war aber kein Himmelswunder zu erwarten, sondern ein Flussspektakel: die Donau im Mai. Dafür rüsteten sich die Jugendlichen. Sie fanden sich in kleinen, losen Gruppen am Flussufer ein und – taten nichts. Außer, sich zu zeigen. Einander und dem Fluss. Und der Fluss ließ sich nicht lange bitten und strahlte und leuchtete, während die Ulmen und Buchen am Ufer mit ihrem frischen Grün die Kontraste noch verstärkten und der Himmel über der bayerischen Stadt zeigte, was er konnte. Die tumberen Jugendlichen, solche, die keine vernünftigen Sonnenbrillen ergattert hatten, weil sie sich zu spät entschlossen hatten, versuchten, so zu tun, als bräuchten sie keine Brillen, als machte ihnen das Gleißen und Glimmen nichts aus.

Scheißhimmel!, sagte Damian, während er lässig auf einem Grashalm herumkaute. Sie lagen zu dritt im Gras: Quirin, Gianna und der Ältere, Selbstbewusstere. Eigentlich standen sie eher im Gras, so steil war die Wiese, die sich hinter der Klosterschänke aufwölbte, und so schauten sie über den Wald in den Himmel, den Donauwald, der jetzt als messerscharfe Kante zusätzlich in die Augen schnitt.

Sei doch froh, murmelte Quirin leise, ist doch ganz schön hier.

Er mochte es nicht, wenn Leute an dem herumkrittelten, was war.

Schön? Damian lachte höhnisch. Du bist so ein Gimpel! Wahrscheinlich magst du auch Zwiebeltürme und weiße Dorfkirchen?

Quirin wusste nicht, was er dazu sagen sollte.

Ist das jetzt irgendwie wichtig?

Er kannte seinen Bruder. Der brauchte nur jemanden, um sich auszuprobieren. Um seine scharfe Zunge zu wetzen. Zwiebeltürme, so beschied der ihn prompt, waren das Letzte. Ungekonnte, unbeholfene, unausgewogene Dinger! Wie Schrauben mit untauglichen Muttern dran. Die drehen sich nur ein kleines bisschen in den Himmel, und dann geben sie schon auf …

Gianna lachte. Solche Überlegungen gefielen ihr.

Das wiederum missfiel Quirin. Also widersprach er. Redete von Ausgewogenheit und Proportionen und merkte gar nicht, dass Damian ihn provozierte.

Ach, Quatsch – Proportionen!, fuhr Damian also fort. Denk mal an den Dom, an die gotischen Kirchen. Die sind Spitze: Die zeigen dem Himmel wenigstens einen Stinkefinger, und zwar gewaltig …

Du bist so ein Idiot …

Nach einer Weile streckte Gianna die Arme aus. Mit ihrer linken Hand griff sie nach Damian, mit der rechten nach Quirin.

Lasst gut sein, bestimmte sie. Und da hielten die Jungen still, schon allein, damit Gianna die Hand nicht fortnähme, und lehnten sich wieder an die Wiese und sahen von oben nun sicher aus wie Jesus mit seinen Lieblingsjüngern, wobei Gianna dann der Jesus gewesen wäre. Über diese Idee musste Quirin lachen, und Damian und Gianna lachten über ihn, weil ihm fortwährend Sachen aus der Kunstgeschichte einfielen. Und schon hatten sich die Jungen wieder einmal von Gianna besänftigen lassen. Einerseits.

Wieder an der Donau, Jahre später, waren die drei zusammen, verloren sich hier aber unter den vielen, verloren sich im Ritual. Die anderen Jugendlichen nickten sich beifällig zu, wenn sich beim Schlendern ihre Wege kreuzten, während die Lässigsten unter ihnen sowieso nicht umherspazierten, sondern Baumstümpfe, die das letzte Hochwasser hinterlassen hatte, wie Sessel zum Herumlungern benutzten, als befänden sie sich nicht am Fluss, sondern in der Wartehalle eines Flughafens, als hätten sie Zeit und seien sowieso nur zufällig hier vorbeigekommen und bestellten vielleicht gleich den nächsten Cocktail. Diese Privilegierten warteten, dass die anderen vorbeidefilierten, um dann mehr oder weniger huldvoll zu grüßen. Blieben die Flaneure zu lange, wurden sie von einer ungeduldigen Hand weitergewedelt. Komm schon, lass gut sein!

Bei diesem Ritual profitierte Quirin zweifellos von Damian, dem Älteren, von Damian, dem Schönen. Wenn man *Damian-der-Ältere* sagte, klang das schon nach einer antiken Skulptur, und da Quirin so viel zeichnete, wusste er, was da alles mitschwang: weißer Marmor, schöne Gesten, Erhabenheit. Dass

Damian schön war, konnte Quirin neidlos anerkennen. Schönheit war etwas zum Zeichnen, es gefiel ihm, Schönheit gab ihm, dem Dicklichen, Unansehnlichen, immerfort Schwitzenden, etwas zu tun. Und außerdem, wo Damian war, war Gianna nicht weit. Damian duldete das Mädchen inzwischen mehr oder weniger in seiner Nähe, vielleicht, weil er es ansehnlich fand, vielleicht nur, weil er bei Giannas Eltern sein Taschengeld aufbessern konnte. Wer wusste das schon?

Quirin hingegen musste Gianna immerfort anschauen. Offen, direkt. Quirin versteckte sein Schauen nicht, er hätte auch nicht gewusst, wie das geht, sich verstellen. Das verwirrte ihn, und am meisten verwirrte es ihn am Fluss. Worauf sollte er sich jetzt konzentrieren? Auf das braune Mädchen, das mit den langen übergeschlagenen Beinen am Ufer saß und gedankenverloren den Schorf von einer Wunde am Knie pulte? Oder auf den Fluss, der sein Recht forderte, der sich rauschend und sprudelnd holte, was ihm zustand: alle Aufmerksamkeit?

Das überforderte Quirin, und so suchte er seine Zuflucht in dem, was er am besten konnte: Er zeichnete. Und abends legte er die feucht gewordenen Blätter in eine Mappe und fand, dass selbst die nach dem Fluss rochen; eine eigentümliche Mischung aus Graphit, Feuchtigkeit und eigener Anstrengung. Das schlug ihm beruhigend entgegen, wann immer er die Mappe öffnete.

Am liebsten war es Quirin, Gianna in der Schule zu beobachten. Da fiel es nicht auf, wenn er zeichnete. Außerdem war Damian, der eine höhere Klasse besuchte, nicht in der Nähe. Die Schule ließ Quirin in Ruhe, deshalb ging er gern hin und wurde, sozusagen aus Versehen, ein guter Schüler. Als ihn doch einmal eine Referendarin ermahnte, den Zeichenstift beiseitezulegen, sagte er ernst:

Aber das geht zusammen, zeichnen und zuhören. Das eine ist innen, das andere kommt von außen.

Die Mitschüler lachten, als hätte Quirin einen Witz gemacht – nur Gianna nicht.

Gianna saß ihm gegenüber im Klassenraum, auf der anderen langen Seite des U, auf einem U-Arm, wie Quirin das sah und wie er ihn manchmal zeichnete – dann mit Federn und bunten Ästchen und kleinen Lampions daran – oder manchmal mit einem phänomenalen Raketenantrieb, der sie weit weg bringen würde, Gianna und ihn.

Gianna saß da, jetzt im Frühjahr mit einem einfachen T-Shirt, so dass man auf den bloßen Armen all die Schrammen und blauen Flecken, die sichtbaren Spuren von den Kämpfen am Wochenende gut erkennen konnte, und Quirin versuchte sich unauffällig an einer Skizze. Gianna selbst bildete die Leinwand, mit bunten Farbklecksen darauf und einigen heftigen Strichen kreuz und quer über den Armen; Gianna, ein verletzter, aber stolzer Vogel, der auf seinem gezeichneten Astarm Platz nähme, um sich einen Moment auszuruhen. Bald würde sie mit ihrem Schnabel durchs Gefieder fahren, heftig, ungeduldig, dann würde sie sich sträuben und plustern, um schließlich ihn zu entdecken, ihn, der unscheinbar, aber geduldig unten am Baumstamm zu ihr aufsah und sie bewunderte, und dann würden sie zusammen auffliegen und weg sein. Für immer.

Dabei wollte Quirin gar nicht weg, er hätte auch gar nicht gewusst, wohin. Aber Gianna verleitete ihn zu seltsamen Träumen. Manchmal brachte ihn das gegen sie auf, meistens aber nicht. Er nahm es hin, wie das Wetter, wie die Donau, wie die Stadt, in der er geboren war und die ihm mehr als genug schien für ein Menschenleben. Schließlich war Regensburg ja nicht eine Stadt, sondern ganz viele. Das eine baute auf dem anderen auf. Regensburg war eine Burg, aufeinander getürmte Geschichte, und in ein paar Jahrhunderten würden auch die Baumärkte und Tankstellen an den Ausfallstraßen Teil dieser ewig wachsenden Burg sein und die Autos vielleicht der Mörtel darin.

Quirin schaute einen Augenblick auf sein Blatt, dann nahm er einen härteren Bleistift und strich alles wieder aus, schwärzte alles: Er wollte keine Bilder von Vögeln zeichnen, er wollte aus Gianna keinen noch so schönen Bussard oder Habicht machen, denn Vögel waren Damians Sache, darin war er ganz groß – und wenn Quirin etwas nicht wollte, dann war es, dass Damian ihm und Gianna in die Quere käme. Gianna und ihm. Ihm und Gianna. Er nahm ein neues Blatt, wischte die Graphitkrümel vom Tisch, begann von vorn.

Eigentlich war sich Gianna nur nervös mit einer nicht ganz sauberen Hand durch die dicken Haare gefahren, immer, wenn sie aufgerufen wurde, ließ sie die Hand dann im Haar, als gäben ihr die dicken, langen, glänzenden Strähnen Halt, und antwortete auf die Fragen irgendeiner Lehrerin, deren Namen sich Quirin auch nach einem Jahr Unterricht nicht merken konnte. Die Lehrer behandelten ihn stets mit Nachsicht; der dickliche, stille Junge, der überraschend gute schriftliche Arbeiten abgab, störte ja nicht.

Um Giannas Haargepluster genau zu sehen, musste Quirin sie beobachten, und er merkte, wie ihn das erregte, diese roten Striche auf den braungebrannten, sehnigen Armen. Er stellte sich vor, dass sie ihn mit diesen Armen umfasste, und dann musste er den Blick abwenden, weil ihm das Ganze Tränen in die Augen trieb.

Quirin war ein seltsamer Junge. Fanden alle. Fand selbst Gianna. Die sich aber nicht damit begnügte, ihn seltsam zu finden, sondern die ihn ihrerseits beobachtete. Die Jugend, ein Gewirr aus Beobachtungen, aus Linien, die kreuz und quer hin- und hergingen, ein Knäuel aus Aufmerksamkeit, Kontrolle, Sehnsucht und Angst.

So sah Quirin das, der natürlich bemerkte, dass sie ihn ebenfalls beobachtete, so wie sie wusste, dass er sie im Auge behielt – nur, dass Gianna daraus andere Schlüsse zog. Sie bezog die Blicke nicht auf sich persönlich. Sie sah sich eher als Teil dieses Blicke-Netzes, als Fußballspielerin hatte auch sie Linien im Kopf, so, wie sie auf dem Fußballplatz die Schritte ihrer Mitspielerinnen, ihre Laufwege verlängerte zu Strichlinien, die sich kreuzten, die sich gegenseitig aufhoben, die sich verlängerten und auf sie zukamen, unaufhaltsam, auf die sie reagieren musste. Aber erst, wenn es Zeit war! Morgen wieder Training. Gianna vergaß Quirin für einen Augenblick.

Sie mochte keine voreiligen Schlüsse ziehen. Sie ließ sich Zeit mit dem Zurückschauen und damit, zu einer Meinung zu finden. Und zwischendrin pfiff sie sich eines. Das war ihr Markenzeichen, ungewollt. Sie pfiff gern leise vor sich hin. Oder summte, wenn sie sich besonders wohlfühlte. So war es auf dem Platz: Torwarte haben normalerweise alle Zeit der Welt. Gianna konnte lange zusehen, wie sich ein Spielzug entwickelte, wie sich ein Angriff aufbaute, wie schließlich irgendeine zentrale Mittelfeldspielerin eine Mitspielerin ausmachte, die nach links ausbrach, nach vorn durchkam und dieser passgenau eine Flanke zuspielte – und dann, ja dann, musste der Torwart aus seiner Stille heraus, musste die stumme Anspannung in federnde Energie verwandeln, musste den Moment des Schusses vorausahnen, lange bevor der Ball tatsächlich abhob, musste Winkel, Geschwindigkeit und Flugbahn sehen, musste den Weg, den die Kugel gleich, sofort, durch die Luft schneiden würde, verlängern und da, am Ende der Schussbahn, mussten seine fangbereiten Arme und Hände sein und sich formen – formen zu einem runden, scheinbar weichen Becken, einem Nest, in das sich der Ball unwiderstehlich senkte, und dann kam er tatsächlich angeflogen, angerauscht, und nichts mehr war Berechnung, sondern alles Rennen und Hechten und Fauchen und Sprung!

Und manchmal fraß Gianna Staub, wie die anderen sagten, und damit hatten sie recht, auch wenn der Staub meistens Matsch war, schwerer Lehm, der nach Feuchtigkeit roch, Gianna schwor: nach dem Fluss, nach der Donau. Die Gegenspielerinnen sagten: nach Tod! Und zeigten der Torwartin heimlich den Mittelfinger, wenn die sich mal wieder zu viel rausgenommen hatte.

Bei Giannas Paraden stand Quirin ganz still. Er hatte, wenn sich die gegnerischen Spielerinnen näherten, längst aufgehört zu zeichnen, das hielt er nicht aus, diese konzentrierte Spannung, die Geschwindigkeit, das Unausweichliche daran, die Passivität, zu der seine Gianna verurteilt war, bis sie emporschnellte, sich zur Seite warf, dem Ball entgegenhechtete, rücksichtslos, brachial – und doch mit der Eleganz eines Tieres, das den einen Moment erwischt, um aus seinem Käfig auszubrechen.

Wenn sie fiel, wenn sich um sie herum die gegnerische Wut und Angriffslust ballte, dann hielt Quirin den Atem an, dann schrie er bisweilen laut auf, laut und gequält, so dass die anderen lachten, weil sie glaubten, er habe ein Tor sehen wollen, wo keines war – dabei sah er doch immer nur Gianna.

Am meisten Angst hatte er um ihre Hände. Quirin wusste, wie gefährdet die bei einem Torwart sind. Oft beobachtete er nur ihre Finger, die lang und sehnig waren, die schon ein paar Narben aufwiesen – und zeichnete Hände und Hände … So, wie die anderen Gianna drohten, so sehr baute er einen Schutz auf, zeichnend. Der half aber nicht immer, schon rasten die Feinde wieder auf das Tor zu, würden, wie es schien, das Mädchen im Kasten gleich umrennen! Quirin kannte die Regeln, ungefähr jedenfalls, aber in solch einem Augenblick des Sturms konnte er nicht glauben, dass sich die Angreiferinnen wirklich daran halten würden, dann begann er innerlich zu zittern und zerbiss vor Aufregung den Bleistift, den er sich achtlos in den Mund geschoben hatte. Ein guter Bleistift, Härte 4B, eigentlich hätte man von *Weiche*, nicht von Härte sprechen müssen, denn Quirin war gerade dabei gewesen, das Spielfeld vor der Figur im Tor zu schraffieren, schön schwarz und glänzend, wie einen dunklen See, der sich schützend zwischen Gianna und den Angreiferinnen ausbreitete – aber als der Angriff tatsächlich kam, war er schneller, härter, kälter als gedacht – und dann war der schöne Bleistift hin. Schon wieder! Kalifornisches Zedernholz, Quirin hatte einen bitteren Geschmack und ein paar Krümel im Mund. Ärgerlich betrachtete er den zerbrochenen Stift, schüttelte ratlos den Kopf, stampfte ein paarmal mit dem rechten Fuß auf und spuckte kräftig aus. Die Alten hatten Schnupftabak, Quirin seine Bleistiftbrösel. Er nahm sich vor, das beim nächsten Mal zu zeichnen. Er hatte alles genau bemerkt, trotz seines Stiftekummers. Der Verlust bedeutet nichts, sagte er sich. Er bedeutete nur, dass er noch öfters bei Treutlers aushelfen musste. Quirin seufzte. Gern kellnerte er nicht.

Treutlers waren Giannas Eltern und die Pächter in der Klosterschänke. Das heißt, eine Schänke war es gewesen, immer schon, solange die Regensburger denken konnten, und immer schon oder beinahe immer hatten die Treutlers die Gaststätte betrieben: Seit zwanzig Jahren nun führte Lukas Treutler die Geschäfte, wies die wechselnden Bedienungen an, während Rita, seine Frau, mit Argusaugen über Geld und Küche wachte. Ritas Augen glommen dunkel wie Kornelkirschen, die in wilden Büschen rund um das Haus wucherten und die im Herbst, wenn die Früchte fielen, in Netzen aufgefangen werden mussten, bevor man sie zu einer köstlichen Marmelade verarbeitete, deren herbe Süße entzückte. Lukas Treutler hatte nichts unversucht gelassen, erst Ritas Aufmerksamkeit und dann ihre Liebe zu erringen. Es hatte vier Jahre gedauert, bis Rita ihm erstmals zugenickt hatte, dann war sie mit ihm ausgegangen, ins Kino, in das bröckelnde Amphitheater von Taormina, wo im Sommer antike Dramen aufgeführt wurden. Er hatte seinen Regenschirm über sie gehalten, drei Stunden lang, bei einem der äußerst seltenen, warmen, dampfenden Sommerregen, während er gleichzeitig versuchte, sich auf *Medea* zu konzentrieren. Der Regen hatte alle ausgelassen gemacht: die Schauspieler, die Musiker, das Publikum; der Regen machte das Küssen leicht.

Am nächsten Tag – so war es ihm vorgekommen –, jedenfalls aber sehr bald, war Rita zu ihm nach Regensburg gezogen, ihre Mutter mit dabei: Maria Francesca Paladina de Vigilia. Ungeachtet ihres pompösen Namens war sie eine liebenswürdige Frau, eine Matriarchin, sanft und lebhaft zugleich, die Lukas *Luca* nannte und die alle schon bald Franzi riefen, was sie mit einem Lächeln hinnahm. Sie hatte ihrer Tochter zuliebe, die unbedingt mit Luca nach Deutschland gewollt hatte, ihre Backstube abgeschlossen und war in dieses merkwürdige *Alto Palatinato* geraten, in die Oberpfalz, wo die Leute noch maulfauler waren als in den Bergen Siziliens. Heimlich reiste Maria Francesca, so oft es ging, nach München, die Pumps im Handgepäck, spazierte die teuren Einkaufsstraßen auf und ab und fühlte sich ein bisschen wie früher in Palermo. Denn Maria Francesca war eine Bäckerin und eine Dame; sie hatte auch kein Allerweltsbrot gebacken, sondern *Piadina*, das Fladenbrot aus den Bergen, dazu splitterfeine *Cannoli*, Teigröllchen, in denen man allerhand cremige Köstlichkeiten verstecken konnte, sowie Piniengebäck und *Cassata*. Das war nun vorbei.

Wenn Maria Francesca über die Maximilianstraße flanierte, so kam es vor, dass sich immer noch Männer nach ihr umdrehten: eine Signora mit einer Aura.

Zu Hause in der Klosterschänke freilich, da galt das alles nicht. Da war sie die *Suocera*, die Schwiegermutter, die *Schweigermutter*, wie die Leute spöttelten, denn Maria Francesca tat sich lange schwer mit dem Deutschen und begnügte sich, alles, was sie wollte, mit einem Nicken zu bestätigen und alles, was sie ablehnte, mit einem leisen Neigen des Kopfes zu verneinen. Irgendwann aber legte sie ihr Schweigen ab, sprach ein grollendes, aber überraschend fehlerfreies Deutsch und verriet niemandem, dass sie in München nicht nur zum Flanieren war, sondern auch Deutschkurse besucht hatte. Dass man lernte, und zwar gründlich, war wichtig, fand Maria Francesca. – Aus der Schwiegermutter wurde also die *Signora* und aus der Signora die Maria und irgendwann eben die Franzi, und Maria Francesca ertrug das alles und freute sich, als nach zehn Jahren Ehe von Rita und Luca aus ihr endlich die *Nonna* wurde, die Großmutter. Nun hatte sie wieder Grund zu backen und half sogar manchmal in der Küche, wenn der Betrieb zu hektisch wurde und die jungen Köche verzweifelten. Wohin auch immer Maria Francesca sich begab, ordneten sich Dinge, kehrte Ruhe ein, wurden Erledigungen erledigt und Aufträge erfüllt.

Lukas liebte seine Schwiegermutter, obwohl sie etwas Furchteinflößendes hatte in ihrer Perfektion, in dieser seltsamen Mischung aus Wärme und Überblick, aus Herzlichkeit und stiller Härte. Es war eine typisch sizilianische Mischung, hatte Lukas gelernt, die aber bei Rita, seiner Frau, nicht recht aufgegangen war. Die hatte ein weniger ausgeglichenes Temperament, und Gianna kam nach der Mutter, war wild und ungebärdig. Natürlich kämpften die beiden miteinander, sobald Gianna gelernt hatte, nein zu rufen und wegzulaufen – und beide verließen sich auf Francescas Versöhnungskünste.

Als Gianna älter wurde, hatte es keinen Sinn, sie kellnern zu lassen, sie war zu ungeduldig, stürmte mit einem Krug Bier los, während der zweite noch gefüllt wurde, rannte also zweimal, dreimal, siebenmal, wo andere, Umsichtigere, einmal gingen. Und Gianna rannte sowieso immerzu, auch ohne Krug, einfach so – und kam mit den Bestellungen nicht hinterher.

Einen Bewegungsdrang hat die Kleine!

Gut, dass sie den Quirin hatten und den Damian, sagten sich Maria Francesca und Lukas. Die beiden Brüder halfen zuverlässig aus. Kaum, dass sie das entsprechende Alter erreicht hatten, hatten sie sich bei Treutlers vorgestellt, die Mützen verlegen in den Händen gedreht. Die Anzinger-Buben.

Der Anzinger-Vater war der Dorfschullehrer gewesen, als es im Weiler an der Klosterschänke noch eine Dorfschule gab. Seit ein paar Jahren unterrichtete er in Regensburg am berühmten Dom-Gymnasium, aber die Jungen blieben vorläufig im Weiler, mehr schlecht als recht beaufsichtigt, früh daran gewöhnt, für sich selbst zu sorgen.

Wo die Anzinger-Mutter war, wusste niemand so recht. Kaum einer erinnerte sich noch an sie oder mochte sich erinnern. Der Anzinger-Vater hatte damals bei Lukas den einen oder anderen Kräuterbitter gekippt, aber als das überhandnahm, hatte ihn die Großmutter beiseitegenommen, und irgendwie war sie zu dem traurigen Mann durchgedrungen. Der Kräuterlikör wurde weniger, die Buben kamen öfters und besserten sich ihr Taschengeld mit Kellnern auf. Und manchmal zündeten sie heimlich in der Klosterkirche eines der kleinen Lichter an, mit denen man die Maria um Gnade bitten konnte, denn Maria würde doch am ehesten wissen, wo die Mutter war, aber dann wurde das verboten, wegen der Kostbarkeit der Wand und der Deckengemälde, und so hörten die Jungen auf, an Wunder zu glauben.

Einige im Dorf hatten den Anzinger-Vater im Verdacht, Lukas den Floh mit dem feinen Restaurant ins Ohr gesetzt zu haben. Denn in jenem Jahr – die Buben hatten gerade das zweite Jahr Kellnern hinter sich – heckte Lukas einen Plan aus.

Rita, wir müssen reden, sagte er zu seiner Frau, als ob sie das nicht ständig täten. Die Kellnerinnen in der Schänke amüsierten sich, wenn Lukas oder Rita morgens in die Gaststube kamen, schon aufeinander einredend, gestikulierend – und erst nach einer Weile merkten, dass die Angestellten längst auf sie warteten, stumm, die Hände in den Schürzentaschen, in den Kulissen, bereit zum Applaus – oder darauf wartend, dass sie endlich mitmachen durften. Dabei waren das Profis, alle zehn, und jede Minute, die mit der Tändelei der Chefs verstrich, fehlte hinterher bei den Vorbereitungen. Und doch: Sie warteten. Und fanden die turtelnden Chefs ganz schön. Die keine Augen hatten für die anderen.

Schau nur, wie sie wieder schwätzen!, sagte Martin.

Wie der Fluss!, bemerkte die alte Bärbel. Immer am Rauschen, immer am Tun. Haben die sich denn nie satt?

Martin, die Spülhilfe, ließ die Bürste sinken:

Glaub ich nicht. Schauen doch immer ganz fröhlich aus, ganz zufrieden. Er griff nach dem nächsten Teller, seufzte über die angetrockneten Krusten.

Was ist?, fragte Rita, die sofort den feierlichen Ton herausgehört hatte, einen Ton, der sie unruhig machte.

Anstelle einer Antwort drückte Lukas sie sanft auf einen Stuhl und zog ein paar Papiere hervor. Unverwandt schaute er Rita an. Und das verfehlte seine Wirkung nicht.

Die Angestellten seufzten: Das würde dauern. Unauffällig wandten sie sich ab, ihren Aufgaben zu, so gut das eben ging ohne Anweisungen, ohne Hinweise zur Tageskarte, zu Besorgungen, die in letzter Minute noch zu erledigen wären. Wenn Lukas einen auf diese Weise anschaute, war man verloren. Und am wenigsten Gegenwehr hatte Rita zu bieten. Selbst sie war machtlos gegen diesen Frontalangriff von Blau. Lukas' Augen. Die jetzt, im Juli, noch unverschämter leuchteten in dem sommerbraunen Teint. Wie Blaubeeren auf Toast!, hatte Gianna einmal gemeint, als sie zusammen mit Quirin nach Bildern für Papas Augen gesucht hatten. Sofort hatte Quirin das gezeichnet: Blaubeeraugen auf Gesichtstoast!

Heute aber verließ sich Lukas nicht allein auf seine Augen. Er redete vielmehr auf Rita ein und gestikulierte dabei, als käme nicht Rita, sondern er selbst aus Palermo. Und Rita folgte seinen Augen, seinen Händen. Versuchte, sich diesem Sog zu entziehen, und schaffte es nicht. Sie konnten gar nicht scheitern, meinte Lukas. Nicht hier, nicht in dieser Lage. Mit diesen Massen von Gästen! Reisebussen! Fähren! Pilger, die ihre Sorgen vor die Heiligen trugen, Kunstliebhaber, die die berühmten Gemälde in der kleinen Kirche bewundern wollten! Das Risiko war gering, lachhaft gering – und hatte sie nicht auch einmal Lust auf etwas Neues? Meine Schöne! Er streichelte ihre Wange.

Martin und Bärbel versuchten, unauffällig zu lauschen. Es war klar: Die beiden beredeten etwas, was auch sie betraf. Es ging um die Küche. Es ging um die Zukunft. Neue Begriffe fielen, komplizierte. Und immer schneller redeten Lukas und Rita, immer lauter wurden sie, als könnten sie mit ihrem Reden die Zukunft schon jetzt herbeiholen. Bärbel und Martin schauten sich an: Was würde werden?

Gianna beobachtete in den folgenden Wochen und Monaten den Streit, der sich in der Küche zutrug: *Osso buco* gegen Schweinsbraten, Avocado-Dip mit Garnelen gegen den kleinen gemischten Salat. *Boeuf à la mode* und *Tiramisu* gegen Kaminwurzen und sahnige Quarkspeisen, in denen der frische Rhabarber ersoff. Weiterhin mogelte Hans, der Koch, seine schweren Saucen an die neuen, leichten Filets, stellte der Beikoch ungerührt Bratkartoffeln her, fand Nelly, die sich jetzt Patissière nannte, die *Soufflés* zu kompliziert in der Herstellung und buk lieber Pfannkuchen. Es war ein Streit, der nicht gut ausgehen würde, das ahnte Gianna, es war ein Streit, der alles verändern würde – aber anders, als Lukas sich das ausgedacht hatte. Und doch, bei aller Sorge und aller Furcht, die jetzt in das Haus einzogen, fand Gianna die Küchenkonkurrenz in der Klosterschänke faszinierend: als wäre es ein Streit, den ein Mensch allein mit sich selbst ausfocht … Wohin sollte es gehen? Wie wollte man leben? Alles Alte über Bord werfen und neu anfangen? Oder das Alte behalten und das Neue dennoch Raum gewinnen lassen? Wer behielt die Oberhand? Und wer entschied über die Reise?

Immer öfter hielt sich Gianna in der Küche auf, obwohl es dort mit jedem Tag ungemütlicher und hektischer wurde. Sie probierte die seltsamen Speisekombinationen, die hier versucht wurden, sie sah das Durcheinander auf dem sonntäglichen *Brunchbuffet*. Kochen, lernte Gianna, war ein Feldzug, eine Schlacht, jeden Tag. Die musste entschieden werden, das duldete kein Zögern und kein Zaudern. Das Kochen ertrug keine Verwalter des Mittelmaßes, es verlangte Entschiedenheit, es verlangte einen Meister. Gianna spürte ein Zittern, wenn sie daran dachte, eine Aufregung. Um sie herum wurde es lauter, noch fahriger – bis irgendwann alles zum Stillstand kam. Die Gäste waren erst verwirrt, dann besuchten sie den Gasthof seltener, wurden weniger und blieben schließlich aus. Am Ende stand die Kochbrigade stumm in der Küche. Und da wussten alle, dass es vorbei war. Lukas' Experiment war gescheitert. Der Gasthof – am Ende.

3. AUFGEBEN

Die Suppentassen und die Unterteller, die Dessertschalen und die Saucieren, die Zuckerschalen und die Milchkännchen, die Vorlegegabeln, Löffel, Messer, die Fischbestecke und die Réchauds, die Schraubgläser für den Zucker, die Olivenöl- und die Essigflaschen, die Bierseidel, die Weißweingläser, die Sektflöten, die Karaffen, die Vasen, die Kerzenleuchter, die Aufsteller: Tagelang packten Rita und Francesca, packten, bis ihre Finger schwarz von der Druckerfarbe des Zeitungspapiers waren, packten von morgens bis abends und bis tief in die Nacht, während Lukas in stummer Verzweiflung zusah. Unter ihren Händen verschwanden Glas und Porzellan in schlechten Nachrichten, Tag für Tag schleppten Quirin und Damian neue alte Zeitungen heran. Die schweren Pastateller wurden in *Wieder Flussfest mit Besucherrückgang* gewickelt, die Teekännchen rollten sich in *Millionenkredit für betrügerischen Bauträger.* Besteck ließ sich einwickeln von *Spinnenjagd: Discounter zahlt mit.* Die alte und die neue Zeit stießen aufeinander. Die Geschichte der Klosterschänke verschwand in den Schlagzeilen.

Alles wurde verpackt und weggeschafft. Rita hatte das Inventar noch zu einem annehmbaren Preis verkaufen können. Und die Stühle mit den Schnitzereien, die Bänke und die Tische, die Abfüllanlage, der Tresen? Noch hofften die Treutlers auf einen Nachfolger, der das übernähme.

Am letzten Abend strich Lukas mit der Hand stumm über die alte Anrichte, strich über das Buffet, über die Wände und Türen, berührte jeden Griff und jeden Knauf, schlich umher wie ein Erblindender, der sich alles ein letztes Mal einprägen will, jeden Weg und jede Handreichung, die hier noch bis vor kurzem nötig gewesen war. Jetzt war alles stumm, die Gegenstände schwiegen, der Raum wandte sich von ihm ab.

Später saßen Francesca und Rita im Halbdunkel an einem Tisch.

Cara mia, das wird schon wieder, sagte Francesca und nahm die Hand ihrer Tochter.

Wird es nicht, sagte Rita. Sie sah zu Lukas hinüber, der ihrem Blick auswich.

Zwei Tage später war Rita abgereist. Sie hatte bis zuletzt an der Seite ihres Mannes ausgehalten, aber dann hatte sie sich von einem Taxi zum Bahnhof bringen lassen, war nach München gefahren, hatte dort ein Flugzeug nach Rom genommen, weiter nach Palermo und meldete sich ein paar Tage später mit einem Fax. Das Gerät im leeren Kontor der Klosterschänke funktionierte noch immer, es piepte kurz, dann sprang es geräuschvoll an und rückte die Botschaft schließlich schnarrend heraus. Das Fax aber rollte ins Leere, weil niemand da war, es entgegenzunehmen, und so war es ausgerechnet der Insolvenzverwalter, der es eine Woche später Francesca in die Hand drückte: Bitte sehr, eine Nachricht für Herrn Lukas.

Da war der Herr Lukas aber längst unterwegs nach Sizilien. Er konnte sich denken, wohin seine Frau geflohen war – und je mehr er sich Palermo näherte, je näher die Wärme, der allgegenwärtige Dreck und der Lärm der sizilianischen Stadt kamen, umso leichter wurde sein Herz. Nein, Rita hatte ihn nicht verlassen. Rita war nur nach Hause zurückgekehrt. Das war ein Unterschied, auf den Lukas für sich bestand. Ihm war klar, dass seine Familie immer Probleme mit beidem haben würde: mit dem Weggehen wie mit der Heimkehr. Als das Flugzeug aufsetzte, rieb er sich müde die Augen; die blauen Augen würde er brauchen.

Francesca und Gianna blieben ein paar Tage allein in dem stillen Weiler. In der dunklen, leergeräumten Klosterschänke schauten sich Großmutter und Enkelin verblüfft an. Wie Tiere, die sich erst einmal schütteln müssen. Gianna pfiff eine neue Melodie, unsicher noch, unstet, die Melodie hatte keinen rechten Anfang und keine Harmonie. Zu viel war geschehen in zu kurzer Zeit.

Ein paar Tage später schon hatte sich Francesca eingerichtet. Sie ließ ihre Kontakte spielen, ganz Dame, ganz Übersicht. Ein Häuschen am Altwasser, mitten in Regensburg, wurde das neue Zuhause. Zwei Zimmer unten, zwei oben – und davor der Fluss, der gemütlichere Teil der Donau, der ältere. Das Häuschen passte nicht zu ihr, es war zu großmütterlich, fand Francesca und seufzte über das kleine, bunte Stiegenhaus. Aber der Enkelin gefiel es, gerade, weil es so eng und bunt und beschwerlich – eben großmütterlich war. Ein Trosthaus, ein Kummerhaus, warm und übersichtlich. Warum nur, dachte Francesca, machten sich schon Kinder ein so genaues Bild von der Welt? Und ein Kind war Gianna doch noch mit siebzehn?

Eigentlich hatte Francesca andere Pläne. Eigentlich hatte Francesca nach München gehen wollen. Sie hatte sich dort nach Wohnungen und kleinen Apartments umgesehen, ein Theaterabonnement erwogen und einen Tanzkurs, verlockt von der Aussicht auf die Großstadt, auf ein neues Leben, und verlockt möglicherweise auch von einem gut gekleideten älteren Herrn, dessen Vorrat an geistreichen Bonmots wie an eleganten Einstecktüchern offenbar unerschöpflich war. Aber dann: die Enkelin. Ihre Verlorenheit und Verwirrtheit, ihr Zorn. Und so gab Francesca ihre Pläne auf, mietete das Häuschen, renovierte und strich so flüchtig, als sei das Haus kein Haus, sondern ein hingehuschtes Aquarell, denn es war dringend, dass sie einzögen, dringend, dass sie zur Ruhe kämen. Und dann bettete Francesca den Kopf des Mädchens auf ihrem Schoß, sagte *Sch… sch…*, ließ sie weinen und sang ihr gelegentlich sizilianische Wiegenlieder vor, deren Texte sie allerdings, nach so vielen Jahren in Deutschland, unauffällig improvisierte.

Buona notte bambino mio, buona notte angelo mio, la mammina mai tornerà.

Ma eternamente per te lei pregherà … – Nein, so etwas ging nicht. Die Mama würde wiederkommen, die Mama und der Papa auch. *Dormi, bambina mia* …

Francesca, die Selbstsichere, war zum ersten Mal unzufrieden mit ihrem schönen, schlanken, altgewordenen Damenkörper und hätte sich einen »richtigen« Großmutterleib gewünscht: breithüftig und warm. Dann könnte sich Gianna ausruhen, ausweinen in ihrem bayerischen Großmutterschoß. So aber war es unbequem, wie sie beide einräumen mussten, das war nichts, dieses Geliege bei der schlanken italienischen Dame, die versuchte, eine oberpfälzische Großmutter zu sein, und so saßen sie bald nebeneinander, die Großmutter und die Enkelin, beide stolz und hoch aufgeschossen und hielten einander bei den Händen. Es sah aus, als sei die Jüngere ein Spiegel der Älteren. Die Jüngere hatte immer schmutzige Hände. Und die Ältere sang. So gingen der Herbst ins Land, der Winter und ein weiteres halbes Jahr.

Rita und Lukas waren längst aus Sizilien zurückgekehrt, kleinlaut, unsicher und hatten bei der Großmutter angeklopft. Die empfing sie recht kühl, servierte Mandellikör und kleine Küchlein, und so lockerte sich bald die Stimmung, und sie kamen ins Reden. Die verlorenen Eltern. Sie hatten sich wiedergefunden, aber doch die Tochter im Stich gelassen. Wer sollte das verstehen? Dann kamen sie wieder und noch einmal wieder, und irgendwann war es beinahe normal, dass die Eltern sich als Besuch einstellten und Francesca und Gianna für sie kochten.

Sie kochten aber nicht einfach so. Nichts Unüberlegtes. Schon der Mandellikör hatte es in sich. Bitter und süß war er. Brachte den Sommer herbei, die Liebenswürdigkeit Italiens. Brachte die Erinnerung zurück, den Schmelz, gewiss – aber eben auch den Schmerz. Und die kleinen Küchlein, die Francesca dazu servierte, verstärkten den schönen Schmerz noch, weil Kardamom und Kaffee darin versteckt waren: ätherische Öle einerseits, die Linderung versprachen, dazu aber Kaffee, der unruhig machte, der verhinderte, dass die aufgewühlten Sinne zur Ruhe kamen.

Nur ein kleines Dessert, meinte Francesca zufrieden. Aber es sagt alles!

Woher hatte sie das nur?, fragte sich Gianna.

Wir hatten früher nicht viel zu sagen, meinte Francesca.

Sie konnte Gedanken lesen, wie es schien. Frauen in Sizilien waren mächtig. Aber nur, solange sie sich an das allgemeine Schweigen hielten.

Schweigen? In Italien? Gianna musste lachen.

Schweigen. In Italien, sagte die Großmutter ernst.

Es gab vieles zu beschweigen. Vor allem die Unterschiede in einer Nation, die sich gerade erst mühsam zusammengefunden hatte. Da waren die Norditaliener und die armen Verwandten im Süden. Mit denen wollte man nicht viel zu tun haben. Und dann erst die Sizilianer! Diese Wilden, diese halben Afrikaner! Einig waren sich aber alle darin, dass besonders auf die Frauen achtzugeben war. Diese unberechenbaren, schönen Frauen! Ihnen gegenüber waren sie misstrauisch, die Männer. Ihre Verehrung hatte etwas Bezwingendes, etwas Kontrollierendes. Sie waren noch nicht zufrieden, wenn sie aus den temperamentvollen Schönen, den auffahrenden Mädchen genauso reizvolle Bräute gemacht hatten, verwirrte junge Ehefrauen. Nein, Ruhe konnte es erst geben, wenn die Kinder da waren – viele Kinder, um die Frauen endlich zur Vernunft zu bringen, also: ins Haus.

Francesca seufzte. Es war klar, dass ihr diese Regeln nicht gefallen hatten.

Und was hat das mit dem Kochen zu tun?

Alles.

Es war Francescas Art gewesen, sich zu wehren. Es war ihr Weg gewesen, das Schweigen zu durchbrechen und sich Gehör zu verschaffen. Auf eine einzigartige Art, bei der niemand widersprach und jeder, zumeist ohne es zu bemerken, sich ihre Sicht auf die Welt buchstäblich einverleibte. Francesca lachte. Ladino hatte es verstanden.

Ladino?

Zum ersten Mal hörte Gianna den Namen ihres Großvaters. Aber Francesca machte eine abwehrende Handbewegung, als Gianna nachfragen wollte.

Ein anderes Mal …

Und so kochten sie gemeinsam. Kochten gegen das an, was man nicht erzählen konnte, das sich aber zwischen ihnen breitgemacht hatte wie ein hartnäckiger Küchendunst. Sie kochten an gegen die Verzagtheit. Sie kochten für Lukas und Rita, kochten gegen die Fremdheit an, die zwischen ihnen gewachsen war. Sie kochten, um die Wärme zurückzuholen, sie kochten um Nähe, um Verbundenheit. Sie kochten: *Spaghetti à la siciliana,* mit vielen Zwiebeln. Und einer sanften, tiefen Melodie, die Gianna eher brummte als pfiff.

4. GEHEIMNISSE

Francesca und die Enkelin wurden einander vertrauter denn je. Und doch gab es etwas, das Gianna nicht erzählte. Auch beim Backen nicht.

Zunächst der Teig: Mehl, Rotwein, Zucker, das Schweineschmalz, das der alte Nachbar aus dem Weiler mitgebracht hatte, der schlachtete noch selbst. Im Schweineschmalz ein paar Nadeln: Tanne, Rosmarin. Eine Prise Zimt, so sorgfältig auf der Messerspitze balanciert, als handele es sich um eine seltene Droge – und das war dieser Zimt ja auch, aus Sizilien, von Hand gerieben, mit Vorsicht und Geduld, auf der alten Reibe, auch die ein Mitbringsel aus Taormina. Sie buken *Cannoli*, brachten arabische Süße in den Regensburger Alltag, denn es waren die Araber gewesen, denen Sizilien seine eigentlichen Köstlichkeiten verdankt: Anis und Artischocken, Orangen, Aprikosen und Mandeln ... Die Großmutter war für den Teig zuständig.

Gianna rannte nach den Zutaten für die Füllung: gehackte Pistazien, fast ein Pfund Ricotta, Schokostückchen, kandierte Kirschen im Überfluss. Die hatten im Tontopf in der Speisekammer gedämmert. Gianna hob den Deckel: Es roch betäubend, es raubte einem den Atem. Gianna trug die Sachen in die Küche. Zwei Tische für zwei Bäckerinnen: Mischen und kneten, walken und rollen, das war Francescas Sache. Durch Siebe streichen, hacken und rühren, füllen und bestreuen, das war Giannas Part. Sie arbeitete ein, sie arbeitete unter. Sie brachte, so stellte sie es sich summend vor, auch ihr Geheimnis in den *Cannoli* unter. Das war Frauenbrauch von jeher. So hatte es Francesca sie gelehrt. Womit man nicht fertig wurde, was einen schier umbrachte vor Sehnsucht – hinein damit in die *Cannoli*! Und so war in manch bravem, sizilianischem Haushalt im Sonntagsdessert für den Familienvater fremde Sehnsucht untergebracht, ein diebischer Gedanke an den Nachbarn, den starken Schlosser, den durchreisenden, charmanten Händler. *Cannoli*, sagten die Leute auf Sizilien, machten erfinderisch. Und Erfindungsreichtum ist gefährlich.

Giannas Geheimnis war dagegen lächerlich. So wollte sie es jedenfalls sehen. Aber sie konnte nicht darüber sprechen, solange sie nicht wusste, welche Farbe sie dem Ganzen geben sollte. War das nun rotschön und schwer gewesen? Oder grünhell und leicht? Auch beim Kochen stellte sich Gianna ihr Gericht immer in Farben vor, als ein Bild, das eine bestimmte Stimmung vorgab. Auf diese innere Farbe kochte sie hin. Das hatte Francesca ihr beigebracht. Sie verstand freilich noch nichts vom Kochen, das wusste sie. Kochen war komplex, Kochen erforderte Geduld, und alles, was Geduld erforderte, machte ihr Angst. Vom Küssen verstand sie genauso wenig. Sie lachte, wenn sie darüber nachdachte. Was hatte das eine mit dem anderen zu tun? Und doch? Vielleicht war es so leichter? Wenn sie sich Quirins Kuss als eine Mahlzeit vorstellte? Sie musste kichern. Das war nun wirklich nicht schwer! Wenn Quirins Kuss eine Mahlzeit war, dann war das wohl eine Quarkspeise – oder nein, eher *Panna cotta*, die schwerere Variante, nicht so süß, harmlos eigentlich –, aber für eine Nachspeise doch enorm sättigend und dabei weiß und kühl. Kühlendes Brot. Ja, Weiß passte gut.

Und Damian? Gianna schluckte, als schluckte sie noch an dem Kuss, mit dem Damian sie überrascht hatte – hinterher, nach Quirins Kuss. Eigentlich hatte er ihr diesen Kuss eher gestohlen, sich in ihre Arme geschmuggelt, behände wie der Panther, den sie einst im Nürnberger Zoo bewundert hatte: dunkel und gefährlich und sehr, sehr bestimmend. Damians Kuss, überlegte Gianna, hatte rot geschmeckt, auf jeden Fall Rot, die leuchtende Farbe reifer, unverschämter Tomaten. Ein Kuss ... eher wie *Bruschetta*: eine Vorspeise, scharf, knisternd und knusprig, man weiß, dass da noch mehr kommt, und kann sich dennoch nicht beherrschen. *Bruschette* verführen und füllen – aber sie machen nicht satt.

Spinnst du?, hatte sie zu ihm gesagt und sich wütend den Mund abgewischt.

Vielleicht, hatte er frech geantwortet. Und gegrinst.

Sie hätte ihn am liebsten ... Ja, was? Sie schrak hoch:

Gianna, wo bleibst du denn?

Sie raffte die Sachen zusammen und ging zurück in die Küche.

Francesca beobachtete sie. Gianna mischte und rührte, war aber mit den Gedanken woanders.

Zunächst den Ricotta durch ein Sieb streichen. Die glatte Masse glitt hinein, sie bildete eine Mulde, tropfte. Gianna nahm einen Löffel, übte sanften Druck aus. Das fiel ihr stets schwer, diese schöne, glatte Masse zu zerstören. Es stand am Anfang jeden Prozesses in der Küche: Die besten Zutaten nehmen, die man bekommen konnte – aber sie nicht lassen, wie sie waren. Drehen und wenden, überprüfen, durchstreichen, sieben, wenden – manchmal kam ihr dieses ganze Kochen und Backen alles vor wie ein einziges Hinterfragen. Nun Zucker und Vanille hinzu. Wo waren die Vanillestangen? Die Großmutter hielt sie ihr stumm entgegen.

Bruschette! War das nicht viel zu gewöhnlich für Damian? Aber nein, etwas … Gewöhnliches hatte dieser Kuss schon gehabt, etwas … allzu Geübtes. Quirin hingegen …

Sie zog vorsichtig eine der schwarzen Stangen aus dem Glasröhrchen. Sahen aus wie Lakritze, diese Wunder an Würze. Waren fein wie Wurzelwerk, so nachgiebig auch. Und es war nicht so einfach, ihnen den letzten Krümel der Kostbarkeit zu entreißen. Also die Vanilleschoten auf ein nicht zu hartes Holzbrett betten, der Länge nach teilen, mit einem spitzen Löffel auskratzen. Gianna beugte sich über das Brett. So hatte sich Quirin über sie gebeugt: konzentriert, die Zunge zwischen die Vorderzähne geklemmt, als hätte er noch nicht vorgehabt, sie im nächsten Augenblick zu küssen. Aber da hörten die Vergleiche schon auf, sein Kuss hatte nichts Forderndes gehabt, er hatte nichts von ihr verlangt, nichts aus ihr herausholen oder herauskitzeln wollen, er hatte ihr vielmehr gegeben. Sich. Sein Kuss war weich und warm, aber entschieden gewesen, als hätte er lange nachgedacht und nun genau gewusst, was er sagen wollte. Gianna hatte auf dem zerschlissenen Sofa im Brüderzimmer gesessen, sie hatte, was Quirin missbilligte, bei seinem Bruder eine Zigarette geschnorrt und unbeholfene Rauchschwaden über Quirins Zeichnungen geblasen – eher gepustet, denn dosieren konnte sie das alles noch nicht so recht. Es waren Zeichnungen von Donaubäumen gewesen, Quirin hatte das Grafische in ihnen gesehen, es waren Dreiecke, Trapeze, Bäume wie Segel, die auf der Donau davonfuhren. Oder kamen sie ihnen entgegen? Gianna hatte die Blätter hin und her gewendet, es war bisweilen nicht ganz klar gewesen, wo oben und wo unten war, dabei hatte sie ein wenig auf das Sofa geascht, aus Versehen, aber hier kam es wirklich nicht mehr darauf an. Quirin hatte die Asche beiseitegestreift, mit der Linken vom Sofarand in die Rechte gekehrt, dann gestutzt und die Asche auf ein Blatt Papier auf dem Schreibtisch geworfen, sich die Hände an der Hose abgewischt. Damian hatte ihn ausgelacht – Damian, der wie immer im Türrahmen lehnte, Damian immer im Gehen oder gerade zurück, wer wusste das schon? –, und dann war Quirin plötzlich mit ein, zwei Schritten bei ihr gewesen, hatte sich über sie gebeugt, hatte ihr Gesicht in beide Hände genommen, als wollte er Maß nehmen. Tatsächlich dachte Gianna zuerst, dass er sie vielleicht zeichnen wollte, aber dann sah sie Quirins Blick, anders als sonst, sehr, sehr zärtlich und hörte, wie er sagte: Niemand schaut meine Bilder so an wie du, Gianna.

Und dann waren seine Lippen auf den ihren. Und sie hatte das Gefühl, in ein großes und weiches und festes Kissen zu sinken. Das war schön. Aber es hörte allzu schnell auf. Gerade hatte Gianna beschlossen, diesem Gefühl noch ein wenig nachzulauschen, als sie andere Hände auf ihren Schultern spürte, härtere, fast wütende. Da war so etwas wie ein kalter Wind im Zimmer.

Du bist ein Trottel, sagte die Stimme, die zu diesen Händen und dem kalten Wind gehörte – und es war klar, dass die Stimme Quirin meinte und nicht sie.

Gianna, schau mich an!

Sie schlug erschrocken die Augen auf. Damian blickte ihr fest in die Augen. Geradezu finster, fand sie. Sie entdeckte kleine gelbe Flecken in seinen Pupillen.

Jetzt machen wir beide das mal richtig, ja? Gianna nickte. Dann verschwanden die kleinen gelben Flecken, denn auch Damian küsste sie, schnell, heftig, als führe gleich sein Zug ab, als wartete jemand auf ihn und er wollte ihr nur dringend etwas sagen. Ein für alle Mal! Dass du es nur ja nicht vergisst! Hatte er tatsächlich so etwas gesagt? Wohl kaum.

Gianna klaubte den kleinen Hammer aus der Besteckschublade, füllte die geschälten Pistazien in eine Tüte, verschloss sie. Ein Schlag zuerst, dann viele kleine hinterdrein. Die Pistazien tanzten. Sie hatte beide Jungen geküsst. Schwindlig war ihr nur bei einem geworden.

Wie lange brauchst du noch?, fragte Francesca.

Aber in ihrer Frage lag kein Vorwurf. Sie wusste: Gianna musste einiges unterbringen in ihren ersten sizilianischen *Cannoli*. Sie sah zudem die Ungeduld in Giannas Händen, das Zucken in ihrem Gesicht, das von Anspannung erzählte, ja womöglich: von einem Kampf. Sie beobachtete, wie das Mädchen hin- und herlief, erst die Pistazien holte, dann das Hämmerchen, obwohl beides doch in derselben Ecke der Küche untergebracht war. Nicht effektiv, das Kind, nicht zielgerichtet! Leicht abzulenken und eher mutig als genau. Und alles war Körper an diesem Kind, alles war Arme, Beine, Hände, Füße und immerzu in Bewegung.

Bald war wieder Samstag. Seit sie allein lebten, sehnte Francesca, das musste sie zugeben, ein wenig die Samstage herbei, die Spieltage des Fußballvereins. Denn das Training allein reichte Gianna schon lange nicht mehr. Zweimal in der Woche trafen sich die Mädchen. Aber die richtige Spannung, das Fieber, die Konzentration, die erreichte Gianna nur bei den Spielen. Dann tobten sich die angespannten Nerven aus. Anschließend kam sie nach Hause – ich bin total tot, Franzi! –, warf sich auf einen Sessel und redete und redete. Und Francesca fragte sich, was die Welt wohl mit diesem Energiebündel anfangen sollte. Und liebte ihre Enkelin sehr.

5. VERÄNDERUNGEN

Quirin suchte in seinem Jungenzimmer im Weiler alle Zeichnungen, die er von Gianna gemacht hatte: Gianna spielend, Gianna tanzend, Gianna in der Schule, mehr oder weniger aufmerksam zuhörend, Gianna und – er runzelte die Stirn – Damian, einander zugewandt, einander abgewandt. Reine Bewegungsstudien waren das gewesen, nicht mehr. Und doch! Quirin widerstand dem Impuls, die Blätter zu zerreißen. Stattdessen stapelte er sie sorgfältig, ging einen Karton suchen, verstaute alles darin und verschnürte das Ganze.

Damit machte er sich auf. Er fuhr mit dem Fahrrad nach Regensburg. Unterwegs begann es zu regnen. Quirin zog seine Jacke aus und wickelte sie um den Karton, der auf dem Gepäckträger festgeschnürt war. Und so sahen die Männer in der Werkstatt der Dombauhütte einen triefenden jungen Mann in den Hof radeln, der das Fahrrad abstellte, eilig ein Paket losschnürte, es in die Arme nahm, in die Werkstatt eher schoss, als dass er hereingekommen wäre, und sich schüttelte wie ein junger Hund. Sie ließen die Werkzeuge sinken.

Kann es sein, dass du es ein bisschen eilig hast, junger Mann? Das war Saiblinger, der Vorarbeiter, ein baumlanger Kerl, der mit Stolz die traditionelle Kluft trug: rotes T-Shirt unter der hellen Zunftweste, die Arbeitshose mit dem hochgezogenen Bund, schwere Schuhe. Darüber ein offenes, waches Gesicht – und ein Zopf, der beim Reden hin- und herwippte. Nein, konventionell waren die hier kein bisschen! Seine blauen Augen zuckten.

Der Eingang ist eigentlich dort! Saiblinger wies zur Stirnseite des Gebäudes. Quirin hatte eine Tür an der Querseite genutzt.

Hierdurch bringen wir nur die Steine.

Saiblingers Stimme war ohne Tadel, eher amüsiert. Er nahm ein paar Zeitungen, die überall herumlagen, zog einen Hocker heran, legte die Zeitungen ab, klopfte mit der Hand darauf:

Nun komm, setz dich.

Und zu den anderen: Genug geschaut. Weitermachen. Und du, Peter, hol einen Kaffee.

Der Angesprochene erhob sich, die anderen wandten sich ab, setzten ihre Werkzeuge wieder an. Quirin wischte sich das Regenwasser aus dem Gesicht und den tropfenden Haaren. Er setzte sich vorsichtig. Der Vorarbeiter Saiblinger hatte anscheinend alle Zeit der Welt. Er zog einen zweiten Hocker herbei, setzte sich zu Quirin. Der wagte kaum zu atmen. Saiblinger war eine Institution in Regensburg. Vielleicht noch besser angesehen als sein Chef, der Dombaumeister. Denn dessen Job hatte viel mit Repräsentation zu tun, er war oft unterwegs und charmierte die Politiker, so nannten es die Leute, wenn bei den offenbar zahllosen Gremiensitzungen und Ausschuss-Versammlungen geredet werden musste. Dann war der Dombaumeister ein gefragter Mann. Er sorgte dafür, dass das Geld floss. Und er machte die Pläne. Die Verantwortung, die viele Büroarbeit, die langen Sitzungen – das alles hatte ihn frühzeitig altern lassen.

Dass aber schon morgens um sechs in der Werkstatt das Licht anging, dass es von da hämmerte, bohrte und feilte, dass die Skulpturen im Gärtchen der Werkstatt nicht weniger wurden –

dafür sorgte der Vorarbeiter. Ein ganzer Kerl, sagten die Leute anerkennend, wenn er mit seinen kräftigen Schritten eilig vorüberging.

Jetzt nahm er dem Kollegen, der den Kaffee brachte, die beiden Becher aus der Hand und stellte sie neben sich und Quirin auf den Boden.

Milch haben wir gerade keine.

Es klang nicht unfreundlich, nur sachlich. Saiblinger war ungewöhnlich jung für einen Vorarbeiter. Er hatte die neunjährige Ausbildung, so erzählte man sich, mit Bravour gemeistert. Und er hätte Skulpteur werden können, Bildhauer. Aber er hatte die harte Arbeit in der Dombauhütte bevorzugt, er wollte das große Ganze, den Überblick. Ein kluger Mann, dieser Saiblinger. Und nun saß er vor ihm. Quirin, obgleich er wusste, dass er hier gleich auf Herz und Nieren geprüft werden würde, fühlte sich eigentümlich wohl in der Gesellschaft dieses Mannes – in der Gesellschaft all dieser Typen. Sie sahen sehr unterschiedlich aus, sie waren nicht leicht unter einen Hut zu bringen. Aber gerade das gefiel ihm. Nach einer Weile öffnete Quirin die Kiste, holte die verschiedenen Mappen heraus. Als er sich gemeinsam mit Saiblinger die Zeichnungen anschaute, störte sie niemand. Und bald hatte Quirin vergessen, dass er hier eigentlich geprüft wurde. Er sah auch nicht, wie sich die Steinmetze Blicke zuwarfen, die ein bisschen amüsiert waren: Wie er sich anstrengt, der Kleine.

Als Quirin nach Hause radelte, war die Sache entschieden. Am liebsten hätte er gesungen und getanzt, so glücklich war er. Stattdessen fuhr er ein paar Schlangenlinien auf der Landstraße, bog ab vom ordentlichen Fahrradweg, fuhr mitten auf die Landstraße und pendelte von links nach rechts und von rechts nach links. Das war das Äußerste an Ausgelassenheit, das er sich gestattete.

Zu Hause jedoch gab es keinen Beifall.

Du spinnst total!

Sie lagen beide bäuchlings auf der breiten Matratze, die den größten Teil ihres Zimmers einnahm. Ihr Zimmer – eigentlich war es Damians Zimmer, aber die beiden Brüder hatten sich angewöhnt, immer nur eines ihrer beiden Zimmer gemeinsam zu bewohnen. Zu verwüsten, sagte der Anzinger-Vater seufzend, wenn er ausnahmsweise mal wieder einen Blick in das Chaos riskierte. Aber das andere Zimmer wurde zunehmend von Bildern und Blättern belegt, von Zeichnungen und Pastellskizzen Quirins.

Du spinnst total!

Damian wiederholte den Satz, als ob dahinter eine tiefsitzende Erkenntnis liegen würde, und tatsächlich mischte sich in seinen Tadel so etwas wie Anerkennung. Zumindest eine große Verwunderung – und wann hatte es Quirin, der Sanfte, Quirin, das oft gehänselte Moppelchen, *das Fetti*, schon mal geschafft, ihn, den Älteren zu verblüffen?

Du willst ernsthaft eine Lehre machen? Bei den Verrückten vom Dom?

Damian schlug sich mit der flachen Hand vor die Stirn.

Wenn es nicht so bescheuert wäre, würde ich lachen!

Doch er machte keine Anstalten.

Quirin starrte trotzig auf die blaugraue, alte Rosshaarmatratze. Ein Bettlaken hatten sie sich gespart. Die Matratze wies ein Brokatmuster auf, es war abgewetzt, die feinen dunkelroten Linien waren kaum noch zu erkennen.

Das musste er einmal zeichnen, sagte sich Quirin. Warum hatte er bisher noch nicht auf das Muster geachtet?

Quirin! Ich rede mit dir!

Damian boxte ihn unsanft.

He! Was ist denn bloß in dich gefahren, Kleiner?

Damian versuchte es jetzt auf die gönnerhafte Art. Das gelang ihm schlecht.

Wieso? Was soll denn los sein?, sagte Quirin. Ist doch ein ganz normaler Beruf.

Ist es eben nicht! Kein Mensch lernt mehr Steinmetz. Total *old-fashioned*. Am Ende bist du nur noch dabei, Grabsteine zu schleifen oder so komische Norm-Inschriften draufzukleben. Na, danke!

Grabsteine werden immer gebraucht, sagte Quirin.

Aber doch nicht von dir! Mann, Quirin, das ist so was von … so was von … alt, dieser Job!

Außerdem machen die am Dom keine Grabsteine, ergänzte Quirin, jetzt langsam mutiger werdend. Damian schien wenig Ahnung zu haben.

Nee, sagte Damian frech. Die arbeiten an einem einzigen großen Grabstein, einem Riesengrabstein.

Quirin verstummte. Der Dom als Grabstein – das war eigentlich eine Beleidigung. Wie sollte er darauf reagieren? Und doch hatte der Gedanke etwas für sich. Er war, genau besehen, sogar schön. Quirin stellte sich also den Dom als Grabstein vor. Nicht den ganzen Dom, nur die Westseite, den berühmten Giebel mit den zwei, eigentlich drei Türmen. Da war die Front aus dem späten Mittelalter mit den hoch aufragenden gotischen Türmen, hundert Meter hoch oder mehr. Und da drängte sich der quadratische, viel ältere Eselsturm von der Seite heran, als suchte er Schutz bei den beiden Großen. Ja, irgendwie schon wie Vater, Mutter, Kind oder wie ein Grabmal, an das sich ein Mensch lehnte …

Quirin, verdammt noch mal, ich rede mit dir!

Ja, ja, schon gut … Quirin kehrte aus seiner Gedankenwelt zurück. Ich höre dir zu.

Das solltest du auch. Kein Mensch lernt mehr Handwerk!

Sagtest du schon. Fast wörtlich.

Deshalb ist es aber nicht weniger wahr. Hast du mal überlegt, in was für Zeiten wir leben?

Nein, hab ich nicht. Ist mir auch egal.

Typisch Quirin! Immer irgendwie weg, innerlich, meine ich. Schon mal gehört: Die Welt dreht sich, Alter. Und sie wartet nicht auf dich. Du musst dich schon mitdrehen …

Ich will aber nicht. Die Welt ist mir egal. Ich bin ihr ja auch egal.

Da war er wieder. Der Trotz. Die Verstocktheit, wie der Vater es nannte. Damian wurde ernsthaft böse. Dabei wusste er, dass Quirin eigentlich nur Zeit gewinnen wollte, Zeit gewinnen musste. Denn schnell war er in der Tat nicht.

Komm, Quirin, hör auf damit. Sag mir einfach, was du willst.

Sag ich doch: Ich will Steinmetz werden. Bei den Leuten in der Dombauhütte.

Und ich sage dir, dass das keine Zukunft hat. Selbst, wenn die dich nehmen und du diese elend lange Lehrzeit durchstehst. Und damit klarkommst, dass du nichts verdienst. Was dann?

Ganz blöde kann ich mich nicht angestellt haben, sagte Quirin, denn im Grunde haben sie mich schon genommen. Ich muss bloß noch die Zeugnisse vorlegen.

Es klang fast triumphierend.

Was, Alter? Und dann? Willst du für den Rest deines Lebens auf diesem … diesem … Granitmonster rumkraxeln?

Sandstein. Grüner Sandstein. Und Kalk.

Herrgott, ist doch egal!

Nein, ist nicht egal. Genau darauf kommt es mir an, sagte Quirin. Auf die Genauigkeit. Ich wünsche mir – nun wurde seine Stimme fester – ein genaues Leben. Kein schnelles. Die Türme sind übrigens aus Beton.

Er lachte leise, freute sich über die Pointe.

Von mir aus!, sagte Damian, korrigierte sich dann aber: Aus Beton?

Ja, nach dem Krieg, da hatte man keine Zeit oder kein Geld für Feinheiten.

Was du nicht alles weißt!

Das klang jetzt wirklich anerkennend. Aber gleich darauf fasste sich Damian wieder:

Du kannst das unmöglich wollen! Das fällt total aus der Zeit. Du katapultierst dich geradewegs ins Museum. Glaubst du, dass irgendjemanden irgendwann interessiert, was du da machst? Du wirst mit keinem drüber reden können, alle werden sich nur an die Stirn tippen und sagen: Ja, der Quirin, wir haben es ja immer schon gewusst.

Damian gab sich alle Mühe. Er erklärte seinem Bruder, dass es nicht so sehr darauf ankam, was einer konnte. Nicht mehr. Es kam darauf an, was gefragt war, was die anderen wollten.

Welche anderen?, wollte Quirin ungerührt wissen.

Na, die anderen. Die Gesellschaft, von mir aus. Der Trend. Der Zeitgeist.

Kenne ich nicht, sagte Quirin.

Ja, eben, sagte Damian, das ist ja das Problem.

Das Gespräch nahm langsam eine geradezu philosophische Wendung. Das machte Damian nervös. Es dauerte ihm zu lange. Man musste Gedanken um Gedanken entwickeln und bei einem Partner wie Quirin noch dazu höllisch aufpassen, dass man keinen Fehler machte oder unpräzise wurde. Das merkte der angeblich so tumbe kleine Bruder sofort.

Weißt du denn genau, was das sein soll, der Zeitgeist?, fragte Quirin jetzt prompt.

Damian wusste es. Und auch wieder nicht. Er wusste nur, dass er etwas spürte wie Wind unter Flügeln. Etwas, das ihn davontrug. Er spürte, dass das, was sie in der Schule eher schlecht als recht lernten, nichts mit dem zu tun hatte, was in der Welt vor sich ging. Die Welt wurde schneller. Die ganze Welt würde sich verändern – und sie mit. Es würde nicht mehr darauf ankommen, etwas zu können, sondern darauf, etwas zu beherrschen. Eine Fertigkeit. Es galt, sich zu behaupten, sich rasch und ohne Zögern etwas anzueignen, nur, um es im nächsten Moment wieder über den Haufen zu werfen. Damian griff nach einer der herumliegenden Disketten, auf denen Quirin noch immer einiges sammelte:

Guck dir diesen Dreck an! Ist längst völlig out. Alter, wir müssen dranbleiben! Wir müssen uns um die Wirtschaft kümmern, um die Kohle. Und wir müssen raus hier! Die Mauer ist weg!

Was du nicht sagst!

Nun wurde auch Quirin böse. So dumm war er nicht. Er hatte genau wie alle anderen verfolgt, was in Berlin vor sich ging. An der Grenze, die Deutschland geteilt hatte. Nach der ersten Aufregung hatte das Land, so schien es, einen Moment innegehalten, still vor Dankbarkeit und Freude. Aber dann war es losgegangen und hatte alle mitgerissen. Seinen Bruder auch. Geschäfte, Business, Investments. Alle waren damit beschäftigt, so schien es, das, was man nicht fassen konnte, in Begriffe zu übersetzen, die noch weniger zu fassen waren. Was aber Gewinn versprach. Quirin dachte: Aber für wen? Seine Natur gebot ihm, abzuwarten und skeptisch zu sein. Damian hingegen liebte das Fieber. Das machte ihn attraktiv – und gefährlich. Quirin kannte seine Ungeduld, seinen jäh aufflackernden Zorn, der aber genau so leicht verpuffte, wie er sich entzündet hatte. Damian war schnell, geistreich – aber auch leicht zu ermüden. Sein Interesse verflog so schnell, wie es kam.

Meinst du echt, dass ausgerechnet du mich beraten kannst?

Das saß. Damian wusste selbst, dass sein Leben mit seinen Gedanken nicht Schritt hielt. Er erledigte die Schule auf eine riskante Weise nebenbei. Längst hatte ihn Quirin, der zwei Jahre jüngere, überholt. Wenn er dieses Jahr das Abitur nicht schaffte, war er raus. Ganz raus. Er schlief kaum noch zu Hause, sondern trieb sich in Regensburg herum. Nicht am Dom freilich. Nicht im angeblichen Herzen der Stadt, die ihm schon lange vorkam wie ein billiger, bunter Basar. Nein, Damian zog es an den Fluss, da, wo die Donau eine gut organisierte Wasserstraße war, wo eine Schleuse ihren Lauf kontrollierte. Dort, im Schleusenwärterhäuschen, übernachtete Damian manchmal. Das war natürlich verboten. Aber der Schleusenwärter verließ am späten Nachmittag den hässlichen Betonklotz, wendete mit seinem Seat mitten auf der viel befahrenen Ausfallstraße und verschwand im Feierabendverkehr Richtung Kumpfmühl. Dann war die Luft rein. Im unteren Stockwerk des Schleusenwärterhäuschens war eines der Fenster zerborsten und nur notdürftig geflickt. Ein Leichtes für Damian, den Riegel aufzuschieben und einzusteigen. Im Inneren roch es nach Metall und kaltem Rauch. Schon lange hatte hier niemand mehr geputzt, aber Damian mochte gerade das: das Bunkerhafte, Finstere – und das irre Rauschen des Verkehrs und der Donau. Meist allerdings hatte er auch noch Musik dabei, kein Mensch wusste, woher er das Geld für den Discman hatte.

Dann lag Damian auf dem schmalen Sofa, das der Schleusenwärter auf eine rätselhafte Weise in das Bunkerhäuschen bugsiert hatte, hörte Guns N' Roses und wunderte sich über seinen eigenen Zorn. Manchmal brachte er ein Mädchen mit oder sogar zwei und gefiel sich in seiner Finsternis und trank zu viel Gin Tonic mit ihnen.

Alter, an dir zieht das Leben vorbei!, wiederholte Damian jetzt etwas lahm und holte ein Päckchen Tabak aus der Jacke. Und dann, friedlich:

Lass uns eine rauchen, Bruder.

Quirin nickte hilflos. Erklären konnte er sich nicht. Nicht einmal seinem Bruder. Beim Rauchen hustete er, wie immer, und Damian lachte.

6. AUS DER LUFT

Das ist phantastisch!

Gianna sagte das nicht – sie sang es eher. Und zwar lauthals in den Himmel.

Quirin war stolz. Er hatte es geschafft, Gianna hier heraufzubringen. Das war nicht so einfach gewesen. Die neuen Kollegen schauten skeptisch, als er fragte, ob er eine Schulfreundin mitbringen könne. Eine Frau auf dem Bau? Keine gute Idee! Dabei redete der Dombaumeister seit Jahren auf sie ein, dass sie einen weiblichen Lehrling gut gebrauchen könnten. Einen weiblichen Lehrling! Wie das schon klang! Bisher waren die zwölf Steinmetze standhaft geblieben. Sie hatten einfach geschwiegen, wenn der Chef wieder einmal zwischen all den vielen anderen Bewerbungsschreiben die zwei oder drei herausfischte, die von jungen Frauen stammten, und auffordernd sagte: Guckt euch das wenigstens mal an!

Gucken taten sie schon. Aber reagieren taten sie nicht.

Und nun schleppte ausgerechnet der Jüngste ein Mädchen an. Wenn auch nur zu Besuch. Aber die Steinmetze waren so abergläubisch wie Seeleute. So gefährdet waren sie ja auch! Brummend hatten sie Gianna einsteigen lassen, als sie Material in den offenen Lastenaufzug gehievt hatten. Der schwebte dann wie ein übergroßer Picknickkorb an der nördlichen Fassade des Baus hinauf. Zehn Meter, zwanzig, vierzig! Gianna war so beschäftigt mit Schauen, dass sie erst spät merkte, wie wenig sie vom Abgrund trennte: nur eine schmale Stange auf Hüfthöhe. Sie hielten auf der Galerie, die beiden Kollegen ließen sie aussteigen und sagten zu Quirin etwas wie: Nein, sie bräuchten keine Hilfe. Und Quirin nahm Gianna bei der Hand und führte sie in Richtung der Dächer. Gianna ergriff seine Finger, und Quirin freute sich über die trockene harte Fußballerinnenhand. Immer noch merkte man Gianna die Leistungssportlerin an, die sie doch schon eine Weile nicht mehr war. Am Wochenende würde sie ihr letztes Spiel machen, für die Frauen vom FFC Donau. Auch ihr Gang: fest und federnd, der Gang von jemandem, der etwas vorhat. Und immer diese Ungeduld: Eigentlich wollte sie ihn ziehen, aber da er vor ihr war, dann schob sie eben von hinten …

Gianna!

Ist ja schon gut.

Es hat hier keinen Zweck, eilig zu sein.

Das stimmte. Sie hatten ja kein Ziel. Oder besser gesagt: Jede Ecke, jeder Winkel, jeder schmale Gang war ein Ziel. Sie waren nach dem Verlassen des Aufzugs, durch eine schmale Tür geschlüpft, und Gianna war erst einmal enttäuscht. Ging es jetzt zurück ins Kircheninnere? Hatte Quirin ihr nicht einen Blick über die Stadt versprochen? Quirin bog von einer Art Dachboden in einen schmalen Gang ein, es ging rechts herum, links herum, dann eine eiserne, steile Wendeltreppe hinauf. Ihre Schritte hallten. Es wurde merklich kälter. Und dann öffnete Quirin eine schmale Pforte – und sie standen auf dem Dach des Doms. Genauer: auf den sanft abfallenden Kupferplatten des südlichen Langhauses. Das Dach breitete sich aus wie ein gleichzeitig planer und bewegter See, und aus diesem See ragten steinerne Seepferde auf, große, anmutige, vielfach bearbeitete Tiere. Das waren die Pfeiler und Strebebögen, die Dach und Türme teils stützten, teils schmückten, und als sie näher an die Türme kamen, entdeckte Gianna, dass auch die Friese und Schmuckbänder, die um die Türme liefen, reich geschmückt waren: allerhand Tiere, bekannte wie Marder und Igel, aber auch seltsame, rätselhafte gaben sich hier ein Stelldichein.

Wer sieht das alles?, fragte Gianna verblüfft.

Niemand, antwortete Quirin. Du. Ich. Ein Falke.

Vorsichtig tasteten sie sich vorwärts. Die Luft war kühl für einen Frühsommertag an der Donau. Es hatte in der Nacht gewittert, dabei stark abgekühlt, und noch immer war alles bläulich und wasserschwer. Der graue Stein des Doms hatte einen grünlichen, giftigen Schimmer, und die Dächer schimmerten. Hinter den Türmen wölbte sich der Himmel tiefblau. Gianna wagte noch nicht, nach unten zu sehen.

Komm!

Jetzt musste Quirin sie weiterziehen. Hinter der nächsten Ecke hatte er etwas vorbereitet. Eine Leiter lehnte an der Wand, die das Seitenschiff vom noch höheren Langhaus der Kirche trennte. Eine Leiter? Hier oben? Gianna zögerte.

Komm!

Wie sicher sich Quirin bewegte.

Du hast wohl gar keine Angst?, fragte Gianna.

Nein, rief Quirin lachend und machte eine weite Geste ringsumher: Das ist jetzt mein Dorf!

Gianna lachte mit. Es stimmte! Von hier oben war der Dom nicht mehr ein einziges, hoch aufragendes Monument. Er gliederte sich vielmehr in verschiedene Teile. Zwei Türme – und der dritte, älteste. Eine schräge, große Dachfläche – die Reiter, die Stützen und Bögen. Das Mittelschiff, das hier wirklich wie ein schnittiger Dampfer die Szenerie teilte.

Sie standen vor der Holzleiter. Quirin stemmte einen Fuß auf die untere Sprosse.

Trau dich, Gianna. Ich verspreche, oben gibt es etwas zu sehen.

Der Wind pfiff. Er hatte unmerklich aufgefrischt. Gianna erklomm die sechs Stufen mit klopfendem Herzen. Sie schob sich an einer Wand des Mittelschiffs nach oben. Nach ganz oben.

Und jetzt nach rechts drehen!, schrie Quirin von unten.

Vorsichtig wandte Gianna den Kopf.

Nein! Du musst dich ganz umdrehen! Halt dich am Reiter fest.

Langsam drehte Gianna einen Fuß auf der Leiter, dann den zweiten. Sie war so aufgeregt, dass sie zunächst gar nichts erkennen konnte. Und dann: genau auf der Höhe ihres Gesichts, hinter der Verzierung der Filiale, jenes kleinen Kalksteintürmchens, das wiederum nur ein anderes Türmchen verzierte, entdeckte sie – einen Frosch. Er war kaum faustgroß, aber sorgfältig gearbeitet. Eine Bildhauerarbeit in vierzig oder fünfzig Metern Höhe, hinter einem Türmchen, hinter einer Blende …

Gianna hielt den Atem an. Unwillkürlich streckte sie eine Hand aus und berührte den Frosch. Fast hätte sie erwartet, dass er wegsprang.

Schön, nicht wahr?, rief Quirin.

Gianna nickte. Zu mehr war sie nicht in der Lage.

Bei Quirin angekommen – auf dem schrägen Dach, das ihr nun sicher wie ein ebener Garten erschien – war sie noch ganz außer Atem.

Wer sieht das?

Hatten wir das nicht schon?, fragte Quirin lachend. Man muss es nicht sehen. Es genügt zu wissen, dass es da ist. Und dann ist da ja noch der liebe Gott.

Gianna schickte einen zweifelnden Blick in den Himmel.

Nein, nicht da, sagte Quirin ernst. Er berührte mit einer Hand den Stein: Sondern hier.

Na, du weißt Bescheid!

Gianna lachte und ließ endlich einmal wieder einen ihrer Pfiffe los, laut und frech, der gegen die Mauern hallte.

Sie streiften die feierliche Stimmung ab, die sie ein wenig beklommen machte. Das Erhabene, das um den Dom zu schweben oder aus den Mauern zu strömen schien. Und hatte Quirin nicht gesagt, der Dom sei eine Landschaft aus Stein oder nein: ein Dorf? Also erkundeten sie das Dorf. Sie wanderten von den kupfernen Dachflächen zurück ins Innere. Warfen einen Blick, der sie schwindelig machte, vom Dachboden über dem Mittelschiff ins Innere der Kirche – schau, das ist die Zisterne! Gingen weiter, bewunderten das Mühlrad, mit dem im Mittelalter schweres Gerät und Baumaterialien nach oben befördert worden waren – sieht das nicht aus wie ein ganzer Mühlenhof?

Sie schlichen durch niedrige Gänge, bogen um Ecken, traten wieder hinaus ins Freie und hielten sich dicht an Vorsprüngen und Pfeilern.

Es ist ein Dorf für sehr Schlanke!, japste Gianna, als sie sich wieder einmal an einem Eckvorsprung vorbeigeschoben hatte, auf den nächsten Absatz, um noch ein paar Stufen nach oben zu kommen.

Und es ist ein Dorf im Gebirge, eindeutig!

Sie musste darauf achten, wohin sie trat. Zwar führten viele Wege um den Dom, aber sie waren für Menschen gemacht, die genau wussten, wie sie ihre Füße setzen mussten.

Kein Dorf für Faule!

Wenn das hier die Pfade waren, dann war die Fläche der Dächer ein Acker. Dann spendeten die Wasserspeier, die sie von überall aus toten Augen anstarrten, Wasser für die steinerne Erde. Und in den Türmen und Erkern, da würden die Bewohner dieses Dorfes wohnen, seltsame Heilige, sie alle …

Vielleicht solltest du dich mal wieder umdrehen, Frau Lot!, mahnte Quirin und fasste Gianna bei den Schultern. Es stimmte. Sie hatte sich, wann immer sie die schmalen Gänge entlangwanderten, dem Dom zugewandt, also nach innen. Sei es, weil sie Angst vor dem Schwindel hatte, sei es, weil der Dom alle Aufmerksamkeit auf sich zog. Zögernd drehte sich Gianna um und sah auf die Stadt. Ihre Stadt.

Immer hatte Regensburg für sie etwas Spielzeughaftes. Die Farben der Häuser: ein rötlicher Sandton, ein helleres Gelb, kindliche Grün- und Blautöne. Die Häuser selbst: spitzgiebig, eher schmalschultrig als breit, drei, vier Geschosse hoch und hier, in der Altstadt, gestapelt. Von oben sah es so aus, als trügen manche Häuser spitze Hüte, einige waren barhäuptig, alle aber hatten sich fein gemacht und standen, mit erhobenen Stirnen dem Dom zugewandt. Gianna schaute noch weiter nach unten: Da wuselten die Regensburger über den Marktplatz, wenige einzeln, die meisten in kleinen Gruppen, es sah aus, als schwärmten Insekten. Auffallend viele hielten die Hände vor der Brust oder dem Bauch gefaltet, gefasste kleine Figuren, irgendwie gesammelt sah das aus, nach Einkehr.

Pilger!, sagte Quirin. Es ist wieder so weit.

Er sah auf seine Uhr.

Kurz vor neun. Gleich beginnt eine Andacht. Dass die nie genug kriegen vom Büßen und Beten! Hast du Hunger?

Und wie! Bergluft macht hungrig, scherzte Gianna.

Und verblüfft sah sie, wie Quirin aus dem Latz seiner Arbeitshose zwei mächtige Scheiben Brot holte. Sie waren ein wenig plattgedrückt, dafür hatte es aber auch noch für einen großen Thermosbecher mit Tee in der Joppe gereicht. Und so machten sie eine improvisierte Brotzeit mitten auf dem Dom. Nie hatte Gianna ein Butterbrot besser geschmeckt, genüsslich kaute sie auf der harten Kante herum, die nach und nach ihr würziges Aroma freigab: Salz und Kümmel, Fenchel und Anis. Und ein wenig roch es nach Quirin.

Schau mal! Quirin wies mit der Hand nach Süden. Da unten, ist das nicht dein Lokal?

In der Tat. Da lag es. Da lag er. Der *Garden*. Regensburgs feinstes Restaurant. In dem sie im Herbst ihre Lehre beginnen würde. Gianna schluckte. Von hier oben sah die Dachterrasse des Restaurants noch vornehmer aus. Man konnte die dunklen

Gartenmöbel erkennen, die Sonnenschirme, die darauf warteten, geöffnet zu werden, so wie man Segel hisst, damit die Fahrt beginnt. Jetzt, am frühen Morgen, war alles still. Aber Gianna wusste: Im Inneren des Restaurants war schon der Teufel los. Auf was hatte sie sich da eingelassen?

Würdest du eigentlich mal mit mir schlafen?

Quirins Frage klang beiläufig. Gianna war nicht sicher, dass sie richtig gehört hatte. Sie wandte langsam ihren Blick von der leeren Terrasse des *Garden* ab und Quirin zu. Der erwiderte ihren Blick in aller Seelenruhe. Hatte sie richtig gehört? Vorsichtshalber nickte sie erst einmal.

Sicher?

Wie – sicher?

Hast du mich verstanden, Gianna? Ich habe dich gefragt, ob du mal mit mir schlafen würdest?

Klar, sagte Gianna. Warum nicht.

Sie schluckte. Was redete sie da? Sie war nicht in Quirin verliebt. Sie war allerdings in überhaupt niemanden verliebt, und trotzdem machte sie das gelegentlich. Das. Sex. Sie fand es gut, das Leben fühlte sich intensiver an, hitziger – und gleichzeitig kam es zur Ruhe, oder sie kam zur Ruhe. Also warum nicht mit Quirin? Sie mochte Quirin. Sie mochte ihn so sehr, wie sie jemanden nur gernhaben konnte. Verliebt – nein, das war sie nicht. Aber sie wollte auf keinen Fall, dass er aus ihrem Leben verschwände, sie wollte ihn halten, bei sich behalten … Er schaute sie so seltsam an, so ernst, obwohl er lachte.

Schön, sagte Quirin. Das freut mich. Dann sag mal Bescheid, wenn du Lust darauf hast. Ich warte.

Und dann, als gäbe es nichts Dringenderes zu tun, nahm er ihr das Butterbrotpapier aus der Hand, schüttelte die Brotkrümel darauf über den First und wollte den Bogen ordentlich zusammenlegen.

Quirin! Du alter Mann!

Schon hatte Gianna ihm das Papier aus der Hand gerissen. Unter ihren geschickten Fingern entstand im Nu ein Papierflugzeug. Quirin griff nach seinem Butterbrotpapier und faltete es zu einer Art Käfer.

Taufe es!, rief sie ihm aufgeregt zu.

Und er, als ob er verstünde, spuckte dreimal kräftig aus und sagte: Weite Welt!

Und so trudelten zwei sehr unterschiedliche Flugobjekte vom Turm des Doms in Richtung des Marktplatzes, kreisten, wie es schien, mit einer gewissen Eleganz über dem feinen Hotel gegenüber, um schließlich hinter Kaminen zu verschwinden.

Schön!

Es war ganz einfach, sich zu küssen. Es war aber nicht so einfach, damit wieder aufzuhören.

Guter Freund!, dachte Gianna. So wie andere *gütiger Himmel* sagen.

Als sie nach Hause kam, wartete Francesca schon mit dem Essen. Sie warteten beide – Damian und die Großmutter. Eine seltsame Allianz hatte sich ergeben. Damian, der nicht wusste, was er mit seinem Leben und seiner Schönheit anfangen sollte, hatte Francesca frühmorgens am Donauufer getroffen. Sie hatte beim Fischer eine Brachse für das Mittagessen gekauft, und Damian war auf dem Heimweg von einem seiner nächtlichen Streifzüge. Verblüfft waren die beiden voreinander stehen geblieben.

Du – hier?

Ich wohne hier, sagten beide wie aus einem Munde und mussten lachen.

Freilich hauste Damian ein ganzes Stück weiter flussabwärts, während Francesca nur durch die aufgeräumten Auen spazieren musste, um in ihr Fischerhäuschen, das keines mehr war, zu gelangen. Aber das waren Kleinigkeiten.

Junge, du bist groß geworden, sagte Francesca, ganz so, wie man es von allen Großmüttern dieser Welt erwartet.

Tja ... erwiderte Damian.

Sie lächelten sich an.

Hast du zufälligerweise noch keine Verabredung zum Mittagessen?, fragte Francesca. Dieser Fisch hier ist nämlich riesig. Du würdest mir einen Gefallen tun.

Das stimmte sogar ein bisschen. Und Damian, dessen Magennerven von zu viel Gin mit zu wenig Tonic brannten, erinnerte sich an die guten Küchlein, die Francesca immer in der Klosterschänke gebacken hatte, an den Duft von Zimt und Anis und frischen Zitronenzesten und fand, dass er keinesfalls etwas Besseres vorhätte, als mit dieser vertrauten alten Dame zu speisen. Ungefragt hakte sie sich bei ihm unter und reichte ihm beiläufig die knisternde Tüte mit dem Fisch, der tatsächlich ein ordentliches Gewicht hatte.

Und so begann die seltsame Freundschaft zwischen Damian und Francesca. Nie riefen sie sich an – wie hätte Francesca den herumvagabundierenden Jungen auch erreichen können? Nie verließen sie sich aufeinander. Und doch gewöhnte Francesca sich an, einfach immer einen Fisch mehr zuzubereiten, eine Scheibe Fleisch mehr abzuschneiden, das Gemüse und die Pasta noch großzügiger zu bemessen, als es ohnehin ihre Art gewesen war.

Mal tauchte er auf, mal nicht. Das machte Damian bei allen Frauen so, aber keine nahm es mit so viel Grandezza wie Francesca. Sie deckte den Tisch, als ob sie mit ihm rechnete, räumte aber klaglos ab, wenn er nicht auftauchte. Sie zeigte keinerlei Überraschung, wenn er einmal zu ungewöhnlichen Zeiten klingelte, und las ihn so manches Mal im Ufergebüsch auf, wenn der Weg von den Trance-Kneipen zum Schleusenwärterhäuschen doch zu lang und zu unübersichtlich gewesen, der Besuch bei Francesca aber undenkbar erschienen war. Manchmal ließ sich Damian wochenlang nicht blicken, dann erwähnte ihn Francesca mit keinem Wort. Und schon gar nicht hätte sie zugegeben, dass sie den jungen Mann manchmal suchte.

Gianna nahm das alles irgendwie zur Kenntnis, aber in diesem Sommer der Veränderungen verlor der schöne Damian viel von seiner Faszination für das junge Mädchen. Gianna entdeckte die Welt. Sie reiste hierhin und dorthin, bevor im Herbst die anstrengende Lehre beginnen würde. Sie flog nach Marokko und reiste weiter nach Tunesien, trampte mit einer Freundin durch Thailand und versöhnte sich mit ihrer Mutter auf einem Trip nach Sizilien, bei dem sie einräumen musste, dass Rita, verglichen mit ihren Schwestern, eine beinahe normale, beinahe deutsche Mutter war. Und sie brachte das Abschiedsspiel ihres Fußballclubs hinter sich – ein Benefizspiel, das bedürftigen Kindern zugutekommen sollte.

Dieser Abschied nahm Gianna mehr mit, als sie für möglich gehalten hatte.

7. AUF DER ERDE

Die Beine, die Arme, der rechteckige Rahmen aus Aluminium drum herum, die Nylonschnüre. Der Körper darin wie eingespannt. Als zögen die Pfosten Arme und Beine auseinander, als zöge die Latte den Kopf der Spielerin nach oben: Wenn sie im Tor stand, kam Gianna Quirin manchmal vor wie ein hilfloser Hampelmann, eine Marionette, an deren Armen und Beinen die anderen zogen, je nachdem, wie das Spiel gerade verlief.

Dann wieder sah er Gianna eher als Dirigentin, als wilde, ungezügelte Leiterin des Spielerinnen-Orchesters, die die anderen bald hierhin, bald dorthin scheuchte, die brüllte, winkte, gestikulierte – um im entscheidenden Augenblick sehr still zu werden, ganz stumme Anspannung, die sich aufrichtete und doch leicht krümmte, wie eine Feder, die gleich hochschnellt, gegen den Widerstand prallt, mit Entschiedenheit und Eleganz. Und sie sprang – hoch und weit, und das musste sie, um diesen wirklich teuflischen Freistoß abzufangen, den ihr die gegnerische Mittelfeldspielerin in einem scharfen Bogen ins linke Eck setzen wollte. Aber Gianna war davor. Gianna rettete wieder einmal den FFC Donau. Auch bei ihrem letzten Spiel, bei dem es doch eigentlich um nichts mehr ging. Es war auch der letzte Zeichentag für Quirin.

Es regnete. Es goss, als schaufelte der Himmel mit Riesenhänden das Wasser aus der Donau, um es gleich wieder ungefiltert und grob über den Menschen auszuschütten. Gianna und ihre Mitspielerinnen trieften, die wenigen Zuschauer duckten sich unter Schirmen, verkrochen sich in Kapuzen. Die Stadt verschwand hinter einem Vorhang aus Dunst, der Fluss dampfte. Im August war das oft so; da wechselten Sonne, Regen und Nebel, da kräuselten sich Blätter in der Mittagshitze da heizte sich die Atmosphäre langsam auf, – um sich wenig später in Gewittern und Regengüssen zu entladen, die eher nach Herbst rochen und eine Kälte mit sich führte, die die Leute zum Frösteln, ja zum Schlottern brachte.

Auch Quirin fror erbärmlich. Der Stift in seiner Hand wurde unhandlich, wurde groß und schwer – ein HB 2001 mit Grip diesmal, den hatte er einmal ausprobieren wollen, aber es brachte nichts, die winzigen Noppen auf dem Schaft irritierten ihn eher, lenkten ab vom Eigentlichen: von der Gestalt, die er zeichnen wollte. Quirin schaute kaum auf das Blatt, wenn er skizzierte. Er kannte ja die Maße seiner Pommes-Pappen, er kannte die Blätter, die er auf dem Klemmbrett einspannte, wenn er, wie jetzt, das allgemeine Arme-Beine-Durcheinander festhalten wollte. Quirin hatte diesmal eine Choreographie im Sinn: die

Choreographie der Arme und Beine. Er wollte das Match als Tanz der Spielerinnen festhalten. Ein Abschiedstanz.

Es drückte ihm die Kehle zu, dass Gianna aufhörte. Sie wollte ihre Fußballschuhe an den Nagel hängen, wie man sagte – dabei war Quirin sicher, dass sie das nicht tun würde. Sie würde sie wegwerfen, wütend in die Ecke feuern oder womöglich verbrennen oder in die Donau schmeißen, denn Gianna verließ den FFC Donau im Zorn. Nicht, weil ihre Kochlehre bald begann, nicht, weil vernünftigere Mädchen als sie längst eingesehen hätten, dass sich eine solche Lehre mit dem aufwendigen Fußballtraining nicht verbinden ließ, nein: Die Mitspielerinnen, fand Gianna, zogen nicht richtig mit. Sie hätten aufsteigen können, aber den anderen wurde das Training zu hart. Das sah sich Gianna eine Weile an, schimpfte, verbündete sich mit der Kapitänin, drohte, bat – um abrupt das Ende ihrer Karriere zu verkünden. Mit achtzehn.

Nach außen sah das ganz vernünftig aus, auch der Chef des *Garden* hatte es mit Wohlwollen zur Kenntnis genommen. Er brauchte einen Lehrling, der sich dem Betrieb mit Haut und Haar verschrieb, keine halben Sachen, fand Max Wohlleben, das vertrug sich nicht. Nach außen stimmte Gianna ihm zu, stimmte Francesca zu, die die Fußballleidenschaft des Mädchens nie ganz verstanden hatte – innerlich aber bebte sie vor Zorn. Quirin kannte das. Und er fragte sich, während er ihre heftigen Bewegungen in Bleistift-Blitzen festzuhalten suchte, was bei Gianna zuerst kam: der Zorn oder der Abschied – oder ob das eine das andere brauchte? Und er fragte sich, ob Gianna wohl je irgendwo bleiben, irgendwo ausharren oder ankommen könnte und was dann aus ihrem großen Zorn werden würde, diesem Feuer, das sie hielt und vorwärtstrieb … Ihre Haare machten ihm zu schaffen, diese langen, schwarzen Strähnen, die selbst dem Regen trotzten, die selbst jetzt aufflogen und wirbelten wie ihre Beine, wie die Arme …

Ach Gianna!

Die Umstehenden schauten ihn an. Er musste sehr laut geseufzt haben.

Die Frauen vom FFC Donau verloren das Spiel 2:3. Das passte. Mit dem Abpfiff trat Gianna den Ball ins Aus, mitten hinein in die Zuschauerreihen, und das gab noch eine gelbe Karte zum Abschied. Am Abend feierten sie dennoch, und dann wurde alles anders.

8. FETT

Phosphatide, Wachse, Keratin, Cholesterin ... Gianna brummte der Schädel. Fett. Fette. Max Wohlleben fand es völlig in Ordnung, dass die Berufsschule mit der Analyse der Basics begann. Jodzahl, Verseifungszahl, Säurezahl ... Vor Giannas Augen verschwammen die fruchtigen Olivenöle, das klare Traubenkernöl, das schwere, schmierige Leinöl zu Reaktionsketten, zu Rechenaufgaben, zu Zahlen und Buchstabenreihen.

Halten Sie sich ran. Sie müssen heute noch was schaffen.

Gianna hob kaum den Kopf. Was hätte sie auch gesehen? Das, was sie jeden Tag sah. Einen beinahe quadratischen Raum. Tische, Stühle. Vier an jedem Tisch, zwei und zwei einander gegenüber. An den Wänden eine lange, hohe Bankreihe, die sich durch das Lokal schwang wie eine Rückenflosse. Auf den Tischen weiße Decken, so kräftig gestärkt, dass sie nicht über die Tischkanten flossen, sondern sich abspreizten wie Leute, die sich zieren. Es roch nach Wäsche, nach Putzmittel, nach schierer Reinlichkeit – und nach Nerven. Gianna kannte den Geruch von Nerven seit sechs Wochen, seit sie bei Max die Lehre begonnen hatte.

Franz Mehring, Ludovic Stajner, Philipp Goos. Nur drei Namen hatte Gianna sich merken können. Knapp und kurz hatte Max sie der Belegschaft vorgestellt, die Namen hintereinanderweg in hastigem Stakkato genannt, als arbeitete er eine Liste ab, als handelte es sich nicht um schlanke junge Männer mit abgearbeiteten, überraschend alten Gesichtern, sondern um Küchenzutaten: Franz, Ludovic, Philipp – in die Suppe! Aber Gianna hatte keine Zeit zum Kichern, sie ahnte sofort, dass sie von nun an überhaupt wenig Zeit zum Kichern haben würde, Zeit für sich, denn hier gab es nur einen, der Ton und Takt vorgab: Max Wohlleben. Der aufstrebende Stern der Küche in Regensburg. Schon kamen die Leute von weit. Und umso wichtiger – das wusste jeder Koch, der halbwegs bei Verstand war –, umso wichtiger war die Küchenbrigade. Mit diesen zwölf Männern würde Gianna in Zukunft zusammenarbeiten, nein: Ihnen war sie unterstellt. Gianna versuchte, sich die Gesichter einzuprägen, sah aber nichts als graue, rosige Flächen über weißen Kochjacken, nur manchmal so etwas wie ein Zucken, das man als Lächeln deuten konnte.

Die schwarze Brigade schien freundlicher: die Kellnerinnen, die Sommelière aus dem Badischen, die die Enden ihrer schwarzen Schürze so anmutig gebunden hatte. Alles an Marie sah mühelos aus ... Sie nahm sich Gianna zum Vorbild. Zum Stimmungsvorbild, zum Haltungsvorbild – aber es war zwecklos. Die Arbeit in der Küche, das musste Gianna schnell einsehen, war Schufterei. Sie waren eher mit Arbeitern in einer Hütte zu vergleichen als mit Gärtnern oder Konditoren, die Gianna für die natürlichen nächsten Verwandten der Köche gehalten hatte. Nein, hier wurde nicht gezupft und gepflegt – hier wurde geschrubbt und geschliffen, geschleppt und gewuchtet, gehievt und geräumt. Und Gianna immer mittendrin. Oder besser: ganz unten. Das machte ihr Max schon am ersten Tag klar: hinten anstellen. Also beim Serviceessen, dem Mittagsmahl für die

Angestellten, warten, bis sich alle etwas genommen hatten. Morgens die Erste sein, und wenn sie unschlüssig in der Küche herumstand und nicht wagte, die am Vortag vorbereiteten Zutaten aus dem Kühler zu nehmen, im Gastraum mit anfassen, den die Putzleute eben verlassen hatten, feuchte Spuren noch eine Weile sichtbar auf dem schweren dunklen Parkett. Dann die Türen aufgerissen zur Terrasse, prüfende Blicke nach draußen: Standen die Lounge-Möbel noch so, wie es der Innenarchitekt vorgegeben hatte? Also immer vier und vier Sessel und dazwischen, aber leicht versetzt, die niedrigen Tische, die gerade Raum boten für einen Aperitif und ein Schälchen mit Oliven oder Mini-Brötchen mit Max' berühmtem, bittersüßem Häcksel von der Wachtel? Wenn nein, musste Gianna räumen, und während sie die schweren Sessel mit gekrümmtem Rücken mühsam zurechtzurücken versuchte und manchmal in einem unbeobachteten Moment danach trat, dann warf sie schon mal einen Blick nach oben, zum Dom.

Hatte sie nicht noch vor wenigen Wochen dort oben gestanden, hinter der steinernen Balustrade am Turm und sich mit Quirin auf die Lehrzeit gefreut? Nun schuftete sie hier, malochte, wie Quirin das nannte – nur, dass der selbst rackerte und nicht merkte, wie überfordert, wie ausgelaugt Gianna schon nach wenigen Wochen war.

Max Wohlleben merkte das durchaus. Er war kein stumpfer Küchenmechaniker, sondern ein feinnerviger Mann – aber das wusste er geschickt zu verbergen. Schon sein Äußeres trog. Max wirkte vierschrötig, bullig. Er war nicht besonders groß, aber schwer, ein untersetzter Typ, der stets für wesentlich älter gehalten wurde, als er tatsächlich war: zweiunddreißig. Sensationell für einen Koch, der aus dem Nirgendwo stammte, aus irgendeinem Kaff im Pfälzerwald, das selbst die Einheimischen hier mit Spott in der Stimme nannten, und der an Vorbildung zu Hause lediglich die Bienen seines Großvaters vorzuweisen hatte. Bienen! Die meisten Angestellten in der Gastronomie verachteten die Natur, aus der sie sich bedienten, das hatte Gianna früh gelernt, und es hatte sie verblüfft und empört. Lebten sie denn nicht von der Natur? Von den vielen Tieren, die sie tagaus, tagein in der Küche verarbeiteten, von den Rinderhälften, die sie teilten und wieder teilten und die sie bis zum letzten Fitzel auskochten und benutzten? Von den zarten Lämmern, deren Fleisch so heikel war, dass ihnen nur noch die Wachteln und Fasane nahe kamen? Und waren sie nicht abhängig von der Qualität des Gemüses, die Franz, der Légumier, im frühen Morgengrauen von den Märkten holte – früh, damit ihm kein anderer zuvorkam? Aber nein, sie hassten das alles. Sie hassten das Fleisch und das Gemüse und den Salat sowieso. Den hassten sie alle gemeinsam mit Inbrunst. Denn: Es war ja nicht perfekt. Niemals. Und sie waren auf der Suche nach der Perfektion. Das machte Max jeden Tag unmissverständlich klar. Er trommelte die Mannschaft zusammen, kaum, dass er gegen halb zehn oder zehn in den *Garden* gekommen war. Er schaute einen jeden kurz und scharf aus seinen immer geröteten Augen an und hielt eine kurze Ansprache. Und stets kamen darin die Begriffe *größte Anstrengung* und *wenn nicht heute* und *existentiell* vor, denn das war es immer: existentiell. Max und seine Leute kochten um ihr Leben. Und da duldeten sie es nicht, dass ihnen ein schlappes Salatblatt oder ein Stück Fleisch, dem ein merkwürdiger Stich ins Säuerliche nicht auszutreiben war, einen Strich durch die Rechnung machten. Dass die Gäste dennoch begeistert waren? Tat nichts zur Sache. Dass ein Geschäftsmann aus dem Hunsrück den weiten Weg nicht scheute und jeden Freitag die Arbeitswoche bei ihnen ausklingen ließ? Nett, aber nicht der Rede wert. Dass die überregionale Zeitung sie schon mehrfach als Geheimtipp angepriesen hatte? Schon besser – aber keineswegs beruhigend.

Man durfte sich nicht ausruhen. Niemals. Der Erfolg von gestern konnte sich als der Fluch von morgen herausstellen. In der Küche ist immer Premiere, jeden Tag. Und jeden Tag konnten ihnen ein paar wässrige Tomaten, ein trockenes Stück Wild, eine Schote ohne Biss den Erfolg verderben, die Anstrengung der letzten Wochen, ja sogar Monate zunichtemachen.

Du musst dir das vorstellen wie eine Bergwanderung, hatte Marie in einem der raren Momente der Entspannung zu Gianna gesagt. Sie griff nach einem der Weingläser, die Max für sein Restaurant eigens hatte anfertigen lassen – genau wie die ovalen Teller, die Schüsseln und Schalen, die in einem sanften Meergrün schimmerten wie Perlmutt. Behutsam nahm Marie den Stiel des Glases mit einem frischen Geschirrhandtuch und begann, den Kelch zu polieren. Sie schien nur dieses eine Glas wahrzunehmen – dabei standen hinter ihr auf dem Tresen noch mehrere Dutzend weitere Gefäße für Riesling und Bordeaux, von den ungeheuer filigranen Champagnerflöten zu schweigen.

Es ist wie eine Bergwanderung, wiederholte Marie und drehte das Glas behutsam. Wir haben uns entschlossen, da oben auf dem Gipfel anzukommen. Wir wissen genau, wo es langgeht, aber wenn wir einmal losgegangen sind, können wir den Gipfel zwischendurch nicht mehr sehen. Verstehst du? Er verschwindet scheinbar hinter den Bäumen.

Gianna nickte. Das kannte sie.

Und so ist es gerade. In so einer Phase bist du gekommen.

Das Glas quietschte leicht in Maries Händen. Sie hielt es jetzt prüfend gegen das Licht, seufzte und machte weiter.

In was für einer Phase?

Der zweite Stern!

Was? Ihr habt doch erst seit einem Jahr einen Stern, und alle sagen, das ist ganz toll für so einen jungen Chef wie Max.

Herr Wohlleben – Marie sprach den Nachnamen bedeutungsvoll und langsam aus – Herr Wohlleben ist natürlich mit dem einen Stern nicht zufrieden. Ein Stern bedeutet, dass du auch einen zweiten bekommen kannst.

Gianna staunte. Nicht so sehr über das *Herr Wohlleben*, denn natürlich wusste sie, dass man sich hier eigentlich siezte. Nur Pablo, die Spülhilfe aus Spanien, wurde von allen geduzt. Aber nach allem, was sie wusste, war ein Stern für eine Küche eine Auszeichnung, nach der sich die meisten jungen Köche verzehrten. Nur ein paar erhielten jedes Jahr die begehrte Anerkennung. Und in Deutschland war es nach wie vor besonders schwierig. Noch immer war Frankreich in Sachen Küche das Maß aller Dinge. Das wusste auch Max – wer, wenn nicht er, verehrte die Kollegen aus Frankreich als Vorbilder! Wenn Gianna staunte, wie viel Butter er den Saucen in letzter Sekunde hinzufügte, wie er Sahnefass um Sahnefass öffnete, dann erklärte er geradezu inbrünstig:

Fett verstärkt den Geschmack! Verstehen Sie? Das ist wie ein weiches Bett für die anderen Zutaten. Sie können sich entfalten. Verstehen Sie?

Immer wieder fragte er nach, als sei Gianna begriffsstutzig. Die wies auf die Gäste, die sich gerade im Restaurant einfanden: die Geschäftsleute mit den wuchtigen Anzügen, die überschlanken Damen, an denen der Schmuck schon in der Mittagszeit bedeutungsschwer schimmerte.

Glauben Sie, die wären einverstanden, wenn sie wüssten, wie viel Fett wir …?

Wohlleben machte eine abwehrende Geste:

Papperlapapp! Das müssen sie auch nicht. Aber sie wären überzeugt, wenn ich ihnen sagen würde: Fettfrei ist für arme Leute! Wenn sie Löffelchen für Löffelchen Olivenölchen auf Salätchen tröpfeln, dann macht mich das krank! Leichte Küche ist Arme-Leute-Küche. Nicht mit mir! Nicht mit mir und Bocuse, Ducasse und Haeberlin!

Mit Begeisterung nannte Max Wohlleben ihre Namen, eine lange Liste, seine persönliche Litanei der Heiligen. Freilich: Sie beschützten ihn nicht. Sie brachten ihm nicht unbedingt Gutes. Denn jeder Koch, auch das lehrte Max, war zunächst einmal des anderen Feind. Sein ärgster Feind. Niemand war einsamer als ein ausgezeichneter Koch. Insofern war so ein Stern zwar eine großartige Sache, ein Gipfel, auf den man hinarbeitete – aber keine Gelegenheit zur Muße. Jetzt erst recht nicht! Das wussten auch die anderen.

Und dennoch hatte Francesca von einem überbordenden Fest bei Max erzählt, als der *Garden* – ziemlich überraschend – die Würdigung schon vier Jahre nach seiner Eröffnung erhielt. Feiern, ja, das konnten die Köche durchaus! Max hatte die ersten zwanzig Gäste auf sein Erfolgsmenü eingeladen, und auch, wenn Francesca nicht dabei gewesen war, so hatte sie doch von diesem ganz außergewöhnlichen Gelage gehört. Ja, Wohllebens Küche war eine, über die man sprach, weil das, was er kochte, unerhört war.

Nehmen wir die Rotbarbe mit Rosenkohl, Kürbis und Kokos, hatte Francesca gesagt, gerade so, als sei sie dabei, das heikle Gericht nachzukochen. Das ist so eine typische Erfindung vom Herrn Wohlleben.

Rosenkohl, Kürbis – und Kokos? Damals hatte sich Gianna bei dem Versuch, sich diese Kombination vorzustellen, noch geschüttelt.

Sei nicht so konservativ!, hatte ihre Großmutter entgegnet. Nur Kinder sind so!

Und dann hatte sie weitergeschwärmt: Wie dieses Gericht bei jedem Bissen zwischen Mittelmeer, Mitteleuropa und Asien changiert hatte – und trotzdem so harmonisch schmeckte, als hätten die gegensätzlich klingenden Zutaten schon immer aufeinander gewartet. Oder der Flussbarsch aus dem Salzteig mit butterweichem Lauch: Die Kombination als solche war durchaus vorstellbar. Aber erst durch einen feinsäuerlichen Bergamottejus wurde das alles zu einer Wonne.

Das gibt ihr den entscheidenden Kick!, hatte Francesca gemeint – und hatte damit eine Saite in Gianna angerührt. Nicht wegen der Fußballersprache. Wegen des Unerwarteten. Dass eine Küche überraschend sein konnte, voller Witz und Charme – das gefiel ihr. Das hatte sie zu Hause in der Klosterschänke immer vermisst. Und so war der Wunsch in Gianna gewachsen, bei Max Wohlleben mitzumachen. Dort, wo man in der Küche erst die Zutaten und dann letztlich sich selbst überlistete. Und nun? Nun war das alles Kampf. Nun lockten und liebten sie die Zutaten nicht, die die Männer auf den einzelnen Posten jeden Tag aufs Neue mit viel Hingabe zu perfektionieren suchten – nein, sie rangen diese Zutaten nieder. Und so freuten sich zwar die Gäste über Wohllebens kalkulierten Witz, über sein Rindertatar mit Rettich, Rucola und Lorbeerjus, über seine Art, die bayerische Küche in die Spitzenküche zu übersetzen – nicht aber die erschöpften Männer in der Küche, die den Rettich einen Hauch zu bitter, den Kontrast zum Rucola daher ein winziges bisschen zu wenig ausgeprägt und den Lorbeer zu fade gefunden hatten. Im Vergleich zu gestern!

Sie ahnten natürlich, dass Wohlleben mit seiner Art, das Bayerische mit der Welt zu verbinden, dabei war, so etwas wie einen Trend zu erfinden. Aber Trends, das predigte Max in seinen stundenlangen Ausfällen immer wieder, Trends machten vielleicht reich, aber sie hielten nicht an. Sie lenkten vorübergehend die Aufmerksamkeit auf seine Küche – aber wie lange hatte das Bestand? Außerdem gab es kein Copyright auf seine Erfindungen; immer stand schon ein mindestens genauso begabter, womöglich noch jüngerer Kollege bereit, der kopierte und ein wenig variierte, der ein Detail aufgriff und zu großer Blüte brachte, und dann war er, Max, binnen kürzester Zeit vergessen.

Und ihr alle – sowieso!

So schloss Max seine regelmäßigen Untergangsphantasien, mit denen er seine Küchenbrigade nach Mitternacht in den Schlaf schickte. Kein Wunder, dass sie sich ruhelos wälzten. Gianna hatte bis dahin gar nicht gewusst, wie schlecht und wie flüchtig man schlafen konnte. Die Köche tauschten Rezepte für Schlafmittel untereinander aus, die man legal oder wenigstens halbwegs legal beschaffen konnte, dubiose Internetadressen, Handynummern von vermeintlich guten Bekannten, die wiederum Bekannte hatten. Und dann standen sie rotäugig und mit strähnigen Haaren am nächsten Morgen wieder in der Küche und hätten viel dafür gegeben, wieder wach zu werden. Aber auch dafür gab es ja Mittel. Und so setzte sich der Kreislauf in Gang. Gianna, die als Neuling noch nicht recht integriert war, hörte die Kollegen tuscheln, sah sie Tütchen weiterreichen, Adressen murmeln. Und hörte weg. Die Frage war nur, wie lange sie sich das würde leisten können.

Beinahe war sie froh, dass sie zu Hause immer noch etwas zu tun hatte. Die verschwitzen Sachen in die Waschmaschine räumen; die Sachen von gestern, die auf der Leine hingen, abnehmen und bügeln. Denn morgen früh, das wusste Gianna, würde sie viel zu müde sein, um die störrische Kochjacke und die derbe Hose in Form zu bringen. Nein, das musste jetzt sein. Und dabei raste es in ihrem müden Kopf. Schon nach wenigen Wochen hatte sie Wohllebens Gedanken verinnerlicht, waren seine Maßstäbe ihre Maßstäbe, waren seine Sorgen ihre Sorgen. So ging das ja allen: Sie waren eine Mannschaft, in Sorge vereint. Und trotz allem wollte Gianna dazugehören, manchmal wusste sie selbst nicht so recht, warum.

Hinten anstellen! Schleppen, putzen, anreichen! Redeten die Kollegen eigentlich anders als im Befehlston mit ihr?

Täuschte sie sich, oder wartete Ludovic, der heimtückische

Potager, immer genau den Moment ab, in dem Gianna einmal kurz verschnaufen wollte, um sie gerade dann die besonders großen und besonders schweren Töpfe mit heißer Brühe vom Vorbereitungsposten auf den nächsten hieven zu lassen? Warum hieß er immer sie die noch glühend heißen Töpfe zur Spülstation schleppen, wo doch Pablo gerne half? Aber Ludovic verbot es ihm:

Du bleibst, wo du bist!

Da war es wieder, das Spülhilfen-Du. War das abschätzig gemeint? Eher nicht. Alle grüßten Pablo besonders freundlich, man wusste ja, wie abhängig man davon war, dass er das Chaos, das die anderen verursachten, möglichst rasch beseitigte. Von seiner Umsicht hing viel ab. Nein, es schien eher so, dass sich bei Pablo, wenigstens rhetorisch, alle ein wenig ausruhten. Hier gab es keine Konkurrenz. Pablo gehörte zweifellos dazu – aber er würde nie aufsteigen zum Légumier, der für die Gemüse zuständig war, oder zum Rôtisseur, der den Grill beherrschte, und schon gar nicht war er eine Gefahr für Philipp, den ehrgeizigen jungen Souschef, der Wohlleben jedes Wort von den Lippen ablas und jede Woche in seiner Kochjacke ein wenig mehr zu schlottern schien.

Wie die anderen wohl reagiert hätten, wenn sie gewusst hätten, dass Pablo zu Hause, in Pamplona, studiert hatte? Die Köche mochten solche studierten Leute nicht. Sie verstanden nicht, wie man Tage, Wochen, Jahre in Hörsälen verbringen konnte, wo es doch anderenorts so viel zu tun gab. Anderenorts – das war hier, das war in der Küche, denn einen anderen Platz konnte sich keiner von ihnen vorstellen. Nicht, weil sie nicht gewollt hätten, sondern, weil sie ihr Leben hier verbrachten. Wie Mönche, die, einmal in ein geschlossenes Kloster eingetreten, sich irgendwann die Welt nicht mehr vorzustellen vermögen, so schienen die Köche vollkommen gefangen in ihrer Welt. Nur das trieb sie zu Höchstleistungen. Nur das machte sie so verwundbar.

Gianna war noch nicht drin. Jedenfalls noch nicht ganz. Daher hatte sie sich ja auch mit Pablo unterhalten, was von den anderen geduldet wurde. Daher hatte sie herausgefunden, dass er eigentlich Agrartechnik studiert hatte, bis seiner großen Familie das Geld ausgegangen war. Das versuchte er jetzt, über die Jobs in Deutschland wieder zu beschaffen.

Pablos Problem war nur, dass er immer müder wurde, je länger er in Deutschland verweilte – müde auch in seiner Vorstellungskraft. Zwar dachte er noch an seine spanische Heimat, ja, er verzehrte sich geradezu in Sehnsucht nach dem ganz anderen, dem eigentlichen Leben, aber er sah es immer weniger vor sich. Das Küchenkloster begann, auch ihn zu beherrschen.

Gianna jedoch wehrte sich. Sie hatte es schon immer gehasst, vereinnahmt zu werden. Hatte sie nicht in ihrer Fußballmannschaft einen besonderen Status gehabt? Als Torhüterin war sie wichtig für die Mannschaft gewesen und dennoch am Rand. Aber Max zog und zerrte an ihr, er begriff instinktiv, dass sich da jemand vorläufig noch seiner Herrschaft entzog, dass Gianna zwar zuhörte wie alle anderen, wenn er etwas erklärte, ihm folgte, wie die anderen ihm folgten, aber er spürte eine Distanz, etwas, das er Aufsässigkeit nannte oder sogar Renitenz. Auch Giannas Ungeschick, dem Mangel an Erfahrung geschuldet, hielt er für Widerstand. Am schlimmsten war die Sache mit dem Rosmarin.

Max pflegte, wie alle Köche, die ernsthaft etwas auf ihre Küche hielten, einen großen Kräutergarten. Der lag etwas abseits, vom *Garden* aus waren es gute zehn Minuten zu Fuß. Also wurde immer der Jüngste beauftragt, die Kräuter für den Tag zu ernten und sorgfältig sortiert und gebündelt mitzubringen. Es war eine heikle und verantwortungsvolle Aufgabe – kein Mensch hatte später ja noch Zeit, den Weg zum Grasgässchen zu machen, die vier Treppen nach oben zu steigen, um sich dann, auf der Dachterrasse, den Weg an den vielen, vielen Töpfen mit duftendem Rosmarin und würzigem Thymian vorbei, vorbei auch an den kleinen Beeten mit Petersilie und Koriander, Estragon und Liebstöckel, bis zum Salbei zu suchen. Gianna pries sich glücklich, dass sie in den meisten Fällen den Auftrag erhielt. Zwar kostete es sie schier übermenschliche Anstrengung, nicht zu bummeln, aber selbst ein kleiner Ausflug hierher war wie ein Spaziergang ins schiere Paradies. Max hatte lange nach einem Ort für seine Kräuter gesucht, dann hatte er diese kleine Dachwohnung mit der imposanten Fläche auf dem Dach gefunden und so lange auf den Vermieter eingeredet, bis der ihm seine kleine, städtische Kräuterplantage genehmigt hatte. Die Wohnung hatte er gar nicht erst eingerichtet. Da lag nur eine schäbige Matratze in einer Ecke, ein Kaffeekocher stand sinnlos herum – alles gedacht für den Fall, dass einmal ein auswärtiger Kollege den Weg nach Hause nicht mehr fände. Über eine kleine Leiter gelangte man auf das Dach, und dort wurde man vom Aroma der Kräuter überwältigt. Max pflegte diesen Garten hingebungsvoll. Für die durstigeren Pflanzen hatte er ein ausgeklügeltes Bewässerungssystem installiert; die Kräuter aus dem Süden wurden von Hand gewässert, behutsam, nur gelegentlich, und bei schlechtem Wetter oder bei den starken Regenfällen im Herbst behutsam abgedeckt. Dann kämpften die Köche mit großen Planen gegen Wind und Wasser, und ihre Kochjacken flatterten im Wind. Am nächsten Tag musste das Ganze wieder abgebaut werden – typische Verrichtungen der Vergeblichkeit, die Gianna kopfschüttelnd mitmachte. Und dieses Kopfschütteln war genau das, was Max verrückt machte.

Sie ist noch nicht in der Spur, sagte er verzweifelt zu Ludovic, dem Suppenmann, den er gerade wegen seiner Verschlagenheit schätzte.

Die kommt schon noch, erwiderte Ludovic still.

Wissen Sie etwas, was ich nicht weiß?, fragte Max.

Nein, Chef, sagte Ludovic. Aber ich könnte mir was ausdenken. Ich bräuchte allerdings die Hilfe von Christian.

Christian, das war der Gardemanger. Der hatte einen merkwürdigen Sonderstatus. Einerseits war seine Arbeit nicht so spektakulär wie die des Rôtisseurs, der am Grill mit scharfen Gewürzen und mit offenem Feuer hantierte – andererseits blieben die meisten Gerichte ohne seine Zutaten, ohne die Sülzen, Terrinen und Pasteten, seltsam glanzlos. Er war nichts und doch alles. Und so war er auch als Typ: bleich, schwer zu durchschauen, die anderen mutmaßten, er verfolge seine eigenen Ziele. Er redete nicht mit den anderen, außer mit Franz, dem Légumier, der ihm mit seinen Gemüsen am wenigsten in die Quere kam.

Was soll der Christian mit Gianna?

Lass mich nur, sagte Ludovic unwirsch, und zu seiner eigenen Verblüffung ließ ihn Max tatsächlich.

Sie hatte an der Straße gestanden, wie jeden Dienstag, und hatte auf den Lieferwagen gewartet. Der Lieferwagen kam aus Waldsassen. Natürlich hätte der Bauer das Fleisch direkt im Restaurant anliefern können, aber der Mann hatte eine geradezu abergläubische Furcht vor der Stadt. Gianna mutmaßte, dass er einfach nicht gut genug Auto fahren konnte, um die engen Regensburger Gassen zu überstehen, aber das war egal. Der schwierige Rinderzüchter wollte nicht, das allein zählte. Die Züchter, fand Gianna, waren die Diven unter den Lieferanten. Was tat Max nicht alles, um sie gut zu stimmen! Und dann die Oberpfälzer! Jeder für sich ein buntes Sortiment ungeahnter Eigenarten, was die Regensburger auf den allzu tiefen Wald und die Höhenluft, die Abgeschiedenheit und die angeblich immerwährende Dunkelheit zurückführten. Ein böses Vorurteil, geprägt von städtischer Ignoranz natürlich. Beim Rinder-Sammer allerdings traf das alles leider zu. Dumm nur, dass er der Einzige war, dem die Züchtung des berühmten Tännesberger Rotviehs wieder gelungen war, einer Rasse, die seit vielen Jahrzehnten als ausgerottet gegolten hatte. Kräftige, hochgewachsene, rehrote Rinder, deren Fleisch delikat und von süß-würzigem Geschmack war. Max hatte monatelang auf den Sammer-Junior eingeredet, bis er zum Sammer-Senior vorgelassen wurde.

Ein Protokoll, schlimmer als bei Hofe!, hatte er geflucht und eine weitere Flasche vom allerbesten Calvados eingepackt, bevor er sich wieder auf den Weg zum Sammer machte.

Die Kunst war gewesen, mit dem eigenbrötlerischen Züchter ins Geschäft zu kommen – und ihn weiter daran zu hindern, die feinsten Stücke vom Filet selbst zu räuchern und ihm überteuert und knochentrocken zu verkaufen. Max wollte das ganze Filet. Roh. Und frisch. Endlich waren sie ins Geschäft gekommen – aber der Sammer bestimmte die Art und Weise. Und so standen die Jungköche abwechselnd an der Durchgangsstraße und ließen sich die großen Fleischstücke aushändigen. Klar, dass ihnen keiner dabei half, die schweren Stücke in den *Garden*-Caddy zu hieven. Klar, dass sie selbst sehen mussten, wie sie das Ganze heil in den Fahrstuhl und dann in die Küche bekamen.

Max hatte wochenlang ein kompliziertes Rezept ausgetüftelt – so aufwändig, dass es für das Hochlandrind sogar eine eigene Station geben musste. Dort wurde portioniert, mit dem schärfsten Filetmesser wurden kleine Kegel geschnitten, die Abschnitte wurden gewürfelt, eingefroren – schneller, schneller! Dann galt es, eine *Gremolata* zuzubereiten – aber was für eine! Petersilie war zu entstielen, Thymianblättchen waren aufs Feinste zu zupfen, Zitronenschale wurde abgerieben, Kumquats dazu. Brotkrumen vom japanischen Panko-Brot, noch ein wenig Lavendel. Und dann das Ganze mit Olivenöl im Mixer püriert. Aber nicht nur das! Gianna seufzte, wenn sie an die bevorstehende Tortur dachte: Nicht nur diese Paste – auch die winzigen Fleischwürfel waren durch ein großes Sieb zu streichen, das einem Tambourin ähnelte. Freihändig, versteht sich, über der Arbeitsfläche. So feinmaschig war das Sieb, dass auch der Teigschaber, den Gianna zu Hilfe nahm, nicht half: Das Passiergut blieb immer wieder hängen, verfing sich, die zügige Bewegung des Arms, die nötig war, um die entsprechende Menge zu verarbeiten, stockte – und hinter Gianna begann das Gedränge, das Kritisieren und Zischen:

Kommen Sie schon, schneller, Miss Schneckentempo!

Und dann kurz darauf schon schärfer:

Kriegen Sie heute noch mal den Arsch hoch?

Denn die Gremoulade und die winzigen, nun passierten Fleischwürfelchen waren ja nur das Beiwerk, sollten die Fleischkegelchen würzen, aus denen *Ballotines* wurden, Röllchen, strammer gewickelt als allzu prall geratene Babys. Und auch die *Ballotines* waren längst nicht alles: Eisgekühlte Mayonnaise war zuzubereiten, ein abenteuerlicher Salat aus sekundenlang überbrühten Beeten, noch phantastischere Blüten aus Rübenhobeln und Sellerieblättern, so fein geschnitten, dass man hindurchsehen konnte … Schneller, schneller! Und Gianna rieb und rührte und rührte und rieb, während ihr die Schärfe von Miso-Paste und Knoblauch die Tränen in die Augen trieb.

Die Vorspeise kam gut an. Die Gäste liebten es, wenn ein Gericht vor ihren Augen zubereitet wurde, und normalerweise hatten auch die Köche etwas übrig für so einen scharfen Auftritt. Aber das? War zu viel. Von Tag zu Tag erschien Gianna ihr Gremouladen-Sieb immer schwerer, immer widerspenstiger das verdammte, millimeterklein geschnittene Rinderfilet. Sie schwitzte. Konnte die Schultern nicht mehr gerade aufrichten. Die Fingerkuppen waren längst blutig. Irgendwann begannen ihre Hände unkontrollierbar zu zucken. Beim Raspeln der daumenkleinen Kumquats verletzte sie sich. Der Arzt sagte:

Aufhören! Sehnenscheidenentzündung.

Machen Sie jetzt schlapp?, fragte Christian.

Den gelben Schein versteckte sie.

Und dann bemerkte Max ihr Elend doch. Er hatte sich nicht um den Extra-Posten gekümmert, das hatte er seinem geschickten Gardemanger überlassen. Dass der Gianna doppelt so viel Arbeit aufbürdete, wie für den Posten vorgesehen war – klar, eine Ungerechtigkeit. Und dass vielleicht sogar böse Absicht dahintergesteckt hatte? Möglich. Aber was tat das? Max konnte sich kaum um die kümmern, die funktionierten. Wie sollte er da noch die im Blick behalten, die nicht funktionierten? Das war ein Luxus, den sich nun wirklich kein Sternekoch leisten konnte. Trotzdem befahl er Ludovic, Gianna nach Hause zu fahren. Und gab ihr Lebensmittel für die nächsten Tage mit. Gianna kam es vor wie eine Niederlage. Sie war nicht stark genug gewesen. Als Ludovic eine bösartige Bemerkung machte, gab sie ihm innerlich recht. Zu schwach.

Aber nach ein paar Tagen ballte sie die Fäuste. Das ging schon wieder. Wenngleich unter höllischen Schmerzen. Sie bandagierte die Finger, die Handgelenke und, heimlich unter der Jacke, auch die Ellbogen. Ein Boxer im Kampf. Angeschlagen, aber noch kein technisches K. o.

Und wirklich fing sie den anerkennenden Blick von Marie auf, als sie schon vier Tage später wieder in der Küche stand. Ein paar Wochen träumte sie davon, dass sie es nun geschafft und die Krise überwunden hätte. Aber dann passierte das mit den Kräutern. Es schien ein nächster Test zu sein. Max hatte Gianna beobachtet. Sicher, sie hatte Widerstandsgeist gezeigt, aber sie war wieder da, und sie verhielt sich tadellos. Doch die anderen störten sich an ihr, vor allem die Männer, solche wie Christian und Ludovic. Immer wieder warnten sie ihn:

Die Gianna, die ist innerlich immer noch nicht da.

Sie hielten viel davon, Menschen zu brechen und als Köche wieder aufzubauen. Und sollte man Gianna anders behandeln, nur weil sie ein Mädchen war?

Also hetzte Max Gianna herum, womöglich noch mehr als alle anderen. Eines Tages hieß er sie zum Dachgarten gehen, trug ihr allerhand weitere Besorgungen auf, gab ihr aber nur die Hälfte der Zeit. Gianna rannte durch die Altstadt, um die kleinen Nägel, die Gummimatten, die Lappen zu besorgen, dann keuchte sie mit alledem die vier Stockwerke zum Dachgarten hinauf, ließ die Sachen in der Wohnung fallen, um, oben auf dem Dach angekommen, tief einzuatmen. Was für eine Pracht! Und wie intensiv sich das Aroma der Kräuter mit dem Anblick der Stadt vermischte! Immer schon hatte die Silhouette von Regensburg auf Gianna bei ganz bestimmten Lichtverhältnissen wie Gebäck gewirkt, wie gebackenes Spielzeug standen die Giebelhäuser in Reih und Glied, als müssten sie, gerade aus dem Ofen geholt, erst einmal auskühlen. Und so war es ja auch nach dem langen Sommer. Die Hitze hatte sich in den Mauern lange gehalten, aber jetzt zog Herbstkühle ein, und das Mauerngebäck wurde womöglich vorbereitet für die Weihnachtsküche. Jedenfalls duftete es himmlisch nach Zitronenmelisse und Minze, nach Wärmerem auch, nach Rosmarin.

Der Rosmarin war Wohllebens ganzer Stolz. Nicht irgendein Rosmarin, versteht sich, nicht der, wie Max sagte, gewöhnliche Rosmarin, der in Südfrankreich in ganzen Kolonien wildwüchsiger Büsche gedieh. Den verachtete er, der war ja nur trockenes Kraut, ungebärdig, mehr Kraut und Rüben als feines Aroma. Max hatte lange experimentiert, hatte sich mit Kollegen in den USA ausgetauscht, die immer neue winterharte Sorten züchteten, solche, deren Stängel sich nicht schon beim ersten Frost schwarz und unansehnlich krümmten, dann schlapp wurden und zu nichts mehr zu gebrauchen waren. Die amerikanischen Sorten hießen *Arp* und *Hill Hardy*, sie waren unverwüstlich und solide – eine gute Basis für eine verlässliche Küche. Aber etwas fehlte ihnen, ein gewisser Schmelz, wie Max das nannte, eine gewisse Verrücktheit, etwas, das den typischen, herben Geruch milderte, weniger männlich machte. Schließlich hatte Max Veitshöchheim entdeckt, ein Dorf im Unterfränkischen, mit einer Gartenbau-Versuchsanstalt gesegnet, deren eigenbrötlerische Mitarbeiter schon seit langem Rosmarin züchteten. Und sie hatten ihn gefunden, den idealen Rosmarin für Regionen im Norden. Eine geradezu feinnervige Sorte, mit schlankerem, aufrechterem Wuchs, in deren Zweigen sich Wind und Regen nicht so leicht verfingen, eine Pflanze, die im Frühling bezaubernde weiße Blüten bildete, die an Krokusse erinnerten – und deren Nadeln einen eigentümlichen, fast parfümartigen Duft entwickelten, sobald man die Pflanze mit Wärme in Verbindung brachte.

Schon beim Abzupfen der eher weichen, blässlich-grünen Nadeln kam einem der Duft einladend, dabei ein wenig herrisch entgegen. Max liebte diese Pflanze. Er hatte persönlich das Kiesbeet angelegt, in dem sie wuchs, hatte den Kies eigenhändig mit Lehm vermischt – dem guten Lössboden aus den Fildern, den er selbst angekarrt hatte. Er hatte die Pflanzen gesetzt, den Abstand mit dem Zollstock vermessen, hatte Drainagen gelegt, nach einer Weile die Pflanzenerde mit ein wenig Schotter vermischt – Schotter, nicht Mulch! –, damit der Wasserhaushalt noch perfekter würde. Er hatte das Vlies zugeschnitten, mit dem die Pflanzen im Spätherbst abgedeckt wurden, die Bänder zugeteilt, mit denen die Vliese zu befestigen waren – zwei Lagen, aber so, dass noch Licht durchkam. Der Rosmarin, das war die Liebe, die sich Max Wohlleben leistete. Und der Veitshöchheimer war sein persönlicher Schatz. Er krönte das Zentrum des Rosmarin-Karussells, das wiederum den Kern des Kräutergartens bildete.

Gianna zögerte. Sollte sie wirklich all diese Pflanzen …? Was hatte Max vor? Aber er verhielt sich ja oft rätselhaft, vernichtete, was er eben noch gepflegt hatte, verprasste, was er lange und mühevoll angelegt hatte, verschleuderte, was er zuvor ängstlich vermessen hatte. Und nie verriet er ihr, was er plante, er hielt das nicht für nötig, sie würde schon sehen. Max war wortkarg wie alle aus dem Oberpfälzer Wald, und wenn ihm doch einmal nach Reden war, war er meistens zu erschöpft.

Schließlich fasste sich Gianna ein Herz, griff nach dem Messer in ihrer Tasche und machte sich zögernd an die Arbeit. Es hatte keinen Sinn, einzelne Zweige mit der kleinen Heckenschere zu kappen, hier musste sie die komplette Pflanze abschneiden.

Hatte Max ihr wirklich aufgetragen, den gesamten Rosmarin mitzubringen? Hatte er. Gianna hatte sogar nachgefragt. Wirklich alles? So viel du tragen kannst, na klar, hatte Max unwillig zurückgezischt. Und dann nimm das Doppelte. Stell dich doch nicht so blöd an, Kind!

Wenn er einen duzte, war es ernst. Also hatte Gianna nicht weitergefragt, wofür er wohl diesen Berg von Rosmarin brauchte. Es war nicht nachvollziehbar, es erschien unsinnig, was sie da tun sollte. Andererseits: Die Köche verbrauchten oft Unmengen von Rohstoffen. Sie kochten ein, reduzierten, passierten, trockneten oder zentrifugierten das Wenige, was von Trauben, Bohnen, Möhren übriggeblieben war, jagten es durch Schläuche, erhitzten oder froren es ein … Gianna kam kaum hinterher beim Zuschauen.

Sie dachte an Jacques, den Patissier aus dem Languedoc, den Max bei einer Messe in Burgund kennengelernt und mit viel

Hartnäckigkeit abgeworben hatte. Der hatte seine eigenen Vorstellungen vom Nachtisch. Als Erstes hatte er eine komplizierte Filteranlage in der Küche aufgebaut und so schon den halben Platz seines Postens buchstäblich zugebaut. Dann hatte er Kisten mit Zitronen, Limetten, Kiwis herbeigeschleppt und sich verbarrikadiert. Tagelang. Er war nur hervorgekommen, um Max stumm zwei oder drei Flaschen Olivenöl auf den Pass zu knallen, mit finsterem Gesicht:

Das geht nicht.

Und Max Wohlleben, der Chef, hatte pariert. Wenn es um die Qualität von Produkten ging, machte er alles mit. Also wurde mit einigem Aufwand noch besseres Öl aus Ligurien beschafft. Und der Neue zog sich zufrieden zurück. Tagelang. Presste aus, filterte, rührte. Zog den Zitronensaft mit Aga-Aga ab, trieb das Ganze durch die Anlage, ließ es aus einer Pipette in kaltes Olivenöl tropfen. Im Olivenöl steckte ein Thermometer, das Jacques ständig kontrollierte, als sei es ein Fieberpatient, um den er sich sorgte. Am Ende bildeten sich kleine Kügelchen – Zitronenperlen. Gianna war entzückt. Sie sahen perfekt aus, zartgelbe Schmuckstücke, halbfest und kristallin. Vorsichtig balancierte Jacques sie auf einem Löffel. Wenn Gianna nun geglaubt hatte, die gelbe Pracht sei das Ereignis der Dessertkarte, so hatte sie sich getäuscht: Nur jeweils drei oder vier dieser Perlen landeten am Ende neben einer ebenfalls neu kreierten Mousse. Es sah hübsch aus, aber kein Mensch konnte ahnen, wie viel Arbeit in dieser Beilage steckte. Und tatsächlich ließen viele Gäste sie einfach links liegen. Die Kellner hatten Anweisung, sie unauffällig verschwinden zu lassen, bevor die abgeräumten Teller zurück in die Küche wanderten. Für Jacques, dessen Kunst so augenscheinlich missachtet wurde, wäre sonst die Welt zusammengebrochen …

Trotzdem machten alle genau so weiter. Verbrauchten Zutaten, als gälte es die Welt zu verschwenden.

Seufzend machte Gianna sich daran, den abgeschnittenen Rosmarin zu bündeln. Das Zeug war störrisch, aber es duftete selbst jetzt im Herbst noch kräftig und gleichzeitig fein. Das war wirklich eine besondere Sorte. Gewesen! Sorgenvoll schaute Gianna auf die geplünderten Töpfe. Etwas in ihr warnte sie. Etwas ging hier gerade schief. Aber sie hatte keine Zeit, darauf zu achten. Sie war viel zu beschäftigt und gleichzeitig zu müde, um auf ihre innere Stimme zu hören.

Sie würde zweimal gehen. Mindestens. Die anderen Besorgungen musste sie ja auch noch holen. Später! Vier, fünf Bündel warf sie sich an einer langen Schnur über den Rücken, vier weitere schaffte sie, mit den Händen zu tragen. Das würde wohl gehen, bis zum *Garden*.

Und so zog Gianna eine duftende Spur durch das staubige Treppenhaus, als sie sich an den Abstieg machte, zog dieselbe Spur, die sich kaum verflüchtigte, durch die Altstadt, an den Schwibbögen und dem Kohlenmarkt vorbei, achtete nicht auf den Dom, um endlich in der Schwarze-Bären-Straße zu landen. Sie schwitzte. Die Schnüre brannten in ihren Händen, so gewaltig zog das Gewicht der Büsche nach hinten. Zum Glück gab es hier einen Fahrstuhl. Als Gianna das Restaurant betrat – ausnahmsweise durch den Vordereingang, denn es würde bis zur Öffnung noch zwei Stunden dauern –, da war sie einen Augenblick lang erleichtert. Geschafft! Doch dann brach die Hölle über sie herein.

Niemals hätte Gianna gedacht, dass sich so viel Wut in einem einzigen Menschen sammeln konnte – und so viel Resignation. Schlimmer als die vielen Schimpfworte, die Max ihr entgegenschrie, nein, ihr vor die Füße rotzte, ihr ins Gesicht und um die Ohren schlug, schlimmer als die Beleidigungen und Verwünschungen waren die eisharten Sätze, die er wie einen Refrain wiederholte:

Es hat keinen Sinn. Ich habe Sie falsch eingeschätzt.

Er wechselte ins Du:

Du taugst einfach zu nichts. Du. Taugst. Nichts. Gar nichts.

Knappe, klare Sätze, unwiderrufliche Urteile. Gianna floh. Sie floh vor Wohllebens Schreien und dem Schweigen der anderen, die zunächst feixend, dann zunehmend mitleidsvoll dem Toben und Wüten zugesehen hatten. Gianna floh aus dem *Garden*, ignorierte das Rufen und Warnen der Sommelière, rannte vorbei an einem verwirrten Postboten, schloss zu ihrer eigenen Verwunderung sanft die Tür, rannte ein paar Stufen hinab, flog dann fast hinaus, hinaus auf die Gasse … – und fand sich zu ihrer eigenen Verblüffung fünf Minuten später am Dom wieder. Warum ausgerechnet hier? Gianna trat mit einem Fuß gegen eine der Wölbungen, die aus der Fassade herauszuwachsen schienen wie Wurzeln, die sich ihren Weg an die Oberfläche suchten.

Du! Hast mir gerade noch gefehlt …

Niemand beobachtete sie. Sie wusste selber nicht, warum sie schließlich in den Dom hineinging. Immerhin konnte sie kaum etwas sehen, so tränenblind waren ihre Augen. Sollte sie vielleicht eine Kerze vor dem Bild der Gnadenreichen anzünden? Ihre Hände zitterten viel zu sehr, um mit den paar Münzen, die sie dabeihatte, und dem Opferstock klarzukommen. Verbissen ballte Gianna die Fäuste.

Aber so ein kleines Gebetchen wird ja wohl drin sein?

Plötzlich wusste sie, was sie wollte: Sie würde der Madonna die Meinung sagen, irgendeiner, schließlich gab es davon mehr als genug im Inneren der Kirche. Das lernte man hier schon als Kind, welcher Heilige für was zuständig war. Nur wenn man sie brauchte, dann waren sie nicht da, die sauberen Heiligen, dann verzupften sie sich, wie Lukas, der Vater immer gesagt hatte, entschuldigend, wenn sich auch das Christkind mal wieder nicht hatte blicken lassen – es verschwand, löste sich in

Luft, in Illusion auf, kaum dass man alt genug war, eine wirkliche Glaubensanstrengung aufzubringen. Anstelle des Christkinds setzte sich in den letzten Jahren immer mehr der Weihnachtsmann durch, irgend so ein Ding aus dem Norden, oder noch schlimmer Santa Claus, der vor allem damit beschäftigt schien, den Leuten Coca-Cola statt reinen Wein einzuschenken …

Selber schuld!, sagte Gianna zu der erstbesten Heiligenfigur, die sie im Dom nur schemenhaft erkennen konnte. Selbst schuld, wenn euch keiner mehr ernst nimmt.

Es stimmte aber nicht, dass keiner mehr da war. Im Gegenteil: Überall in den Bänken knieten die Leute. Langsam ging Gianna durch ein Seitenschiff nach vorne. Sie hielt sich im Dunklen, wischte sich die Augen. Das brannte! Der Rosmarin klebte harzig an ihren Händen. Da musste sie weinen. Schnell rutschte sie in eine der Bänke, setzte sich, schnaufte. Zeit verging. Allmählich sah Gianna klarer. Manche der Besucher hielten die Augen geschlossen, andere umfingen zarte Rosenkränze, die sich wie Pflanzen um ihre gefalteten Hände schlangen. Gianna sah ein Pärchen. Eng hockten die beiden nebeneinander und schauten mit seligem Lächeln auf den Altar. Das ärgerte Gianna. Verdammt noch mal, welchen Grund sollte es denn geben, hier so ein blödes Glück zu zeigen?

Die Wut kam zurück.

Ein alter Mann schlurfte an Gianna vorbei, er rümpfte die Nase. Ja, die Küchengerüche hielten sich hartnäckig an Gianna, der Rosmarin hatte sich als ein weiteres Aroma nur dazugesellt, das war Gianna klar. Wieder kamen ihr die Tränen. Die Küche!

Schwerfällig stand sie auf, suchte einen Platz. Irgendwo in dieser blöden Gotteshalle musste es doch einen Ort für sie geben, irgendetwas, irgendjemanden, der mit ihrem Kummer etwas zu tun hatte? An der östlichen Seite stand die Erdbeermadonna. Die hieß natürlich nicht so. Es war eine Plastik, die polnische Bildhauer gestiftet hatten, und man war sich einig, dass sie weniger wertvoll war als die anderen Artefakte im Dom. Aber sie war heiter, sie hatte ein menschliches Maß – und die Rosen auf der Girlande, die sie in ihren schlanken Madonnenhänden hielt, waren eben etwas missglückt und sahen eher nach Erdbeeren aus.

Ave Maria, die ich nicht loswerde – so begann Gianna ihr improvisiertes Gebet. War das nicht gotteslästerlich? Aber Maria war ja nicht Gott. Gianna raffte sich auf.

... voll der Gleichgültigkeit. Du bist auch nicht besser als die anderen Frauen, und auch nicht besser ist das Kind in deinem Schoß, dieser Jesus. Lange hat er sich nicht blicken lassen, obwohl ich ihn brauchte. Arme Maria, bist bei uns ausgesetzt, und mir ergeht es ebenso ...

Die Maria lächelte, wie sie immer lächelte. Und die vermeintlichen Früchte auf ihrer Schmuckgirlande schimmerten fröhlich.

Ein paar Schritte hinter der Erdbeermaria und der hingebungsvoll gotteslästerlich betenden Gianna stand wie angewurzelt Quirin. Er traute seinen Augen nicht. Der Meister hatte ihn geschickt, um aus der kleinen Kammer unter dem Chorraum der Kirche die feinen Werkzeuge zu holen, die sie zur Ausbesserung eines Reliefs brauchten. Bei seinem eiligen Gang durch die Kirche war Quirin die weiße Uniform aufgefallen – nein, keine Uniform, die Arbeitskleidung der Köche. Dann das Zucken in den Schultern, die wilden Haare – das war Gianna! Quirin hatte gezögert, sie anzusprechen, obwohl sein erster Impuls war, hinzurennen und das offensichtlich verzweifelte Mädchen in seine Arme zu nehmen. Aber nein. Jeder hatte ein Recht auf seine Traurigkeit. Also wartete er. Endlich wandte sich Gianna um, ratlos, finster. Natürlich hatte die polnische Madonna nicht reagiert.

Ade, sagte Gianna ironisch zu der Statue. Und dann entdeckte sie Quirin. Freundlich und fröhlich schaute er sie an.

Mensch!

Ja, Mensch!

Was machst du hier?, fragte Gianna.

Ich arbeite, entgegnete Quirin schlicht, statt sie zu fragen, was sie hier mache, was sie in die Kirche und – sozusagen – in die Arme der Maria getrieben habe. Schnell fügte er noch hinzu: Ich muss zurück!

Gianna zögerte. Da stand er, Quirin, der Verlässliche, der beste Freund ihrer Kindheit, und sobald sie ihn anschaute, ging es ihr schon besser. Konnte sie jetzt einfach …? Aber hatte er nicht gesagt, dass er arbeiten müsse …? Gianna kannte niemanden, der seine Arbeit umsichtiger und dabei ruhiger ausführte als Quirin. Seit er bei den Dombauleuten war, war diese Eigenschaft noch deutlicher hervorgetreten. Quirin war kaum älter als sie – und doch so … gewiss. So gestanden.

Komm doch mit!

Da fiel er, der erlösende Satz.

Aber werden die anderen nicht …?

Quirin zuckte die Schultern. Was kümmerten ihn die anderen! Und tatsächlich: Keiner beachtete den zurückkehrenden Gesellen mit dem Mädchen im Schlepptau. Es war Herbst, die Dombauleute verlegten ihre Arbeit vom Dom in die Werkstatt. Gerüste mussten abgebaut oder wenigstens wintersicher gemacht werden, Statuen wurden mit Netzen verhüllt, Leitern eingezogen. In den nächsten Monaten würde viel Arbeit auf Solong zukommen. Er hatte Inventur in seiner Werkstatt gemacht: Da fehlte noch viel an den richtigen Eisen, die jeder Steinmetz bei sich trug, jedes Werkzeug eine ganz persönliche Sache. Herstellen musste sie aber alle der Schmied. In der kleinen Schmiede im Werkstattgebäude herrschten Gluttemperaturen. Wer hineinging, um etwas mit Solong zu besprechen, sich vielleicht die Zahnfläche noch ein wenig ausdrucksstärker, den Griff vom Beizeisen noch ein wenig stärker angeschrägt wünschte, der verließ den Arbeitsplatz nach ein paar Minuten keuchend, heftig schwitzend, und wischte sich mit dem Ärmel über das Gesicht: Mein Gott, Solong! Wie hältst du das bloß aus?!?

Solong hielt das sehr gut aus, neben seinem Amboss stand ein 5-Liter-Kanister, in dem einmal Olivenöl aufbewahrt worden war. Den füllte er morgens mit Wasser, um ihn am Mittag erneut aufzufüllen und leerzutrinken. Das war alles. Mehr brauchte der Riesenmann nicht. Die Domsteinmetze fertigten alle Werkzeuge selbst, das war Tradition seit Jahrhunderten. Immer erkoren sie einen der ihren zum Schmied – meist war es der Kräftigste und Stärkste, nicht der Hellste. Joachim hatte sich seinen Beruf nicht ausgesucht, und manchmal, am Abend oder am Wochenende, wenn die anderen längst über alle Berge waren, kehrte der Dreizentnermann zurück in die Werkstatt, fuhr mit den Fingern über die Wasserspeier und Engelsfiguren und bearbeitete selbst einen kleinen Stein, den er dann sorgsam hinter dem Schuppen versteckte. Geklagt hätte er nie, er war ja vonnöten. Und geduldig war Solong sowieso, geduldig und hartnäckig wie das Material, mit dem er umging.

Nun aber hatten in seiner Kiste aber doch allzu viele Schlageisen gefehlt, er hatte Quirin losgeschickt, sie auf der Empore im Dom zu suchen, und so war Quirin auf Gianna gestoßen. Behutsam führte er sie durch die Werkstatt.

Da war ein Gewimmel! Dabei waren nur acht der zwölf Arbeiter zugange. Aber wie sie zugange waren! Sie räumten und rückten, leise schimpfend bereuten sie, wie sorglos sie im Sommer mit dem geringen Platz in der Werkstatt umgegangen waren. Neben den Blöcken und Böcken, den Werktischen und den Regalen voller Werkzeugteile waren ja auch noch die Skulpturen. Mittelalterliche – und solche, die sie nachbauten, um so manche Lücke über einem Torbogen zu schließen. Für die Skulpturen war Lassden-Mal zuständig – Lassden-Mal, der natürlich in Wahrheit nicht so hieß, sondern Lars, ganz einfach Lars, aber wer um Himmels willen sollte sich so einen Namen merken! Lars war von der Küste, aus Friedrichskoog, wo die Landschaft so flach und langgezogen war wie der Name des Ortes, wenn Lars ihn aussprach. Lars! Lasse, wenn schon. Und dann kam es immer öfters vor, dass der Dombaumeister den Jungen aus dem Norden in Schutz nahm, wenn der, scheinbar untätig, vor einem Stein hockte und sich am Kopf kratzte:

Lass den omoah!

Lass den mal.

So hatte der Bursche seinen Spitznamen weg. Die anderen bespöttelten ihn weiter, aber sie waren auch ein wenig neidisch auf seine feine Kunstfertigkeit. Und warm und trocken hatte der es.

Im Vorbeigehen sah Gianna die neuesten Skulpturen, an denen Lassden-Mal arbeitete.

Ja, der hat's gut!

Quirin redete schon wie die Alten.

Er zog Gianna mit sich zum Schmied, dessen Augen strahlten, als er Gianna sah:

Die Frau Torwartin!

Solong war einer der wenigen männlichen Fans von Giannas Fußballverein gewesen. Klar, hatten die anderen gemeint: Weil ihr langsamer spielt als die Jungen.

Sie hielten sich nicht lange in der Schmiede auf. Zu dritt war es nicht zum Aushalten. Aber Gianna erfreute sich für einen Moment an dem Feuer, an den sinnfällig aufgereihten Werkzeugen, an der ringsumher sichtbaren, schwarzglänzenden Sorgfalt. Beschläge, Schrauben, Griffe und Bolzen, alles Handarbeit, alles hundertfach fein sortiert.

Der Vorarbeiter kam über den Flur, schleppte eine Kiste auf

der Schulter, sah nicht hoch. Der Dombaumeister saß an seinem Schreibtisch, die Tür zu seinem Kontor stand wie immer offen. Quirin zog Gianna vorbei.

Ich will dir etwas zeigen! Seine Hand auf ihrem Arm hinterließ eine helle Spur. Der ganze Mann war staubig, staubig wie alle hier, als seien sie von einer feinen Schneeschicht überzogen, dabei war es nur der Staub der Steine, der sich festsetzte, überall, der sich in Ritzen schob und Oberflächen silbrig und gleichzeitig stumpf aussehen und der die Männer älter erscheinen ließ, als sie in Wahrheit waren. Eine Treppe hinauf, eine Treppe hinunter. Das Dombaumeisterhaus, das sie jetzt nur noch als Werkstatt nutzten, erwies sich als weitaus verwinkelter, als von außen zu ahnen war. An der Wohnküche der Arbeiter vorbei, wo auf einem langen Tisch unterschiedlich gemusterte, große Kaffeebecher zu sehen waren, daneben jeweils ein Holzbrett, Brotkrümel wiesen auf das vergangene Frühstück hin.

Wie bei den sieben Zwergen, dachte Gianna und musste leise lachen.

Dann waren sie am Ziel: am Hinterausgang, der zu einem kleinen, abgeschiedenen Innenhof führte, hinter dem ein Schuppen lag. Quirin zog sie hinein. Und da lagen und standen sie, da lehnten sie an den Wänden und waren geborgen in Tüchern, Netzen und Wannen: die Steinfiguren, an denen die Männer noch nicht arbeiteten, die sie hier nur bis auf weiteres abgelegt hatten. Große Wasserspeier mit mächtigen, wie mahlenden Kiefern. Gnome und Greise, Voluten und andere Verzierungen für Kapitelle und Türmchen.

Zu denen kommen wir in den nächsten fünf, sechs Jahren nicht, sagte Quirin, und Gianna glaubte, Stolz in seiner Stimme herauszuhören.

Du sagst wir. Du bist also ganz sicher, dass das hier das Richtige für dich ist?

Quirin nickte entschieden.

Ja, er war stolz. Und er war sicher. Er war so aufgehoben hier. Hier, bei den Seinen. Bei den feinen Kollegen und bei diesen ewigen Skulpturen. Gianna kamen wieder die Tränen. Quirin schien es nicht zu bemerken. Mit der Hand strich er über einen überdimensionalen Lurch, dessen Schwanzspitze abgebrochen war. Sorgfältig verpackt lag sie neben dem schlanken, in sich kunstvoll gedrehten Torso.

Schau mal – Blüten! Die halten Jahrtausende. Und sind doch so zart, sogar Dolden haben die damals reingebaut, wie auch immer sie das hingekriegt haben …

Quirin führte Giannas Hand zum Inneren einer Blütenskulptur.

Und das hier: Sind das Elfen? Was meinst du? Was haben die an einer Kirche zu suchen?

Was hatte das alles hier mit ihr zu tun? Mit ihrem Kummer? Ihrem totalen Versagen in Max Wohllebens Küche? Und doch: Die Steine hatten etwas Tröstliches. Sie waren so … ruhig. Nein, nicht tot. Keinen Augenblick konnte man hier annehmen, dass diese Steine, die Jahrhunderte Geschichte bargen, leblos wären.

Ist wie so'n Gruß, hm …?, sagte sie unsicher.

Gruß aus dem Mittelalter? Quirin lachte leise. Weiß ich nicht. Die meinten wahrscheinlich nicht uns mit ihrer komischen Kunstfertigkeit, sondern doch eher den Herrgott. Ist mir aber egal. Ist einfach so schön.

Wieder diese Hände über dem Stein. Das Suchen der Finger. Das Verweilen auf den Formen – den steinernen zunächst und dann den eigenen.

Sie fanden eine Ecke, zwischen all der Dauer, zwischen den Grüßen an Gott, den Turmfalken oder der Traurigkeit, und zerrten an ihren Kleidern und spürten die harten Knüffe kaum, die ihnen der Stein versetzte, als sie sich liebten.

Eine halbe Stunde später klopfte Solong scheinbar kameradschaftlich lange auf Giannas Rücken, als sie an ihm vorbei durch die Werkstatt wollte:

Bisschen staubig hier, meine Teuerste, bisschen staubig ... So können wir dich nicht nach Hause lassen ... Wie sieht das denn aus! Hier – deine Jacke.

Er lächelte, sagte aber nicht, was er durch die angelehnte Tür des Lagerraums gesehen hatte. Als Gianna zu Hause ankam und die Jacke auszog, stieß sie in der Tasche auf etwas Kleines, Halbrundes, Hartes: Jemand hatte ihr ein Miniatur-Hufeisen in die Jackentasche gesteckt.

Kleiner Gruß aus der Feuerküche, flüsterte sie dankbar.

9. HERBSTKÜCHE

Irgendwie schaffte es Francesca, den Chef noch einmal umzustimmen. Gianna wurde nicht hinausgeworfen. Aber viel hätte nicht gefehlt. Max Wohlleben hatte sich beim Anblick der Rosmarin-Leichen, die über Giannas Rücken hingen, kurz an die Brust gegriffen, dann hatte sein Schrei sämtliche Köche aus der Küche ins Restaurant gerufen, wo er Gianna fassungslos, kreidebleich, bebend gegenüberstand – und er hatte nach dem erstbesten Glas gegriffen, das auf dem Tresen stand, und nach ihr geworfen. Und noch eins und noch eins! Die Sommelière war ihm in den Arm gefallen, aber das hatte ihn nicht daran gehindert, Gianna weiter anzuschreien, wie ein Irrer hatte er geschrien, dass sie ihn vernichte, dass sie ihn gerade umbringe, ob sie nicht wisse, wie kostbar und einzigartig diese Pflanzen seien? Und Gianna wäre gern weggelaufen, aber sie wusste nicht, wohin mit ihrer dummen Pflanzenlast – und dann eben doch, in die Kirche, zu Quirin, in eine Umarmung für eine halbe Stunde.

Zu Hause war die Verzweiflung wieder mit ihr durchgegangen, er hielt ja nicht lange, so ein Umarmungstrost, das wusste Gianna schon. Schluchzend war sie auf Francesca zugestürzt, kaum dass sie die Haustüre aufgeschlossen hatte. Aus dem Augenwinkel hatte sie gesehen, dass Damian wieder einmal auf Francescas Sofa saß, aber das war ihr gleichgültig gewesen, sollte er sie doch sehen in ihrer Verzweiflung, sollte er über sie lachen, sollte die ganze Welt wissen, was für eine Versagerin sie war. Damian schüttelte den Kopf über so viel Raserei: total überflüssig, fand er. Francesca wies ihn mit ungewohnter Strenge zurecht. Und Damian parierte:

Na, ich geh dann mal!

Schon war er weg, der schöne Schatten.

Francesca hatte ruhig mit dem Chef geredet. Hatte ihm zugehört. Sie verstand ihn ja. Die Vollkommenheit! Die Fassung! Die Fokussierung. Und doch. Was wusste Max Wohlleben von der Jugend? Francesca staunte immer wieder, dass die, die von ihrem eigenen Lebensalter viel näher an den jungen Leuten hätten sein sollen als sie selbst, so viel weniger Verständnis aufbrachten. Dafür brauchte es offenbar sie, die Alten. Na gut! Auch wenn sie sich selbst nicht so sah.

Und Gianna durfte wieder mitarbeiten. Sie war stiller geworden, man hätte sie für ruhiger halten können, dabei sprang ihr die Anspannung aus jedem Knopfloch ihrer blendend weißen Kochjacke. Niemals mehr unaufmerksam sein! Niemals *ja, Chef!* sagen, wenn man nicht ganz sicher war, alles verstanden zu haben. Immer dabei sein, gedanklich und in der Vorstellungskraft, immer achtgeben, immer konzentriert. Eine tiefe Falte grub sich in Giannas Stirn, abends schmerzten ihre Augen, die Hände sowieso, weil sie sich oft an heißen Töpfen und glühenden Pfannengriffen verbrannte. Die anderen wunderten sich: Gianna pfiff nicht mehr, ihr ständiges Summen und Pfeifen war verschwunden.

Machen Sie hin! Wir haben keine Zeit! Das war der stete Warnruf der anderen. Immer noch war sie viel zu langsam, viel zu schwach. Und das, obwohl sie als Fußballerin fit gewesen war, immer unterwegs war sie sowieso, eine Bewegungsfrau, eine, die Hände und Füße immerzu spüren musste, wie sie sich dehnten und zusammenzogen, die Muskeln, die Sehnen. Die anderen Köche machten Krafttraining, das wusste Gianna. Aber wann hatten sie eigentlich Zeit, in das benachbarte Fitness-Studio zu gehen, um sich dort wütend in die Beinpresse zu zwingen und sich unter Langhanteln zu winden? Gianna betastete ihre Oberarme und ihre Beine: Viele Muskeln waren da nicht mehr. Sie verschwanden, wie das ganze schöne Jugendleben, wie der Fußball, die Freunde, das Vergnügen am Fluss. Irgendwann würde auch sie selbst ganz verschwunden sein, sagte sich Gianna, aufgelöst hätte sie sich dann in einem Sud aus Sorge und Verzweiflung. Aber aufgeben kam nicht in Frage. Sie biss die Zähne zusammen, dass es knirschte. Jede Nacht.

Und dann, ein Jahr später, kehrte Ruhe ein. Jedenfalls schien es so. Gianna hatte es geschafft. Sie war akzeptiert. Dachte sie. Die anderen grüßten sie, wenn man sich in der Altstadt traf, riefen sie beim Namen. Gianna und Sie, ein Fortschritt. Beim Service-Essen wurde sie gelobt, wenn sie ihren kräftig gewürzten Brotsalat auftischte: unsere Gianna!

Und streng wies nunmehr Gianna den neuen Lehrling an, der seit ein paar Wochen versuchte, in Wohllebens anspruchsvoller Küche den Anschluss zu finden. Gianna rangierte nicht mehr ganz unten in der Hierarchie. Vielleicht machte sie das ein wenig leichtsinnig? Vielleicht war es aber nur der Herbst. Denn der Herbst, das war Giannas Jahreszeit schon immer gewesen. Der Herbst war die Zeit der Ernte. Gianna liebte die Herbstprodukte: Äpfel und Birnen, Pilze, Kürbisse und Nüsse. Außerdem war der Herbst die Zeit der Jagd. Da gingen bei Wohlleben die Jäger ein und aus und brachten Rehe und Hasen, halbe Wildschweine und Fasane.

Besonders aber liebte Gianna ein einfaches Gericht, das Francesca zubereitete. Und sie sagte sich, dass es nicht an der Umgebung läge, nicht an der Entspannung, die sie nur in Francescas liebevoll eingerichtetem Zuhause fand, sondern am Rezept. In diesem Jahr waren nicht nur Francescas Münchner Freunde, sondern auch Rita und Lukas bei diesem Festessen dabei. Gespannt standen alle in der Küche, jeder ein Glas Roten in der Hand, denn auch er gehörte zum Herbst: der erste Rotwein, noch jung, noch unbeschwert. Angelegentlich erkundigten sich die Gäste: Wie lange wird es wohl dauern? Es dauerte immer zu lange für die hungrigen Mäuler. Also beschäftigten sie sich einstweilen: Sie deckten den Tisch, arrangierten die Blumen und rückten an den Kerzen und an den winzigen Silberständern, die kleine Schilder festhielten. Auf den Schildern hatte Francesca Sprüche verewigt, nicht etwa die Namen der Gäste: Euch kenne ich ja! Aus der Küche begann es zu duften.

Die cremige Kastaniensuppe mit den Hasenkeulen entzückte Gianna immer aufs Neue. Einen ganzen Tag hatten die abgezogenen Hasenkeulen in einer Marinade aus Cognac und Rotwein zu ruhen, dann wurde das Fleisch behutsam abgetrocknet, in einer Pfanne angebraten und schließlich, nach einigem Hin und Her, langsam im Backofen geschmort. Und dann, wenn man glaubte, nun habe man die herrlichsten Hasenkeulen der Welt vor sich und werde gleich befriedigt seine Zähne hineinschlagen – dann hieß es wieder warten! Denn das gare Fleisch wurde vom Knochen gelöst, zerfasert und zurück in den Schmortopf gegeben. Angeröstete Esskastanien, Möhren und Sahne dazu und köcheln lassen. Geduld! Schließlich wurde das Ganze noch püriert. Die Gäste fühlten sich auf wunderbare Weise drangsaliert.

Ihr dürft euch setzen!

Aber nun kam der heikelste Moment: Genau die richtige Menge geriebenen Wacholders wurde der Suppe hinzugefügt und ein paar vorbereitete Gemüsestücke; frische Petersilie nahm dem Ganzen ein wenig die Schwere.

Gianna trug auf. Francesca setzte sich, rotwangig und strahlend, neben sie. Das Gespräch nahm Fahrt auf, dann beruhigte es sich, während sich eine wunderbare Wärme und Würze in ihnen allen ausbreitete. Ja, es war schwierig gewesen, mit den Eltern, aber nun war es gut. Die Münchner Freunde nickten zufrieden.

Gianna fand, dass der Herbst genau so schmecken musste: samtig, weich, und er lehrte einen die Versöhnung.

In Wohllebens Küche war davon nichts zu spüren, denn Wohlleben pfiff auf den Rhythmus der Jahreszeiten.

Davon lass ich mich doch nicht tyrannisieren!, sagte er, als Gianna ihn einmal fragte, ob nicht jetzt die beste Zeit für die Pfifferlinge sei. Ist mir doch egal! Wenn mir nach Mangos ist, ist mir nach Mangos – und gute Erdbeeren bekommst du immer oder nirgends. Meine Jahreszeiten sind die Lieferanten. Die bestimmen. Die liefern. Um die muss ich mich kümmern. Das sind meine Götter.

Jahreszeiten? Und Götter? Gianna verstand nicht alles, wohl aber kannte sie das Klagelied von den Lieferanten. Immer noch jagten sie dem mächtigen Küchenchef Angst ein, wenn sie von möglichen Lieferengpässen sprachen, von Mindestabnahmemengen, von Gewinnmargen. Stundenlang setzte sich Wohlleben mit ihnen in die Bar, trank Picard mit Wasser aus großen

Tonkrügen, hörte sich die berechnenden Klagen an, bettelte, stritt. Manchmal sah ihn Gianna hinterher die Fäuste ballen, hörte ein kurzes, knurrendes *Ja!*, wenn er in sein Büro eilte, um die Vertragsunterlagen zu holen. Manchmal blieb alles stumm; dann verharrten Lieferant und Küchenchef eine Weile beieinander am Tisch, schüttelten sich still die Hände, schauten sich kaum in die Augen: Etwas war missglückt, etwas konnte nicht geliefert werden, nicht zu den Bedingungen, die Max brauchte.

Lebensmittel, Ware – das ist ein globales Ding, sagte Max. Jedenfalls in unserer Kategorie. Regionale Küche? Ja, aber nur, wenn die Sachen besser sind als etwas, das ich importieren kann. Regionale Küche als Prinzip – das ist was für Leute, die sich nicht bewegen können. Oder wollen. Wir wollen aber was. Und zwar nach oben. Immer!

Aggressiv stieß er den Zeigefinger in die Luft:

Verstanden?

Verstanden, Chef!

So redete er natürlich nicht mit ihr, sondern mit den Kollegen auf den einzelnen Posten. Seit der Sache mit dem Rosmarin war in ihrem Verhältnis etwas anders. Sie hatte Max enttäuscht. Zwar beschäftigte er sie noch, ließ sie arbeiten wie alle anderen und in der Ausbildung von Posten zu Posten wechseln, aber es war doch klar, dass er ihr weniger zutraute. Allerdings wuchs auch sein Misstrauen den anderen gegenüber, wuchs seine Sorge. Max veränderte sich. Sogar der Rinder-Sammer hatte das bemerkt und zog es instinktiv vor, sich nicht länger auf den *Garden* zu verlassen.

Simmä nicht mehr gut genug?, brummelte er griesgrämig, als er Gianna wieder einmal ein Fleischpaket übergab.

Nicht nur vom Handwerk her, vom Kopf her muss es stimmen!

Das war einer der neuen Glaubenssätze von Max, und Gianna wusste, dass er ihnen genau das nicht mehr zutraute: die Intelligenz, die er für seine Küche brauchte, einen stahlschneidigen Eroberungswillen. Und am wenigsten traute Max ihr das zu, glaubte Gianna: dass sie Köpfchen besaß, mitdenken konnte.

Eines Tages kam ihr Ludovic zu Hilfe – ausgerechnet Ludovic, der intrigante Potager. Ludovic stammte aus Karlovy Vary, dem früheren Karlsbad, und er hatte sich den schmeichlerischen Singsang der Kurbad-Angestellten bewahrt – bei gleichzeitig größtmöglicher Heimtücke. Wenn Ludovic sagte, *aber gern!*, wusste man, dass ihm nichts mehr zuwider war als die erbetene Handreichung und dass es lange dauern konnte, sie zu erhalten; wenn er süßlich lächelnd jeden mit Handschlag begrüßte, sah man ein Flackern in seinen Augen. Mit besonderer Verachtung erfüllten Ludovic die Deutschen, weil sie es nicht geschafft hatten, sich nach dem Krieg wie andere Verlierer einfach aus der Weltgeschichte zu verabschieden, das hätte Stil gehabt, Stil wenigstens im Verlieren ... Und seine Verachtung war geradezu glashart, wenn er an die anderen Deutschen dachte, an die aus dem Osten, die von *Wende* geredet hatten und doch nichts anderes wollten, meinte Ludovic, als eilends bei den reichen Verwandten aus dem Westen unterzukriechen. Die Wende vor fünf Jahren, die halb Europa in Feierlaune versetzt hatte – Ludovic hatte sie in seinem Menschenbild bestätigt. Alles Anpasser! Dass er selbst davon profitierte, weil er nun ohne Weiteres eine Arbeitserlaubnis erhielt – das bestärkte ihn eher noch. Er war ja nicht freiwillig hier. Er war genötigt. Sie – so sah er das – zwangen ihn auch noch, für sie zu arbeiten. Seit zwei Jahren ertrug er das. Ludovic zahlte es ihnen durch Distanz und Zynismus heim: In jedem seiner Gerichte steckte stets ein winziger Hauch Übertreibung. Nur wirkliche Kenner entdeckten darin den Hohn, eine ganz bestimmte, allzu bittere oder eben allzu süße Note, je nachdem. Auch Ludovics herbste und abweisendste Suppe jedoch verriet, was in dem Mann steckte, mit wie viel Feingefühl er Kräutersträuße zu bündeln und sanft zu trocknen verstand, wie er die Blüten noch im Vergehen hegte und pflegte. Wie fast alle Zyniker war Ludovic im Grunde seiner Seele ein Romantiker.

Ich schätze eben das Morbide!, sagte er, nicht ohne Stolz, wenn Max wieder einmal die Verbindung von Kresse und Rosen lobte oder die Subtilität im Zusammenspiel von Zimtblüten und Melissen. Ludovic wusste, dass Max ihn schärfer als die anderen kontrollierte, dass Max das allzu Extreme vermeiden musste und er Ludovic stets im Verdacht hatte, genau das zu suchen. Max fürchtete Ludovics Menschenverachtung, aber er schätzte seine düstere Phantasie.

Und dieser Einzelgänger, der nie ein privates Wort verlor, der nach der Arbeit seine Schütze abband, den Arbeitsplatz noch blitzender zurückließ als alle anderen, so, als beabsichtigte er, niemals wiederzukehren, dieser Ludovic wollte ihr helfen? Nicht ganz. Er hatte ja selbst ein Problem. Das gab er sogar freimütig zu. Eilfertig eingestandene Schwäche macht erst recht unangreifbar, das wusste er.

Wissen Sie, sagte er eines Tages zu Gianna mit seiner näselnden Stimme: Der Saitinger ist ein Problem.

Der Saitinger?

Der Saitinger war das älteste Gasthaus in der Stadt, eine Institution wie der Dom oder das Hotel am Dom – nein, eigentlich noch angesehener, und das lag an der Seniorchefin. Gretel Saitinger war ungefähr hundert Jahre alt, aber immer noch sah man sie gelegentlich mittags in der dunkel getäfelten Wirtsstube sitzen. Sie thronte vielmehr, denn alles, was hier an schweren Möbeln stattlich schimmerte, was an feiner weißer Tischwäsche prangte, was in den uralten Lüstern glänzte, war ihr Verdienst. Gretel hatte das Lokal, schwer angeschlagen, nach dem Krieg von ihrem Vater übernommen, und sie hatte es zu dem gemacht, was es war: Küche und gute Stube der Regensburger. Neben dem feinen Speisesaal mit dem Leinen und dem Silberbesteck gab es noch die Gaststube. Gretel Saitinger hatte immer darauf bestanden, dass dort jeden Mittag mindestens drei sehr günstige, aber schmackhafte Gerichte angeboten wurden. Regionale Küche, mit schweren Saucen und eher verlegen daherkommenden, bleichen Beilagen, die sich gegen die Wucht von Rind und Schwein niemals durchsetzen konnten. Sie wurden ja schon auf den Tellern erdrückt oder ertranken in der Beize. Die Beize allerdings hatte es in sich, nicht wenige Regensburger behaupteten, dass sie süchtig mache. Überhaupt steckte in den Fonds und Brühen der Saitingerin so manches Geheimnis. Das war Ludovics Problem.

Wir müssen an die Bratensülze ran!

Er sagte es brutal, ohne Umschweife.

An die Bratensülze?

Gianna war geschockt. Glauben Sie, dass der Chef so etwas will?

Natürlich nicht den Braten, meine Liebe!

Wie viel Hohn in der Anrede stecken konnte. Gianna beschloss, das zu ignorieren.

Was denn dann?

Es geht um die Sülze.

Ludovic dehnte jede Silbe. Er sprach sehr leise.

Um Gretels Sülze?

Jetzt musste Gianna wider Willen lachen.

Es gibt nichts Normaleres in Regensburg als die Bratensülze der Saitingerin!

Sehr schlau bemerkt, meine Dame, entgegnete Ludovic eisig. Nur: Wie wird sie gemacht?

Keine Ahnung!, sagte Gianna ehrlich und stutzte. Das weiß niemand. Es …

Genau, sagte Ludovic, wieder sehr langsam. Genau das ist unser Problem.

Ihr Problem – hätte Gianna sagen müssen, aber sie wagte es nicht. Ludovic schüchterte sie ein.

Wir brauchen etwas, das populär ist, das für die Leute sofort Heimat bedeutet und das richtig, richtig gut ist.

Ludovic ließ seinen Worten Zeit, zu wirken.

Und es wäre an der Zeit, meine Liebe, dass Sie beim Chef mal wieder ein paar Punkte machen, finden Sie nicht?

Allmählich wurde Gianna klar, was Ludovic von ihr wollte. Er wollte, dass sie Gretel Saitinger das Rezept für die Bratensülze stahl. Denn für diese Sülze – gleichgültig, ob Schweinskopf darin lag oder Braten – kamen die Gäste immer wieder, die Sülze schmeckte nach Saitinger, die Sülze war Saitinger. Und die wollte Ludovic übernehmen. Nicht exakt natürlich, er würde sie variieren. Aber er brauchte das Grundrezept. So sehr er bislang auch experimentiert hatte, keine seiner Sülzen hatte nur entfernt an die Saitinger-Variante herangereicht. An den Ölen konnte es nicht liegen: Traubenkernöl, Sonnenblumenöl, da gab es wenig zu deuteln. Aber die Consommé, in der das Kräuterbouquet zum Ruhen kam – die war ein Problem. Und erst das Bouquet selbst!

Gretel Saitinger behauptete immer, dass alles ganz einfach sei. Tatsächlich aber setzte sie die Sülze stets selbst an, zog sich dazu zurück, scheuchte das Personal, das ihr seit Jahrzehnten treu war, aus der Küche und präsentierte nach ein paar Stunden oder Tagen die köstlich duftende Sülze.

Und der sollte sie nun …?

Gianna schüttelte es. Sie mochte Gretel. Und Gretel mochte sie. Schon allein, weil sie Francescas Enkelin war. Giannas Großmutter war früher bei Saitingers ein und aus gegangen, bis es ihr zu trubelig geworden war. Aber noch immer half sie bei der Weihnachtsbäckerei mit. Das verband. So hatte Gretel immer mit viel Sympathie auf die ungebärdige junge Enkelin mit ihrem Jungshobby, dem Fußballspielen, geblickt:

Die jungen Leute brauchen Auslauf! Gerade in so einer Stadt! Die Gianna ist schon ganz recht.

Wohlwollend hatte sie zur Kenntnis genommen, dass die junge Gianna, wenn sie mit ein paar Kollegen nach der Berufsschule vorbeischaute, reinhauen konnte für zwei. Umgekehrt hatte Gianna den Ort immer als Zuflucht empfunden, hatte es gerade im schwülheißen Sommer genossen, in das Dunkel der Gaststube zu flüchten, hatte nur nachlässig ein paar Fliegen beiseitegewedelt und schläfrig nach der anstrengenden Theorie in der Berufsschule die Gäste am Stammtisch beobachtet. Alle kannten sich, die hier mittags einkehrten, aber man ließ sich in Ruhe.

Und so wechselte Gianna nicht einmal mit Damian ein Wort, der ebenfalls hier verkehrte, am liebsten zwischen den Alten am Stammtisch saß, sich aber nur selten dazu hinreißen ließ, das Wort zu führen. Das kam hier nicht gut an. Die Wortführerschaft musste man sich erarbeiten, durch Ausdauer. Und Ausdauer maß sich in Jahrzehnten. Trotzdem schien es selbst Damian, den ewig Ungeduldigen, immer wieder hierherzuziehen. Geduldig lauschte er dem alten Brandner und dem nicht minder betagten Hubert, dem Senior des alten Haushaltswarengeschäfts. Er animierte die Herren sogar, zu erzählen. Gianna staunte. Damian, ihr alter Freund, der auf einem Hausboot lebte, Kostgänger bei der Großmutter, der regelmäßige Arbeit spießig fand und die Aussicht, dauerhaft an einem Ort zu leben, unerträglich – dieser Damian hörte den Alten zu, lachte mit ihnen, ließ sich ihre Scherze gefallen, und er schaute sich bisweilen mit einem so glückseligen Lächeln in der Runde um, als habe er sich in die Geburtstagsfeier zuvorkommender älterer Onkel verirrt, die ihn, den wohlgeratenen Sprössling, gutmütig duldeten …

Sie musste sich konzentrieren. Sie musste überlegen, wie sie aus der Gretel das Rezept herausfragte. Sie hatte sich von Ludovic überreden lassen. Seine Argumente – sie brauchten eine neue Jus, eine andere Consommé, sie brauchten etwas, das Tradition und ihre eigene, harsche Moderne verband – hatten sie wenig überzeugt. Aber die Sache mit Max hatte an ihr genagt. Ludovics Hinweise auf die Zweifel, die Max an ihr hatte. An ihrer Kompetenz sowieso. Aber auch an ihrer Loyalität. Immer noch nahm Max an, sie sei nicht ganz da. Sie sei nicht ganz dabei. Denn nur jemandem, der nicht ganz da war, der sich nicht hundertprozentig der Sache verschrieben hatte, der nicht mit Haut und Haaren ihm, Max Wohlleben, und seiner Küche zur Verfügung stand, konnten solche dämlichen Fehler unterlaufen wie ihr. Gianna wollte ihm das Gegenteil beweisen. Und dazu brauchte sie Gretel.

Am Ende war es überraschend einfach. Sie hatte Gretel kurz vor der Schließstunde besucht. Die hatte sich zwar gewundert, hatte Gianna aber mit in die Küche genommen, wo, wie jeden Donnerstag, eine gewaltige Schüssel mit der frisch angegossenen Sülze verheißungsvoll vor sich hin duftete.

Deine Sülze!

Giannas Herz machte einen Sprung. Sollte es so einfach sein? Sie freute sich wohl etwas zu laut. Gretel sah sie überrascht an:

Bist du deswegen hier?

Gianna bestritt es natürlich. Redete über dies und das und hörte selbst kaum noch etwas, so sehr rauschte es in ihren Ohren. Neben der großen Emailschüssel hatte sie tatsächlich einen Zettel entdeckt, beschrieben in Gretels altmodischer Handschrift. Das musste es sein, das Rezept. Es war verblüffend lang. Sherryessig, konnte Gianna entziffern, Geflügelbrühe.

Das war klar gewesen. Aber der Rest! Ein ganzes Blatt voll. Als die Saitinger sich schnaufend anschickte, abschließen zu gehen, war Giannas Stunde gekommen. Oder besser: ihre fünf Minuten. Sie hielt es kaum aus, mit der alten Frau hinterher noch einen Most zu trinken, ertrug nicht ihr Lächeln, ihr beiläufiges *Ade, auf bald!* zum Abschied.

Wenig später warf Gianna einen Zettel in Ludovics Postfach im *Garden*. Und kam sich vor wie der leibhaftige Judas.

Gepökeltes Schweinebäckle, Geflügelconsommé, mit weißem Portwein reduziert, Gänseleberterrine und dann das Bouquet: Neben Dill und Petersilie enthielt das Rezept auch Estragon, Zitronenzesten und rosa Pfefferkörner, Galgant, Nelken und Lorbeer. All dies zwei Wochen eingelegt, nachdem es im Mörser zu duftendem Schrot verarbeitet worden war. Dann erst den Piment dazu. Und: Kardamom, auch gemörsert. Der Mörser war das halbierte kleinste Sherryfass, das Saitinger besaß, ein Hauch vom Eichen- und Sherryduft blieb an den Gewürzen hängen.

Ludovic zog die Stirn in Falten, als er Giannas Zettel durchlas.

Na, immerhin! Haben Sie auch alles erwischt?

Gianna war nicht sicher. Sie zuckte die Schultern. Im Grunde war ihr alles egal.

Nie kam heraus, wer Gianna verraten hatte. Die Sülze selbst konnte es unmöglich gewesen sein, denn Ludovic und Max hatten sie abgewandelt und verfremdet, sie mit Champagner leichter und verwegener gemacht. Und Gretel selbst reagierte nie auf die hässlichen Gerüchte. Aber die jungen Saitingers – und das waren vier – machten ihrem Unmut Luft und ließen Dampf ab in der Küche und in der Gaststube. Redeten von Betriebsspionage und unerhörtem Vorgang und brachten das ganze Wirtsvolk so sehr auf die Barrikade, dass Max sich gezwungen sah, persönlich beim Saitinger vorzusprechen. Man vertrug sich wieder. Nur: Für Gianna war hier kein Platz mehr.

Nicht wahr, Gianna, das siehst du ein?

Max schüttelte ehrlich bekümmert den Kopf. Mit solchen Methoden kommen wir hier nicht weiter. Das schadet meinem Geschäft.

Ich finde eine gute Stelle für dich, lass mich mal machen.

Ausgerechnet jetzt duzte er sie wieder.

Und so fand sich Gianna zwei Wochen nach Abschluss ihrer Lehrzeit in Wiesbaden wieder, dann in Bremen. Um ein, zwei Jahre in einer erstklassigen Hotelküche im Engadin abzuleisten, in der Lombardei und in Singapur. Mir geht es gut, schrieb sie nach Hause, an Francesca, die jeden ihrer Schritte verfolgte, liebevoll, bisweilen mit Sorge. Mir geht es gut, schrieb sie, aber das war natürlich nur die halbe Wahrheit. Denn sie war ja geflohen. Sie hatte klein beigegeben. Sie hatte sich dem Konflikt nicht gestellt, hatte Gretel nicht um Verzeihung gebeten, sich nicht die verdiente Watschen abgeholt. Sie war einfach abgehauen, so kam es ihr vor, hatte das Tor verlassen, das Gehäuse im Stich gelassen, das machte eine Torhüterin nicht. Es gab einen Knick, es würde sich rächen, das wusste sie.

Die richtige Buße, die kam erst noch. Und dabei war es Winter.

Kopenhagen im Winter

10. AM STADION

Kopenhagen, Stadt der Lichter. Wo sie in einer einzigen Nacht mehr Kometen gesehen hatte als in ihrem ganzen bisherigen Leben. Wo man Zeit hatte, sich Kometen anzuschauen, gemeinsam. Viele tausend Menschen hatten auf den Wiesen am Sund gestanden und in den Himmel gestarrt, Picknickkörbe dabei, Flaschen mit Wein und bunte Decken. Kopenhagen, Stadt der Farben. Wo noch die ältesten Frachter im *Nyhavn* darum wetteiferten, der fröhlichste, der bunteste zu sein. Wo in den Cafés nachgeschenkt wurde, ohne Aufforderung, ohne Aufpreis, wo Wolldecken bereitlagen *für den dänischen Sommer,* über den die Bedienung lachte, als handele es sich um einen guten Witz. Die dänische Bedienung lachte auch englisch, denn vielsprachig waren hier alle, selbstverständlich, selbstsicher. Kopenhagen, kleine Stadt mit der Gelassenheit einer ganz großen, wo man Kinder Kinder sein ließ, selbst wenn sie schon vierzig oder fünfzig waren, wo man ihnen einen ganzen Stadtteil überließ, zum Abhängen, und wo man das Drogenproblem mal so und mal so löste, ohne Besserwisserei, pragmatisch, nach Dänenart. Kopenhagen, Wasserstadt, die Hauptstadt mit dem putzigsten aller Denkmale, der kleinen Meerjungfrau, und dem größten aller Spektakel überall, jederzeit: dem Wasser. Wo man über die Deutschen lächelte, die nie einfach nur so aufs Wasser schauen konnten, als wäre das ein genetischer Defekt.

So war das gewesen, ihr Dänemark. Das Feriendomizil, in das sie ein paarmal mit ihren Eltern, dann mit Freundinnen gereist war. Bunt und verregnet, beschaulich und besinnlich. Für ihre sizilianische Mutter war Dänemark so exotisch wie ein Paradies von Außerirdischen. Und jetzt? Jetzt rüstete sich Kopenhagen für die Jahrtausendwende, rüstete auf und gestaltete sich um, und Gianna kam kaum mit:

Baustellen überall, Kräne, Baugruben, Rampen, Absperrungen. Rolltreppen. Förderbänder, Leitsysteme.

Die Rolltreppen bewegten sich jedoch nicht synchron, als hätten sie noch Probleme mit der neuen, der rasenden Geschwindigkeit. Gianna hatte es gleich am Flughafen in dieser Shopping-Mall bemerkt: Kopenhagen nahm Fahrt auf. Verwundert registrierte sie es bei der Busfahrt in die City: Der alte Industriehafen war nicht wiederzuerkennen, die ganze Gegend war umgebaut, noch Jahre würden die Kräne und Gerüste bis in den Himmel ragen – dabei misstrauten die Kopenhagener doch den Leuten, die hoch hinauswollten, den Ehrgeizlingen, die sie eher südlich von Aabenraa vermuteten. Und jetzt: verwegene Neubauten, Türme, energisch erschlossene Gebiete, zackige Züge. Als hätte sich eine solide Dame plötzlich die Allwetterjacke abgestreift, und darunter kam eine Rittersfrau in maßgeschneidertem, futuristischem Outfit zum Vorschein: Sie war von metallischem Chic, rasant, attraktiv, machte einen aber auch atemlos. Wie ein modernes Metropolis sah dieses Kopenhagen aus, aber erdacht von findigen Ökonomen, nicht von einem verträumten Regisseur. Gianna wurde es beklommen zumute.

Gab es das alte, das heimelig-hyggelige Kopenhagen noch? Die Hinweisschilder zum Tivoli ließen es vermuten, die vielen Fahrräder auf den Straßen. Und doch sah man: Das hier war eine Stadt im Umbruch.

Aufgeregt stellte sie wenig später ihren riesigen Rucksack in dem billigen Pensionszimmer ab und schaltete das Licht aus. Sie ging zum Fenster und lehnte ihre Stirn an das kühle Glas. Es war schon dunkel, viel konnte sie draußen nicht sehen. Ihre Unterkunft lag unweit des großen Stadions, hier musste es auch einen Park geben, aber einstweilen beleuchteten hohe, schlanke Straßenlaternen mit ihrem fahlen Licht nur Hinterhöfe. Es schien eher eine industrielle Gegend zu sein, eine, die nach Feierabend verstummte.

Morgen würde sie in der *Alge* beginnen. *Älje*, sagte sie langsam und halblaut vor sich hin. *Älje*. Gar nicht so weit weg von Alge. Ein bisschen Angst hatte sie schon. *Alge* – das war etwas anderes als der Regensburger *Garden*, anders auch als das Hotel in der Schweiz, das Familienunternehmen in Italien. *Alge* war die Erfindung einer aufstrebenden dänischen Kochcrew. *Alge* war Kasper Poulsen. Und sie würde sein Springer sein, sein Tournant. Nicht schlecht für eine 23-Jährige, die Ehrgeiz in den Knochen hatte. Vielleicht ein bisschen viel für Gianna, die sich auf das alte, auf ihr Kopenhagen gefreut hatte.

Es war ungewöhnlich, diesen Posten zu bekommen, wenn einen der Chef nicht persönlich kannte, aber sie war ja nicht der einzige Springer. Die *Alge* war in den letzten Jahren so rasch gewachsen, dass es mehrerer Springer bedurfte, die ihrerseits einem Chef Tournant unterstellt waren. Also nicht direkt Kasper Poulsen. Dennoch: Gianna hatte in den vergangenen Jahren viel über den radikalen jungen Dänen gehört, so dass sie es kaum erwarten konnte, ihn persönlich kennenzulernen.

Bis vor kurzem war tatsächlich noch Frankreich das Maß aller Dinge gewesen. Sicher, die italienische Küche hatte einiges beeinflusst – anstelle von extrarahmiger Butter verwendete man jetzt öfter Olivenöl, der Siegeszug von Basilikum und Parmigiano war erst ein Segen gewesen und dann wie jeder Trend zu einer Plage geworden. Aber wirklich umgekrempelt hatte das die gehobene Küche noch nicht. Deren Beharrungsvermögen war enorm. Und es waren ja dieselben Köche, die mal in Genf, mal in Zürich, Mailand oder Marseille arbeiteten – eine kleine, elitäre Zunft von Wanderpredigern, die sich zwar argwöhnisch beäugten, aber eben nie aus den Augen verloren. Selbst die besten Jobs wurden untereinander weitergereicht, so wie auch Gianna von einem zum nächsten gekommen war. Aber dann – die Schweden. Und die Dänen. Die hatten, so hatte es Giannas letzter Küchenchef brummig gesagt, einfach jahrelang ihr Ding gemacht, sich von nichts und niemandem beeinflussen lassen – und kamen nun ganz groß raus.

Gehen Sie doch zu den Rentierfickern, hatte er übellaunig zu Gianna gesagt, als diese ihm das Kündigungsschreiben auf den Tisch legte. Werden schon sehen, dass Sie mit denen nicht zurechtkommen. Die sind sehr speziell.

Rentierficker. So redete man. Farn-Fummler, Seetang-Bastler, hieß es. Man musste verdammt gut sein, um sich so viel Abneigung zu verdienen.

Gianna lächelte und stellte den Wecker auf halb sechs. Sie wollte genug Zeit haben, um sich Østerbro anzusehen, bevor sie sich im Restaurant vorstellte. Sie wollte ihr Kopenhagen wiederfinden.

Der Block war uneinnehmbar. So kam es ihr jedenfalls vor. Das riesige Stadion lag zwischen zwei Straßen, ein Quader aus Stahl, Glas und Beton, eher ein notgelandetes, gewaltiges Raumschiff als ein Gebäude. Ach, was – Gebäude! Eher ein Stadtteil, aber einer, der sich nach außen abschottete, trotz der vielen Fenster, und jetzt, am frühen Morgen, schien kein Hineinkommen, nirgends. Wieder und wieder drehte und wendete Gianna das Blatt mit der Adresse in ihren Händen. Es war schon spät. Acht Uhr, hatte man ihr geschrieben, und Gianna war rechtzeitig aufgebrochen. Aber sie hatte dieses Monster unterschätzt. Ein eiskalter Wind blies von Osten, der Himmel war stahlgrau, mit dunkleren Wolken darin: Am Nachmittag würde es schneien. Endlich sah Gianna hinten auf dem Platz einen Mann, eine zarte, gebückte Gestalt, die sich gegen den Wind stemmte.

Hallo? Ha-llo?

Der Mann reagierte nicht. Gianna rannte auf ihn zu.

Sorry, könnten Sie mir …?

Sie versuchte es Deutsch, auf Englisch. Der Mann machte nur eine abwehrende Handbewegung, zog die Kapuze seines blauen Dufflecoats noch tiefer ins Gesicht und hastete weiter. Erst als Gianna ihm den Namen des Restaurants zurief, hielt er kurz inne, wandte sich halb zu ihr um und machte eine Geste: Sie solle ihm folgen, sollte das wohl heißen.

Was blieb ihr übrig? Sie eilte hinter dem Mann her, bemüht, mit ihm Schritt zu halten. Er bog am Stadion um die Ecke, fand irgendwo eine Tür, zückte ein Kärtchen – und die Tür sprang auf. Eilig schlüpfte Gianna hinter ihm in das Gebäude. Der Mann wies auf einen Fahrstuhl:

Da – Beeilung!

Er hatte einen Akzent, aber: Er sprach Deutsch!

Und war verschwunden. Der erste unfreundliche Däne, dem sie begegnet war. Hoffentlich kein schlechtes Omen!

Zögernd ging Gianna auf den Lift zu. Ob das hier wirklich richtig war? Tatsächlich, im Fahrstuhl las sie den Hinweis auf das Restaurant. Erleichtert drückte sie den Knopf.

Gianna hatte schon einige Restaurants kennengelernt: große und geräumige, langgestreckte, schmale, uralte Gewölbe und angeberische Lofts, solche, die Gewächshäuser imitierten, und solche, die einem Landhausstil huldigten, den es nie gegeben hatte. Aber dieses hier … war … normal, ein anderes Wort fiel ihr dazu nicht ein. Fast enttäuscht schloss Gianna die gläserne Eingangstür hinter sich. Eine Reihe großer, runder Tafeln, eine Fensterfront, kaum Dekoration.

Hör mal, mach das nie wieder!

Eine Frau kam auf sie zu, mit einem gereckten Zeigefinger, der in die Luft stach.

Du!

Keine Frage: Die meinte sie. Erschrocken schaute sich Gianna um. Hatte sie vergessen, die Tür …

Hörst du: Nie wieder!

Ja, aber, ich …

Die Tür war ordentlich verschlossen. Gianna rang nach Worten.

Sprich unseren Chef nie wieder an, wenn du nicht gefragt wirst!, zischte die Frau jetzt.

Ansprechen? Den Chef? Verständnislos erwiderte Gianna den Blick der sichtlich aufgebrachten Fremden. Und dann entdeckte sie den hellblauen Dufflecoat auf einem der Tische, dann hörte sie hinter der Küchentür jemanden schreien, und sie wusste, dass sie angekommen war: bei Kasper Poulsen, dem legendären Küchenchef der *Alge*, bei einem Mann, der einen hellblauen Dufflecoat trug und den man offenbar besser nicht ansprach.

Hallo, sagte sie. Ich bin Gianna aus Deutschland.

Die Frau machte eine wegwerfende Handbewegung und wandte ihr den Rücken zu.

Es ist jetzt nicht günstig. Komm später wieder.

Es war nie günstig. Diesen Eindruck musste Gianna gewinnen. Sie hatte das Gefühl, ein Eindringling in einer perfekten Welt zu sein. Einer Welt, die vollkommen gewesen war, bis sie die Frechheit besessen hatte, hier Einlass zu begehren. Brauchte man wirklich eine Neue in der *Alge?* Die Chef Tournante hatte nicht diesen Eindruck hinterlassen, auch wenn sie ihr gnädig, nachdem Gianna eine gute Stunde gewartet hatte, einen ersten Einblick in die Küche gewährt hatte. Eine Frau als Chefin! Das hatte Gianna kurz hoffen lassen. Kurz!

Nun komm schon! Es wird Zeit, dass du dich auskennen lernst.

Auskennen – in diesem Kosmos! Beim Betreten der Küche raubte es Gianna den Atem. Schon von draußen war es ja nicht zu überhören gewesen: die laute Stimme des Chefs und darunter, als gleichmäßiger Rhythmus ein Hacken und Reiben, Schlagen und Stoßen. Das helle Kling-Kling, wenn Schneebesen in Metallschüsseln reiben. Kräuterhackende Messer, raspelnde, schabende. Dazu Spülen, Wischen, Schäumen und Glucksen, Brutzeln und Prasseln. Küchenmusik, für Gianna der Himmel! Wenn man sie doch nur einließe! Irgendwann hatte sich die doppelte Flügeltür geöffnet, und die Frau von vorhin kam erneut auf sie zu, mit verschränkten Armen diesmal, derselben bitteren Miene:

Muss man dich zweimal bitten?

Gebeugte Rücken, wohin Gianna auch blickte. Darüber wie schwebend, nahezu in der Waagerechten, blitzend weiße Kochmützen, schwankend von rechts nach links und von links nach rechts, als wiegten sie sich in einer Brise. Die Brise war aber kein sanfter Wind, sondern ein Gebrüll: Der Chef wütete. Er war unzufrieden. Er wollte mehr Tempo. Er wollte mehr Einsatz. So viel verstand Gianna. Und die Rücken krümmten sich noch weiter, die Mützen wiegten sich schneller. Das hier war die Hölle. Dies hier war das Zentrum der Konzentration, der besessenen, behänden Geschäftigkeit – die Küche von Kasper Poulsen.

Die Küche selbst war groß, aber nicht groß genug für die zwei Dutzend Menschen, die hier Rücken an Rücken arbeiteten. Poulsen hatte alle Posten mindestens doppelt, manche dreifach besetzt, und dann gab es noch die Springer. Und eben Lisa, die Chefin der Springer. Die hatte sich nur knapp vorgestellt, auf die anderen mit dem Daumen hingewiesen: Lourdes, Francesco. Lernst du noch kennen.

Es war eine Hölle, aber eine vielsprachige. Marta aus Äthiopien, Sehun aus Korea, Mattes aus Estland. Und Gianna.

Shijaki banida!, sagte Sehun zur Begrüßung.

Dankeschön!, erwiderte Gianna, die vermutete, das sei eine Art Willkommen. Sehun lächelte und verbeugte sich.

Der Anfang ist die Hälfte des Weges. Koreanisches Sprichwort.

Das sollte sich Gianna in den nächsten Wochen oft sagen: Der Anfang ist die Hälfte des Weges! Ich habe es immerhin gewagt, ich habe mich hierher getraut. Das sagte sie sich, wenn sie die gewissenhafte Marta bewunderte, die, scheinbar unsichtbar, stets genau in dem Moment helfend eingriff, wenn es an einem der Posten eng wurde. Das sagte sie sich, wenn sie Mattes beobachtete, der immer ein wenig schneller war als sie, geschickter und viel, viel stärker sowieso. Das sagte sie sich, wenn Lisa immerfort um sie herumwirbelte, Befehle zischte, Verbesserungen machte, rasend schnell, präzise und eiskalt. Das sagte sie sich, noch vierzehn Stunden später und endlich im Bett, das niemals warm werden wollte. Denn sie brachte die Kälte aus der Küche anscheinend mit nach Hause, dieses Scharfe, Schneidige, dieses Kontrollierte, Zugespitzte. Sicher war Kasper Poulsen ein passionierter Künstler am Herd – aber seine Werkstatt erschien ihr als eine Küche der gebeugten Rücken, die Gesichter der Kollegen immer beschattet unter den Hauben, junge sowie ältere, aber alle ohne eine sichtbare Regung, ausdruckslos, neutralisiert vor lauter Konzentration, blasse, sehr alte Kinder. Und das blasseste Gesicht unter der Kapuze, geradezu weiß leuchtend und immer mit einem feuchten Film überzogen: Kasper Poulsen. Der hatte sie nicht begrüßt, er schien sie bis jetzt nicht einmal wahrzunehmen.

Müde und dennoch schlaflos warf Gianna sich von einer Seite auf die andere. Das Mondlicht schien durchs Fenster. Sie hatte bisher keine Zeit gehabt, sich um so etwas wie ein Rollo zu kümmern – ja nicht einmal die endlich eingetroffenen Kisten hatte sie ausgepackt, denn es gab noch keinen Schrank, kein Bücherregal, nur eine Truhe, auf der sie jeden Abend die frisch gewaschene Kochmontur zusammenfaltete, noch warm vom Bügeln; aber auch das Bügeln half nicht gegen diese überwältigende Kälte. Gianna hatte eine Art Regal aus ihren sieben Umzugskisten gebaut, die Laschen der Kartons abgeschnitten, dann drei und drei gestapelt, die siebte Kiste zur Krönung obendrauf, ein paar Keile zur Stabilisierung darunter. Sie ahnte, dass dieses Provisorium wohl für länger halten musste. Nach einer Weile stand sie auf, tappte in die Küche und setzte Wasser auf für einen Tee. Die Tasse in der Hand, stand sie lange am Fenster. Hinterhof-Kopenhagen, aber Hinterhöfe von morgen, dabei still, silbrig-grau, scharfkantig, voller Schatten – und kühl. Gianna wärmte sich die Hände an der Teetasse, pustete sanft hinein. Draußen keine Regung, nur rechtwinklige, nächtliche Ordnung.

Ein paar Tage später herrschte helle Aufregung, als Gianna morgens im Restaurant eintraf. Die anderen waren bereits mit Vorbereitungen beschäftigt. Die ganze Belegschaft war versammelt. Und Kasper Poulsen war auch schon da. Er kam üblicherweise erst gegen Mittag, war vormittags mit Besuchern unterwegs, mit Lieferanten, kümmerte sich um das Gewächshaus vor der Stadt. Nun aber stand er im Zentrum der Aufregung, das Gesicht angespannt wie immer, mahlende Kiefer, übermüdete, kleine Augen. Aber: Er lächelte. Gianna schob sich unauffällig näher.

Leute! Folks!

Er schlug den beiden Männern, die rechts und links neben ihm standen, fast freundschaftlich auf die Schultern.

Und dann legte er los. Es war ein dänisch-englischer Vortrag, in dieser internationalen Behelfssprache, die mittlerweile in allen Küchen gesprochen wurde. Gianna bemühte sich, mitzukommen. Kasper sprach schnell, und dass er beim Reden gelegentlich Einzelne ansprach, sich hierhin und dorthin wandte, machte es nicht einfacher. Die Botschaft aber war klar: Kasper Poulsen wollte seine Küche neu erfinden. Heute, hier und jetzt. Er hatte lange überlegt.

Entschuldigt Folks, dass ich euch damit überfalle, aber ich musste erst ganz sicher sein. Bin ich jetzt. Schluss mit der Dominanz des Althergebrachten, Schluss mit dem Hecheln nach dem Besten von überall her und zu jeder Zeit.

Kasper Poulsen wollte mehr, eine Umorientierung, eine Neuausrichtung, präziser: eine radikale Reduktion.

Wo seid ihr hier?, fragte er und schaute Marta auffordernd an.

Alge?

Nein, allgemeiner!

Kopenhagen, warf einer schüchtern ein.

Genau!, rief Poulsen, als sei das eine besonders intelligente Antwort gewesen. Und was bedeutet das?

Jemand beging den Fehler, mit den Achseln zu zucken. Sofort ging Poulsen auf ihn los:

Da haben wir's! Siehst du! Es bedeutet – nichts. Dabei bedeutet es: alles.

Und dann erklärte er. Poulsen wollte eine entschieden nordische Küche. Das hieß: ab sofort ausschließlich Zutaten aus der Region.

Gianna traute ihren Ohren nicht. Alles nur aus der Region? Sie musste an Max denken, ihren Lehrmeister in Regensburg, für den es die Befreiung schlechthin gewesen war, vom Regionalen abzusehen, wenn es ihm in den Kram passte, zu nehmen, was er kriegen konnte. Sie hörte weiter zu:

... nur noch Rezepte, die wirklich hier entstanden sind. Menüs wechselnd nach Jahreszeiten. Und eben solange die Vorräte reichen.

Apropos Vorräte: Da mussten sie natürlich ebenfalls umdenken. Skandinavien war nicht das Mittelmeer. Das Angebot an frischem Obst und Gemüse war limitierter, die Reifezeit wesentlich kürzer als in Südeuropa. Also musste viel mehr Wert auf Konservierung gelegt werden. Sie würden die Vorratskammern erweitern, Trockenöfen anschaffen, sie würden verstärkt einlegen und dörren, marinieren und pökeln.

Wo war eigentlich Pierre, der Souschef?

Gianna schaute sich um. Der müsste doch hier sein? Niemand war in so einer Situation wichtiger als der zweite Mann?

Die allgegenwärtige Lisa konnte anscheinend auch Blicke lesen.

Nicht mehr da!, flüsterte sie tonlos.

Gianna bekam es mit der Angst zu tun. Zwar hatte sie noch nie eine ganze Küche geplant, aber was Poulsen da vorhatte, bedeutete eine grundlegende Veränderung. Und dann als Erstes seinen Stellvertreter zu entlassen, den erfahrenen Souschef, war äußerst riskant. Wann wollten sie das alles eigentlich beginnen? Jetzt gleich? Im laufenden Betrieb?

Workshop!, sagte Poulsen. Ich möchte, dass ihr sofort anfangt, nachzudenken. Ich möchte, dass ihr von heute an aufschreibt, was euch zu Skandinavien und zu skandinavischer Küche einfällt.

Demnächst würde es einen Workshop geben. Das Restaurant würde für sechs Wochen geschlossen, und alle würden sich gemeinsam zurückziehen, um, sozusagen wiedergeboren, mit einem neuen Konzept für die *Alge* zurückzukehren. Im Sommer würden sie mit der neuen Küche beginnen, das würde am leichtesten sein.

Und nun: An die Arbeit!

Gianna sah, wie glücklich Poulsen das Chaos machte, das er verbreitet hatte. Nein, nicht das Chaos, musste sie ehrlicherweise zugeben: Es war die Aussicht auf das Weniger, das ihn so beflügelte. Das war ungewöhnlich. Gianna dachte an Max Wohlleben, an sein Behagen, wenn er im Überfluss badete, wenn er zwanzig, dreißig Mangos für ein Sorbet verbrauchte, das dann doch im Ausguss landete, weil es nicht ganz die richtige Textur aufwies. Sie dachte daran, wie aus Unmengen von Beeren winzige Beilagen wurden, aus Litern von Wein und *Noilly Prat* eine lächerliche Menge von Sauce, sie dachte daran, wie er lachend am Saucier vorbei in die Schale mit Butter gegriffen und eine Handvoll und noch eine in die heiße, dunkelbraune Flüssigkeit geworfen hatte: Allez, nun rühr mal schön! – Und dem ärgerlichen Saucenmann den größten Schneebesen in die Hand drückte.

Es war ein Fest gewesen, eine Orgie der Zutaten, denn die französische Küche kannte kein Zuviel, kannte kein Maß.

Gianna begriff, dass Kasper Poulsen genau das hinter sich lassen wollte, ein für alle Mal. Weil er es buchstäblich satthatte. Die Kollegen schauten sich zweifelnd an. Manche waren sofort mitgerissen vom Feuer des Chefs. Andere zögerten, wiegten die Köpfe. Wieder andere – die Kollegen aus Pakistan, aus Mazedonien – waren nicht sicher, ob sie alles so richtig verstanden hatten. Und würden sie überhaupt alle dabei sein? Würden sie teilhaben an dieser neuen Entwicklung der Küche? Das schien keineswegs ausgemacht. Zwar hatte Poulsen sie ausdrücklich alle mit einbezogen, andererseits hatte er aber keine Garantien gegeben. Es war üblich in der Branche, die Mitarbeiter im Unklaren zu lassen. Das verschärfte den Konkurrenzkampf, erhöhte den Fleiß und damit die Qualität, glaubten viele Küchenchefs. Womöglich steckte aber nicht einmal bei allen Kalkül dahinter. Kaum ein Küchenchef konnte wirklich sagen, wie sich sein Geschäft im nächsten Jahr entwickeln würde, ob das aparte Schlosshotel in den Bergen noch gefragt sein würde, ob sich Besucher die Mühe machen würden, auf die Landzunge an der Nordsee oder in das kleine Tal in den Alpen zu fahren.

Die gehobene Küche zu planen war in vielerlei Hinsicht ein Widerspruch in sich, zumindest eine dauernde Zerreißprobe. Und so fühlten sich die Küchenchefs auch, und das gaben sie weiter: Aufbruch, gleichzeitig Unsicherheit, Abenteuerlust, auch Feigheit und Entdeckerfreude – aber auch existentielle Furcht.

Es begann eine kritische Zeit für die *Alge*. Das Neue schon im Kopf, musste das Alte weiterhin perfekt hergestellt und serviert werden. Die Nervosität stieg mit jedem dieser langen Wintertage. Die Blicke der Kollegen untereinander wurden schärfer: Würde dieser mithalten können? Würde jene gute Ideen liefern? Und warum brachte Marta nun alle paar Tage einen Zettel ins Kontor von Poulsen, auf dem sie offenbar ihre Ideen notiert hatte? Ideen für eine nordische Küche aus Äthiopien? Der Druck machte die Köche mürbe, er brachte Seiten in ihnen hervor, die sie selber nicht leiden konnten. Also kochten sie noch verbissener, noch schweigsamer, beobachteten noch gnadenloser. Und testeten einander.

Gianna war erschöpft. Erschöpft von dem täglichen Kampf in der Küche und vom Leben in diesem dauernden Provisorium, das eigentlich ihre Wohnung hätte sein sollen und die sie nicht einrichten konnte, weil sie nicht einmal Zeit hatte, die Kartons durch einfache Regale zu ersetzen. Es sah so aus, als würde ihre Wohnung ein Gehäuse bleiben. Aber dann erreichte sie die Nachricht von Francesca:

Er sollte es dir eigentlich selbst schreiben, aber du kennst diesen *briccone*. Also: Damian kommt in ein paar Wochen nach Kopenhagen. Er hat sich da ein Boot gemietet, auf dem er leben will. Bestimmt wird er sich bei dir melden. Sei bitte nicht allzu nett zu ihm, *cara mia!*

Ein freudiger Schrecken durchfuhr Gianna: Damian! Sie merkte, wie sehr sie sich freute. Allzu sehr! Denn Francesca hatte recht: Damian war ein Filou, ein *briccone*, der sich, im Unterschied zu seinem Bruder, niemals meldete. Und doch ... Gianna sah sich in der kleinen Wohnung um und beschloss, gründlich aufzuräumen. Das war natürlich Quatsch. Als ob ausgerechnet Damian Wert auf Behaglichkeit gelegt hätte! Außerdem wollte er ja gar nicht bei ihr wohnen, sondern in Christiania, der Freistadt im Zentrum. Dort war anscheinend sein Anlegeplatz. Und doch! Das ging ihr als Mantra durch den Kopf, wann immer sie an Damian dachte, all die Einwände gegen ihn vorbrachte: Und doch!

11. DER GROSSE FISCH

Mädchen, komm her! Mach schon!

Gianna fuhr zusammen. Poulsen sprach sie persönlich an! Es hatte lange gedauert, bis er sie überhaupt zur Kenntnis nahm, zwei Monate lang hatte er sich angeblich ihren Namen nicht merken können, und auch jetzt war sie ja nicht Gianna, sondern einfach *das Mädchen.*

Hast du Tomaten auf den Ohren?

Der alte, verhasste Ton. Gianna drängte an den Kollegen vorbei. Es war voll in der Küche, womöglich noch heißer als sonst. Für den Abend waren sie nicht nur ausgebucht – das war normal –, es hatte sich vielmehr eine Gruppe aus dreißig Personen angemeldet, die *à la carte* essen wollten. Das bedeutete selbst für Poulsens Mannschaft eine besondere Herausforderung.

Denn die anderen dreißig Gäste durften keinesfalls vernachlässigt werden, die dreißig, die zusammengehörten, mussten möglichst gleichzeitig die verschiedenen Gänge serviert bekommen, eine Folge von achtzehn kleinen Gerichten, unterbrochen von Grüßen aus der Küche, begleitet von verschiedenen Getränken. Seit Stunden ging Marc, der Sommelier, die Weinvorräte durch. Amélie, die heute an der Bar stand, sortierte und polierte, auch sie murmelte Zahlen vor sich hin. Am schlimmsten aber war es in der Küche. Der Suppenposten stand voll hoher Töpfe, aus denen Dampf waberte und sich in dicken Schlieren durch den Raum wälzte; die Patissiers hatten sich in einer Ecke verbarrikadiert und schrien sich an, obwohl sie fast Stirn an Stirn arbeiteten, die Arbeitsfläche vor ihnen bemehlt, voller Kandis- und Ingwerstücken, daneben irrwitzige Armaturen, Thermometer, Schalen fürs Wasserbad, Leitungen, Pumpen – eine Mischung aus Hightech und Kinderland. Den Takt gaben die Entremetiers vor, die Beilagenköche, ein Haufen weißer Krebse, wie sie da in ihren weißen Jacken tief gebeugt standen, dicht an dicht, Ellbogen an Ellbogen, die Mützen diesseits und jenseits der Arbeitsfläche schienen sich zu berühren, und nur das dauernde Tack-tack-tack, das Stakkato der Messer, war zu hören, wie sie Möhren und Gurken, Sellerie und Kartoffeln schnitzten und hackten, regelmäßig, pausenlos und so schnell, dass es dem Auge vorkam wie ein Wischen. Gianna bemühte sich, die gebeugten Rücken nicht zu berühren, nicht die angespannten Hinterteile, die in den allzu schmalen Gang ragten.

Mann! Pass doch auf!

Dikkat!

Das Gleiche auf Türkisch, gefolgt von einem Fluch. Schwer atmend landete sie vor Poulsen.

Der Fischmann ist nicht da, sagte er, und es klang beinahe anklagend.

Ich weiß – aber Tony ist ja noch auf dem Markt …

Warum entschuldigten sie sich immer bloß alle? Und warum witterten sie bei jeder Ansage von Poulsen immer sofort einen Angriff?

Ich kritisiere nicht, ich sage: Er ist nicht da.

Entschuldigung, Chef.

Das überhörte er natürlich.

Du holst mir den Fisch aus dem Becken.

Gianna wurde rot vor lauter Aufregung. Sich um die Fische kümmern – das war eine Anerkennung.

Ich?

For pokker, verdammt noch mal, ja. Den *Halibut*. Im Bassin. Fertigmachen. Beim Filettieren helfe ich. Mach zu.

Mit weichen Knien ging Gianna nach hinten zu den Vorratsräumen. Dort stand in einem toten Winkel des hintersten Raums das Fischbassin. Selbst für ein dänisches Sterne-Restaurant war das hier gewaltig. Komplizierte Umwälzpumpen hielten das Salzwasser für die Meeresfische in steter Bewegung. Temperaturmelder signalisierten kleinste Unregelmäßigkeiten. Sicher, man hätte in Kopenhagen jeden Tag frischen Seefisch bekommen können. Aber genau das war der Punkt: hätte! Und hätte hieß nicht, dass die angelieferten Fische in der richtigen Qualität gebracht wurden. Lange konnte Poulsen sich über das Phlegma der Fischer aufregen, ihren Dünkel, ihren über Jahrhunderte erworbenen Gleichmut.

Sie sind der Stachel in meinem Fleisch, nein, mein Waterloo!, klagte er regelmäßig und fand doch nie die Metapher, die wirklich treffend die Qual beschrieben hätte, die ihm die Unzuverlässigkeit der Fischer bereitete. Schließlich war er doch auf ihrer Seite. Wer, wenn nicht die Sterneköche, war bereit, beinahe jeden Preis für frischen Fisch zu zahlen? Wer, wenn nicht sie, wusste die Qualität der Ware zu schätzen? In wem, wenn nicht in ihnen, hatten die Fischer die einzig wahren Gesprächspartner, mit denen sie kundig selbst kleinste Details besprechen konnten?

Nur, dass die Fischer gar keine Gesprächspartner brauchten. Und keine Geschäftspartner suchten. Sie gingen fischen. Oder eben nicht. Stur, unbeugsam wie eh und je.

Das Riesenbassin war Paulsens Art, Rache an den Fischern zu nehmen. Denn hier konnte er Fische ein paar Tage, sogar Wochen überleben lassen. Hier kamen die sündteuren Raubfische aus dem arktischen Kaltwasser an, die Kohlenfische, die Lachse, der seltene Grönlanddorsch – und eben auch: *Halibut*, der Heilbutt. Vor ein paar Tagen war ein besonders prächtiges Exemplar geliefert worden. Und den sollte sie jetzt holen.

Heilbutt. Der *Hippoglossus* war für Gianna der schönste Plattfisch der Welt. Er hatte nichts mit den tumben Karpfen oder harmlosen Flundern der Ostsee zu tun. Der Heilbutt war ein Raubfisch. Bis zu zwei Meter lang konnte er angeblich werden und, das beeindruckte Gianna noch viel mehr, bis zu fünfzig Jahre alt. Wenn man einem Heilbutt gegenübertrat, dann sozusagen von Gleich zu Gleich. Wer einen an der Angel hatte, pries sich glücklich, konnte aber keineswegs sicher sein, dass er ihn schon gefangen hatte. Denn Heilbutte kämpften. Legendär waren die Berichte von sich windenden, um sich schlagenden Fischen, die ganze Bootsbesatzungen in Schwierigkeiten gebracht hatten. Klar, nicht in ihrem Bassin. Da waren dem Bewegungsdrang der Tiere enge Grenzen gesetzt. Trotzdem ... Gianna schnappte sich das längste und schärfste Messer aus dem Block am Fischposten. Tony würde ihr verzeihen.

Und dann schob sie die Tür zu dem gekühlten Raum auf, hörte es plätschern. Sie sah die gefleckte, pflastergraue Haut des großen Fisches im Bassin. Sie machte kein Licht. Sie bewegte sich langsam, bemüht, keinen Schatten auf das Wasser zu werfen. Sie wollte den Fisch so lange wie möglich im Unklaren lassen, denn sie wusste: Sie hatte nur eine Chance.

Und dann biss Gianna so fest sie konnte auf den Messergriff zwischen ihren Zähnen, warf sich nach vorne, packte mit beiden Händen den Fisch dicht unter dem Kopf und riss ihn aus dem Becken. Der Fisch war allerdings so schwer, dass er beinahe sie ins Wasser gezogen hätte. Der wog sicher fünfzig Pfund! Und zappelte! Und wollte springen! Er schlug mit der Schwanzflosse um sich, erwischte ihre Hüfte, ihren Oberschenkel. Gianna schrie. Warum kam ihr denn keiner der Kollegen zu Hilfe?

Ein Schwall Wasser ergoss sich auf den Boden, Gianna stürzte nach hinten, ließ aber den Fisch nicht los. Schwer prallte sie mit dem Rücken gegen das Nachbarbecken, ihre Hände schmerzten, irgendwie musste sie eine Hand in die Kiemen bringen, nur so konnte sie den Fisch ruhigstellen, um dann mit der anderen Hand nach dem Messer ... Sie kämpften und wanden sich. Der Fisch schlug und bog sich, und Gianna hing mehr an ihm, als dass sie ihn gehalten hätte. Der Fisch war nur wenig kleiner als sie und erschien ihr fast ebenso schwer, und Gianna konnte kaum etwas sehen, so viel Salzwasser klebte in ihrem Gesicht, troff aus den Haaren, brannte in den Augen. Alles war glatt, und bald wusste sie nicht mehr, wo in dem Raum sie mit dem Tier in beiden Armen taumelte. Dann endlich – die Hand in der Kieme. Der Fisch drückte zu. Gianna schrie auf, aber dann hatte sie das Messer an seiner Kehle: Ein Schnitt, und das Blut strömte.

Gianna atmete schwer.

Verzeih, Fisch!

Sie durfte ihn jetzt nicht zu Boden gleiten lassen, auch wenn die Versuchung noch so groß war, sie musste das hier ordentlich zu Ende bringen, so, wie sich das gehörte, für sie beide. Schwer atmend versuchte Gianna, den mächtigen Heilbutt auf einen der metallenen Tische zu hieven. Erst den Kopf, den Hals, nun den Leib. Sie konnte ihn nicht weiter anheben, sie musste schieben und mit der letzten verbliebenen Kraft ihres eigenen Körpers diesen anderen auf den Tisch zwingen … Endlich ruhte der Fisch auf dem metallenen Altar. Und Gianna, blutig, mit zerkratzten Armen, Bisswunden an der Hand, kam auf dem Fischleib zu liegen, schnaufte, und so ruhten sie für einen Moment, Bauch an Bauch, der Fisch und die Frau. Dann machte sie sich ans Werk.

Eine Stunde später schleppte sich Gianna zurück in die Küche. Und wenn sie sich gefragt hatte, warum es so still war, warum ihr keiner zu Hilfe gekommen war, so sah sie es nun: Da standen ihre Kollegen, auch Tony, der angeblich abwesende Poissonier, und starrten ihr entgegen.

Yeah, da ist sie ja!

Das war Mattes, der freundliche Este. Dann stimmten auch die anderen ein.

He, yeah, gut gemacht!

Sie applaudierten. Es war eine Art Probe gewesen, von Poulsen ausgedacht und natürlich von allen eilfertig ausgeführt. Das Mädchen und der große Fisch. Sie hatte mit Bravour bestanden, Marc schenkte ihr einen doppelten Genever ein, und keiner verstand, warum sie plötzlich anfangen musste zu heulen.

Abends lehnte sie allein in ihrem kleinen Zimmer am Waschbecken und versuchte, sich das Hemd über den Kopf zu ziehen. Besser: von der Haut zu ziehen. Salzwasser, Schweiß und Blut hatten sich vermischt, hatten das Gewebe an der Haut festkleben lassen. Es tat höllisch weh. Einen Arm hatte Gianna schon befreit, nun noch den anderen. Da klopfte es. Leise, aber deutlich vernehmbar.

Gianna?

Die Stimme kannte sie.

Damian!

Und schon hatte sie die Tür aufgerissen und starrte in Damians überraschtes Gesicht. Herrgott, ja! Sie schaute an sich herunter. Das war sicher kein schöner Anblick. Damian wurde blass.

Gianna, was ist passiert? Bist du vom Laster überfahren worden?

Der Scherz klang hohl. Unaufgefordert trat er ein und schloss die Türe hinter sich.

Was ist passiert?

Nichts Schlimmes. Komm doch erst mal richtig rein.

Das Dumme war, dass sie nicht wusste, ob sie wieder ganz in ihr Hemd hinein oder endgültig hinausschlüpfen sollte – Letzteres war aber nicht so einfach. Sie überlegte und trat von einem Bein auf das andere.

Könntest du mal kurz …

Gianna!

Er sah gar nicht wie der coole Damian aus ihrer Jugend aus. Sondern irgendwie weicher, unsicherer. Hatte er Tränen in den Augen?

Das muss doch höllisch wehtun! Warte mal, ich helfe dir.

Er rümpfte die Nase.

Ich weiß, ich rieche nach Fisch. Das war auch ein Fisch!

Ein Fisch?

Unter Lachen und Weinen erzählte Gianna ihre Geschichte, während Damian ihr ganz behutsam aus den nassen und zerfetzten Sachen half. Es war schwierig, weil sich mit dem Hemd auch Hautfetzen lösten, weil ein paar Wunden bluteten. Aber sie schafften es. Zitternd und feucht sank Gianna schließlich auf einen Stuhl.

Danke … Mein Bademantel …

Nix! Vergiss es!

Damian war ganz konzentriert und umsichtig.

Hast du Sachen zum Desinfizieren da?

Hatte sie nicht. Ein unverzeihlicher Fehler für einen Koch. Aber: Zitronen!

Auch gut.

Damian verschwand in der Küche, kam mit den aufgeschnittenen Früchten zurück und nötigte Gianna auf einen Stuhl. Und dann rieb er sie von oben bis unten mit den Zitronenhälften ab. Am Anfang zappelte sie ein bisschen und wehrte sich, denn es kam ihr ein bisschen lächerlich vor, schmerzhaft war es obendrein. Hätte sie sich von außen betrachten können, wäre sie sich womöglich selbst wie ein großer schlanker und ziemlich wehrhafter Fisch vorgekommen, der sich gegen die kundigen Hände eines Seemanns wehrte. Der Seemann hier ließ nicht mit sich spaßen.

Scht... scht... nun halt schon still ..., sagte er ernst.

Mit der Zeit wurde er geschickter. Während er am Anfang einfach mit den aufgeschnittenen Hälften der Zitronen über die geschundene Haut getupft hatte, presste er nun die Früchte mit einer Hand aus, ließ den Saft in die andere Hand rinnen und verrieb ihn gleichmäßig, mit ruhiger, sicherer Hand auf Giannas Haut. Die stöhnte, weil es wehtat – aber auch, weil es guttat. Irgendwann hörte es auf.

Sie öffnete die Augen wieder. Da kniete Damian vor ihr und grinste ihr ins Gesicht.

Er unternahm nichts. Er ließ sie machen. Vielleicht, weil er ihr nicht wehtun wollte durch allzu viel Ungestüm. Damian war überhaupt vorsichtiger geworden mit den Frauen. Das kam seinem Phlegma entgegen und seinem Sinn für die richtige Dramaturgie. Er ließ sie kommen. Er verstand es, sie zu reizen: durch seine Dreistigkeit, seinen Witz – aber dann tat er, als bemerkte er nicht, was er da angerichtet hatte an erotischer Unruhe, gab sich gelassen, hatte alle Zeit der Welt, und die entzückten und entnervten Frauen sahen sich gezwungen, selbst die Initiative zu ergreifen, und fanden heraus, was ihnen am besten gefiel. Also hielten sie Damian für einen ausgezeichneten Liebhaber. Ein perfekter Deal, der Damian keinerlei Anstrengung kostete.

Mit Gianna allerdings war es ein bisschen anders. Nicht, weil sie so zerschunden war und sich mit einem kleinen Aufschrei neben ihn ins Bett legte. Nicht, weil er diesen Körper gerade in seiner Verletztheit aufregender fand als manch anderes reizvolle Angebot. Gianna war frei. Sie machte, was sie wollte. Sie war selbst für ihn nicht zu greifen. Und noch immer, mit Ende zwanzig, sah sie aus wie ein halber Junge. Das gab der ganzen Sache etwas Verruchtes, etwas Zweideutiges, fand Damian – besonders, weil sie es nicht bemerkte und sich jedes Mal auf ihn stürzte wie ein Wolf auf ein besonders appetitliches Reh. Ja, das Reh war eindeutig er in dieser Konstellation.

Damian hatte nach einer der Federn gegriffen, die Gianna in einer Schachtel neben dem Bett aufbewahrte. Die Federn hatte er ihr zukommen lassen, gelegentlich. Mal gab er sie Francesca mit, mal Quirin, und nur selten ließ er sich dazu herab, eine Feder von einem Habicht oder Bussard selbst mit der Post zu schicken; das waren seine Grüße an Gianna aus der Ferne.

Nun strich er mit zwei Fingern eine schöne Feder glatt. Es war eine Feder aus der Armschwinge einer Krähe, blauschwarz glänzend.

Die hast du nicht von mir!

Gianna lachte. Das stimmte. Seltsamerweise spürte Damian einen Stich von Eifersucht. Dass sie ohne ihn Federn sammelte! Oder womöglich von einem anderen bekam! Er schüttelte den Gedanken ab, fuhr mit dem Finger über den festen Kiel. Dann begann er, Gianna sanft zu liebkosten. Die Feder glitt über die Seite, die sie ihm zugewandt hatte, über Bauch und Brust, fuhr ihr sanft ins Gesicht, verlor sich wieder über der

Schulter. Die Feder lockte und fragte, aber sie schien auch zu kühlen und zu beruhigen. Gianna schloss die Augen. Es tat wohl, einfach nur dazuliegen und zu genießen. Aber Damian war ein Teufel. Er begnügte sich nicht damit, die Feder leise ihre Bahnen ziehen zu lassen. Er tupfte auch, er machte kleine Pausen und wechselte unerwartet vom Oberschenkel zum Nacken und vom Nacken zum Nabel. Gianna schrak immer heftiger zusammen, wenn er sie so sanft und unerwartet traf – und wartete doch immer gieriger auf jede neue, stille Berührung. Endlich hielt sie es nicht mehr aus. Energisch setzte sie sich auf, öffnete die Augen und riss Damian die Feder aus der Hand.

Gib her!

Gianna!

Sie klemmte den Federkiel zwischen ihre weißen Zähne und warf Damian auf den Rücken. Natürlich tat das weh! Aber beileibe nicht nur.

Jetzt noch ein bisschen Vanille, und du wärst das perfekte Dessert!, sagte Damian später erschöpft und tat, als wollte er mit letzter Kraft etwas Weiches von ihrem Oberschenkel löffeln.

Nachtisch!

Lieber Salz und Tequila, erwiderte Gianna. Geh mal zum Kühlschrank.

12. WASSER UND SALZ

Er war wieder fort. Fröstelnd stand Gianna ein paar Tage später am Anleger und starrte auf die *Rebel*. Das Boot war verschlossen, lag sicher vertäut und von Fendern beschützt am

Kai. Niemand wusste, wo der Skipper war. Natürlich nicht. Und auch nicht, wann er wiederkommen würde. Auch klar. Wütend kickte Gianna einen Stein vor sich her.

Entspann dich!

Die Leute hier machten sie so zornig. Gianna war mit Damian zum ersten Mal in Christiania gewesen, der *Freistad* mitten in Kopenhagen. Bisher hatte sie keine Zeit für solche Ausflüge gehabt, und noch nie hatte es sie an Touristenziele gezogen, denn das war es doch, ein Touristenziel, nicht wahr? Aber nun hatte Damian hier campiert, also war sie mitgegangen und hatte dieses andere Kopenhagen zur Kenntnis genommen, eher widerwillig als neugierig.

Früher, das wusste sie, war Christiania eine Utopie gewesen, der Traum vom freien Leben, ohne allzu viele Regeln, ohne Obrigkeiten und sinnlose Pflichten. Doch die Hoffnungen der ersten Bewohner hatten sich im Kampf zerschlissen, sie waren zerrieben worden zwischen der Notwendigkeit, Kompromisse zu schließen, und ihren eigenen, ursprünglichen Zielen. Die Drogen hatten Christiania den Rest gegeben. Traurig hatte Gianna das in der Presse verfolgt. Damian freilich war ganz anderer Ansicht gewesen:

Totgesagte leben länger!, hatte er behauptet, du wirst schon sehen. Es wird einen zweiten Frühling geben, eine Wiederauferstehung. Die ganzen 68er-Träume kommen wieder.

Hoffte das außer ihm noch jemand? Gianna musste manchmal lächeln über den Eifer, mit dem Damian Verlorenes verteidigte. Ausschließlich Verlorenes. Erst dann interessierten ihn die Dinge, so schien es. Aber war sie nicht auch so eine? Eine Köchin im Jahr 1999? Waren nicht alle, die sich zur Jahrtausendwende noch mit realen Dingen beschäftigten, irgendwie – verloren?

Was hatte sie eigentlich in einer Küche zu schaffen, wieso beschäftigte sie sich mit der ausgesuchten Qualität von Kartoffeln und Erdbeeren, Sellerie und Linsen, während alle anderen gerade *Convenience Food* entdeckten, küchenfertige oder sogar verzehrfertige Gerichte, Vorgefertigtes, Halbgares also, für das man stolze Preise verlangen konnte, das keinen Koch mehr erforderte, sondern nur noch eine Mikrowelle? War ihr Beruf nicht total vorgestrig, überholt, nicht einmal *vintage*? Sie und Quirin, fand Damian, waren die großartigen, aber bemitleidenswerten Helden einer letzten grandiosen Oper. Die Oper hieß *La bella realità* und musste unbedingt in Italien spielen. Kamen von dort nicht die berühmtesten Skulpteure und die bedeutendsten Köche? Lachend hatte Damian ihr seine Geschichte vom großen Panoptikum der vorgestrigen Gestalten erzählt, in dem sie, Gianna und Quirin, der Bruder, die Hauptrollen spielen, ach was – die Titelpartien *singen* würden, und Rossini und Bellini wären ein Dreck dagegen!

Er hatte mit dem Finger auf Gianna gewiesen, sich in seiner Koje zurückgeworfen und lauthals gelacht.

Du bist gemein!

Mit einem Aufschrei hatte sich Gianna auf ihn geworfen: Du bist so was von fies!

Was kann ich dafür, wenn du nichts Richtiges lernst!, hatte Damian, immer noch lachend, gesagt. Warum bist du nicht Immobilienhändlerin oder wenigstens IT-Frau oder Brand-Managerin oder so'n Scheiß? Nein, es muss ja unbedingt was Handfestes sein.

Ist es doch auch!, protestierte Gianna.

Statt einer Antwort strich Damian mit dem Finger über die Narben, die langsam auf ihrem Arm wuchsen.

Ja, sehr richtig. Ist was sehr Richtiges!

Und völlig ungerührt begann er, diese kleinen Narben zu küssen. So war Damian. Schneidend scharf, aber dann kümmerte ihn sein eigener Scharfsinn nicht mehr. Es war ihm egal, was aus dem folgen musste, was er sagte. Es genügte ihm, sich auszuprobieren. Redend oder zur See fahrend. Nichts musste zu Ende gebracht, nichts in die Tat umgesetzt werden. Sobald Damian wusste, wie es weitergehen würde, war er weg. Ein Feind der Dauer und der Berechenbarkeit, ein Windgeselle, wie man in Dänemark sagte.

Und nun war er fort. Wieder einmal. War gerade lange genug hier gewesen, um die alte Unruhe in ihr wachzurufen, die alte Sehnsucht. Damian war nicht gut für sie. Er war wie ein Habicht. Stieß aus irgendeinem verfluchten Himmel auf sie herab, schlug seine Krallen in ihre Seele und verschwand wieder. Noch ein Tritt gegen den Stein.

Willst du was zu rauchen?

Hau ab!, schrie Gianna den verdutzten Dealer an.

Hei du, ist nicht unser Ton hier! Sei mal schön stille!, sagte der. Wir sind hier total *peaceful.*

Ausgerechnet!, dachte Gianna. Und trollte sich.

Wie oft sie hier ermahnt wurde. Und von wem. Alle schienen in Dänemark zu wissen, wie man lebte und wie man sich benahm. Sogar die Dealer. Vielleicht war deshalb so eine friedliche Koexistenz aller mit allen möglich? Gianna war so viel Konsens unheimlich. Das vertrug ihr Temperament nicht. Und der andere Pol, diese heiße, hektische, hysterische Küche war zu eng. Das war keine Welt, in der man leben, keine Luft, in der man atmen konnte. Das war Pflicht, Pflicht, Pflicht – und Disziplin. Eine Küchenkaserne, hierarchisch, streng und sauber. Sie seufzte. Sie musste nach Hause. Das Ritual der freien Abende: waschen, trocknen, bügeln – und endlich die Messer schärfen, die seit Tagen vernachlässigt worden waren. Sie machte sich auf den Heimweg, die Hände in den Manteltaschen, eine kleine graue Gestalt in den Gassen von Christiania.

Sie war allein. Und der Winter zog sich endlos und machte nur widerwillig einem grauen, verregneten Frühling Platz. Es wurde April; es wurde Mai, bis das Licht wieder hervorkam. Dann aber doch. Und das war alles viel weiter im Norden.

Hellblaues Schäumen zwischen Schiefer und Grau. Scharfes blaues Schneiden zwischen Flächen aus Grün, dazwischen ein orangefarbener Schein, der rasch zum Gleißen wurde, ein warmer, ein beinahe sahniger, satter Ton, der alles zum Strahlen brachte: Norwegen von oben war ein Fest aus Farben. Atemlos klebte Gianna an dem viel zu schmalen Fenster in der Propellermaschine. Mit jedem Zwischenstopp waren die Flughäfen kleiner, die Kontrollen lässiger geworden – und die Gegend wuchs ins Unwahrscheinliche. Oslo, Bergen, Trondheim, Bodø, Tromsø – die Herrlichkeit nahm kein Ende. Sie alle hingen stumm an den Fenstern, nicht einmal die ewig schnatternden Kellnerinnen rührten sich. Poulsen lächelte zufrieden.

Schwer, Atheist zu bleiben, wenn man Norwegen erlebt, nicht wahr?, fragte er lächelnd.

Poulsen sprach! Er hatte das Wort an sie gerichtet. Gianna konnte es nicht fassen. Der Chef hatte sich offensichtlich etwas vorgenommen. Poulsen machte mit seinen Plänen Ernst. Er hatte tatsächlich die ganze Crew zu seinem Workshop eingeladen. Einziger Nachteil: Dieser Workshop musste den Jahresurlaub ersetzen. Niemand protestierte. Wann sonst hätten sie die *Alge* für einige Wochen schließen können, wenn nicht jetzt? Und nun das: Norwegen von oben, die Westküste wie eine Naht, die ein verspielter Couturier ganz zuletzt an einem ohnehin schon prächtigen Kostüm gesetzt hatte. Neben dem klaren, hellen Blau der Nordsee waren Landfetzen elegant ins Meer gerissen. Sie leuchteten in Ocker, Rostbraun und Gelb. Dann die Fjorde, die tieftintenblau ins Landesinnere schnitten, die Berge, die von blühenden Flechten überzogen waren, als hätte jemand den buntesten Gewürzpfeffer der Welt entdeckt und damit die Landschaft bestreut. Gianna schaute und schaute. Und sie ahnte, warum sie hierhergekommen waren, warum Poulsen die Kosten einer Reise für die ganze Crew nicht scheute.

Hier würden sie wohl lernen, welche Fülle in der Beschränkung liegen konnte oder besser: in der Entschiedenheit. Der anfänglichen Euphorie über Poulsens Pläne war nämlich bald Ernüchterung gefolgt. Skandinavische Küche – gut und schön! Aber was sollte man machen, wenn man kein Gemüse mehr importieren konnte? Die Tomaten aus den heimischen Gewächshäusern sahen zwar gut aus, schmeckten aber allenfalls nach der Anstrengung, mit der sie gezogen worden waren. Und was war mit Auberginen, mit Zucchini, mit Südfrüchten und Trauben? Die hatten ihren Gerichten ja nicht nur Farbe und Textur gegeben – sie waren auch für viele Saucen unverzichtbar. Als dann noch das Gerücht die Runde machte, selbst das unverzichtbare Olivenöl würde weichen müssen, machte sich so etwas wie Verzweiflung breit. Was würde Poulsen ihnen noch alles wegnehmen? Und um was zu gewinnen?

Es wurde Mai, bis sie landeten. Und sie wanderten. Sie erkundeten den wilden Strand von Rekvik und ließen sich die Ohren vom Wind freiblasen. Sie rochen stundenlang nur Salze und Wasser. Ja, verschiedene Salzaromen, verschiedene Wasser. Sie folgten Poulsens Anweisungen. Verblüfft tauschten sie die Erfahrungen aus. Dann erklommen sie den Hausberg, den Storsteines, und wanderten stundenlang durch einen Birkenwald, den die arktische Kälte frisch hielt wie ein köstliches Dessert. Nachdenklich zupfte Sehun an einigen langen Kiefernadeln, hielt sie sich unter die Nase, knabberte daran, zögerte, kaute. Marta bückte sich nach Flechten.

Abends, in der einfachen Herberge in der Stadt, trugen sie

ihre Eindrücke zusammen. Es gab mehr, als sie gedacht hatten, viel mehr. Und: Das, was es gab, war von solcher Klarheit und Intensität, dass es sie alle begeisterte.

Die Frage ist nur: Wie kriegen wir das von hier weg?, sagte Sol, der robuste Rôtisseur aus Mazedonien. Poulsen lächelte fein. Dass sich der Mann, der für den heißen Grill zuständig war, dem nichts scharf und entschieden genug sein konnte, plötzlich Gedanken über Konservierung machte, war schon mal ein Schritt.

Einlegen, Pökeln, schlug Tony, der Fischposten, nur halb im Scherz vor.

Langsam, Leute, langsam ...

Poulsen wollte nichts übereilen. Erst einmal befahl er, dass sie sammelten. Dass sie katalogisierten wie lernende Botaniker. Dass sie das Gesammelte notierten, ihre Eindrücke dazu – und dann würden sie lernen, es zu traktieren.

Traktieren?

Ja, traktieren. Sie würden lernen, mit den Substanzen zu arbeiten, als sähen sie sie zum ersten Mal. Vorsichtig natürlich, wie sie es alle in ihrer Ausbildung gelernt hatten, aber konsequent: Sie mussten die reduzierten Bestandteile ihrer neuen Küche ausreizen, um zu passablen Ergebnissen zu kommen. Dafür hatte Poulsen zusätzlich Fachleute angeheuert – meine Experten! –, wie er eines Abends stolz verkündete, als er zwei schüchterne Männer und eine hünenhafte, sehr aufrechte Frau in den Versammlungsraum schob.

Wieder einmal freute sich Gianna, wie wenig es in der Küche ausmachte, was einer trug und wie er sich gab. Für diese drei hätte kein Marketing-Mann auch nur einen Pfifferling gegeben. Und doch waren sie hoch geschätzte Leute in Norwegen. Der eine, Thure, ein Fischer, einer, der noch mit der Langleine Schätze aus dem arktischen Meer holte, von deren Existenz die anderen nicht einmal mehr wussten, der aber auch die besten Muschelplätze kannte – und Algen. Der andere, Ove, den alle nur den Salzmann nannten, ein Meeresbiologe aus Bergen, und schließlich Ava, die Pilzsammlerin, der es zu jeder Jahreszeit gelang, Essbares aus den Wäldern und von den Bergen zu holen.

In wechselnden Gruppen zogen sie mit den dreien los. Lisa hatte das vorzüglich organisiert. Und so verwandelte sich der Workshop nach und nach in ein Seminar des Schauens, Fühlens und Schmeckens. Es beanspruchte alle Sinne – und damit auch den Kopf. Zum ersten Mal wachte Gianna morgens mit der Erinnerung an ein Aroma auf, und sie legte sich abends mit dem Vorsatz ins Bett, dieser einen, ganz bestimmten Textur nachzugehen. Für anderes war kein Platz. Die Reise zu den Aromen nahm sie völlig in Anspruch. Den Kollegen ging es genauso. Sie schnupperten, tasteten, schmeckten, pressten, lösten aus, schälten, entkernten, häuteten, trockneten, fotografierten – und füllten Notizbücher. Sie waren beschäftigt, selbst wenn sie ruhten. Tatsächlich ließ ihnen Poulsen Zeit dazu. Aber in den Pausen summte es in den Köpfen noch mehr. Meistens stürzte einer noch vor dem Ende der Mittagszeit aus seinem Zimmer und rief nach einem Kollegen, musste eine Idee, eine Beobachtung auf der Stelle teilen. Poulsen sah das mit Genugtuung.

Insofern war es merkwürdig, daran zu denken, dass am Wochenende *die Lieben von daheim* kommen würden. So hatte sich Poulsen ausgedrückt, und die Ironie troff geradezu aus seinen Worten. Die Lieben von daheim – das waren die Familien der Köche und der Kellner, denen man ihre Männer und Schwestern, Söhne und Freundinnen allzu lange vorenthielt. Also hatte Poulsen sich erweichen lassen, den Workshop am Ende etwas zu öffnen. Die Familien waren willkommen – ein wenig jedenfalls, denn natürlich würde die Arbeit weitergehen.

Gianna freute sich auf Francesca. Sie und die Großmutter sahen einander viel zu selten. Aufgeregt schaute sie auf die Uhr. Der Shuttle-Bus würde die Angehörigen in Kürze bringen. Shuttle-Bus! Das verstärkte den Eindruck eines allerdings sehr arbeitsamen Ferienlagers nur noch mehr. Endlich hupte es – da waren sie! Aber ungerührt machte Poulsen mit seiner Analyse der Steinsalze weiter.

Nachher, Leute, nachher!

Und wieder gehorchten alle. Und zum ersten Mal nach langer Zeit fiel es ihnen wieder auf.

Gianna sah Francesca also erst am Abend. Ein Zettel war an der Rezeption für sie abgegeben worden: Ciao, Bella! Sind im Café. – *Sind?*

Gianna flog mehr zum kleinen Café, als dass sie lief. Sie öffnete die Tür. Das gemütliche Lokal quoll über von Menschen. Gianna arbeitete sich durch die Menge. Im Nebenraum stand der große Billardtisch. Und dort lehnte Francesca mit einem Queue in der Hand beim Pool. Sie betrachtete aufmerksam ihren Mitspieler, der sich neben ihr tief über das grüne Tuch des Tisches beugte.

Francesca!

Der Mann richtete sich auf.

Quirin?

Er war es. Francesca hatte ihn mitgebracht, weil sie keine Lust hatte, sich zwischen Polarbären und Rentieren zu Tode zu langweilen, wie sie heiter sagte.

Du hast doch sowieso nur deine Arbeit im Kopf, stimmt's?

Sie lachten. Sie umarmten sich wieder und wieder. Wie gut sich das anfühlte, wie vertraut und auf was für eine verrückte Weise normal. Nun hatten sie sich Monate nicht gesehen – aber schon hatten sie einen neuen Satz Bälle organisiert und spielten, als hätten sie nichts anderes zu tun. Francesca war mit Eifer bei der Sache, aber auch Quirin gab sein Bestes. Wie gut er aussah! Gianna hatte vergessen, welche Ruhe sein Gesicht ausstrahlte, die klaren Augen, die gelegentlich funkelten, wenn er in ihre Richtung sah. Kräftige Schultern, breiter Rücken …

Kannst du mal aufhören, so zu zappeln? – Quirin drehte sich zu ihr um, lächelnd: Bist immer noch die alte Zapplerin.

Bald verabschiedete sich Francesca. Sie fuhr Gianna mit der Hand durch die zerzausten Haare.

Ihr braucht mich alte Frau ja nicht. *Buena notte*, Quirin!

Ich muss auch bald los, sagte Gianna mit einem Blick auf die Uhr. Ich muss früh raus.

Früh raus? Ich denke, das ist hier so 'ne Art Feriencamp?

Eher Camp als Ferien.

Quirin schluckte seine Enttäuschung hinunter. Gianna hatte sie nicht einmal bemerkt. Schon sprudelte sie los. Erzählte, auf den Queue gestützt, von den Plänen, die ihr Chef hatte. Von der neuen Küche, die er hier oben in Norwegen erfinden wollte. Wie verrückt das alles war: mit Algen und Sprossen und wenig spektakulären Fischen. Quirin hörte zu und beobachtete, wie die Queue-Spitze einen runden Abdruck in Giannas Kinn hinterließ.

Gianna …

Und dann stell dir mal vor: Dann sind wir am Ende ganz weit gereist, nur, um so 'ne Art Heimatküche zu machen. Das ist doch verrückt, oder? Also natürlich nicht wirklich Heimat, wir sind eher so 'ne Art Ethnologentruppe. Wir ziehen los und suchen gemeinsam das … das Ursprüngliche, also das, was immer da ist, was man nur nicht beachtet, das aber vielleicht alle möglichen Schätze in sich trägt und …

Gianna hörte nicht mehr auf. Und Quirin fühlte sich allmählich überflüssig. War er 3000 Kilometer durch Europa gereist, damit sie ihm von Braunalgen und Salzblüten vorschwärmte? Damit sie mit zärtlicher Ironie von der schwarzen Brigade erzählte, also ihren Kellnerkolleginnen, die hier oben unwillkürlich weitermachten mit ihrem *bitte sehr* und *gerne doch*?

Stell dir vor, sagte Gianna gerade. Muss so 'ne Art Berufskrankheit sein.

Und welche hast du?

Bitte?

Gianna unterbrach ihren Redefluss. Warum sah Quirin sie so ärgerlich an?

Ich? Keine Ahnung, aber sag du's mir!

Keine Ahnung, ob ich Lust dazu habe, sagte Quirin abrupt und ließ sie stehen.

In seinem Hotelzimmer angekommen, schob er ärgerlich den noch ungeöffneten Koffer vom Bett. Der polterte gewaltig. An seiner Reiseausstattung lag das nicht – aber er hatte Sachen für Gianna dabei, ein, zwei Geschenke – und vor allem Proviant, den Francesca eingepackt und auf ihre beiden Koffer verteilt hatte: italienische Salami und frisch gebackene Cantuccini, eingelegte Auberginen im Glas, Tomaten und Kapernäpfel, dazu den feinen Kaktusfeigensenf vom letzten Fest in Militello. Quirin hatte gelacht und halbherzig protestiert – aber was sollte man gegen die Tatkraft von Francesca schon ausrichten?

Wird ihr guttun, sie braucht Wärme da oben, glaub mir, eine Großmutter spürt so was.

Und nun das. Er hatte ihr die Sachen noch immer nicht gegeben. Es war einfach keine Gelegenheit dazu gewesen, fand Quirin. Nichts brauchte Gianna. Sie kam ganz gut ohne sie zurecht. Ohne sie beide, ohne ihn. Nicht eine einzige Frage hatte sie ihm gestellt. Wie er es fertiggebracht hatte, hier heraufzukommen, mitten in der Saison ein längerer Urlaub? Wie er sich den Aufenthalt vorstellte? Ob er noch weiterreisen wolle, womöglich mit ihr zurück nach Dänemark? Wie es ihm ergangen war seit ihrem letzten Treffen? Nichts von alledem.

Zornig zerrte Quirin sich die Stiefel von den Füßen, zu faul, um sich dafür hinzusetzen, und versuchte, das Gleichgewicht zu halten.

Nur nach Damian hatte sie gefragt – natürlich. Aber nicht ihn, sondern Francesca. Aber da hatte selbst Francessca einsilbig reagiert und nur gesagt:

Damian? Wie soll es dem Halunken schon gehen? Unkraut vergeht nicht!

Die Stiefel flogen in die Ecke.

Die Stimmung am nächsten Tag war angespannt. Poulsen hatte tatsächlich die angereisten *Lieben* herzlich begrüßt, aber dann machte er, schon sichtlich ungeduldig, mit seinem Programm weiter. Quirin und Francesca blieben sich selbst überlassen, wie die anderen auch. Unschlüssig spazierten sie durch die Stadt. Dom und Polarmuseum, Aquarium und Hafen. Sie waren doch nicht hierhergekommen, um Bartrobben zu bewundern! Dann allerdings wurde es Abend – und doch wieder nicht. Das Nordlicht hüllte die Stadt in grünlich-magisches Leuchten. Der *Storsteinen* schien sich in Bewegung zu setzen, der mächtige Berg mit seiner immerweißen Kuppe schillerte in sanften Tönen. Fasziniert standen Quirin und Francesca in der Innenstadt vor der Eismeerkathedrale und wussten nicht, wohin zuerst schauen, ob auf die Architektur vor ihnen oder den Berg im Hintergrund. Das eine schien auf das andere zu antworten. Die perlengraue Aluminiumhaut auf dem Beton der Kirche schimmerte, das riesige Mosaikfenster leuchtete in dunklen Blau- und Violett-Tönen auf. Und der Berg in seinem irisierenden Weiß und Silber fing das auf. Wenn das Nordlicht leuchtete, begann Tromsø zu tanzen.

Es wird tatsächlich nicht dunkel!, sagte Francesca. Ich hab es nie ganz geglaubt, aber jetzt, wo wir es selbst sehen …

Jetzt wird Poulsen überhaupt nicht mehr aufhören zu arbeiten, sagte Quirin missmutig. Kein natürliches Stoppsignal mehr. Hast du schon mal so eine Kirche gesehen?

Francesca hatte nicht. Und so ließen sich die beiden Zeit bei der Erkundung des Baus, der einmal als avantgardistisch gegolten hatte und immer noch ein schönes Zeugnis dafür war, was man mit Glas und Beton alles anstellen konnte, wenn man mit dem Licht zu spielen verstand. Die höchste Kunst: auf etwas zu bauen, das so flüchtig war.

Quirin ließ sich von seinem Kummer ablenken. Er dachte über Materialien nach. Was, wenn er nicht mit Granit, Kalk und Sandstein arbeiten würde, sondern mit Beton? Sicher, auch sie benutzten Beton zum Ausbessern – da, wo der ungeliebte Werkstoff bereits eingesetzt worden war: Nach dem Zweiten Weltkrieg hatte man sich in Regensburg nicht lange mit der Frage aufgehalten, was ein authentischer oder angemessener Werkstoff sein könnte. Die Regensburger wollten ihre Domtürme in Gänze wiederhaben – und zwar *pronto*. Also wurde getrickst und geschummelt – und preiswert war Beton obendrein. Und deshalb mussten sie sich heute, fünfzig Jahre später, mit dem Material herumschlagen, das allen Steinmetzen, die auf sich hielten, nur als Behelf vorkommen konnte. Aber hier?

Quirin dachte darüber nach, was den Wert eines Materials bestimmte. Und was die Nachfrage. Was sagte es über die sechziger Jahre aus, dass Beton als das einzig wahre Material gegolten hatte, dieses Raue, das gleichzeitig so gefügig war, dieses beständige und fast unzerstörbare Material, das aber stets schon nach wenigen Jahrzehnten so mitgenommen aussah, als hielte es keine zwei Stürme mehr aus?

Quirin beschloss, eine *Betonreise* zu machen, den modernen Kirchenbauten in Europa einen Besuch abzustatten, das radikale Gegenteil dessen zu suchen, das ihn täglich umgab. Und gleichzeitig spürte er plötzlich ein großes Heimweh nach seinem Dom, nach dem Domdorf und seinen Bewohnern.

Am Abend ließ Gianna sie wieder warten. Poulsen war nicht bereit, einen Versuch mit getrockneten Flechten abzubrechen, und so war es schon spät, als Gianna – erschöpft und verschwitzt – endlich zu Quirin und Francesca in dem kleinen Pub am Hafen stieß.

Hat sich schon gelohnt!, sagte sie anstelle einer Begrüßung. Wir haben die Flechten schockgefroren, wir haben sie karamellisiert – aber am besten schmecken sie tatsächlich frittiert. Jetzt müssen wir nur noch das ideale Öl …

Sie kramte in ihrer Tasche, zog ein großes Taschentuch hervor, aus dem sie umständlich drei unansehnliche Chips wickelte.

Probiert mal!

Quirin hatte keine Lust dazu. Francesca knabberte höflich.

Interessant!

Quirin stieß einen Laut aus, den man für ein Zischen halten konnte.

Ja, nicht wahr? Ich finde es total aufregend, wie man von wenigen einheimischen Zutaten …

… so einen Wirbel machen kann, ergänzte Quirin bissig.

Gianna stutzte: Stimmt was nicht?

Wie man's nimmt. Dir ist es ja anscheinend recht so.

Was?

Na, wie es ist. Wie alles so läuft.

Sollte es nicht?, fragte Gianna ahnungslos.

Die Bedienung brachte eiskaltes Bier. Aus der Jukebox drang synthetischer Pop. Nach einer Weile sagte Francesca langsam:

Nun, *cara mia*, es ist so, dass du uns hier nicht unbedingt brauchst, nicht wahr?!?

Aber ich freue mich doch …, protestierte Gianna.

Glaub ich, glaub ich!

Francesca wiegte den Kopf.

Aber sich freuen allein reicht manchmal nicht. Man freut sich ja auch über den Himmel oder die Wolken.

Was soll das heißen? Gianna musste lachen: Tu ich etwa so, als wärt ihr Wolken?

So ungefähr, sagte Francesca langsam. Wir kommen, und wir ziehen weiter. Du bleibst aber völlig bei deinen Sachen. Vielleicht ist das normal.

Herrgott, sagte Quirin endlich, und zum ersten Mal sah Gianna ihn wirklich ungeduldig. Macht's doch nicht so kompliziert! Wir haben uns auf dich gefreut, also ich jedenfalls … sehr …

Er schluckte.

Und?

Das scheint dir ganz egal zu sein.

Aber nein, wirklich …

Du nimmst uns gar nicht wahr.

Aber nein, das ist nicht …

Doch!, sagte Francesca jetzt mit Nachdruck. Doch, das stimmt. Weil du innerlich völlig besetzt bist. Von deiner Mission.

Sie verzog ihr Gesicht zu einem sanften Lächeln. Das fiel ihr so schwer, dass sie vergaß, das Lächeln zu beenden, als sie einen Schluck Bier nahm. Sie hustete.

Von diesem Poulsen bist du besetzt, meinte Quirin.

Es ist nicht *dieser Poulsen*, sagte Gianna. Er ist mein Chef. Der beste, den ich je hatte. Poulsen ist ein Visionär.

Kann sein, sagte Quirin. Ich find ihn trotzdem bescheuert.

Wie gut es ihm tat, seine Meinung zu sagen, ohne Rücksicht

darauf, wie das auf Gianna wirken würde. Im Gegenteil! Er legte noch einen drauf:

Ich scheiß auf Visionäre, wenn die ihre Leute schlecht behandeln. Und er behandelt euch wie Dreck.

Quirin!

Francesca bemühte sich um Mäßigung und winkte unauffällig der Bedienung. Etwas Essbares würde helfen, würde die Spannung aus dem Gespräch nehmen. Essen half immer. Vor allem am Abend.

Ich scheiß auf Visionäre, wiederholte Quirin, und es stimmte ihn beinahe fröhlich, so drastisch zu sein. Und allen voran auf deinen Poulsen. Er behandelt euch schlecht.

Gianna wusste, dass Quirin recht hatte. Im Prinzip. Sie arbeiteten alle viel zu viel. Die Arbeitszeiten waren ein Witz, der Aufwand war immens, und an die einfachsten Regeln wie Arbeitsschutz war nicht zu denken. Wenn sie den beiden verriete, dass das hier ihr Urlaub war … Aber sie war Teil eines großen Teams, sie alle arbeiteten für eine Sache.

Das ist nicht irgendein Laden, sagte Gianna langsam. Wir glauben an das, was wir machen. Meine Güte, wie falsch das klingt! Entschuldige … Verdammt noch mal, du bringst mich ganz durcheinander.

Sie wurde allmählich lauter, weil die beiden sie gar nicht zu hören schienen. Francesca und Quirin warfen einander Blicke zu, als hätten sie sich abgesprochen. Das machte Gianna zornig:

Wie – was? Seid ihr euch schon einig?

Sie schlug mit der Faust auf den Tisch: Los, sagt schon!

Gianna!

Gianna ließ sich nicht mehr beruhigen.

Gianna, Gianna, äffte sie Quirin nach. Kann es sein, dass du einfach nicht verstehst, was das Besondere hier ist? Dass das in deinen bayerischen Dickschädel nicht reingeht? Oder dass du vielleicht sogar neidisch bist?

Gianna – also wirklich!

Das war Francesca, aber Gianna ließ sich nicht mehr bremsen.

Wir sind eine Familie hier, sagte sie, jedes Wort betonend. Eine Kochfamilie.

Sie überhörte Quirins höhnisches Lachen.

Ja, eine Kochfamilie. Wir machen eine Expedition. Ja, das ist noch besser: Wir sind Teilnehmer einer großen Expedition.

Ach ja?, fragte Quirin scharf und lehnte sich zurück. Und was in Gottes Namen sucht ihr? Sag's mir!

Eine Pause trat ein. Francesca atmete auf. Die Frage war gut. Gianna überlegte. Sie wollte nicht mit Quirin streiten. Ohne es zu bemerken, hatte sie einen Löffel vom Tisch genommen und begann nun eine imaginäre Zeichnung auf dem fadenscheinigen Tischtuch.

Wir suchen ... etwas Neues, sagte sie schließlich und spürte selbst, wie wenig überzeugend das klang. Wir suchen etwas, das noch nicht da war. Und das trotzdem mit dieser Gegend, mit den Leuten verbunden ist. So etwas wie ... – lach du nur! – so etwas wie .... eine neue Heimatküche.

Quirin lachte keineswegs. Er beobachtete Giannas Hände auf dem Tischtuch, die schlanken Finger. Ja, wenn sie auch zeichnen würde! Dann wären sie vielleicht eher so etwas wie Geschwister im Geiste. Nannte man das nicht so? Aber Giannas Hände ... Quirin sah die kleinen Narben darauf, die geröteten Linien, die Adern, die hervortraten. Er konnte ganz ohne esoterisches Gesumse in Händen lesen. Vor allem in Giannas.

Du bist viel zärtlicher zu Kartoffeln als zu uns!, platzte es endlich aus ihm heraus.

Kartoffeln? Zärtlich zu Kartoffeln? Gianna musste lachen. Du kommst auf Ideen!

Quirin fing sich wieder.

Seltsame Ideen hast du selber. Neue Heimat und so, ja? Ihr wollt ausgerechnet hier etwas suchen für eine Heimat, die ihr euch zusammenkochen wollt? Schau dich doch mal um! Wie soll das gehen?

Am Nebentisch hatte Marta, die junge Frau aus Äthiopien, Platz genommen. Neben ihr saß der neue Beikoch aus Pakistan, ihnen gegenüber die beiden Dänen, die am Fischposten eingearbeitet werden sollten. Ein Vielvölkergemisch, ganz bestimmt!

Und das sind die neuen Heimatdichter, ja? Pardon – Heimatköche? Ich denke, ihr seid so international und polyglott …? Ganz ehrlich: Das ist doch alles unausgegoren und voller Widersprüche.

Da hatte Quirin einen wunden Punkt getroffen. Die Mitarbeiter Poulsens kamen aus der ganzen Welt. Sie brachten eigene Erfahrungen und eigene Kochbiografien mit. Die waren aber hier nur wenig gefragt. Und so wurden sie bei Poulsens Suche im Grunde wieder zu Anfängern. Poulsen behauptete, dass das gut und hilfreich sei. Aber Gianna war sich nicht sicher. Sie fühlte sich mehr als Touristin des Geschmacks, nicht als Teilnehmerin einer Expedition von Kundigen. Und schließlich: Ging nicht etwas verloren, wenn man auf die ganz besondere, einzigartige Expertise der Köche aus Estland oder aus Äthiopien verzichtete?

Quirin wartete darauf, dass Gianna weiterstritt, aber sie hing ihren eigenen Gedanken nach. Sie hätte ihm zudem besser widersprechen können, wenn ihr nicht dauernd das Wort *zärtlich* im Kopf herumgespukt wäre. *Zärtlich*. Wie kam Quirin darauf? Sicher, sie hatten … Aber das war lange her. Und das Wort war so seltsam, wenn Quirin es aussprach. Ungewöhnlich für einen Mann.

Gianna?

Die Großmutter schaute sie lächelnd an und soufflierte: … deine Heimatküche?

Tja, wie sollte man die bestimmen? Wer konnte definieren, was irgendwie ursprünglich und dennoch neu, modern und dennoch nach alter Verbundenheit schmecken sollte? Poulsen allein? Aber ist Kochen nicht so etwas wie eine Sprache? Und wenn ja – aus welchen Elementen besteht sie dann?

Zärtlich. Das Wort blieb in ihrem Kopf. Sie wandte sich ab, als sie Quirins Blick spürte.

Da war Marta. Die junge Frau war so fleißig und so ehrgeizig, oft schon hatte Gianna sie dabei erwischt, wie sie nachts, lange nachdem die Küche endlich geputzt und geschlossen worden war, Gewürze mischte, neu ansetzte, marinierte und röstete. Immer war Marta auf der Suche nach noch subtileren Aromen. Und der junge Mann aus Pakistan! Seine Linsengerichte waren eine Sensation. Wenn man nun alles auf die skandinavische Küche beschränkte, würde man dann nicht die Talente all dieser jungen Kollegen beschneiden? Wären dann die besonderen Fähigkeiten nicht sogar störend? Oder übersetzte man all dies nur in eine Sprache, deren Regeln einzig und allein Poulsen festlegte?

Er ist ein Despot, euer Chef, sagte Quirin jetzt entschieden. Wie anscheinend alle Köche.

Vielleicht ein Despot, sagte Francesca begütigend, die vergeblich nach der Kellnerin wedelte. Aber so wie Toscanini. Despot – aber auch großer Dirigent.

Dirigent – aber auch großer Despot, stellte Quirin richtig. Meine Frage ist im Grunde ganz einfach: Wie kann eine Küche *groß* genannt werden, die ihre Leute *klein* macht?

Das Schicksal in Gestalt einer Kellnerin gewährte ihnen eine Pause; Francesca hätte am liebsten drei Kreuze gemacht. Sie hatte eigentlich nichts gegen einen handfesten Streit, ja, sie freute sich sogar insgeheim, wenn Gianna etwas von ihrem alten Temperament zeigte. Das war in letzter Zeit irgendwie verkümmert, begraben unter lauter Demütigungen und Arbeit. Aber sie war sicher, dass hinter Quirins Zorn noch etwas ganz anderes steckte.

Es verging verdächtig wenig Zeit, bis das Essen kam. Und prompt war es keines, das irgendjemanden in irgendeiner Form hätte besänftigen können. Es war eine Mahlzeit, wie sie überall, von Herne bis Monaco, von Warschau bis Lissabon hätte serviert werden können: ein nicht näher definiertes Stück Fleisch, sicher in irgendeiner anonymen Fabrik aus mehreren Restfetzen zusammengepresst und in einer gelblichen Fertigsauce ertränkt. Dazu vielfarbige Gemüse von zweifelhafter Konsistenz, deren einzige Aufgabe darin bestand, eine farbige Barriere zwischen der dünnflüssigen Sauce und den labbrigen Pommes frites, die voreilig aus einem Ofen gekratzt worden waren, zu bilden.

Ratlos drehte Francesca den Teller hin und her und rümpfte die schöne römische Nase.

Was soll man, bitteschön, mit so etwas anfangen?

… außer es jemandem vor die Füße zu werfen.

Und schon begann die Diskussion von neuem.

Ich sehe ja ein, sagte Quirin, während er ein Stück Fleisch auf der Gabel misstrauisch beäugte, ich sehe ja ein, dass du deinen Poulsen verteidigst. Ich bestreite nicht, dass er ein Besessener ist, der irgendwie nach Perfektion strebt. Aber noch mal: Er ist ein Tyrann. Für ihn gibt es nur ihn.

Das stimmt nicht, erwiderte Gianna. Gut, er sagt, wo's langgeht, aber nur so funktioniert eine Küche auf diesem Niveau.

Kampfbereit reckte sie das Kinn vor. Quirin starrte sie an.

Und vergiss nicht: Letztlich ist auch Poulsen nur ein Diener. Unser Despot ist der Kunde. Das sind die Gäste. Für die tun wir alles. Und wir versuchen hier oben nichts anderes, als herauszufinden, was ihnen wohl schmecken könnte. Nur eben nicht jetzt sofort, sondern morgen. In Zukunft. Wahrscheinlich kannst du mich gar nicht verstehen.

Wieso nicht?, fragte Quirin.

Ihr Steinmetze habt eben keinen Servicecharakter, sagte Gianna. Sie versuchte es jetzt mit Förmlichkeit.

Wieso nicht?

Na, ihr habt eben keinen Endkunden.

Zweimal doch, sagte Quirin.

Ihr habt Servicementalität?

Genau. Und einen Endkunden auch.

Wen denn?, fragte Gianna ohne Bosheit. Das Denkmalamt?

Nein, sagte Quirin ironisch, den Mann im Mond.

Den Mann im Mond? Willst du mich veräppeln?

Nein. Mann im Mond ist ein anderes Wort für den Herrgott, sagte Quirin, nur weniger aufdringlich.

Na bitte, sagte Gianna. Warum tust du dich dann so schwer mit mir und meinem Poulsen? Der ist halt auch ein Mann im Mond. Und ihr seid doch schließlich genauso hierarchisch organisiert! Ihr habt genauso einen Despoten an der Spitze.

Sie sah Quirin jetzt geradezu triumphierend an. Der zögerte. Dann lachte er: Meinst du etwa den Dombaumeister?

Gianna nickte. Was war daran so witzig?

Wir haben keinen Despoten, sagte Quirin schließlich ernst. Der Dombaumeister weiß das am besten. Uns kommandiert nur einer herum. Aber der hat viel Zeit, weißt du. Er ist lang, dünn, grau und sehr alt: Unser Despot ist, wenn überhaupt, dann der Dom selbst. Dagegen kommt man nicht an.

Er lächelte sein langsames Lächeln. Allmählich begann das Gespräch Quirin Spaß zu machen. Es stimmte ja tatsächlich: Zwar gab es kaum einen altmodischeren Betrieb als die Dombauhütte in Regensburg. Aber das war eben nur einerseits so; andererseits waren sie alle hoch ausgebildete Spezialisten. Da neidete keiner dem anderen etwas, da redete keiner dem anderen rein – außer vielleicht Solong, dem bemitleidenswerten Schmied, an dem alle herumzerrten und -zogen. Und wer gab den Takt vor? War das der Vorarbeiter mit seinen Dienst- und Urlaubsplänen? Wohl kaum! Saiblinger saß selten länger als ein, zwei Stunden in der Woche an der Disposition der ganzen Mannschaft, auch, wenn er nach Kräften über die Zeitverschwendung stöhnte. Und der Dombaumeister selbst? War eher eine Art Gesandter, der Botschafter der Arbeiter, der ihre Anliegen und Wünsche in die Welt, also in die Stadt und die Kommunalpolitik trug und sie dort verteidigte. Nein, es gab nur einen, der den Ton angab. In der Dombauhütte bestimmte wirklich der Dom selbst. Der jahrhundertealte Bau war Maß und Maßstab. Da gab es nichts zu diskutieren, an dem kam keiner vorbei.

Tief befriedigt lehnte sich Quirin in seinem Stuhl zurück.

Wir haben es eigentlich ganz gut, finde ich, sagte er langsam und ruhig. Aber du, Gianna, du bist noch lange nicht fertig. Ich beneide dich nicht. Nicht wegen all der Algen und dem ganzen Zeugs. Es scheint mir was Größeres zu sein. Keiner weiß, wo die Reise hingeht. Da kann ich nur viel Spaß wünschen!

Francesca aß still und wunderte sich. Wie konnte ausgerechnet in solch einem Land gehobene Küche entstehen? Plötzlich sehnte sie sich nach zu Hause, nach Sizilien. Es zog schmerzhaft in den Beinen, als wollten die nichts als los. In die Wärme. Sie kannte das. Reisen verstärkte nur die Sehnsucht nach dem Ankommen. Davon hatte die Enkelin freilich noch keine Ahnung. Das war auch besser so. Francesca seufzte.

Nachts lag Gianna lange wach. Francesca hatte sich gleich nach dem Hauptgang verabschiedet, aber die Stimmung zwischen Gianna und Quirin blieb sonderbar. Gianna ärgerte sich. Sie ärgerte sich, weil sie wusste, dass etwas dran war an dem, was Quirin sagte. Außerdem ärgerte sie sich über seine aufreizende Gelassenheit. Sie fand, dass ihm das nicht zustand. Er war doch kein weltgewandter Mittsiebziger, den so schnell nichts mehr erschüttern konnte? Nein, es war ihr alter Freund Quirin – aber er gebärdete sich, als hätte er die Weisheit mit Löffeln gefressen! Und außerdem hatte er ihr erst jetzt erzählt, dass Damian in Regensburg neuerdings mit von der Partie war. Ja, Damian! Ganz nebenbei, zwischen zwei Schlucken des natürlich nur lauwarmen Espressos, hatte Quirin von Damian berichtet. Der hatte anscheinend genug von seinen eigenen Eskapaden und hatte sich ausgerechnet beim Dombaumeister vorgestellt. Man suchte Hilfskräfte. Da kam ein kräftiger, geschickter Mann wie Damian gerade recht. Und der Dombaumeister hatte obendrein, die Beziehung zwischen den beiden Brüdern falsch einschätzend, angenommen, Quirin könnte sozusagen für den Fleiß seines Bruders bürgen und so hatte der nun seine liebe Not, den Bruder Tag für Tag an den Dom zu jagen, dafür zu sorgen, dass er pünktlich und einigermaßen ausgeschlafen die Arbeit antrat, die Pläne nicht verräumte, abends abschloss, sein Werkzeug pflegte …

Gianna hörte immer wieder nur diesen Namen. Was hatte sie bloß mit dem Damian? Mit einem, der ihr immer wieder entglitt, der mal da war, mal nicht, der sensibel wirkte und kalt, präsent und nicht greifbar zugleich?

Ich werde aus meinem Bruder nicht schlau, sagte Quirin gerade. Aber ich hoffe, er hält es jetzt bei uns aus.

Er – bei euch, ja?, sagte Gianna ironisch. Prinz Damian, ja? Hast du Angst, dass ihr es ihm nicht recht machen könnt?

Quirin lachte. Prinz Damian! So hatte ihn der Vater gelegentlich genannt. Und sich selbst die Schuld daran gegeben, dass der eine Sohn so hochfahrend und unstet, der andere so übertrieben duldsam und friedfertig geraten war.

Mein Vater meinte immer, das läge an den Asams, dass wir so geworden sind.

An den Malerbrüdern?

Natürlich wusste Gianna, dass Quirin und Damian nach den Künstlerbrüdern Asam genannt worden waren – der eine ein genialer Baumeister, der andere ein nicht minder begabter Maler. Sie hatten nicht nur der heimischen Klosterkirche Form und Prunk gegeben, sondern noch so manch andere Kirche in der Gegend in ein wahres Kuriositätenkabinett verwandelt. Nicht immer geschmackssicher! Aus braven mittelalterlichen Gotteshäusern hatten sie mit ihren Umbauten und Dekorationen regelrechte Geisterbahnen gemacht – gestaffelte und in sich verschränkte spirituelle Touren voller Dämonen, Engel und wuchernder Pflanzen, die in Gold und Farben ertranken. Allem Anschein nach war Quirin der Nüchterne der beiden gewesen, der Baumeister, der Solide, während Damian der hochbegabte Spieler gewesen war – wenn man den Selbstbildnissen der beiden glauben konnte, die aber genauso gut ausgebuffte Irreführungen sein konnten. Das Werk der Asam-Brüder, ein einziges schönes Spiegelkabinett …

Damian ist halt so, sagte Quirin schwerfällig. Der kommt schon noch zu sich.

Gianna hatte nicht geantwortet, überhaupt war kein richtiges Gespräch mehr zustande gekommen, seit Damians Name gefallen war. Er hatte sich zwischen sie beide geschoben, wie so oft. Der Abschied fiel kurz aus. Sie küssten sich ungeschickt, ihre Lippen fuhren aneinander vorbei.

Ich fahre dann morgen, sagte Quirin lahm.

Wie – du fährst schon morgen?

Gianna, sagte Quirin. Das hatte ich dir von Anfang an gesagt. Ich habe wenig Zeit. Ich fahre vor Francesca. Schon vergessen?

Natürlich hatte sie es vergessen. Wie sie so vieles vergaß. Beschämt schaute Gianna zu Boden. Und immer traf es Quirin. Am Morgen fand Gianna einen großen Leinenbeutel vor ihrer Zimmertür. Darin die Köstlichkeiten von Francesca, die Quirin mitgebracht hatte. Keine Nachricht. Quirin war schon fort. Als Francesca zwei Tage später den Heimweg antrat, ließ sie eine zerknirschte Gianna zurück. Zerknirscht war sie – und beschämt, denn trotz alledem fühlte sie sich erleichtert, weil sie nun wieder für sich war. Bei den Ihren. Bei diesen verrückten Köchen aus aller Herren Länder. Bei ihrer selbstgewählten Familie – zumindest glaubte sie das. Am Abend aber packte sie einen von Francescas köstlichen Cantuccini aus, drapierte ihn auf einem Papiertaschentuch wie eine kostbare Konditorware, balancierte das Ganze auf ihrem Kopfkissen und strich eine Weile drum herum, bis sie endlich, vorsichtig hineinbiss. Lange vermisste, köstliche Süße.

13. DIE FREMDEN

Noch weiter nach Norden, auf schmaler werdenden Straßen, auf ungesicherten Pisten. Rätselhafte Schilder – und Rentiere, die urplötzlich auftauchten und keine Eile hatten, den Weg frei zu machen. Die Landschaft wurde karger, felsiger, die Steine rechts und links waren von zarten Moosen in Senfgelb und Flieder überzogen.

Das Gasthaus tauchte plötzlich vor ihnen auf, es schien im Niemandsland zu stehen, aber die Vielzahl davor geparkter

Pick-ups und Trucks zeigte, dass sie hier richtig waren. Poulsen stieg als Erster aus dem Bus:

Allez, dann wollen wir mal.

Sie waren eingeladen. Die Jäger der Gegend hatten von dem ehrgeizigen Projekt gehört und die Köche zu ihrem Treffen eingeladen. Samen aus ganz Skandinavien reisten jedes Jahr an. Hier Gast zu sein war eine Ehre.

Benehmt euch!, hatte Poulsen gescherzt. Und sammelt Rezepte! Fragt die Leute aus, lasst sie reden!

Die Kneipe roch wüst, eine Menge Rauch und Fett quoll ihnen entgegen, als sie die Tür öffneten, undefinierbare Musik, ein Gewirr unterschiedlicher Stimmen, raue, kehlige, helle, schneidende. An der Garderobe – immerhin, es gab eine! – wurden sie aufgehalten:

Gewehre und Messer sind hier abzugeben!

Das Schild befahl es in fünf Sprachen. Die Samen waren international unterwegs, das wusste Gianna, ein Nomadenvolk, das den Rentieren und den Bären folgte, die sich nicht an Staatsgrenzen hielten.

Gianna überreichte dem Jungen an der Garderobe ihren Mantel. Wie gut sein Englisch war! Sie kamen über ihr Kompliment ins Gespräch. Anton stammte aus Grönland. Er träumte von einem Studium in Göteborg. Das hier war ein Job, um Geld zu verdienen. Besser als in Grönland!

Warum?

Hier saufen nicht so viele.

Sie schaute sich um. Genau konnte man es nicht einschätzen, aber ihr kam es so vor, als hätten die meisten reichlich Alkohol getrunken, bevor sie in die Kneipe gekommen waren.

Stimmt schon: Die saufen hier auch. Aber hier nur achtzig Prozent. In Grönland sind es ungefähr hundert.

Er lachte traurig.

Gianna betrachtete die Männer mit den wüsten Gesichtern, die sich an ihnen vorbeischoben. Manche torkelten bereits, wie diese beiden Typen, die sich von Anton nur sehr widerwillig die Gürtel mit den Messern abnehmen ließen. Anton sah Giannas Gesicht.

Ach – die? Die sind harmlos. Stammkunden.

Anton, der Grönländer, wollte nicht mehr nach Grönland zurück. Er hatte zu viel gesehen. Die raue Gegend hier kam ihm lieblich, auf jeden Fall menschlicher vor.

Geh nur rein, sagte er, du wirst dich wohlfühlen. Nette Menschen hier. Viele Frauen.

Das stimmte. Alles eine Frage der Perspektive. Unter den berühmten samischen Jägern gab es jede Menge Frauen. Sie besaßen große Wagen und Schlitten, sie gingen ebenso wie die Männer auf die Jagd oder im Winter, wenn es nur bezahlte, angestellte Arbeit gab, auf Montage.

Gianna fiel eine vierschrötige Frau auf, die mit den anderen lachte. Zwei Vorderzähne fehlten ihr, über der blauen Tunika trug sie mehrere Fellwesten unterschiedlicher Länge. Die Frau schwitzte, ihr Lachen dröhnte.

Das ist Georgina, sagte Anton, der Gianna unbemerkt gefolgt war. Die Bärentöterin. Sprich sie besser erst später an, wenn sie was gegessen hat. Sie hat schon reichlich getankt.

Du machst Witze!, sagte Gianna. Eine Bärentöterin?

Nein, nein, sagte Anton empört. Ich mache keine Witze. Nicht über Georgina. Würde ich nie tun. Du kannst ja später mit ihr reden.

Das hatte Gianna nicht vor. Aber sie erfuhr auch so, dass die Frau einen legendären Ruf hatte. Georgina war Russin – oder besser: eine Samin, die hauptsächlich in Sibirien unterwegs war. Sie hatte mit ihren eigenen Händen, nur mit einem Messer bewaffnet, einen leibhaftigen Braunbären getötet, der sie nachts in ihrem Zelt überfallen hatte. Georgina hatte ausgesorgt – jedenfalls, was ihren Status bei den Samen betraf. Hier hielt sie regelrecht Hof, scherzte und soff – und machte sich als Erste über das Buffet her, das gerade freigegeben worden war.

Das Buffet. Zweifelnd sah sich Gianna um. Wo waren nur die Kollegen? Moltebeeren kannte sie, natürlich, und das, was da im Topf dampfte, war wahrscheinlich eine Lachssuppe. Aber sonst? Wie alle Köche war Gianna neugierig, aber das Aroma, das sich hier im Gastraum ausbreitete, war derb, fremd, säuerlich auf eine Weise, die in die Augen biss. Dazu schien sich ein feiner Fettfilm über alles zu legen, über die Jacken, die an Haken und Stuhllehnen hingen, über die zerklüfteten Stiefel, die viele an der Garderobe ausgezogen hatten, über die Gesichter der Menschen, die sich alle zu kennen schienen, einander laut begrüßten und heftig umarmten und sich auch zwischendurch, im Gespräch, immer wieder kräftig auf die Schultern, die Rücken klopften. Wie sollte man sich an diesem Buffet verhalten? Einfach zugreifen, hatte Poulsen gesagt.

Wir sind eingeladen, also verteilt euch unter die Leute und haltet die Augen offen!

So gesehen, hatte sie einen Auftrag. Mutiger geworden, griff Gianna nach einem Teller, angelte nach Besteck. Sie spürte eine Hand auf der Schulter: Marta, genau so unsicher wie sie selbst. Und da war Mattes. Wollen wir zusammen? Sie versuchten, zu verstehen, was da vor ihnen aufgebaut war.

Getrocknetes Fleisch, in Fetzen gerissen. Mehr Fleisch, von Konsistenz und Farbe dem ersten ähnlich, aber als kalter Aufschnitt. Mettbällchen. Marta nahm eines zwischen zwei Finger:

Riecht jedenfalls genauso …

Sie legte es behutsam auf ihren Teller, als wollte sie ihm Gelegenheit geben, zu fliehen.

Würstchen. Filet. Alles in der gleichen braunroten Farbe, faserig, mager. Rentierfleisch. Gebeiztes Rentierfleisch, gekochte Rentierbrust. Daneben schwarze Bohnen und Rindenbrot. Das wurde aus Kiefernrinde hergestellt, sehr gesund.

Nicht identifizierbare Pasten. Preiselbeergelee, Blaubeeren. Und: Crêpes! Giannas Herz schlug höher. Für die feinen französischen Pfannkuchen hätte sie jederzeit ein Fleischgericht stehen lassen. Diese hier hatten eine seltsame rötliche Farbe, aber es waren eindeutig Crêpes. Beherzt stapelte sie gleich mehrere auf ihren Teller. Sie bemerkte nicht, dass im selben Augenblick die Gespräche an der langen Tafel gleich neben dem Buffet verstummten? Dass viele Augenpaare sie ungläubig, staunend, dabei aber voller Respekt anstarrten? Sie balancierte ihren Teller zu einem Tisch. Hier, auf der Bank, war noch Platz neben ein paar Frauen. Deren Gespräch erstarb augenblicklich. Sie schauten Gianna an – und begannen zu lachen und untereinander zu tuscheln. Sollten sie doch!

Auch Marta hatte sich mittlerweile für Crêpes und einige der Beerenpasten entschieden und stieß zu ihnen.

Was die nur haben?

Haben wohl noch nie hungrige Köchinnen gesehen, was?, scherzte Gianna. Sie bestrich einen der Pfannkuchen mit dem Gelee, balancierte einen Bissen mit der Gabel zum Mund und – hustete. Kämpfte mit den Tränen, mit dem Ekel: Der ganze verfluchte Pfannkuchen bestand aus geronnenem Blut!

Die Leute um sie herum hatten nur auf diesen Moment gewartet. Sie brachen in fröhliches Gelächter aus. Mutig war sie ja, die Kleine – aber ein bisschen dumm leider auch …

Blutpfannkuchen war zweifelsohne eine samische Spezialität, aber nichts für Ungeübte. Das wusste sie nun.

Zimt und Nelken und Zwiebeln. Kreuzanis und Möhren und Gurken. Und Fleisch, Fleisch, Fleisch und nochmals Fleisch. Rentier, Rind, Braunbär und Eichhörnchen. Das alles sollte es hier gegeben haben. Aber sie roch nur Vergorenes, Saures, schmeckte nur Tod.

Poulsen schwor, dass hier Schätze zu entdecken waren. Aber es schien, dass vor dem Heben dieser Schätze große Hindernisse überwunden werden mussten, ganz so, als hätten es die Hüter dieser Traditionen darauf angelegt, Fremde abzuschrecken.

Gianna dachte an das vielstimmige Gelächter der Samen, als sie sich an den Blutfladen vergriffen hatte. Sie hatten sie nicht gewarnt. Ihr Lachen war nicht schadenfroh; sie hatten sie nicht absichtlich in eine Falle gelockt. Und doch war es für Gianna wie ein Test gewesen, eine Prüfung – ob sie dem Fremden standhalten würde. Hatte sie nicht. Die Frage, die sich für Gianna daraus ergab, war, ob sie überhaupt dieser Küche standhalten würden – sie alle, als Kollektiv. Ob es damit getan sein würde, ihre Bestandteile zu analysieren und das für sie Angenehme zu kopieren, zu variieren und in eine wie auch immer geartete neue Küche zu integrieren. Steckte hinter der Art der Samen, zu kochen und zu konservieren, und ihrer Art, mit dem Ungebändigten und Abweisenden ihrer Natur umzugehen, womöglich noch etwas anderes, das sich eben nicht ohne weiteres verstehen und übertragen ließ? Wenn für die Samen Nahrung und Natur etwas ganz anderes bedeuteten als für sie? Was, wenn man das nicht begriffe? Würden sie nur die leeren Hüllen mitnehmen? Zutatenlisten, die nichts bedeuteten, Mengenangaben, die in die Irre führten? Konnte, mit anderen Worten, die samische Küche außerhalb des Lebensraums der Samen überhaupt existieren?

Poulsen ging seine eigene Reizbarkeit bisweilen auf die Nerven. Dann fühlte er sich gern als guter Mensch. Auf der Heimfahrt im Bus ließ er sie an seinen Überlegungen teilhaben.

Nur ein paar Ideen!, sagte er über das krächzende Busmikrofon.

Als ob sie nicht wüssten, dass *Ideen* nichts anderes bedeuteten als Befehle!

Diese Sami-Sache hat eine Menge Potential, das habt ihr hoffentlich gemerkt! Und es gibt noch einen weiteren Aspekt, Folks: So werden noch mehr Menschen von den Problemen der Sami erfahren! Lasst unsere Küche nicht ausbeuterisch sein, nicht kolonialistisch und vor allem nicht kitschig. Wir sind nicht Disneyland. Wir nehmen das alles ernst.

Er stellte sich tatsächlich vor, dass sie nicht nur einige Gerichte übernehmen, sondern dass sie vielmehr ebenso über das Leben, die Traditionen und die Sorgen der Sami informieren würden. Die Gäste sollten die neuartige Art, zu kochen und zu speisen, nicht einfach hinnehmen, sondern erfahren, woher die Köche ihre Inspiration bezogen. Er rechnete durchaus mit einem Schock-Effekt – aber war es nicht gut, die Leute auch mal wachzurütteln? Sie würden zeigen, dass man die traditionelle samische Küche – zumindest einige Elemente – auf ein ganz anderes, ein internationales Niveau heben konnte. Und gleichzeitig würden sie über die Samen informieren, jene Menschen – so schloss Poulsen, gerührt von sich selbst –, denen sie diese neuen Erkenntnisse zu verdanken hatten.

Meinst du so 'ne Art Info-Food?, lästerte Sol. Sorry, Chef, aber ich halte nichts von so hyperschlauem Essen! Das befrachtet zu sehr.

Poulsen sah ihn nachdenklich an. Was ging ihm wohl durch den Kopf? Sol entsprach dem Klischee des Rôtisseurs bis in jede Pore. Er war ein großer, vierschrötiger Mazedonier, dem seine Produkte genug Muskelkraft abverlangten. Er hatte keine Lust, groß nachzudenken: Das lenkt nur ab! Vom Eigentlichen! Bei Poulsen war er schon seit vier Jahren, hatte sich zum Chef de Partie hochgearbeitet. Sie waren ein gutes Team, Poulsen und er – hier der intellektuelle, fanatische Küchenchef, dort der genügsame, handwerklich beschlagene Fachmann für jedwede Fleischzubereitung, den nichts mehr irritierte als unnötiges Gewese. Der Rôtisseur war der natürliche Feind des Patissiers, dessen Produkte er für *Spielzeug* hielt. Die Sommeliers mit ihrem aufwändigen Vokabular verspottete er, wo es nur ging. Alles unnötig! Was nötig war, bestimmte er freilich am liebsten selbst. Sol scheute keine Auseinandersetzung – außer natürlich mit Poulsen. Bis jetzt.

Ihr müsst nicht mitmachen, sagte Poulsen jetzt kalt, und die Stimme klang durch das Bordmikrofon noch schroffer. Niemand zwingt euch! Und niemand ist unersetzbar.

Er steckte das Mikrofon wieder in das Holster, was gewaltig polterte, weil Poulsen es nicht abgeschaltet hatte. Erst der Busfahrer, mit der einen Hand lenkend, schaffte es, mit der anderen danach zu angeln und den Off-Button zu drücken. Poulsen auf dem Sitz neben ihm rührte sich nicht. Die anderen schauten sich bedrückt an. Das also war das Gespräch, das Poulsen angeboten hatte!

Trotzdem war nicht Sol der Erste, der ging. Es war Mattes, der fleißige junge Mann aus Estland. Er heuerte auf einem der großen Kreuzfahrtschiffe als Schiffskoch an. Noch bevor im Herbst die letzten Blätter vom Südwind von den Bäumen geweht wurden, hatte er seine Entscheidung getroffen.

Wird mir langsam zu eng hier, hatte er zur Erklärung gesagt.

Und begütigend hinzugefügt: Und außerdem kann ich dann endlich reisen. Wenn es schon mit dem Urlaub nicht klappt, dann eben während der Arbeitszeit! Er lachte gutmütig.

Das war natürlich nur die halbe Wahrheit, aber Mattes wollte es den anderen nicht schwermachen, er wollte nicht noch mehr Unruhe stiften, als ohnehin schon herrschte. Denn zurück in Kopenhagen hatte das Team nicht mehr zur alten Geschlossenheit gefunden.

Sie sammelten nach wie vor und trugen zusammen. Sie hatten, weil das anschaulicher und greifbarer war als das ewige Hantieren mit Dateien, mehrere Bücher angelegt, für jeden Posten eines, in das die jeweiligen Zuständigen ihre Ideen, erste Zutatenlisten und Rezepte eintragen konnten. Was aber den Zusammenhalt hätte stärken sollen, trug eher zur Verwirrung bei. Was genau wollte Poulsen? Was erwartete er von ihnen? Es herrschte kein Klima der Anregung, des Austauschs, sondern der Bedrückung. Die Bedrückung wuchs, als sie merkten, dass sie den Termin für den Neustart nicht halten konnten.

Kleingehaltene Leute, musste Gianna unwillkürlich denken, wenn sie ihre Kollegen sah. Hatte Quirin recht gehabt? Sie hatten keine Zeit, um nachzudenken. Keine Zeit – und wenn sie ehrlich war, auch keinen Mut. Parallel zu dem Neuen, das sie planten, musste das Alte weiterhin erledigt werden. Einstweilen ahnten die Gäste nicht, was auf sie zukommen würde, auch wenn Poulsen gelegentlich den einen oder anderen Teller als Experiment auf die Karte schmuggelte, um ein neues Produkt zu testen. Aber das half nicht: Halb steckten sie noch im Alten fest, halb ängstigte sie das Neue. Das Neue konnte seine Verlockungskraft nicht entfalten. Das lag natürlich vor allem an Poulsen selbst. Und: Ihre Experimente, die sie doch für ihn, für die neue *Alge* riskierten, trug er nur so lange mit, wie ihm das keinen Protest der Gäste eintrug. Auch Poulsen war keineswegs frei von Angst – vielleicht war es sogar die Angst, die ihn vorwärtstrieb?

Gianna war nun schon über ein Jahr in Kopenhagen, aber es kam ihr vor, als wäre dort immerzu Winter.

Es war ein Samstag gewesen, ohnehin der anstrengendste Tag. Das Restaurant bis auf den letzten Platz besetzt, aber, anders als an anderen Tagen, nicht mit Stammgästen, die für ein neues Gericht bereitwillig eine halbe Stunde länger warteten, um hinterher, geschmeichelt, weil man ihnen so viel zutraute, gern ihre Meinung darüber abzugeben – sondern mit Passagieren der Kreuzfahrtschiffe, die sich eher widerwillig hierher lotsen ließen, weil es Teil ihres Rundum-Sorglos-Paketes war; dazu kamen die üblichen erschöpften Geschäftsleute, die nach einer anstrengenden Woche noch einmal auf die Pauke hauen und die letzten Spesen ausgeben wollten. Nicht wenige von ihnen waren dabei auf der Suche nach jemandem, an dem sie den Frust über ihre täglichen Demütigungen auslassen konnten. Dazu eine Geburtstagsgesellschaft, die auf bessere Stimmung hoffte; zwei, drei anspruchsvolle ältere Paare, die sich nebeneinandersetzten, um in Ruhe zu schweigen. Außerdem: ein abgehetzter Herr ohne Begleitung, der seine Garderobe nicht abgeben wollte; ein nahezu tauber alter Mann mit zwei ungeduldigen jungen Damen im Schlepptau, die, kaum dass sie Platz genommen hatten, ihre Schminkutensilien aus großen Taschen kramten und sich kritisch in den kleinen Spiegeln ihrer Make-up-Döschen begutachteten.

Marc, der Sommelier, tat sein Bestes. Er suchte ja nicht nur die Weine aus und empfahl, wenn Gäste das wünschten, die jeweils passende Weinbegleitung für das Menü. Seine Aufgabe war es zudem, die Gäste bei Laune zu halten, ihre Stimmung zu erkennen und gegebenenfalls ein wenig zu steuern. Er scherzte, fragte, gab stets das richtige Maß an Informationen, unterhielt, schäkerte und mahnte gelegentlich, vermeintlich streng, zu ein wenig mehr Geduld: Sie wissen, die Künstler in der Küche sind sensible Wesen … Marc war der Filter, wie Poulsen gelegentlich spöttelte, eine Art menschliches Thermometer. Er wusste, was den Gästen fehlte, was ihre Laune noch heben würde, was alles zur allgemeinen Gelassenheit und zum Genuss beitragen konnte. Dabei half ihm Amélie, die den Job sicher einmal übernehmen würde, aber einstweilen noch etwas zu ungeduldig war, zu impulsiv.

Sie weiß zu viel!, sagte Marc manchmal und meinte das tatsächlich nur kritisch, denn: Etwas zu wissen war für einen Sommelier von Rang kein Problem. Das Problem war, dieses Wissen zu dosieren, also weder als besserwisserischer Professor aufzutreten noch als unterwürfiger Diener. Amélie hatte dieses rechte Maß noch nicht, fand Marc – und hielt sich damit die Konkurrentin vom Leib.

Heute hatten beide reichlich zu tun. Und weil zwei Kellner ausgefallen waren, kam es vor, dass einer der Köche, nachdem er zwei-, dreimal vergeblich *Service!* gerufen hatte, selbst nach dem gerade fertiggestellten Teller griff und servierte. Das kam bei den Gästen gut an – aber der Koch fehlte an seinem Posten. Und natürlich galt es, bei diesen Extratouren gelassen gute Laune zu verbreiten und auf keinen Fall merken zu lassen, dass die Spannung in der Küche stieg.

Service!

Heute schienen die Rufe kein Ende zu nehmen. Die Kellner rannten, die Köche halfen, sie wischten mit den Enden ihrer Schürzen ein letztes Mal über den Rand der Teller, sie kontrollierten, schoben zurecht, machten, kurz bevor sie den richtigen Tisch erreichten, einen unmerklichen Stopp, drehten dabei die Teller, um den optimalen Präsentationspunkt zu finden.

Voilà!

Service!

An Tisch 3 verwickelte Amélie zwei Geschäftsleute in ein Gespräch. Die beiden waren schon beim Dessert – es brachte also nichts, sie zu unterhalten.

Amélie!

Marcs Stimme wirkte leicht verzweifelt, aber die Kollegin reagierte nicht.

Service!

Sol hatte zwei Teller mit einem Hauptgang unter die Wärmelampe gestellt.

Service, verdammt noch mal!

Die Mousse vom Rentier war neu auf der Karte, und sie alle fürchteten *das Biest*, wie sie es nannten. Rentierfleisch war mager, von eher mildem Geschmack, aber tückisch: Es nahm jedes winzige Zuviel an Hitze übel, dann wurde es faserig und zäh. Für die Mousse musste das Fleisch tagelang geräuchert werden. Doch wehe, es wurde nur wenige Minuten zu viel unter der Wärmelampe festgehalten, dann zerfiel es augenblicklich zu einer trockenen, grauen, unansehnlichen Pampe. Und erst das gekochte Rentierfleisch! Es war eine Kunst, es auf den Punkt zu garen! Und das Gepökelte! Und die Sauce! Mehr Salz! Salz gab dem merkwürdig eindimensionalen Fleisch Tiefe. Die Sauce hatte die Aufgabe, die drei Fleischvariationen einerseits auf dem Teller zu trennen, gleichzeitig musste sie eine Brücke zwischen den verschiedenen Geschmacksnoten bilden. Die Rôtisseurs und der Saucier hatten wochenlang daran getüftelt, nachdem der Geschmack aber einstweilen als zufriedenstellend gelten konnte, blieb doch die Konsistenz noch immer heikel, drohten die Bestandteile nach einer gewissen Weile ihre ohnehin fragile Verbindung wieder aufzugeben. Man wusste nicht, woran es lag: Die neuen Öle und das Buttergemisch verhielten sich unkalkulierbar. Sol hatte das Gefühl, einen Teller mit Eisschollen zu balancieren, jeden Augenblick konnten sich die Elemente verschieben, konnte aus der Trilogie vom Rentier eine ungenießbare Pampe werden.

Service!

Sol hielt es nicht mehr aus. Er rannte selbst los, die beiden Teller auf den Handflächen.

Bitte sehr! Dreierlei vom Ren…

Er kam nicht mehr dazu, die Variation zu erläutern.

Einer der Gäste starrte derart fassungslos auf den Teller vor sich, dass die Stille geradezu laut wurde.

Der Herr?

Sol versuchte, die aufkommende Spannung durch direkte Ansprache zu mildern. Reden, bevor der andere redete.

Das soll frisches Fleisch sein?

Da wusste Sol, dass er verloren hatte. Er schaute sich um. Sein Blick traf den von Amélie, die stumm den Kopf schüttelte: Nichts zu machen. Verloren.

Zwei Stunden später machten sie klar Schiff. Das war ein Ritual. Jeder räumte zunächst seinen Posten auf, verstaute die noch zu verwendenden Zutaten, schraubte Gläser zu, schloss die Kunststoffboxen für Gewürze und marinierte Kräuter mit jenem befriedigenden Klack-Klack, das das Ende der Arbeitszeit ankündigte. Dann wurde gefegt und gewischt, getrocknet und poliert. Und zuletzt noch eine Ansprache vom Chef. Der allerdings platzte heute früher herein, gerade, als sie alle ihre Arbeitsplätze polierten, trockneten, ein letztes Mal überprüften, dass auch alle Kellen, Schöpflöffel, Schaber und Rührbesen an ihren Plätzen waren.

Sol!

Die anderen schauten hoch.

Ja, Chef?

Poulsen baute sich vor Sol auf. Das wirkte an und für sich nicht besonders bedrohlich, denn Poulsen reichte dem stattlichen Rôtisseur kaum bis zu den Achseln. Dennoch verschränkte Sol die Arme vor der Brust. Er spürte den Angriff kommen.

Poulsens Stimme war leise und scharf. Die Wut machte sie noch nasaler.

Was hast du dir dabei gedacht?

Die anderen verstummten. Unwillkürlich rückten sie ein wenig näher. Um nichts zu verpassen? Um Sol Beistand zu leisten? Der Mazedonier war beliebt. Gianna ließ den Besen sinken, mit dem sie gerade fegen wollte.

Was zum Teufel hast du dir dabei gedacht?

Gianna wurde heiß, dabei war sie überhaupt nicht gemeint. Aber sie kannte diese Attacken des Chefs, sie wusste, was jetzt folgen würde.

Poulsen starrte Sol an. Noch einmal und dann ein viertes Mal wiederholte er seine Frage, die eigentlich keine war, als wüsste Sol, worauf er anspielte. Es wirkte, als jagte Poulsen seine Fragen von unten gegen Sols mächtige Kinnlade, Sätze wie sehr scharf geschlagene Tennisbälle, die in der gegnerischen Hälfte mächtig einschlugen. Die gegnerische Hälfte – das war Sols Selbstbewusstsein. Es zerfiel vor den Augen der Kollegen. Es nützte nichts, dass er so tat, als wisse er nicht, worauf Poulsen hinauswollte. Es nützte nichts, dass er keinen Namen irgendeines Gerichtes erwähnte, für das er am Abend gesorgt hatte, so den Eindruck vermeidend, dass er auch nur eine Ahnung gehabt haben könnte, mit diesem oder jenem Bestandteil sei etwas nicht in Ordnung gewesen. Alles Verstellen nützte nichts – hier galten nur sofortige, rückhaltlose Bekenntnisse, mit der angemessenen, also unbeschreiblichen Reue vorgetragen.

Wie Folter!, dachte Gianna.

Kannst du stillstehen? Bitte!

Bente aus dem Service sah sie flehentlich an. Gianna hatte gar nicht bemerkt, dass sie von einem Bein auf das andere trat, das Gewicht verlagerte, wie ein Torwart, der den gegnerischen Stürmer kommen sieht und sich vorbereitet.

Und bitte! Hör auf zu summen!

Aha, das also auch. In letzter Zeit summte Gianna nicht mehr zum Spaß. Sie begleitete damit nicht mehr ihre Arbeit – es unterlief ihr nur noch. Je mehr sie sich zu kontrollieren versuchte, desto mehr entglitt sie sich allerdings – und damit war sie nicht die Einzige. Sie alle machten mehr Fehler, keine Frage. Und nie konnten sie diese Fehler wiedergutmachen. Es gab ja kein Zurück. Die Gäste waren gegangen.

In der Küche gibt es keinen zweiten Versuch. Es gibt keinen Ausweg. Für keinen Koch dieser Welt. Wenn Sol jetzt etwas zugab, von dem er vielleicht gar nicht wusste, dass etwas nicht in Ordnung war, bedeutet das: Er hatte es bis dahin verheimlicht. Sagte er nichts, hieß das, er war blind und taub und hatte kein Auge für Qualität.

Du bist blind!, schrie Poulsen jetzt prompt. Und taub obendrein! Du hast überhaupt kein Gefühl mehr für Geschmack! Aber was heißt: mehr? Hattest du das je, frage ich mich?

Chef …

Sol machte einen Versuch, sich zu verteidigen. Das heizte Poulsens Wut nur noch mehr an. Er fuhr herum, griff unter den Tresen und holte einen Teller hervor, auf dem noch Reste von Fleisch und eingetrockneter Sauce zu sehen waren.

Da!

Chef …

Es war das Rentier, natürlich. Den beiden Geschäftsleuten hatte es nicht geschmeckt.

Es ist heikel, ich …

Heikel? Es ist eine Katastrophe!

Der Teller flog durch die Küche und zerschellte an der Wand. Poulsen strich sich die Haare zurück. Er holte tief Luft. Griff nach einem neuen Teller. Nein, den würde er nicht werfen. Nicht sofort. Er benutzte ihn erst einmal als eine Art Tafel, auf der er mit seinem Finger einen Fehler zu notieren schien, der gemacht worden war. Falsche Voraussetzungen – ein Fingerhieb. Zack! Der Teller flog durch die Küche, zerschellte. Falsche Temperatur – ein Fingerhieb! Wieder zerschellte ein Teller. Falsche Zeit! Falsche Kontrollen! Womöglich gar keine Kontrollen! Immer schneller sprach Poulsen, immer mehr Teller flogen. Die anderen duckten sich, wichen aus. Zack! Ein Fehler! Zack – kapiert ihr es denn nie? Poulsen atmete schwer. Er schaute sich in der Runde um und wiederholte den letzten Satz noch einmal, ganz langsam: Es hatte nicht funktionieren können. Weil er – er legte eine Pause ein – weil er es mit Idioten zu tun hatte. Mit Anfängern. Mit Leuten, die ein Brathähnchen nicht von einem Ren unterscheiden können. Hoffnungslos! Ganz leise jetzt, eher für sich, erklärte er, warum das Rezept niemals hatte aufgehen können. Er war erschüttert, das war deutlich zu sehen.

Und niemand wagte zu sagen, dass er Gericht über ein Rezept hielt, über dessen Einsatz niemand anderes als er selbst entschieden hatte. Sie standen stumm da. Sie erwarteten das Urteil. Endlich hielt einer die Stille nicht mehr aus.

Es ist meine Schuld ..., sagte einer der Kellner. Ich war nicht am Posten; es hat zu lange gedauert.

Wer hat dich eigentlich gefragt, Cretin! Poulsen bäumte sich wieder auf: Versager! Idiot!

Der Kellner zog den Kopf ein und warf Sol einen bedauernden Blick zu. Die anderen wagten nicht, zu atmen. Es war ein widerliches Schauspiel, eines, das sie alle schon kannten und das trotzdem nichts von seiner bösen Faszination verlor. Immer traf es nur einen. Immer wussten alle, dass nicht dieser eine den Fehler begangen haben konnte, sondern dass es eine Kette unglücklicher Umstände war, die zu einer Minderung der Qualität geführt hatte. Poulsen brauchte aber einen Sündenbock, einen Schuldigen, den er höchstpersönlich vor aller Augen schlachten konnte.

Weißt du, was du getan hast? Seine Stimme wurde nun wieder ganz leise, nur noch ein Hauch von einem Näseln, nervenzerreißend arrogant.

Unwillkürlich schüttelte Sol den Kopf, obwohl die Frage natürlich rhetorisch war.

Weißt du, was du getan hast?

Stille trat ein.

Du. Hast. Gäste. Enttäuscht.

Das war das Todesurteil. Das war das Letzte, das sie sich erlauben durften. Sol ließ den Kopf hängen. Die Arme baumelten jetzt kraftlos am Körper. Das Schaf war geschlachtet, es zuckte nicht einmal mehr.

Chef …

Das war Martas leise Stimme von ganz hinten. Man sah sie kaum, nur den gekonnt schiefgebundenen Dutt auf dem schmalen Kopf.

Poulsen fuhr herum. Wer wagte es …? Marta trat vorsichtig einen Schritt vor. Ging sie auf Zehenspitzen? Noch einen Schritt. Die anderen machten ihr Platz. Poulsen erwartete sie jetzt, mit tiefrotem Gesicht, den Kopf gesenkt. Sie nestelte an ihrer Schürze, als sie vor Poulsen trat. Ihr schönes, schwarzes Gesicht war von feinen Schweißperlen überzogen. Gianna sah, dass sie zitterte. Nun stand sie unmittelbar vor Poulsen.

Entschuldigung, Chef. Das geht so nicht mehr. Ich kündige.

Und damit band sie sich die Schürze ab und wollte sie Poulsen in die Hand drücken. Poulsen wurde bleich, zeigte sonst aber keine Reaktion. Er streckte auch die Hand nicht aus, und so glitt die makellose, weiße Schürze leise raschelnd zu Boden. Niemand bewegte sich.

Es tut mir leid, sagte Marta noch einmal. Dann war sie verschwunden.

14. NEUANFANG

Vom Fenster in der Küche hatte man einen spektakulären Blick auf das Spielfeld. Dort unten kickten die Spieler des FC Kopenhagen an den Wochenenden. Gianna mochte den Verein, der sich auf die Fahne geschrieben hatte: *Jungen zu Männern zu machen – und Männer zu Jungen*. Hatte man einen solchen Spruch auch für die Frauen? Denn die Frauen des Vereins waren gut, nicht ganz so gut wie die in Brøndby, aber ernst zu nehmende Spielerinnen. So las es sich jedenfalls in dem Fachmagazin, das Gianna immer noch gierig verschlang. Ein Spiel besuchen – das war nicht mehr drin, nicht einmal das. Sehnsüchtig schaute Gianna aus dem Fenster. Von hier oben sah selbst das Training aus wie ein kraftvolles, verspieltes Ballett. Das Glas um Giannas Nase herum beschlug allmählich.

Gianna?

Keine Zeit für gar nichts. Niemals. Gianna wandte sich ab. Die Küche kam ihr immer mehr wie ein Käfig vor. Hell war dieser Käfig durchaus – aber luftdicht, denn selbst im Sommer wurden die Fenster niemals geöffnet. Zu groß war die Sorge, dass mit der frischen Luft Mücken oder andere Insekten in die Küche eindringen würden. Und eine Schwebwespe in einem Gericht – das wäre der GAU gewesen. Gleiches galt für die Klimaanlage, die zwar eingebaut war, der Poulsen aber misstraute.

Wer weiß, was da reingeweht wird!

Also schwiegen sie. Und schwitzten. Wegen der Gefahr, sich zu schneiden oder zu verbrühen, trugen sie immer langärmelige Kochhemden. Poulsen bestand auf den traditionellen Mützen, den Schürzen. Die Entremetiers arbeiteten in Handschuhen, die Beilagen kamen ja mitunter roh auf die Teller. Und alle versuchten, die Nähe des Grills zu vermeiden, hielten Abstand zum Potager, dessen Brühen und Fonds zwar verführerischer als alles andere dufteten, aber brodelnd und siedend feuchte Hitze verbreiteten, die sich schwer auf Haut und Atmung legte.

Kein Entrinnen. Gianna wandte sich schweren Herzens vom Fenster ab. Sie nahm sich vor, erst in einer Stunde wieder hinauszusehen – jede Stunde eine kleine Pause, jede Stunde wenigstens aus diesem turmhohen Abstand den rennenden, springenden, nach vorn schnellenden und stoppenden Frauen oder Männern zusehen, wie sie trainierten, wie sie Spaß hatten, wie sie sich gemeinsam schindeten, um noch besser zu werden. Von hier oben konnte man verfolgen, wie das Zusammenspiel allmählich reibungsloser funktionierte, wie sie Bälle abgaben und sich Vorlagen lieferten, wie sie einander umkurvten, austricksten und einkreisten. Und Gianna glaubte zu hören, mit welcher Freude die Spieler einander abklatschten, wenn die Trainingsarbeit getan war: Bis morgen, gut gemacht ... Wie lange war das her? Zehn Jahre. Ewigkeiten.

Und hier? Sie häckselten. Sie schnitzten. Sie hackten feiner und feiner. Sie zupften und verteilten. Seit der Rückkehr aus Norwegen waren sie, so schien es, mit nichts anderem beschäftigt als damit, die Ausbeute der Reise zu sortieren. Wie umgehen mit den fragilen Malvenblüten, die sie zu Hunderten, nein: Tausenden – in feinen Gazebeuteln gesammelt hatten? Wie die Moose konservieren, wie die Braunalgen vom fauligen Geruch befreien, um sie als Gemüse verwenden zu können? Tief beugte sich die Küchenbrigade über die ungewohnten Materialien. Pinzetten und Pipetten, mikrofeine und besonders kleine japanische Messer, Apothekerspatel, Spritzen und Objektträger aus der Medizin wurden ihre wichtigsten Instrumente. Instrumente, ja. Es wirkte bisweilen so, als lägen da vor ihnen auf den Tischen todgeweihte Patienten, denen sie Organe zu entnehmen hatten. Nein, keine Organe – haarfeine Gefäße. Sie waren alle Chirurgen, umsichtig, kaltherzig, mit ruhigen Händen, brennenden Augen und tief gebeugten Rücken. Wer unter ihnen hielt es noch ohne Schmerzmittel aus? Amélie erzählte Gianna, wie sie zwei der Beiköche auf der Toilette erwischt hatte: Die beiden teilten sich einen Toilettensitz – und eine Linie Koks, die sie hektisch durch die Nase zogen. Sie hatten gelacht, als sie Amélies entsetztes Gesicht sahen:

Träum weiter, Kleine!

Etliche der Männer soffen mit dem Chef um die Wette – aber niemals vor ihm. Es war kein Geheimnis, dass Sol in seinem Spind Hochprozentiges versteckt hatte. Ja, versteckt.

Was passierte da?

Erschrocken bemerkte Gianna, wie sich zwei Arbeiter mit einer Leiter am Fenster zu schaffen machten. Sie hatten große Rollen mit etwas Stoffartigem dabei. Das wickelten sie nun ab. Sie nahmen Maß.

Was macht ihr da?

Die beiden wunderten sich über Giannas hysterischen Ton. Es war doch offensichtlich, was sie machten: Sie klebten das Fenster mit Milchglasfolie ab. Jedenfalls die untere Hälfte. Poulsen fand, dass das Licht zu sehr blendete. Und außerdem lenkte die Kulisse da draußen ab.

Ein Gefängnis, dachte Gianna. Was hat mich nur hierher getrieben?

Neiderfüllt las sie Quirins regelmäßig eintreffende E-Mails. Im Sommer hatte er sich heftige Sonnenbrände auf Nase und Stirn geholt. Auf dem Dom konnte man die Mütze noch so tief ins Gesicht ziehen, die Sonne über Regensburg war stärker. Gianna dachte an die heftigen Juli-Gewitter, die die Stadt gelegentlich heimsuchten, dachte an die giftige Farbe der Donau, den Kontrast des Wassergrüns zum Gelb der Steine auf der Brücke. Im Herbst war in Regensburg die Zeit der Feste gewesen, der organisierten Stelldichein am Flussufer. Im November hatte die Stadt einmal Luft geholt, war kurz zum Innehalten gekommen. Aber dann! Quirin hatte es ihr beschrieben und dazu ein paar Fotos geschickt, von denen man den Staub abklopfen wollte, so plastisch sahen sie aus, so greifbar nah.

Die Steinmetze hatten ihre Werkzeuge nach drinnen gebracht, hatten die Emporen gesichert, die Gerüste abgebaut. Hatten in der Werkstatt den Ofen angeheizt und in langen Gesprächen geklärt, was nun im Haus getan werden konnte und getan werden musste. Sie hatten Zeit, den Arbeitstag mit einem gemeinsamen Kaffee zu beginnen, Gianna erinnerte sich an den langen Tisch, auf dem die Becher standen wie im Märchen von den sieben Zwergen. Nur dass die Zwerge es hier mit verdammt großen Bechern zu tun gehabt hätten! Gianna hatte sich über die Spuren von Sand und Staub amüsiert, die nicht nur auf dem schönen alten Tisch lagen, sondern auch die Tassen gezeichnet hatten: Vom Abwasch hielten die Männer nicht allzu viel. Dafür teilten sie das Pausenbrot, wenn sie nicht mittags gemeinsam auf eine Suppe zum Saitinger gingen.

Der Saitinger! Gianna wurde es heiß. Plötzlich kam sie sich in ihrer feinen Kopenhagener Küche wie in der Verbannung vor. Ja, sie hatte in Regensburg gefehlt, so hätte es wohl in der Sprache des Doms geheißen, und darum war sie fortgeschickt worden. Aber: Sie hatte sich fortschicken lassen. Warum hatte sie nicht mit der alten Frau Saitinger gesprochen, warum nicht den Mut aufgebracht, sich zu entschuldigen und für ihren jämmerlichen Verrat geradezustehen? Wo war ihr Mumm geblieben, die alte, mutige Gianna?

Mittlerweile war das Fenster dicht.

Als Gianna in der Nacht aus dem *Alge*-Gebäude trat, blieb sie verdutzt stehen. Es hatte geschneit. Es schien, als hätte der dunkle dänische Himmel in den letzten zehn Stunden alle Kräfte gebündelt, um sie zu überraschen, um all jene, die spät von ihren Arbeitsplätzen, aus Kneipen oder Diskotheken kamen, in großäugig staunende Kinder zu verwandeln. Die Menschen, die noch unterwegs waren, hatten die Köpfe in den Nacken gelegt, als würden sie es genießen, dass ihnen leise, feuchte Flocken ins Gesicht fielen, sich für einen Moment kühl und frisch auf die Haut legten, um im Nu zu schmelzen. Instinktiv streckte Gianna die Hände aus. Sie waren rot und geschwollen. Wie gut das tat! Gianna schaute auf die Uhr: halb zwei. Sie beschloss, nicht nach Hause zu gehen, obwohl die Vernunft das geboten hätte, sondern einen Spaziergang zu machen. Sie zog den Mantel enger um sich. Wann war sie das letzte Mal einfach so aufgebrochen und losgelaufen? In Regensburg hatte sie das öfters getan – alle taten es, die Stadt, die sich an der Donau entlangstreckte, lud dazu ein.

Man musste nach der Donau sehen, gelegentlich, man musste sich davon überzeugen, dass der Fluss noch ruhig in seinem Bett lag, kräftig dahinströmte, man wollte sehen, welche Spuren der letzte Sturm, der letzte kräftige Regen hinterlassen hatten.

Gianna lachte leise. Das war hier in Kopenhagen schon komplizierter. Zwar gab es das Wasser, aber es war kein Fluss. Obwohl der Wasserarm sich lang durch die Stadt erstreckte und durchaus an einen Strom erinnerte. Es war aber auch kein Meer, obwohl der Sund salzig war. Der Sund war beides: Stadtfluss und Meer, ein Gruß vom Meer, ein Amuse-Gueule von der Nordsee, vom großen Meeresgott, der das Wetter machte. Wohin sollte sie gehen? Auf dem Jagtvej herrschte immer noch viel Verkehr, die Zwillingsaugen der Autos beleuchteten die nur noch träge tanzenden Schneeflocken. Die Dänen waren ein ungeheuer fleißiges Volk, Tag und Nacht unterwegs. Gianna seufzte. Das Geräusch klang gedämpft, wie durch Watte. Sie wandte sich unschlüssig Richtung Osterbrogade und dann zum Nordhafen. Sie ging dem Geruch des Wassers nach, das sich unter die Kühle der Schneeluft mischte. Es war ein ganz bestimmter, ja ein geradezu exquisiter Schmelz in der Luft, den niemand je würde nachkochen können, so fein, so leicht ... Gianna fuhr sich mit der Zungenspitze über die Lippen. Der Wettergott als feinnerviger Koch! Kein Chef de Cuisine, ein Chef du Monde – oder gleich die ganze Welt als Küche ... Gianna begann zu träumen.

Schon von weitem sah sie die Umrisse der großen Kreuzfahrtschiffe. Manche hatten dem Schnee ihre Referenz erwiesen: Über und über waren diese Riesen mit bunten Lichtern geschmückt; die Schiffe, die bei Tag oft nur eckig und plump die Kaianlagen verbauten, sahen nun elegant und ein wenig verspielt aus. Rot, blau und gelb leuchteten die Lichtpunkte in der Nacht, verwirbelt vom Schnee – eine schöne Illusion. Auch auf dem Wasser lag Schnee, ein Mimikry-Schnee, der vorgab, Eisschollen zu bilden, der sich als feine Membran auf den Sund legte. Ein paar Enten schliefen am Ufer, die Schnäbel fest unter den Flügeln vergraben. Denen war das Wetter egal. Was machten diese Tiere nur, dass sie so gut schlafen konnten? Gianna gelang das schon seit geraumer Zeit nicht mehr.

Nach einer halben Stunde begann der Schnee unter Giannas Schuhen zu quietschen. Wie lange hatte sie dieses Geräusch nicht mehr gehört? Wie lange war sie nicht mehr allein im Schnee unterwegs gewesen? Gianna ahmte das Geräusch nach, quiekte, quietschte und summte. Sie wurde immer munterer, alle Müdigkeit war verflogen. Sie ging bis zur Festung, ließ diese links liegen und erreichte schließlich Amalienborg. Auch das Schloss war beleuchtet; in den Bäumen davor hingen viele kleine Lichterketten, so dass es aussah, als rieselten Schneeflocken und Licht um die Wette, als vereinigten sie sich zu filigranen, allerkleinsten Wasserfällen. Die Petrikirche schmückte eine glitzernde Kontur, der Kirchturm wirkte wie mit einem goldenen Stift gezeichnet.

Nirgendwo konnte man so gut vergessen, dass die Welt nicht für Kinder und Träumer gemacht war wie nachts in Kopenhagen. Da konnte man die übliche Geschäftigkeit der Stadt, ihre Zukunftsobsession vergessen, da tauchte das alte, heimelige Kopenhagen wieder auf. Gianna dachte an Hans Christian Andersen und seine kleine Meerjungfrau, das Wahrzeichen der Stadt. Eine todtraurige Geschichte! Und ein Dichter, der zeit seines Lebens der Kindlichkeit gehuldigt hatte. Das waren Kopenhagens Helden gewesen. Natürlich hatte die Stadt Probleme wie jede andere auch. Gianna dachte an die Dealer, an die Obdachlosen, für deren Speisung Poulsen regelmäßig Essen schickte – mit seinem persönlichen Wagen, das ließ er sich nicht nehmen. Gianna dachte an steigende Mieten, an Menschen, die fremd ins Land gekommen waren und die für immer fremd bleiben würden, denn eine so produktive Gesellschaft verlangte eine ungemein hohe Anpassungsleistung. Da kannten die Dänen kein Pardon. So wie sie überhaupt Anpassung erwarteten; die Gesellschaft war auf Konsens ausgelegt, da war ein Zuviel an Individualität oder Abweichung nicht erwünscht.

Und Poulsens Küche? Hatte die eine Chance, so extrem, wie er sie gerade neu erdachte? Gianna war sich nicht sicher, dazu kannte sie ihr neues Zuhause noch nicht gut genug. Freilich, es gab Food-Touristen, Menschen, die aus der ganzen Welt in die angesagten Zentren des guten Geschmacks reisten, um sich hinterher vor Freunden oder in Fachmagazinen mit ihren Erfahrungen zu brüsten. Denen war kein Weg zu weit und kein Menü zu ausgefallen. Aber: Kochte man denn nur für diese?

Und würden es genug Menschen sein, die deshalb nach Kopenhagen kämen? Was passierte, wenn eine Küche nur noch einen Teil eines Tourismuskonzeptes bildete und nicht mehr in der Stadt selbst verankert wäre? Gianna musste schon wieder an den Saitinger denken und an die Bratensülze. Wie sehr sie ihre Heimat mit einem bestimmten Geschmack verband! Sie konnte ihn geradezu auf der Zunge spüren, buttrig und würzig, hier, mitten im milden Schnee, im bunten und fremden Kopenhagen. Das machte ihr seltsamerweise Hoffnung, auch für das Neue, das sie hier ersannen und dessen Teil sie war.

Für die neue Karte brauchten sie trotzdem länger. Viel länger. Sie waren spät dran – ein ganzes Jahr später als gedacht. Aber schließlich, sechs Monate später, war es so weit: Gleich nach Mittsommer würden sie die neue Karte präsentieren. Und dann würde sich das Schicksal von Poulsens Küche entscheiden, im Juni also oder im Juli spätestens.

Poulsen begrüßte jeden mit Handschlag, als es so weit war.

Heute gilt es.

Ein weiteres Mal ging er mit ihnen alle Zutaten durch, alle Bestandteile des Menüs, das heute Premiere hatte. Die Bar war im letzten Moment verkleinert worden: Sie brauchten Raum für all die Elemente, die zum Anrichten der Menüs auf den Tellern dienten.

Ist ja wie im Heimatmuseum!, hatte Amélie in einem unbeobachteten Moment geraunt. Hier könnten wir gut ein paar Schildchen in Vitrinen anbringen.

Tatsächlich hatten sie neben den Zutaten für die hochkomplizierten Gerichte viele Elemente zum Dekorieren sammeln müssen: glattgeschliffene, graue Flusskiesel, deren Oberfläche ein wenig an Fischhaut erinnerte, Muscheln jeder Art und Größe,

Stücke von Rinden und Ästen, die in tagelanger Arbeit gereinigt und nach Größe und Umfang sortiert und bei Bedarf behutsam geglättet und gekürzt worden waren. Winzige Stroh- und Algenbündelchen, Moostupfer, Blütenkränze.

Und nun kam es darauf an. Einundzwanzig Gänge in rascher Folge hatte die verstärkte schwarze Brigade möglichst reibungslos zu servieren. Die Kellner hatten geübt, hatten neue Routen zwischen den Tischreihen erdacht, die ein rascheres Hinein und Hinaus ermöglichten. Bente und ihre Kollegen hatten mit Poulsen gerungen, damit der Teller orderte, die etwas sicherer in den Händen lagen; sie hatten sich durchgesetzt, was die Gläser betraf, und hatten nun für jede Art von Getränk die gleichen schlichten, konisch geformten Becher zu Verfügung. Das half. Denn der Rest war kompliziert genug.

Rote Johannisbeeren und Lavendel.

Damit überraschten sie die Gäste gleich zu Beginn. Nein, sie hatten sich nicht geirrt und versehentlich das Dessert serviert: Die feine Säure des Entrées sollte den skeptischen Essern gleich Lust machen auf mehr. Wer hatte entdeckt, dass unreife Johannisbeeren nicht nur eine interessante Konsistenz hatten, sondern auch einen eigentümlichen, fast milchigen Geschmack? Sie hatten sie eingelegt, um dieses Milchige zu betonen. Und dann ging es Schlag auf Schlag! Schon wurde an den ersten Tischen anerkennend gelacht, denn nun servierte man auf rauem, zerzaustem Stroh eine halbe Rote Bete. Die diente als Suppenschüssel: Im Inneren schwappte eine feine Pilzbrühe, die den Magen auf mehr Wärme vorbereitete. Der Potager hielt sich hinter dem Eingang zur Küche verborgen, die Zungenspitze zwischen die Zähne geklemmt. Wie würde diese ungewöhnliche Brühe ankommen? Und wie würde es funktionieren, die Suppe mit einem Strohhalm zu schlürfen? Wochenlang hatten sie geübt, genau die richtige Temperatur hinzubekommen, dass der Eindruck wohliger Wärme entstand, aber ohne die Gefahr, unangenehm zu werden, geschweige denn, empfindliche Zungen zu verbrennen! Bente brachte zwei Platten mit leeren Roten Beten zurück und nickte:

Alles gut gegangen, keine Sorge!

Auch die fermentierten Beeren am Grund der Roten Bete – eine kleine charmante Überraschung zum Schluss – waren von den meisten bemerkt und genossen worden. Bente griff nach neuen Tellern. Moos. Sie hatten es tatsächlich gewagt. Skeptisch betrachtete die Kellnerin die Teller, von denen die federleichten Frittaten jederzeit herunterkugeln konnten. Schnell, aber nicht zu schnell, musste die filigrane Kostbarkeit bereitgestellt werden. Steinpilzpulver war darübergestreut – gekrönt von *Nordur*, knusprigen Salzblüten aus Island, hergestellt nach einem dreihundert Jahre alten Verfahren.

Ein Schälchen mit Creme fraîche und einem Löffel darin signalisierte, wie man diesen Gang zu sich nehmen sollte – so, dass nichts penetrant hervorstach, so, dass alles bekömmlich blieb. Der Service hatte sich auch hier durchgesetzt: Kleine Hilfen mussten sein für die Gäste, niemand fühlt sich gern als Idiot. Und sie hatten, das war von vornherein klar, nicht genug Zeit, um allen die Feinheiten jedes Tellers zu erklären. Schnell, schnell! Nach diesem salzigen Gruß aus der Zukunft hatten es die Ulmen-Früchte nicht leicht; auch die Blumentarte mit ihrem knusprigen Boden aus Seegras wurde eher kopfschüttelnd hingenommen. Zögernd griffen die Gäste nach den zarten Blumenbouquets. Sollte man die wirklich essen? Bente und ihre Kollegen ermunterten, gaben Tipps, scherzten, um die Anspannung im Gastraum zu lindern. Sie leisteten immer schwere Arbeit, aber heute hing besonders viel von ihnen ab. Sie waren wieder einmal die Übersetzer, sie dolmetschten für die Zauberer in der Küche. Was sie sagten, zählte, und es war eine ganz besondere Kunst, das, was da auf den Tisch kam, den verblüfften Gästen näherzubringen, sie zu locken und zu verführen – aber nicht alles zu verraten, es nicht totzuerklären, wie Poulsen immer befürchtete.

Heute ließ er seine schwarze Brigade gewähren. Die Spannung in der Küche stieg weiter. Würden die Gäste honorieren, was als Nächstes kam?

In kleinen Schüsseln waren Kiesel anmutig dekoriert. Sie bildeten das Bett für eine besondere Muschel, in deren Höhlung sich ein wenig Getreide und Seegraspulver vermischten.

Was ist das?, fragte an Tisch drei eine junge Dame, sichtlich verzaubert von dem Anblick.

Quahog, sagte Lasse, der hier bediente, um eilig hinzuzufügen: eine Mahagoni-Muschel, auch *nuttallia nuttallii*. Sie wird ausschließlich in arktischem Gewässer gefunden.

Andächtig betrachtete die junge Frau die Muschel.

Das ist sicher etwas sehr Seltenes?

Gewiss, sagte Lasse stolz. Sehen Sie die Ringe außen auf der Muschel?

Sein Finger tupfte nur ganz zart in die Richtung.

Ja?

Das sind Zuwachsringe. Jahresringe, könnte man auch sagen.

Das sind sehr viele?

Die junge Dame zögerte.

Genau. Diese Muscheln dürften ungefähr hundert Jahre auf dem Buckel haben.

Jetzt wurde es höchste Zeit, die entstandene Andacht durch einen Scherz aufzulockern:

Sie essen hier also, wenn Sie so wollen, eine Großmutter des Meeres. Na ja, jedenfalls eine Ahnin. Wohl bekomm's!

Die junge Frau zuckte zusammen, sah zweifelnd zu ihrem Begleiter. Der nickte ihr ermutigend zu:

Nicht, dass du die Kiesel mitisst vor lauter Ehrfurcht!, sagte der Mann und griff zu.

Grüner Spargel mit einem Toffee von der Jakobsmuschel. Karamellisierte Milch und Seeteufel-Leber. Ein gläserner, schimmernder Hauch von Weißkohl und Meerfenchel. Und dann wieder ein Scherz, ein Spiel mit dem Vertrauten: Dem urdänischen Weihnachtsgebäck, dem Æbleskiver, wurden nicht etwa Glühwein und Zimt hinzugefügt, sondern Liebstöckel und Petersilie. Der Teig war in Rinderfett ausgebacken, mit Spinat angereichert – ein erdiges Vergnügen nach dem filigranen Seafood. Das war Giannas Idee gewesen – ihr Heimweh hatte Pate gestanden –, und alle Kollegen waren sofort begeistert. Dann Toast vom Seehasen mit Entenhaut. Danach eine Mutprobe mit einem Zanderkopf auf Seegras – die junge Frau an Lasses Tisch schüttelte sich bei dem Anblick und verzichtete zur Freude ihres Begleiters, der sich Kinn und Bäckchen, ja sogar die Augen des Fisches schmecken ließ.

Keine Verzärtelei, hatte Poulsen gesagt, als sie bei der Erprobung dieses Gangs Zweifel geäußert hatten.

Aber war das nicht doch zu heftig? Würden sich die Gäste nicht allzu sehr als Tierfresser, als Mörder fühlen?

Sind sie doch!, hatte Poulsen frohgemut gerufen und ergänzt: Und dafür zahlen sie sogar noch ein Vermögen.

Sein Witz war gewöhnungsbedürftig. Nicht alle hatten einen Sinn für den Zander, der aussah wie eine verkohlte, winzige Karnevalsmaske. Die Stimmung im Restaurant drohte zu sinken. Aber dann kam Netteres, Verbindlicheres, obwohl auch hier mit dem Feuer gespielt wurde. Der verkohlte Lauch barg jedoch in seinem bröckelnden Inneren eine cremige Köstlichkeit aus Fischrogen mit Thymian, deren Aroma sofort in die Nase stieg. Und erst der Zauber mit dem grünen Apfel! Er diente eigentlich nur als kleine Atempause für Gäste und Service, aber der Effekt war beträchtlich. Ein simpler heimischer Apfel, mit Schlehe gekocht und mit einem Hauch von Seetang gewürzt, balancierte auf einem imposanten Eisberg. Schlehenzweige gaben dem Ganzen Halt und Farbe. Das eisige Vergnügen begeisterte die Gäste.

Still!, sagte plötzlich Poulsen in der Küche. Alle hielten inne.

Hört ihr's?, fragte Poulsen. Das ist Musik!

Tatsächlich hörten sie die Eiswürfel klirren, während die Gäste der Frucht mit Messer und Gabel zu Leibe rückten.

Ravioli aus Garnelen, Hefe und Bärlauch, eingemachte Heidelbeeren und Kiefern. Die Pastaköchin hatte eine Geschmacksüberwältigung geliefert. Was dann? Dann, so hatte es Poulsen entschieden, der Hammer: Rindertatar und Ameisen.

Ermunternd klopfte Poulsen den Kellnern auf die Schultern: Nur zu, ihr macht das!

Zweifelnd und aufgeregt zogen sie los. Ungläubiges Gelächter! Was nützte es, dass sie erklärten, am Amazonas und in Afrika schätze man die feine Säure der Ameisen seit langem? Hier war man in Kopenhagen! Es gab vereinzelte kleine, spitze Schreie. Dann wagten es die Ersten, Mutigen, heftig gelobt von den Kellnern, die nun bereitstanden wie ein Erste-Hilfe-Trupp. Aber es ging gut. Wer seine anfängliche Abscheu überwand, genoss das Knuspern des Ameisenkörpers, die Widerstandsfähigkeit des Beefs. Sie hatten nichts getan, um die Ameisen zu verkleiden, das Gericht harmloser zu machen.

Nein, nein, hatte Poulsen sehr bestimmt gesagt, so was machen wir nicht. Wir schummeln nicht. Wir provozieren, wo es nötig ist. Und das ist nötig.

Poulsen kannte sich aus: Ein Menü ist wie ein Theaterstück. Wenn die Besucher zu wissen glauben, wie es weitergeht, muss man sie überraschen, sonst schlafen sie ein. Er riskierte durchaus, dass manche Gäste seine Begeisterung für die gemeine Waldameise nicht teilten; er riskierte, dass sie sich aufregten, womöglich pöbelnd das Restaurant verließen. Dann würden sich die Bleibenden noch mehr als Elite fühlen – und die Unzufriedenen würden die Geschichte von dem unglaublichen Restaurant noch schneller verbreiten. Sie konnten nur gewinnen.

Die Schlehen danach, die Rote Bete und die aromatischen Waldkräuter, das geräucherte Entenei im Heu und der versöhnliche Steinbutt mit dem Waldsauerklee – das war alles schön und gut, aber nur noch eine kleine, fromme Tonfolge nach dem Rinderfrevel.

Poulsen entspannte sich. Seine Stirn glättete sich. Und als er in den Gastraum ging, mit bescheidenem Lächeln an den ersten Tisch trat und fragte, wie es den Herrschaften munde, da brandete ein gewaltiger Applaus auf. Die Leute waren dankbar, dass sie hier sein durften. Sie waren stolz, dabei zu sein. Und der Chef widmete ihnen zum Schluss eine Rose aus Rhabarber in Sauerampfer, die so berückend schön war, als sei das Ganze eine chinesische Porzellanmalerei. Die Rhabarberrose war schon früher im Menü gewesen, es war, dachte Gianna, ein stiller Gruß an Martas anmutiges Kochen.

Leise enden!, hatte Poulsen gesagt. Kein Triumphgeheul am Schluss. Das ist etwas für Barbaren. Unser Schlussakkord hingegen ist diskret, ein Ton, der den Leuten den Abschied leichter macht und sie versöhnlich stimmt.

Er hatte recht behalten.

Gianna war genauso aufgeregt wie alle anderen. Sie mussten feiern, auch ihren Chef feiern, diesen höchst anspruchsvollen, unberechenbar aufbrausenden Chef. Keine Frage: Poulsen war genial. Er verband eine ungemein feine Zunge mit einem perfekten Gespür für Textur und Temperatur. Und er war ein Mann für die Bühne. Er wusste, wie man ein Essen komponiert und effektvoll serviert. Nichts hatte er dem Zufall überlassen.

Mit letzter Kraft räumten sie gemeinsam die Küche auf. Die Sommeliers rafften sich noch einmal auf, sie mixten Cocktails für die Belegschaft. Heute machten sie eine Ausnahme, heute würden sie alle gleich hier einen nehmen! Und dann weiterziehen und feiern. Beruhigend machte sich der Geruch von Putzmitteln in der Küche breit, hörte man von allen Seiten das Wienern auf den glatten Oberflächen, das Schaben am Grill, das Wischen der Besen und Plätschern, wenn Schrubber aus Eimern gezogen wurden.

Vorsicht!

Nicht hier lang!

Warte noch!

Selbst ihre Stimmen klangen müde und heiser. Ein vielsprachiges, aber jetzt leises Gemisch aus Warnungen und Bitten. Endlich waren sie fertig. Strahlend servierten sie sich gegenseitig die Drinks. Aber wo war Poulsen? Sie schauten sich ratlos um. Amélie war es, die ihn schließlich fand: in der Vorratskammer. Da stand er, einen Block in der Hand und zählte die kleinen Dosen mit den Sardellen: einundzwanzig, zweiundzwanzig …

Chef!

Amélie war fassungslos. Sie wagte es, ihm die Hand auf die Schulter zu legen. Er wandte sich langsam um und schaute sie verblüfft und aus leeren, rot geäderten Augen an. Es schien, als brauchte er eine Weile, um sie zu erkennen. Amélie erzählte den anderen ungläubig, was er gesagt hatte:

Geh du nur zu den anderen. Ich muss weitermachen. Morgen ist ein neuer Tag.

Amélie schüttelte den Kopf. Die Botschaft war ja klar: Für einen Küchenchef dieser Güte gab es keine Pause, niemals.

Kälte, Frost, Eis auf dem Sund und manchmal auch Schnee. Abstufungen von Grau, von zartestem Silber bis dunkelstem

Anthrazit. Schlieren am Himmel, sein Echo auf dem Wasser, das noch nicht gefroren war: Gianna war immer mehr überzeugt davon, dass Kopenhagen eine Winterstadt war. Oder wie sollte sie sich erklären, dass schon wieder ein halbes Jahr vergangen war? Kopenhagen, so schien es, eilte immer auf den Winter zu. Wer hätte das gedacht? Pries sich die Stadt nicht selbst als kunterbuntes Sommer-Allerlei an, lud zum Bootfahren ein, zum Besuch der vielen Märkte? Aber nur jetzt, im Winter, fand Kopenhagen zu sich selbst.

Der Januar häufte noch mehr Schnee in die Straßen. Der märchenblaue Himmel verdüsterte sich mit jedem Tag mehr, und als die bunten Weihnachtsdekorationen abgenommen waren, schienen mit den Lämpchen auch die letzten Farben aus der Stadt zu verschwinden: Plötzlich war alles nur noch schwer und weiß und Eis. Der Frost hielt die Stadt im Griff, auf dem Sund trieben große Eisschollen, verhakten sich, hielten einander fest und gefroren zu bizarren Gebilden. An jeder Ecke wurde Punsch ausgeschenkt, verkauften stille Frauen aus Mazedonien Kastanien. Die eiligsten Manager überlegten, welche Wege wirklich wichtig, welche Termine sinnvoll waren. Viel ließ sich aus dem Homeoffice erledigen. Vielleicht war Kopenhagen eine der ersten Städte, in denen man die Trennung von Arbeit und Freizeit aufgab. Im *Kloster* hatte es sie ohnehin nie gegeben. *Kloster,* so nannte Quirin ihr Restaurant in seinen E-Mails nur noch. Er machte sich lustig über sie und schickte manchmal kleine Zeichnungen, die sie als kleine, dünne Nonne zeigten, halb erschlagen von gewaltigen Terrinen und tiefen Pastatellern. Er spottete, schon wieder gutmütig, über die allgegenwärtige Suche nach dem einzig wahren Gericht, das in der internationalen Sprache der Köche neuerdings *Signature Dish* genannt wurde und jedem Küchenchef schweres Kopfzerbrechen bereitete, vor allem, seit findige Marketing-Leute es so getauft hatten. Es klang pompöser als die alte *Empfehlung des Hauses* und musste folglich auch so aussehen. Das *Signature* war eine Art Logo, ein Markenzeichen, und der Chef-Koch war die Marke.

Was wäre das *Signature* der Steinmetze am Dom?, fragte Quirin rhetorisch, um gleich hinzuzufügen: Ich glaube, wir sind eher die Schüler mit der Zaubertinte. Wir hinterlassen mit jeder Arbeit eine Art Nachricht, aber wir versuchen, unsichtbar zu bleiben.

Das war freilich eine Meinung, die früher nur eingeschränkt gegolten hatte und immer offener angefochten wurde. Auch unter den Steinmetzen gab es Diskussionen, inwieweit man ihre Arbeit bemerken, das Alte vom Neuen unterscheiden können sollte. Hatten früher die Steinmetze heimlich kleine Zeichen an den Steinen angebracht als Unterschrift, so ging es heutzutage um die Restaurierung ganzer Bauteile. Sollte man sie perfekt an die alten Teile anpassen? Oder sollte man die Veränderung und ja: das Flickwerk zeigen? Eine Frage der Redlichkeit, der Transparenz!

Du solltest Damian mal hören, schrieb Quirin.

Damian! Er war offenbar immer noch bei den Steinmetzen. Nie hatte er sich für die Arbeit seines Bruders interessiert, und für den Dom hatte er stets nur ironische Bemerkungen. Aber nachdem er eine Zeitlang auf dem Bau gejobbt hatte, war ihm wohl klar geworden, wie hart eine solche Arbeit bei unfreundlichem Wetter sein würde. Die Steinmetze arbeiteten im Winter wenigstens in der Werkstatt. Über die Gerüstbauer hatte er Kontakt zum Dombaumeister bekommen, und dieser Gutmütige hatte die Launen des älteren Anzinger-Bruders bislang ausgehalten. Seine Unpünktlichkeit, das Unstete seiner Leistungen, die Extravaganz seiner Kleidung: Der Bursche trug immer eine Feder an seiner Jacke; eine Geckenhaftigkeit, die den anderen übel aufstieß.

Er haut aber wirklich rein, endete Quirins Brief. Wollen mal schauen, wie lange.

Gianna legte den Brief zur Seite. In Wahrheit trafen sie Nachrichten von Damian mehr, als sie zugeben wollte. Es war nicht der Job, nicht die Tatsache, dass die beiden Brüder nun wieder näher zusammengerückt waren und damit auf eine seltsame Weise auch ihr näherkamen, nein – Quirin hatte den wahren Grund für Damians anhaltenden Handwerkerfleiß genannt: Damian hatte eine Tochter und musste Unterhalt zahlen. Gianna versuchte, sich das kleine Mädchen nicht vorzustellen.

Im Februar wurde es plötzlich wärmer. Über Nacht hatte sich ein leiser, weicher Südwind an die Stadt herangemacht, und unmerklich begann es zu tauen. Die gefrorenen Zweige an der großen Trauerweide neben der Frederikskirche wurden schwer und hingen nicht mehr im schönen, weiten Bogen, sondern nahezu senkrecht herab. Es sah übellaunig aus, als hätte der Baum den Winter plötzlich satt. Auf den Straßen hatte jemand den Schnee weggeputzt, geradezu weggeleckt, und harte, glänzend schwarze Buckel traten hervor. Die Autos polterten plötzlich laut über die Fahrbahnen – eine ungeübte, harsche Percussion, die die Stadt weckte. Es wurde früher hell als noch vor einer Woche. Die Fußgänger schlitterten und mieden Dachvorsprünge: Jederzeit konnten sich Schneebatzen von den Dächern lösen und auf sie stürzen; die letzten Eiszapfen tropften von den rasendes Wasser führenden Rinnen.

Am Postmuseum wurde ein Imbisswagen aufgestellt. Mit seinem Farbmuster in Gelb, Rot und Grün leuchtete er weithin. Eine Kette aus Lämpchen in den gleichen Farben blinkte, wenn es dunkel wurde. *Café Buna* stand auf dem Schild an der Stirnseite und darunter *Inhaberin: Marta Mekane*.

Das war Martas Zukunft! Sie strahlte, als ihre ehemaligen Kollegen einen ersten Besuch bei ihr machten.

Habt ihr Hunger? Ich hoffe doch.

Marta hatte einen Imbiss eröffnet, dessen schmale Speisekarte sowohl ihrer äthiopischen Heimat als auch ihrem feinen Gaumen huldigte. Es gab *Injame,* äthiopisches, köstlich duftendes Fladenbrot, das mit einer Fülle verschiedener Fleisch- oder Gemüsekombinationen gefüllt werden konnte, ganz so, wie die Gäste es wollten. Dazu reichte Marta eine scharfe Sauce, die man sich mit kleinen, hübschen Holzlöffeln auf den *Burger à la Éthiopienne* träufeln konnte. Die Zusammensetzung ihrer *Berbere-Sauce* hielt Marta natürlich geheim, auch die Zusammensetzung der *Wots*, der Füllungen, verriet sie nur teilweise – und lachte, als Marc und Amélie danach fragten.

Wollt ihr jetzt äthiopisch kochen? Keine Ameisen mehr? Auf jeden Fall macht das hier gute Laune!

Das stimmte. Martas bunter Wagen entwickelte sich schnell zu einer Attraktion. Neben dem vorzüglichen Essen gab es *Buna,* äthiopischen Kaffee, der ein wunderbares Aroma von Schokolade und einen Hauch von gewürztem Salz in sich barg. Der Kaffee war kochend heiß, eine willkommene Stärkung für die Besucher des Postmuseums, bevor sie sich bei diesem Wetter auf den Nachhauseweg machten. Bald hatte Marta die ersten Stammkunden: Die Angestellten des Museums verbrachten hier ihre Mittagspausen und standen bereitwillig in der Kälte, denn nach der überhitzten Atmosphäre des Museums tat die frische Luft gut. Sie trugen Martas Aromen zurück in die Ausstellung, und bald schnupperten die Besucher und fanden diesen Geruch unwiderstehlich, und immer mehr Gäste fanden den Weg zu Martas *Café Buna,* dem *Café Kaffee,* wenn man den Namen richtig übersetzte.

Gianna beobachtete Marta. Wie sie da hinter dem Tresen ihres kleinen Wagens stand: hoch aufgerichtet, mit einem Tuch um den Kopf, das fast die Wagendecke berührte. Viel Platz war hier nicht. Und doch bewegte sich Marta mit rascher Anmut, rollte die *Injame* mit der flachen Hand aus, wog die Füllmasse im Schöpflöffel, verteilte sie in einer einzigen kreisenden Bewegung und schlug die Enden des Fladens sorgsam ein. Eine bunte Serviette drum herum, das Schälchen mit der Sauce bereitgestellt – *et voilà*! Die Kunden ließen sich von Martas Lächeln verzaubern. War sie auch bei Poulsen so strahlend gewesen, so heiter und selbstbewusst? Gianna versuchte sich zu erinnern, aber nur eine andere, eine sehr viel stillere Marta kam ihr in den Sinn. Sicher, Marta hatte immer gewusst, wo gerade Not am Mann war, sie hatte die Gabe, in Windeseile an der richtigen Stelle das Richtige zu tun – aber Heiterkeit? Gelassenheit?

Diese Leute aus Äthiopien haben es schwer, hatte Bente eines Tages gesagt, als Marta wieder einmal stumm ihre Schürze zusammengelegt, die Arbeitsschuhe gegen die Straßenschuhe getauscht hatte und mit einem knappen Gruß gegangen war: Du weißt nicht, was die alles hinter sich haben. Deshalb ist sie derart trocken und spröde.

Vielleicht war Marta gar nicht so ernst gewesen, weil das, was hinter ihr lag, sie so bedrückte; vielleicht war es eher die Gegenwart gewesen, die ihr zusetzte? Poulsens Küche.

Weißt du, das ist nur der Anfang, sagte Marta, als Gianna sie nach der Arbeit abholte. Gianna hatte frei, es interessierte sie, was Marta machte, wie sie zurechtkam, wie sie darauf gekommen war, diesen Imbiss zu erfinden.

Warte nur, ich muss noch abschließen!

Marta angelte mit einem Haken nach der Klappe, die eine Art Vordach für den Wagen bildete, und schloss sie. Ein Bolzen wurde durch Angeln geschoben, ein Scharnier quietschte.

Das ist alles noch nicht perfekt!

Sie lachte. Allein in der letzten halben Stunde hatte Marta

mehr gelacht als in den zwei Jahren zuvor, so kam es Gianna vor. Gemeinsam machten sie sich auf den Weg. Marta lebte in der Vorstadt.

Ich teile mir die Wohnung mit meiner Schwester.

Du hast eine Schwester?

Ja klar.

Marta schaute sie verwundert an. Warum sollte sie keine Schwester, keine Familie haben? Gianna merkte, dass sie nichts von Marta wusste, dass sie überhaupt keine Ahnung von dem Leben ihrer Kollegen hatte – vom Leben, das außerhalb der *Alge* stattfand. Hatte Marc eine Familie? Wovon träumte Amélie? War Poulsen verheiratet? Sie lachte – das war kaum vorstellbar.

Meine Schwester geht zur Schule, sagte Marta in ihre Gedanken hinein, nächstes Jahr macht sie das *Studentereksamen*. Sie will studieren.

Stolz klang aus ihren Worten. Sie hakte sich bei Gianna ein.

Ich freue mich sehr, dass du mitkommst!

Sie wanderten durch den Fælledparken bis zum Østerbro. Gelegentlich musste man großen Pfützen ausweichen, hier und da kam das Grün des Rasens unter grau gewordenem Schnee zum Vorschein.

Riechst du? Das ist der Frühling!

Marta war euphorisch. Gianna roch eher die Reste von Martas Küche, eine Mischung aus Piment und Kreuzkümmel, Ingwer, Koriander und Nelken – und noch etwas anderes, Blumiges.

Was ist eigentlich alles in deiner Sauce?

Marta lachte:

Das möchtest du gerne wissen?

Sie schlug leicht auf Giannas Arm.

Damit du es Poulsen verrätst? Nein, vergiss es!

Bei der Nennung von Poulsen war Martas Ton schärfer geworden. Gianna beeilte sich, ihr zu versichern, dass Poulsen ihr nun wirklich fernläge. In ihrem Magen schmerzte es. Sie dachte an Regensburg, an die Saitingers. Würde das denn nie vergehen?

Ich weiß selbst nicht, warum ich gefragt habe. Berufsneugier oder so was!

Marta grinste sie an.

Ehrlich gesagt, ich weiß selbst nicht alles …

Wie – du kennst deine eigene Sauce nicht?

Doch, natürlich.

Sie zählte die Zutaten auf. Für Gianna war erst einmal nichts Überraschendes dabei.

Kreuzkümmel, begann Marta, aber nicht irgendeiner. Er ist getrocknet, ich lasse ihn mir von meiner Mutter aus Addis Abeba schicken. Ich weiß nicht, woher sie ihn bekommt. Nur sie weiß, wo er gewachsen ist. Wie lange er getrocknet wurde. In welche Blätter eingewickelt er wo und wie lange gelagert wurde. Verstehst du – das spielt eine Rolle. Den Ingwer reibe ich frisch in die Sauce. Ich habe Wochen gebraucht, ihn zu finden, bin aber immer noch nicht ganz zufrieden damit. Der Ingwer, den ich hier bekomme, ist zu alt. Die Knollen sehen gut aus, aber sie sind nicht saftig genug. Der Ingwer lässt eine Sauce lebendig werden, er ist der Tänzer ….

So redete sie weiter. Gianna staunte. Marta war eine Expertin für Gewürze! Davon hatte sie keine Ahnung gehabt. Und auch Poulsen nicht, da war sie sich sicher. Marta fuhr fort:

Es gibt über hundert verschiedene Arten von Ingwer. Und jede Art wirkt anders auf Gemüse ein – von Fleisch gar nicht zu reden. Ich bin dabei, Ingwer zu studieren. Ich werde Doktorin der Ingwerologie!

Sie lachten.

Und weißt du, wie mühsam es ist, *Teff* zu verarbeiten?

Gianna bewunderte Marta dafür, dass sie ihre Fladen tatsächlich mit dem traditionellen äthiopischen Mehl zubereitete. Das kleinste Getreide der Welt war eine heikle Sache.

Auch davon gibt es drei Sorten! Wenn ich es hier bestelle, weiß ich nie, welche Sorte geliefert wird.

Freilich belohnte *Teff* sorgsamen Umgang mit einem köstlichen, würzigen, nussigen Aroma. Gianna hatte gestaunt, wie gut einfache Fladen schmecken konnten, vor allem dann, wenn man noch einige Salzblüten darüberstreute, die bei der ersten Berührung der Lippen vergingen. Die weichen, samtigen Teigbatzen konnte man sehr gut ohne Füllung essen, einfach nur so – man konnte sich in die Fülle sanfter, salzgestärkter Aromen vertiefen.

Ein bisschen Kardamom ist drin, verriet Marta, als Gianna so schwärmte.

Weißt du, ich entwickele das alles noch. Ich bin noch lange nicht fertig.

Sie waren unterdessen in Martas Zuhause angekommen, einem kleinen Appartement in einem Genossenschafts-Wohnblock in Lyngby. Marta hatte es nur mit dem Nötigsten eingerichtet: Tisch, Bett, Schrank, Stuhl …

Sie zogen die Schuhe aus, Marta reichte dicke Socken.

Entschuldige, ist nicht besonders gemütlich.

Das stimmte, sogar das Licht war wenig einladend: Marta hatte einfach ein paar Glühbirnen in Fassungen geschraubt, die an allzu langen Leitungen baumelten.

Warte mal … Aus einem Nebenzimmer schleppte sie zwei Polster heran. Ob das Teile ihrer Matratze waren? Und wo war ihre Schwester? Eine Tür war angelehnt …

Da ist die Küche. Willst du mal sehen?

Gianna war überrascht. Dieser Raum war größer als gedacht. Und er quoll über vor Utensilien. Sie lagerten auf Regalen, auf dem Tisch und den Stühlen.

Marta räumte lachend zwei Stühle frei.

Setz dich!

In einer Ecke entdeckte Gianna eine Art Altar. Es war ein altes Bild, das offenbar einen Heiligen oder einen Priester zeigte. Davor hatte Marta eine Orchidee gestellt, einige Schälchen wirkten wie Opfergaben. Eine Kerze daneben. Der gemütlichste Ort in Martas Wohnung. Heimelig, duftend und voller Farben. Gianna staunte.

Bist du … irgendwie religiös?

Marta schüttelte ernst den Kopf.

Ich bin Christin. Wir sind äthiopisch-orthodox. Schon mal gehört?

Gianna war beschämt.

Warum sagst du, du bist nicht religiös – sagst aber im selben Atemzug, du bist Christin?

Weil das nicht dasselbe ist. Religiös kannst du dir aussuchen. Das sagt, du hast irgendwie eine Neigung zum Spirituellen, oder?

Gianna überlegte. Darüber hatte sie sich noch nie Gedanken gemacht.

Christin kannst du dir nicht aussuchen. Das bringst du mit. Wie Muslim sein oder schwarz. Es haftet an dir, auch wenn du nicht glaubst. Es ist deine Geschichte und die deiner Väter und Vorväter.

Liebevoll streichelte Marta den Heiligen. Keine Frage, sie hatte eine enge Beziehung zu dem Alten auf dem Bild.

Wir kommen von der Königin Saba. Als sie sich mit König Salomon zusammentat. Das war der Anfang vom Glauben in Äthiopien. Später kamen dann syrische Mönche.

Marta klang stolz. Kühn führte sie ihre eigene Geschichte auf König Salomon zurück. Gianna begriff, dass Martas Glaube genau so viel mit dem Judentum wie dem Christentum zu tun hatte – und mit Äthiopien, wo sich dieser Glaube über die Jahrtausende entwickelt hatte.

Und wer ist dieser Typ da? Auf dem Bild?

Marta stutzte.

Das da? Das ist kein Typ. Schau mal genauer.

Gianna näherte sich dem Bild. Es zeigte einen Mann mit einem Helm auf dem Kopf. Vielleicht war es auch eine Krone, aus der sich eine weiße Taube befreite. Die Heldenfigur hielt ein Schwert in der Hand, aber …

Genau, sagte Marta. Es ist eine Frau. Es ist Maria-Himmelskönigin.

Und das Schwert? Und die Taube?

Die Taube steht für Pfingsten. Wir glauben, dass es Maria war, die half, dass die Apostel und die Menschen einander verstehen konnten. Und das Schwert hat sie gegen sich selbst geführt, als sie entschied, bei Jesus zu bleiben, obwohl er sich von ihr abwandte und seinen eigenen Weg ging.

Marta kochte einen Tee, den sie mit einer eigentümlichen Mischung würzte. Das machte warm – und wach. Gianna wollte lieber über Imbisse als über Heilige reden.

Wie lange willst du das machen?

Was?

Das mit dem Imbiss.

Marta rührte nachdenklich in ihrem Tee.

Wie meinst du das?

Nun, du kannst das doch nicht ewig machen. In so einem Wagen. Bei Wind und Kälte.

Marta schaute sie erstaunt an:

Warum nicht?

Sie war glücklich mit diesem Wagen. Er hatte die richtige Größe, er lockte die richtige Menge Kunden an. So kam sie mit der Warenbestellung, der Vorbereitung und dem Kochen gut zurecht. Es war perfekt.

Aber willst du denn immer selbst hinter dem Tresen stehen?

Jetzt lachte Marta laut los:

Wer denn sonst? Und außerdem: Genau deshalb wollte ich das doch!

Marta ging es um ihre äthiopischen Burger, gewiss. Und darum, ihre feinen Sinne für Gewürze und Saucen unter Beweis zu stellen. Aber es ging ihr vor allem darum, endlich mit den Leuten zu sprechen.

Kunden! Gäste! Weißt du, wie lange ich das vermisst habe?

Gianna wurde still. Das stimmte. Wie sehr vermisste sie es selbst, mit den Gästen zu reden! Das kam ja nie vor. Zwischen ihnen, den Köchen, und den Gästen, war die schwarze Brigade, waren die Kellner, die nicht nur auftrugen und abräumten, sondern auch die Überbringer guter wie schlechter Nachrichten in die Küche waren. Alles, was die Gäste an Lob oder Kritik anbrachten, passierte den Filter der Kellner. Oft hatten die keine Lust, etwas zu erzählen – entweder, weil sie zu viel zu tun hatten, weil ihnen das Gesagte zu banal oder unwichtig erschien oder weil sie die sensiblen Köche schonen wollten. Freilich kam es vor, dass einer der Gäste, meist trunken von der eigenen Bedeutung und von Marcs kundiger Weinbegleitung, den Koch sprechen wollte. Dann aber war es stets Poulsen, der hinausging, eine Weile am Tisch stand, die Hände auf dem Rücken verschränkt, und sich anhörte, was die Dame oder der Herr glaubte ihm mitteilen zu müssen. Meistens war es nicht sehr ergiebig, behauptete Poulsen, der mit der Zeit immer weniger Lust zu solchen Ausflügen zeigte. Überhaupt zog er sich zurück. Er tüftelte an seinen Gerichten, maß und wog, und einzig seine Miene zeigte, dass er mit seinem *Signature Dish* immer noch nicht ganz zufrieden war – das war es, worauf es ihm ankam: seine Signatur, seine Spur in der Geschichte der Kochkunst.

Es ist das, wofür ich es mache, sagte Marta jetzt mit Nachdruck. Weil es die Leute zum Reden bringt. Wir verbringen die Zeit im Gespräch. Endlich schauen mich Leute an, und ich schaue sie an. Ich kann sagen: Ich kenne meine Gäste. Und wir haben eine gute Zeit. So wirst du gesund.

Gianna dachte noch lange über Martas Worte nach. Sie entschloss sich, zu Fuß nach Hause zu gehen, sie brauchte Zeit. Martas Worte, ihre sichtbare Freude ließen sie nicht mehr los. Dabei wusste sie noch nicht, welche Geschichte hinter Marta lag, nicht nur die kollektive ihres Volkes, sondern auch die individuelle. Sie handelte von Verfolgung und Vertreibung. Es war eine Fluchtgeschichte, deren grausame Einzelheiten Marta wieder und wieder hatte erzählen müssen. Bis Gianna sie erfuhr, sollten noch ein paar Wochen vergehen.

Es war zunehmend schwierig geworden für die Christen in Äthiopien. Die Eltern sorgten sich. Also hatten sie sich in Briefen an befreundete christliche Gemeinden in Europa gewandt. Dann die Flucht, die Grenze, das Auffanglager. Die Polizei und die anderen Behörden mit ihren rätselhaften Regeln und undurchschaubaren Mienen. Erzählen Sie noch einmal ihre Geschichte! Aber ich habe schon …

Wieder und Wieder. Verfolgung und Flucht, Beschimpfungen, Schläge und Verstecke. Nächtliche Aufbrüche, Verrat und Verlust. Hitze und Kälte, Fesseln und die Angst, zu ersticken. Befreiungen und neuerliche Aufbrüche und das Gefühl, nicht mehr zu wissen, wo man eigentlich war. Vergingen Wochen, Monate oder Jahre? Harte Arbeit dann, im Hafen, zunächst ohne Papiere und schon wieder mit Ängsten, tausenderlei. Die Angst um die kleine Schwester, die ihr hinterher geschickt worden war. Deren glückliche Ankunft, deren Wunden, deren Weinen, deren Furcht vor der fremden Welt. Fuß fassen. Fuß fassen in fremden Küchen. Sich hocharbeiten bis in Poulsens erlesenen Turm. Aber beim Hocharbeiten auch allmählich das Verstummen. Und dann: der Wagen. Die Befreiung.

Ein kleiner Zirkuswagen wie ein Symbol für ihre ganze Welt: bunt und beweglich und ein Hort ihrer ganz persönlichen Schätze – die Düfte und Aromen ihrer Heimat. Ein Ort, an dem Menschen sich trafen und sprachen.

Auch Gianna wünschte sich einen Ort.

15. ABSCHIED

Das ist Ethno-Kitsch, sagte John, als ihm Gianna von dem Besuch bei Marta erzählte. Der neue Souschef war ein strenger Mann. Er war bei einem berüchtigten Koch in New York in die Lehre gegangen, deshalb hatte Poulsen ihn wohl Gianna vorgezogen.

Du bist zu nett, Gianna, sagte er, und es klang wie eine schwerwiegende Kritik. Die Kollegen mögen dich.

John war nun also der zweite Mann, wegen seiner New-York-Erfahrung. Dabei war er, wenn er ehrlich war, genau davor geflohen. Er tat aber so, als sei alles, was er jetzt in Kopenhagen bei Poulsen erlebte, doch eher schlicht und immer noch zu wenig konsequent. Gianna hatte ihn sofort durchschaut: ein Angstbeißer, nicht eben selten auf diesem Posten.

Ein bisschen labberig hier das Ganze, sagte John voller Verachtung, als er eine Woche in der *Alge* verbracht hatte.

Poulsen starrte ihn an. Gewiss, er hatte John eingestellt, damit mehr Zug in die Küche käme. Er selbst war noch immer derart mit dem neuen Menü beschäftigt, dass ihm kaum Zeit blieb, sich um die Mannschaft zu kümmern. Nicht um deren Wohlergehen oder um ihre Motivation – das war ein Luxus, den er sich nur einmal, bei diesem Workshop in Norwegen, erlaubt hatte. Nein, es ging darum, dass sie seine Vorgaben mit der gebotenen Hingabe umsetzten. Da gab es kein Pardon. Und um dieses Kein-Pardon sollte sich John kümmern.

Dennoch hatte ihm Gianna von Marta erzählt, sie wusste selbst nicht, warum. Vielleicht, damit John begriffe, dass sie hier ihre Geschichte hatten – ihre Geschichte miteinander. Und vielleicht auch, weil sie ihn ein wenig warnen wollte. Marta war ja nicht die Einzige, die gegangen war. Sol. Einer der Rôtisseurs dazu. Und bei den Entremetiers war sowieso ein ständiges Kommen und Gehen. Einer hatte sein Glück bei der portugiesischen Speisewagen-Gesellschaft gefunden. Einer kochte in einer Schule und versuchte, Kindern beizubringen, dass Fischstäbchen nur eine Möglichkeit des Essens unter sehr vielen anderen darstellten. Einer wechselte in die Systemküche und mochte die stetige Herausforderung, jeden Tag das Gleiche zu produzieren, dutzendfach, hundertfach, tausendfach, voraussehbar und preiswert.

Es macht die Welt so verlässlich, Gianna! Und es ist ganz schön herausfordernd.

Keine Frage: Bei Poulsen bröckelte es. Weil nicht jeder Poulsens Tempo mitgehen konnte? Gewiss. Aber auch, weil ihnen etwas fehlte. Etwas, das sich nur schwer beschreiben ließ. Also erzählte sie John von Marta.

Das ist Ethno-Kitsch, wiederholte John sehr bestimmt. Willst du, dass wir hier Curries machen oder Gyros?

Nein, natürlich nicht, sagte Gianna genervt. Jeder kennt die Linie der Küche.

Ach ja?, fragte John provozierend.

Klar. Norden und so weiter. Nur Bestandteile, die hier aus der Gegend stammen – also, in größerem Maßstab. Gegend meint Skandinavien und Island. Ist aber schon schwierig genug.

Das glaube ich dir, sagte John scheinbar begütigend, aber wir sind damit noch nicht am Ende. Beziehungsweise: Wir werden bald am Ende sein. Und genau das ist das Problem!

John hatte seine eigenen Erfahrungen. Und seine eigene Theorie. In New York, London und Singapur hatte er die *Signature Kitchen* in Vollendung erlebt, die Raffinesse und Genialität berühmter Köche, die ihre Menüs behandelten wie Romanciers ihre bedeutendsten Werke. Sie taten, als würde das bleiben, als seien Gerichte etwas, das man bewahren könnte.

Das hielten Leute wie John aber für sentimental. Und schließlich war die Küche, wie Poulsen sie repräsentierte, irgendwie auch an einem Ende angekommen. Die Gäste hatten mitgezogen, sie waren informiert, sie waren Teil einer kulinarischen Welt, in der bestimmte Orte für Eliten standen. Sie standen ganz oben. Und dann? Dann waren es doch immer noch Außenstehende, die sie beurteilten, waren es immer andere, die die Maßstäbe bestimmten, nach denen sie zu funktionieren hatten. Das musste man hinterfragen, fand John. Das ganze, verdammte System gehörte in die Luft gejagt!

Gianna war genau so erschrocken wie ihre Kollegen. Weg vom Theater, das Poulsen immer noch im Sinn hatte, hin zur Kunst.

Abstraktion!, verkündete John.

Eine noch radikalere Küche, bei der die Zutaten in ihre Einzelheiten zerlegt, bis zur Unkenntlichkeit konzentriert, reduziert und verwandelt würden, um als reine Aromen wieder aufzuerstehen – aber in neuen, in mathematisch exakt berechneten, kühl kalkulierten Formen. Nichts würde an irgendwas erinnern. Keine Hilfskonstruktionen mehr, keine Einbettung in gar nichts. Der reine, pure Geschmack.

Hilflos schauten Gianna und die anderen sich an. Wer sollte das genießen? An wen richtete sich diese Küche?

Es ist eine Küche für Menschen, die sich für Zusammenhänge interessieren, sagte John. Gesteigerter Genuss durch mehr Wissen. Wir wollen die anderen nicht. Wir wollen nicht mehr satt machen, sondern neugierig. Wir wollen den Geschmack schulen – und das Sehen. Kochen ist eine Schule der Wahrnehmung in ihrer reinsten Form.

Kann sein, sagte Gianna. Aber ich glaube, ich brauche es ein bisschen schmutzig.

Die Distanz wuchs. Mit jedem Jahr wurde sie größer, obwohl Giannas Stellung bei Poulsen unanfechtbar schien. Es war eher umgekehrt: Je sicherer ihre Position schien, umso mehr wuchsen ihre Zweifel. Sie war dreiunddreißig, eine Phase, in der andere Frauen Familien gründeten, im Beruf einen Gang zurückschalteten, sich auf anderes besannen. Gianna, so stellte sie fest, hatte nichts anderes. Schon ihr dreißigster Geburtstag war an ihr vorbeigehuscht wie eine beliebige Bushaltestelle, an der man noch nie ausgestiegen war. Der Stopp hielt auf, hatte aber keine Bedeutung. Und jetzt? Was hatte überhaupt Bedeutung? Wo sollte sie hin?

In dieser Phase erhielt sie plötzlich eine Freundschaftsanfrage. Das kam häufiger vor in ihrem Facebook-Account. Meistens reagierte sie nicht darauf. Warum sollte sie? Sie hatte keine Zeit für neue Freunde. Aber dann hatte sie doch ein Profil angelegt in der Hoffnung, Kontakt zu lange verlorenen Freunden zurückzugewinnen, und tatsächlich meldeten sich die Fußballkolleginnen von einst. Manche kickten noch immer. Andere lebten mit Mann und Kind in Reihenhäusern am Rande von Regensburg oder in der Oberpfalz. So weit weg das alles! Aber nun: eine Nachricht von Pablo, der Spülhilfe aus Regensburg. Pablo war nach Andalusien zurückgekehrt, arbeitete dort, wie es schien, auf einer Art Farm. Seine Kenntnisse in Agrartechnik wurden auf der Finca gebraucht, meldete er stolz. Das war es aber nicht, was Gianna in Aufregung versetzte – es war ein Foto.

Das Foto zeigte einen kräftig blauen Himmel, in den ein paar grüne Äste ragten. Und an den Ästen hingen jede Menge leuchtender Zitronen wie kleine, strahlende Sonnen.

Da muss ich hin!, dachte Gianna. Sie druckte das Foto aus. Das würde ihr Votivbild sein in den kommenden Wochen, es sollte ihr Glück bringen.

Ein paar Tage später kam Gianna am *Wishtree* vorbei. Das war das Werk einer japanischen Künstlerin. In ganz Europa hatte diese solche Wunschbäume aufgestellt. Bäume, in die man seine Wünsche hängen konnte. Postkartengroße Zettel und Stifte lagen bereit, dazu Schnüre, um die Wünsche im Baum zu befestigen. Und die Dänen wären nicht sie selbst gewesen, wenn sie nicht sogleich ein paar solide Leitern bereitgestellt hätten, damit auch die oberen Äste der freundlichen Birke erreicht werden konnten.

Gianna war mit Amélie hergekommen, denn auch die Sommelière hatte einen Wunsch: Amélie hatte ihre Liebe zum Käse entdeckt. Was eigentlich nur eine Dreingabe zum Wein war, nach Poulsen ein Trick, damit unbelehrbare Gäste, deren Sinn nach wie vor auf ein altmodisches Sättigungsgefühl, auf Schwere, ausgerichtet war, endlich Ruhe gaben, entwickelte sich bei Amélie zur Obsession. Sie mochte Käse. Sie konnte die wöchentlichen Lieferungen kaum erwarten, und sie mochte auch das Unberechenbare daran, das Wilde, Anarchistische. Der Käsehändler konnte nämlich nie im Voraus sagen, welcher seiner Rohmilchkäse und Camemberts in der nächsten Woche den perfekten Reifepunkt erreichen und folglich die Reise zu Poulsen antreten würde. Zumindest wollte er sich nicht im Vorhinein festlegen. Poulsen machte das wahnsinnig – Amélie liebte es. Also wollte sie eine Ausbildung zur Käse-Sommelière machen, in Österreich oder in der Schweiz. Aber noch fehlte ihr der Mut zu diesem Schritt. Deshalb der Wunschbaum. Deshalb der Weg mit Gianna hierher. Es kam ihr vor wie eine Pilgerschaft.

Frieden für die Welt!, las Amélie vor, als sie endlich vor der Birke standen.

Liebe für alle!, ergänzte Gianna.

Dass alle Menschen tolerant und in Frieden leben!

Die Kriege sollen aufhören.

Sie mussten lachen. Was für gute Menschen hier am Werk gewesen waren! Und wie uneigennützig deren Wünsche waren. Sie selbst waren weitaus einfacher, fanden sie. Irgendwie … verhaftet mit den Dingen.

Egal, sagte Gianna., wir schreiben das, was wir wirklich wollen.

Käse!, schrieb also Amélie.

Sonne!, schrieb Gianna und ergänzte: Zitronen.

Anschließend besuchten sie Marta. Und dann gingen ihre Wünsche in Erfüllung.

Spanischer Frühling

16. AUSRUHEN IN ANDALUSIEN

Der Reiter war so klein, dass seine kurzen Beine kaum über den Rand des Sattels mit den dicken Pauschen hinausreichten. Die Steigbügel waren übergeschlagen, die Zügel, locker aufgenommen, schwangen hin und her. Hoch aufgerichtet saß der Reiter, den Blick nach vorn und gleichzeitig nach innen gerichtet, als hörte er da drinnen eine Melodie.

Es war heiß, die Erde selbst jetzt, zu Jahresbeginn, rot und staubig, und in vielen Reihen standen die Olivenbäume: systematisch gepflanzte, blassgrüne Stämme, silbrige Blätter an sich vielfach verzweigenden Ästen. Der kleine Reiter hielt auf die Pflanzung zu – keine Frage, der Olivenhain war sein Ziel, und nun sah Gianna den Grund: Die Olivenbäume standen in Reih und Glied, die Abstände waren gleich, wie mit dem Lineal gezogen, und der Reiter bewegte sein Pferd nun diagonal, im Seitwärtsgang, durch die Reihen. Der Schimmel tänzelte vorwärts und seitwärts. Vier, fünf, sechs Bäume entlang nach rechts, dann die gleiche Schrittfolge nach links. Leichtfüßig trabten Pferd und Reiter nach vorne, entfernten sich, eine kleine, rötliche Staubwolke hinter sich herziehend: der vierjährige Enkel des Großbauern und der weiße, schlanke Hengst, der gehorsam die Traversale ging.

Gianna verschlug das Bild den Atem. Sie saß auf einem Zaun, der das Rund eines Longenplatzes einfasste, und starrte den beiden hinterher. Ein Lachen riss sie aus ihren Träumen:

Buen chico, ¿no?

Guter Junge, nicht wahr?

So viel Spanisch konnte sie schon. Sie war seit ein paar Tagen in Andalusien, nicht im Andalusien der Touristen, sondern dreißig, vierzig Kilometer landeinwärts, nordöstlich von Cádiz. Pablo hatte sie wie versprochen am Flughafen abgeholt, und dann waren sie in seinem weißen Pick-up die Berge hinaufgefahren, immer weiter und weiter, aus der kristallinen, flirrenden Luft der Küste in die Sierra, die aber, anders als der Name vermuten ließ, ein einziges Schwingen grüner und saftiger Hügel war, Hügel, auf denen Schafe weideten und Ziegen, und vereinzelt wurden Kühe von älteren Leuten geführt, als wären es übergroße Hunde, genügsam und mager.

Keine Gegend für Kühe, sagte Pablo zur Erklärung. Dazu ist die Erde zu mager.

Gianna staunte. Überall schossen kleine Bäche die Berge hinab, die Hügel waren moosig und leuchteten in verschiedensten Grüntönen. Bisweilen begegnete ihnen ein Alter, der auf seinem Esel bergab ritt. Die Alten trugen Regenschirme, die sie gegen die Gischt der kleinen Wasserfälle, die hier alles bestäubten, schützten. Winzige Blumen blühten in Gelb und Blau. Auf dem Plateau ging es noch eine Weile auf verschlungenen Pfaden weiter, dann erreichten sie die Finca von Pedro Rodriguez. Hier hatte Pablo Arbeit gefunden. Der alte Pedro hatte erkannt, dass er seinen Hof technisch auf Vordermann bringen musste, und dafür Pablo angeheuert, den Weitgereisten, den Mann mit Europa-Erfahrung. Noch immer sprachen sie hier von Europa, als sei das ein Kontinent, der sie nichts anginge – oder einer, der sie schon anginge, aber nur als Referenzpunkt, als Sehnsuchtsort.

Dabei wären die hier ohne die EU-Subventionen längst verloren, lachte Pablo, als hätte er einen guten Witz gemacht.

Es war ja auch zum Verrücktwerden: Ein Land voller landschaftlicher Reichtümer, mit einer guten Infrastruktur und einer Bevölkerung, die nach den Jahrzehnten der Franco-Diktatur nach vorne wollte – mit aller Kraft nach vorne –, aber auch ein Land voller Strukturen, die jeglichen Fortschritt im Keim erstickten. Die alten Familienclans, die alte, verdammte Korruption. Konnte man etwas ändern?

Wenn nicht, scheitern wir in Schönheit, sagte Pablo und wies auf die Landschaft ringsumher, dann bin ich wenigstens hier gewesen.

Mit einem Ruck zog er die Handbremse an – das Signal für ein Rudel von Hunden, die aus den Büschen rund um den Hof gejagt kamen, auf dem sie nun hielten. Gianna betrachtete Pablo von der Seite. Er schien seit Regensburg viel jünger geworden. Wie lange war das her? Zehn Jahre? Fünfzehn. Das Teigige, Fahle war aus seinem Gesicht gewichen, und er hatte einen gesunden, bräunlichen Teint. Hochgekrempelte Ärmel gaben den Blick auf muskulöse Unterarme frei. Am Handgelenk hing eine schwere Uhr. Pablo war hier jemand, das war offensichtlich, das merkte man an der Art, wie ihn ein Arbeiter begrüßte, der nun herbeieilte und die Hunde zurückpfiff.

Gianna schaute sich um. Pablo zeigte ihr den Hof. Auf dem kleinen Rundgang merkte sie, wie weitläufig die Anlage war – und wie hier Geschichte und Moderne aufeinandertrafen. Auf dem Innenhof begegnete ihnen Pedro Rodriguez. Der alte Herr schlurfte ein bisschen, aber er hielt sich kerzengerade. Er begrüßte Gianna formvollendet mit einem Handkuss:

¡Es un honor, señora!

Gianna lachte, und der Alte stimmte ein, und dann entfernte er sich wieder. Einige Minuten später kam er zurück. Höflich wartete er, bis im Gespräch eine Pause entstand, dann legte er Gianna die Hand auf den Arm:

Kommen Sie mit, meine Liebe!

Und ehe sie sich versah, hatte der alte Mann sie um ein paar Ecken geführt und einen steinigen Pfad entlang. Sie standen in einem Garten. Der Duft machte sie benommen: Reife Zitronen hingen wie gelbe, zarte Lampions an den Bäumen! Der Alte bog einen Zweig herunter und pflückte eine Frucht. Er hielt sie Gianna galant unter die Nase:

Voilà!

Gianna schnupperte. Der Alte schüttelte den Kopf und machte eine Geste des Hineinbeißens. Tatsächlich? Sollte sie wirklich? Der Alte nickte. Gianna fasste sich ein Herz und biss mitten in die Zitrone. Es war köstlich. Es war eine Mischung aus Zitronenaroma, aber viel süßer als gedacht, etwas von Grapefruit, von Apfelsine, und dazu ein Blumenbouquet, etwas, das betörend nach Frühling schmeckte, grün und vitalisierend. Das also war Andalusien!

Das ist ein Teil von Andalusien, sagte Pablo korrigierend, als sie wieder bei ihm waren. Der beste Teil.

Er hatte Sorgen, keine Frage. Zwar hatte ihn die Familie Rodríguez geholt, damit er ihre traditionelle Finca auf Vordermann brächte, aber das war nicht so einfach. Es mangelte an allen Ecken und Enden: an modernen Maschinen, an Menschen, die diese installieren und bedienen konnten, an einer Vertriebsstruktur, um die Produkte zu vertreiben. War Andalusien aber nicht Agrarland? Kamen von hier nicht die besten Oliven? Die Zitronen? Jede Art von Gemüse?

Pablo zuckte die Achseln. Sicher, das war so. Aber es ging zu wie überall im Land: Einige riesige Unternehmen teilten alles unter sich auf, die kleineren hatten das Nachsehen. Oder sie versuchten mühevoll, in Nischen zu ihrem Verdienst zu kommen. Wer hier investierte, ging ein hohes Risiko ein. Höher als in der nördlichen Rioja und höher sowieso als in Katalonien mit seiner Nähe zu Frankreich, zu Europa. Dahin wanderten die jungen Leute aus, wenn sie konnten. Ihr Nachteil: Zwar waren sie leidlich ausgebildet, aber es mangelte ihnen an Sprachkenntnissen. Jahrzehntelang waren sie vom Rest der Welt irgendwie abgehängt gewesen, nur mit Italien hatte es stets einen Austausch gegeben; noch immer fühlten sie sich als deren *primos-hermanos*, als Cousins ersten Grades. Die Cousins aus den Abruzzen, aus Venetien oder der Toscana waren allerdings wesentlich geschäftstüchtiger, und so fühlten sich die stolzen Andalusier zunehmend als arme Verwandte. Da halfen auch die vielen, überflüssigen Traditionen nichts, denen sie sich am Feierabend oder an den Wochenenden hingaben. Stundenlang erklärte Pablo das spanische Dilemma, während Sonia, seine schöne Cousine, geduldig Karaffe um Karaffe mit Zitronenlimonade herbeischleppte. Sie saßen unter den Oliven, wieder ritt Pedros kleiner Enkel auf dem prächtigen Schimmel vorbei, aber das Ritual verlor für Gianna allmählich seinen Glanz. Es war eine so vergebliche Kunst!

Ein paar Wochen später nahm Sonia sie mit in die Stadt. Ein Fest der Pferde, eines von vielen in dieser Gegend. Die Pferdezüchter waren stolz auf ihre *Pura Raza Española*, die alte einheimische Pferderasse, mit der die Spanier schon im 16. Jahrhundert in so manchen Krieg gezogen waren. Die Tiere waren kompakt, wendig, sie galten als robust und trittsicher, erklärte Sonia stolz. Gianna fand sie einfach wunderschön. Jerez de la Frontera war die heimliche Pferdehauptstadt in Spanien. Hier stand die *Real Escuela*, eine Hofreitschule wie die in Wien, und hier fand nun, Anfang März, das Festival statt. Eine gute Gelegenheit, das Frühjahr zu begrüßen.

Gianna staunte. Jerez war eine wenig spektakuläre Stadt – anders als das glitzernde Cádiz an der Küste oder das heiße, sandfarbene Sevilla. Jerez lag an einer Flussmündung, eine mittelgroße Stadt mit mittleren Unternehmen und mittelgroßen Gebäuden. Aber die Pferde! Und die Menschen, die mit ihnen zu tun hatten! Die ganze Stadt war auf den Beinen. Und als hätten sich alle als Komparsen für einen Hollywood-Film beworben, trugen die meisten Frauen die traditionellen Flamenco-Kleider und die Männer scharf geschnittene Anzüge mit Westen und kleine, flache Hüte auf den schwarzen, straff nach hinten gegelten Haaren. Die ganz jungen Männer ritten auf den berühmten Pferden, und wer etwas auf sich hielt, hatte die Freundin dabei: Einige Mädchen hielten sich scheinbar mühelos hinter den Reitern auf den Kruppen der Pferde, ihre weiten Röcke breiteten sich über den Pferden aus wie farbenprächtige Decken. Sie strahlten; es war anscheinend eine Ehre, diesen unbequemen Platz einzunehmen.

Es hatte etwas von einer volkstümlichen Oper, und es hatte etwas von einem Kindergeburtstag: bunt und laut und trotzend gegen die Zeit. Denn hinter den Umzügen mit den festlich ausstaffierten Menschen stauten sich die Autos. Am Horizont dampfte das Kraftwerk. Und der breite Boulevard, den sie passierten, war voller Plastiktüten und achtlos weggeworfenem Müll.

Sie bogen ab, sie entfernten sich von dem Trubel, sie wollten Rast in einer der schmalen Gassen machen. Hier war es ruhiger. Traditionelle Geschäfte reihten sich aneinander. Gianna bemühte sich, die Schilder zu lesen. Ein Schreibwarenladen, ein Tabakhändler, ein Gitarrenbauer …

¡Hombres!

Es war egal, dass sie eigentlich keine *Hombres,* sondern *Señoras* waren. Ein Bekannter Sonias hatte sie entdeckt, und sie nahmen an rot-weiß kariert eingedeckten Tischen Platz und ließen sich vorsetzen, was die Küche der kleinen Taverne zu bieten hatte. Weitere Freunde stießen dazu, Fröhlichkeit und Lautstärke nahmen zu. Dass es erst elf Uhr am Vormittag war, schien niemanden zu stören. Paco, der Freund Sonias, ließ sich erklären, was die Karte heute hergab, Joaquín, ein schmaler, aufrechter Mann, bemühte sich, für Gianna zu übersetzen, während sich die beiden Frauen schon einen Aperitif bringen ließen. Freundlich prosteten sie Gianna zu: Willkommen in Jerez!

Es gab frittierte kleine Paprikas mit luftigen Käsehauben, winzige, mit einer Sardellenpaste gefüllte Herzoginkartöffelchen, saftige Fleischbällchen, gegrillte Tomaten und Gurken. Vor allem aber wurden Innereien aufgetischt, kunstvoll verkleidete

Nierchen und Leberstücke, die sich in sämigen Saucen wälzten, aus denen Sherry-Aroma stieg.

Mit Sherry wurde hier alles verbunden. Das traditionelle Getränk veredelte die Speisen, bildete das Entree der Menüs, rundete ein Essen ab. Gianna ließ sich die verschiedenen Sorten erklären: Es gab süßen Sherry, bitteren, schweren, geradezu öligen, und den berühmten, hellen *Fino*, der hier den Weißwein ersetzte, aber deutlich mehr Alkohol enthielt. In einem Kauderwelsch der Sprachen und Rezepte ging sie lustvoll unter. Bewundernd nahm sie wahr, dass die beiden Frauen am Tisch nicht minder tüchtig zugriffen als die Männer, aber irgendwie schafften sie es, sich die kunstvoll geschminkten Lippen immer wieder so abzutupfen, dass vom Fett der Speisen nichts hängenblieb. Die Gesichter blieben perfekt, die Frisuren saßen, während sie schlemmten und tranken, während die Finger in immer neu servierte Schälchen und Schüsselchen eintauchten, zupften, schälten und abrissen – geschäftige Hände unter unbewegten Gesichtern.

Halb zwei! Allmählich verschwamm die Welt vor dem Restaurant in angenehmem Einerlei. Der Oberkellner ließ die Markise gegen die tiefstehende Frühjahrssonne herunter. Gianna lehnte sich zurück. Der Magen drückte. Das war eine ziemlich heftige Angelegenheit!

Nimm einen Kamillentee, riet Sonia. Mit Zitrone. Dann wird es dir gleich wieder besser gehen. Man muss sich an das Leben hier erst mal gewöhnen.

Sie kicherte.

Kamillentee! Den nahmen hier alle zu sich, er wurde in kleinen, schmucklosen Blechkännchen serviert. Gianna dachte an den Kamillentee ihrer Kindheit, daran, wie Francesca ihr das verhasste Getränk eingeflößt hatte, wenn sie wieder einmal mit verdorbenem Magen das Bett hüten musste. Mit Kamillentee verband sie Bauchweh, nicht zur Schule gehen können, endlose Nächte, in denen sie sich die heiße Wärmflasche an den Bauch drückte. Hier war Kamillentee das schiere Vergnügen, ein leichter Tee mit Zitrusnote, der ein vortreffliches Essen krönte.

Ihre neuen Bekannten begannen zu streiten. So schien es jedenfalls. Sie redeten in ungeahnter Geschwindigkeit aufeinander ein, gestikulierten und fuchtelten. Jetzt sprangen zwei, drei von ihnen sogar auf! Sie riefen nach dem Kellner, sie winkten ihm, scheinbar aufgebracht! Der Kellner kam ungerührt herbeigeschlendert, als kenne er das Spektakel schon. Und es war ja ein Spektakel: Die Freunde stritten, lautstark und im Ton bitterernster Überzeugung darum, wer von ihnen die Rechnung begleichen durfte. Durfte!

Gianna lachte erleichtert und dachte an das umständliche Prozedere zu Hause, wenn man mit Freunden Essen gegangen war und abschließend die Rechnung auseinanderdividierte: Ja, aber ich hatte doch nur eine kleine Cola!

Man verabschiedete sich mit Umarmungen und angedeuteten Küssen auf die Wangen.

Lasst es euch gutgehen!

War schön, dich kennenzulernen!

Sonia wollte ihr die Altstadt zeigen. Abseits des Festivals gab es ruhige, kühle Gassen, und nur von Ferne drang der Lärm der Feiernden zu ihnen herüber. Es war die Zeit der Siesta, und überall waren die Rollos heruntergelassen. Aus den geöffneten Haustüren drangen Stimmen. Und war da nicht ein kühler Windhauch? Sonia zeigte ihr die Innenhöfe, von denen manche kunstvoll angelegte kleine Gärten bargen, hier und da plätscherten Springbrunnen. In der Mittagszeit lüftete sich die Stadt, kam wieder zu Atem. Es wurde noch stiller, je weiter sie in die Altstadt vordrangen. Eine Kirchturmuhr schlug blechern. Ihre Schritte hallten auf dem Asphalt. Eine Katze huschte vorbei. Sie gelangten auf einen kleinen Platz, umstanden von schlanken, hohen Bäumen. Die Bäume hatten eine silbrige Rinde und oben in den Kronen waren lilafarbene Blüten zu sehen, die als Dolden herabhingen. Ganz wie Damen, die lange Abendhandschuhe über weißen Armen tragen.

Genau!, sagte Sonia anerkennend, als Gianna ihr radebrechend zu erklären versuchte, welches Bild ihr eingefallen war.

Damas de Noche! So heißen die Bäume. Damen der Nacht. Nächtliche Schönheiten.

Wie leicht man hier die Gegenwart vergessen konnte! Sie machten Rast in der Alameda, dem städtischen Park, und ruhten sich aus. Überall hatten Familien Picknickdecken ausgebreitet. Nun waren die Vorräte wieder verstaut. Erschöpft lagen Väter, Mütter und feingemachte Kinder neben Picknickkörben und dösten. Junge Männer rauchten still, beobachteten die Mädchen, die sich kunstvoll neben ihren Müttern drapiert hatten. So laut konnte Spanien sein – und so still. Sonia erzählte von anderen Festen, vom Winterfest der Orangen: Da durften die Armen der Stadt die Apfelsinen von den städtischen Bäumen pflücken. Aber damit nicht genug: Sie bauten mobile Küchen auf, kochten Marmelade auf den Straßen und verkauften diese an Ort und Stelle. Es war Ehrensache, mehrere der weißen Dosen mit feiner Sevilla-Marmelade zu erwerben. Gianna kannte den süßlich-herben Aufstrich, aber nicht seine Geschichte. Wäre so etwas zu Hause möglich gewesen, in Bayern? Da gab es natürlich ebenfalls Leute, die weniger Geld hatten, aber man versuchte, die Not zu verstecken. Die Bedürftigen sozusagen öffentlich mit Gaben zu bedenken, das wäre irgendwie … demütigend gewesen.

Aber nein, nein – es ist ein Riesenspaß, für alle, korrigierte Sonia. Und stell dir vor, wie die Stadt duftet.

Es gab das Fest der Orangen und das Mandelfest. Die Thunfisch-Tage und natürlich das große Sherry-Festival. Gianna, immer noch ein wenig trunken und allzu satt von dem ungewohnt üppigen Mittagsmahl, stellte sich vor, dass all die Heiligen in Spanien gar keine Heiligen wären, sondern Früchte und Fische. Heilig war diesen Leuten, was satt machte oder jedenfalls den Gaumen kitzelte und die Nasen obendrein.

Es geht dabei nicht ums Sattwerden, sagte Sonia nachdenklich. Es geht ums Zusammensein, ums Reden.

Gianna hätte gern gescherzt: Wahrscheinlich geht es auch darum, dass selbst ihr einmal ruhig seid! Hätten die Andalusier nicht wenigstens ab und zu mal etwas zum Mund geführt, hätte das Geschnatter und Rufen vermutlich den ganzen Tag kein Ende genommen. Das gute Essen, die Tapas und der Sherry bremsten womöglich die allgemeine Höllengeschwindigkeit des hier gesprochenen Spanisch ein ganz kleines bisschen. Aber so gut war ihr Spanisch noch lange nicht, dass sie solche Scherze hätte anbringen können. Sie seufzte. Sie vermisste ihre Sprachen, die eine wie die andere: das Deutsche und das Kochen. Zwar machten es einem die Spanier weiß Gott leicht, bei ihnen zu Gast zu sein, aber allmählich wuchs in Gianna der Wunsch, wieder etwas zu tun. Sie hätte ihren Gastgebern gern etwas zurückgegeben.

Am späten Nachmittag machten sie sich auf den Heimweg. Für Gianna fühlte es sich nach Abschied an. Sie konnte ja nicht hierbleiben! Sie hatte bei Pablo Station gemacht, um sich zu erholen, aber auch, weil er sie mit ein paar Küchenchefs bekannt machen wollte, die sich von seinem Großvater beliefern ließen. Ein paarmal im Jahr kamen sie persönlich vorbei, das gehörte sich so, und der nächste Besuch stand unmittelbar bevor. Dann würde der schöne Schlendrian enden. Er musste enden, denn schließlich wollte Gianna langsam wieder Geld verdienen. Und eines war klar: In Andalusien, diesem schönsten, heißesten Teil der Iberischen Halbinsel, war das nicht möglich.

Sie freute sich – und war jetzt schon untröstlich.

An einem besonders strahlenden Tag kurz nach Pfingsten nahm Gianna vor der Finca Platz. Eine einfache Bank war an die weiße Hausfassade gelehnt, davor ein ungehobelter Tisch. Wenn man früh genug auf den Beinen war, konnte man den alten Pedro hier treffen, wie er sein einfaches Frühstück einnahm. Heute war auch der Ziegenbauer aus dem Nachbarort da. Die beiden Alten saßen da und unterhielten sich, als Gianna aus dem Haus trat.

¿Permiso?

Gestatten Sie?

Sie wusste mittlerweile, was sich gehörte. Die beiden Männer lachten sie freundlich an, und Pedro rief etwas nach drinnen. Bisher hatte sie zum Frühstück immer den starken schwarzen Kaffee mit viel Milch bekommen, den man hier wie in Frankreich aus einer runden Schale trank, und dazu ein überraschend frisches, knuspriges Croissant – keine Ahnung, woher man das in dieser Gegend beschaffte! Heute aber wollte Pedro ihr seine Art zu frühstücken zeigen, das Frühstück der Hirten, der Menschen, die körperlich arbeiteten. Sonia brachte eine heftig rauchende Pfanne aus dem Haus, darin waren Scheiben von gelbem Maisbrot in Olivenöl gebraten worden. Kräftig drehte Pedro die Salzmühle über dem Brot. Dann schnitt er eine Tomate in Scheiben, belegte das Brot damit und streute frischen Pfeffer darüber – *voilà*! Gianna biss in die heiße Köstlichkeit und schmeckte die leichte Säure der Tomaten, den Nusskern des Brotes, die Fruchtigkeit des Olivenöls. Sie spürte die knusprige Rinde des Brotes, spürte das weiche Innere, das bereitwillig Öl und Gewürze aufgenommen hatte und diese nun wieder freigab. Sie schloss die Augen, lehnte den Rücken an die Hauswand, die jetzt, morgens um sieben Uhr, schon angewärmt war von der Sonne. Mehr brauchte es eigentlich nicht, dachte sie: Brot, Salz und Tomaten – und dazu die Hitze des Öls und die Wärme der Frühlingssonne. Die

Sonne war es. Die Sonne verwandelte hier alles in etwas Köstliches.

Die alten Männer lachten zufrieden. Das waren Lektionen, die ihnen gefielen.

Wie kam es, dass Gianna ausgerechnet mit Velasco zog? Später wusste sie es nicht genau zu erklären. Bauchgefühl!, sagte sie dann der Einfachheit halber. Tatsächlich war Velasco, genannt Vasco, keineswegs der ehrgeizigste unter den Küchenchefs, die Don Pedro ihre Aufwartung machten. Da war der schlaksige junge Koch aus Pamplona, ein hinreißender Schwuler, der arabische Elemente in seine moderne Küche integrierte. In seinen köstlichen Salaten, von denen halb Spanien schwärmte, vermischten sich hauchdünne, frittierte Rotkohlscheiben mit glasierten Mangos, Avocados und einer Gelatine von *Vino Tinto*, dem Rotwein der Gegend, zu einem vielfarbigen Schmaus für die Sinne. Oder der hagere Bonito von der Küste – den Spitznamen hatte der Koch von dem berühmten jungen Thunfisch, den er in dutzenderlei Variationen vom Grill und aus dem Dampfgarer holte. Oder Maître Francis, so nannten sie ehrfürchtig den Franzosen, der in Madrid ein ungeheuer altmodisches und ungeheuer erfolgreiches Sternelokal aus der Taufe gehoben hatte, in dem sich Pariser Opulenz und spanische Rinderspezialitäten vereinten. Sie alle hätten gern mit Gianna gearbeitet, die erstklassige Zeugnisse vorweisen konnte, Erfahrungen im europäischen Ausland gesammelt hatte und genau im richtigen Alter war, um etwas Neues auszuprobieren. Sie konnte und sie sollte Verantwortung übernehmen, aber sie würde den Küchenchefs nicht gleich gefährlich werden. Noch nicht. Und außerdem wirkte die junge Frau ziemlich erschöpft. Die Küchenchefs, die sich im Patio von Pedro zufällig begegneten, nickten einander verständnisinnig zu. Man hörte ja so allerlei vom Tempo in Europa!

Vasco hatte sich irgendwie unter die anderen gemischt. Er hatte sich vielleicht ein bisschen länger mit Gianna zu unterhalten versucht. Den Ausschlag aber hatte etwas anderes gegeben: Vasco leitete einen Familienbetrieb. Schon das klang für Gianna irgendwie – erholsam. Es klang organischer, natürlicher. Seit zehn Jahren schon arbeitete Vasco mit seinen Schwestern zusammen. Per Skype berieten sie sich. Gianna musste dicht neben Vasco auf der schmalen Holzbank vor der Finca Platz nehmen, und dann stellte Vasco sie den Schwestern vor.

Das ist María, sagte er und wies auf die lächelnde Brünette, die vom Bildschirm winkte. Und das ist Amaia.

Amaia wirkte ernster. Sie war die Sommelière. María leitete das Restaurant und den Service, sie war die Direktorin. Und sie, Gianna, könnte die Souschefin sein. Und wo spielte das Ganze? In Olite, Navarra. Gianna hörte die vielen rollenden Rrrs in Vascos Sprache, sie hörte, dass sein Akzent etwas anders klang als der von Pedro, aber Navarra? Sie hatte keinerlei Vorstellung von der Region.

Ein bisschen Baskenland, ein bisschen spanisches Herzland, erklärte ihr Pablo am Abend, als sie wieder allein waren. Du kannst nichts falsch machen, glaube ich. Vasco ist ein feiner Kerl.

Das Baskenland galt als die aufstrebende Region für Spaniens aufstrebende Köche. Hier war alles gegeben: die Nähe zur Küste, zur Biscaya im Norden und zum Mittelmeer im Osten. Es gab die Berge, den Übergang zu den Pyrenäen und das milde Hügelland im Westen, Flüsse und Stauseen, Wildwasser und Hochebenen. Städte wie Pamplona und Logroño, Industrien, die noch halbwegs gesund waren, und jede Menge Dienstleister für die Automobilhersteller im Osten. Das konnte was werden. Aber Olite? Nie zuvor hatte Gianna diesen Namen gehört. Eine kleine Stadt zwischen Tarazona und Pamplona, eine Stadt der Winzer, in der viele junge Familien lebten. Eine Stadt mittendrin, das passte – und Vascos Küchenkonzept gefiel ihr immer besser, je mehr er davon erzählte. Zwei Tage noch, dann brächen sie auf.

Den Abschied aus Andalusien feierten sie gebührend. Vasco lud alle ein, und eine letzte Tour der Tapas schien ihnen das einzig Angemessene. Wieder fuhren sie die Hügel hinab, bis nach Jerez, aber diesmal öffnete ihnen der Sherry-König der Stadt selber die Tore: Vasco Urrutia war nicht irgendjemand, der Ruf seiner Küche hatte sich bis hierher verbreitet. Und der Sherry-König war entzückt, wenn exzellente Speisen die Wirkung seiner *Finos* erhöhten. Sie wurden bewirtet. Sie naschten vom köstlichen *Ibérico*-Schinken und den groben Salamis, sie bewunderten die Qualität der Oliven und der hauchdünn geschnittenen Sardellen. Dann weiter! Und weiter! Immer neue, ausgezeichnete Tapas-Bars fielen den Freunden ein, – bis es endlich Zeit wurde für einen Kaffee.

Zu Vittoria!, rief Sonia, und alle stimmten begeistert zu. Vittoria hatte ihre uralte Bar in der Straße der Wunder. So jedenfalls nannte Sonia, leicht angeheitert, die schmale Gasse, die vom Platz der *Damas de Noche* zum Markt führte. Hier gab es nicht nur den besten Sattler für die anspruchsvollen Reiter der *Real Escuela*, hier unterrichtete auch der berühmte Manolo Straßenkinder im Gitarrespielen – kostenlos, versteht sich, wo auch immer er das Geld dafür und die ausgezeichneten Instrumente herhatte. Stets drangen aus dem schmalbrüstigen Haus mit den zwei Hinterhöfen die Klänge der Konzertgitarren. In den Pausen saß Manolo auf den Stufen davor und rauchte. Dann gab es den Kiosk, der neben Tabak und kleinen Süßigkeiten auch Bücher verkaufte; die Zeitungsverlage in Spanien brüsteten sich mit günstigen Klassikerausgaben, und so standen hier Cervantes und Pablo Neruda neben Diät-Ratgebern und Autozeitschriften. Aber das Beste, meinte Sonia, sei eben doch das Café von Vittoria.

Es war ein altes Gebäude. Man ging zwei Stufen hinab, und schon befand man sich in einem rundherum kunstvoll gefliesten arabisch anmutenden Café. Einfache Stühle aus Eisen, kaum gepolstert und ein wenig windschief, sorgten dafür, dass nicht allzu viel Feierlichkeit aufkam. In der Ecke rottete seit Jahren ein ungenutztes Aquarium, aber an der Theke hielt Vittoria einige erlesene Süßigkeiten bereit. Sie bezog sie direkt aus der Marzipan-Hochburg Toledo und schwor mit ihrer brüchigen Stimme, für jeden Kaffee genau das richtige *Dulce* bereitzuhalten. Es duftete nach Mandeln, Schokolade und feinwürzigem Espresso.

Gianna zögerte. Ihr war nicht nach Süßigkeiten. Im Gegenteil, sie brauchte etwas Salziges, etwas, das ihren geplagten Magen beruhigen konnte, eine heiße Brühe vielleicht. Sie versuchte, sich verständlich zu machen. Vittoria lachte:

Arme Kleine, da haben wir etwas für dich.

Die anderen protestierten. Nein, das sei nichts für die strapazierte Fremde.

Aber Vittoria ließ sich nicht beirren. Sie verschwand in einem Hinterzimmer, man hörte sie kramen. Es dauerte eine ganze Weile, bis sie wieder hervorkam. Auf einem Tablett balancierte sie Wassergläser, die vor Hitze beschlagen waren. Darin waberte eine undefinierbare, gleichwohl wunderbar duftende Brühe, aber es trieb auch etwas darin: Schnecken! Kleine Schnecken mitsamt ihren porzellanfarbenen Gehäusen in einer exquisiten Gemüsebrühe. Auffordernd reichte Vittoria ein Glas herüber:

Probier mal!

Und auch zwei anderen nötigte sie ein Glas auf.

In den Gläsern steckte je ein Löffel, der half die Schnecken herauszuangeln – aber dann? Wie sollte man das bisschen Schneckenfleisch ohne Zange, ohne Teller und Besteck aus den Häusern befreien? Gianna nahm eine zwischen zwei Finger. Vittoria lachte missmutig. Nein, so ging das nicht. Gianna schaute nach den anderen. Die machten kurzen Prozess. Sie nahmen jeweils eine Schnecke in den Mund, und dann sogen und saugten sie, machten die Zunge spitz und hielten die Zähne im Zaum. Gianna machte es ihnen nach. Der Geschmack war außergewöhnlich: eine Mischung aus Meerestier, einem sanft anklingenden Weinaroma und einer Vielzahl einander milde ergänzender Gewürze. Estragon erkannte Gianna und Zitronenpfeffer, aber dann musste sie sich wieder aufs Kauen konzentrieren, aufs Zutzeln und Ziehen.

Vittoria wollte ihr etwas erklären, aber das war so kompliziert, dass die anderen nur im Verein übersetzen konnten. Und das war doppelt schwierig, weil sie sich vor Lachen kaum halten konnten.

Das machst du gut!, übersetzten sie der verblüfften Gianna. Das machst du richtig gut!

Denn, so erklärten sie weiter, an der Art, wie jemand die Schnecken verspeiste, konnte man auch erkennen, wie er oder sie sich als Liebhaber anstellen würde.

Schau mal, diese Lippen!, lachte Vittoria unverschämt und wies auf Pablo, der sie entrüstet abwehrte.

Ein erotisches Spiel. Auch das konnte Essen bedeuten. Wann eigentlich hatte Gianna das vergessen?

16. ANKOMMEN

Gianna erwachte. Sie hatte kein Kopfweh. Erstaunlich! Sie waren gestern den ganzen Tag gefahren, und Gianna hatte sich im Auto kaum bewegen können: Arco, Vascos müder alter Schäferhund, hatte darauf bestanden, sich vor dem Beifahrersitz zu ihren Füßen zu legen.

Schick ihn weg!, hatte Vasco lachend gesagt, aber Gianna hatte es gut gefunden, so einen freundlichen tierischen Begleiter zu haben. Sie vergrub ihre Finger in dem dichten, grauen Fell, der Hund brummte freundlich. Es war ungewöhnlich, irgendwo zu arbeiten zu beginnen, ohne dass sie das Restaurant und die Belegschaft zumindest oberflächlich in Augenschein genommen hatte. Aber Vasco hatte ihr Vertrauen eingeflößt, dazu die Tatsache, dass sein Restaurant familiengeführt war. Nur – wie er fuhr! Es war nach Norden gegangen, über Córdoba, Toledo und den großen Knoten Madrid und dann immer weiter die Nationalstraße entlang. Es wurde merklich kühler, das Grau und Gelb der Felsen ging in ein milchiges Grün über. Die Straße war viel befahren, sie war zweispurig, aber zum Überholen drängten die Fahrer ihre Wagen in drei, bisweilen vier Spuren nebeneinander. Dass sie überholen wollten, zeigten sie durch ständiges Hupen an. Und wie sie ausscherten! Und wieder einbogen! Gianna merkte, wie sich ihre Beine verkrampften. Vom Rücksitz klapperte es: Vasco hatte den Wagen mit Weinkisten und etlichen Kanistern Olivenöl beladen, dahinter lagerten die Holzkisten mit Zitronen, Rosmarin und getrockneten Orangen. Es duftete himmlisch und ein wenig nach Hund – aber das da draußen war die Hölle! Vasco jedoch war in seinem Element. Das Durcheinander auf der Straße, diese lebensgefährliche Schlacht, schien ihn zu beflügeln. Er hatte das Radio aufgedreht, Sprecherinnen lasen in rasender

Monotonie ihre Nachrichten vor, unterbrochen von hektischen Jingles und kurzen synthetischen Pop-Titeln.

Hast du gesehen … hast du das gesehen?

Vasco schlug mit der Hand aufs Lenkrad.

Diese Idioten!

Zwischendrin holte er weit aus, wies sie auf einen interessanten Landstrich hin oder auf die vielen Greifvögel, die über der Sierra im Osten kreisten.

Milane! Das sind die hinterhältigsten Jäger in der Luft. Eigentlich keine Jäger, sondern Räuber. Sie warten, bis andere etwas gefangen haben, und jagen den Rivalen dann ihre Beute ab. Dafür tun sie sich zu zweit zusammen. Sehr effektiv!

¿Me entiendes? Verstehst du?

Na klar!

Er lachte.

¡Imbécil! ¡Tonto!

Ein Lieferwagen hatte sie überholt, musste scharf abbremsen und vor ihnen wieder einscheren, weil eine ganze Kolonne von Wagen entgegenkam. Gianna schloss die Augen.

Das Land wurde weiter. Das hier war das Herzstück von Kastilien. Vasco machte sie auf die Schneise aufmerksam, die der AVE, der berühmte Schnellzug Spaniens, durch die Landschaft zog.

Der modernste Zug Europas, nicht wahr?, fragte Gianna, um ihre beginnende Übelkeit zu bekämpfen und um auch einmal etwas zum Gespräch beizutragen. Sie schrie eher gegen die Radiowerbung an.

Ja, genau, zumindest bis vor kurzem.

Vasco lachte, weil ihm wieder etwas einfiel. Er erzählte, wie er selbst einmal in diesem Zug nach Madrid gefahren sei. Und wie der Zug plötzlich auf freier Strecke gehalten habe, anscheinend ohne Grund. Sie hatten in der Gluthitze herumgestanden, und erst nach einer geraumen Weile hatten sie den Grund für den plötzlichen Halt erkannt: Da waren sie nämlich seitlich vom Zug weggelaufen, eher weggegangen, geradezu aufreizend gelassen weggeschlendert – die zehn oder fünfzehn ausgewachsenen Stiere, die bis dahin die Weiterfahrt blockiert hatten. Kampfstiere! Sie wurden nach wie vor offen auf Weiden gehalten. Platz war ja genug. Diese da hatten aber beschlossen, einen Spaziergang auf den Gleisen zu machen. Da musste man eben warten. Die konnte man nicht einfach beiseitescheuchen. Vom riesigen, lärmenden, blechernen Ungetüm ließen die sich kein bisschen beeindrucken.

Gott sei Dank haben die uns nicht angegriffen, lachte Vasco. Siehst du, so sind wir, die Spanier. Bauen irgendetwas Hochmodernes – und dann lassen wir uns von den *Toros* ausbremsen, von den alten Rindviechern. So sind wir!

Er zündete sich wieder eine Zigarette an.

In Soria machten sie Rast. Gianna bestaunte den sanften Rot-Ton der romanischen Brücken, die *Palacios*, die sich neben der Klosterkirche in das Stadtbild schmiegten. Es war früher Nachmittag, die kleine Stadt ruhig, nur auf den Dächern regte es sich. Arco bellte: Da oben nisteten Störche.

Weiter ging die Fahrt Richtung Norden. Jetzt trommelte Vasco fortwährend mit den Fingern: Es ging heimwärts, er konnte es sichtlich kaum noch erwarten. Als sie ankamen, war es längst dunkel geworden.

Mit steifen Gliedern schob sich Gianna aus dem Wagen, der Hund trottete müde hinter Vasco her, der sie zu ihrer Unterkunft brachte, nein, sie brauche ihm beim Ausladen nicht zu helfen. Komm du erst mal an, *bienvenida*.

Er öffnete die Tür zu einem Zimmer im ersten Stock, ließ sie vorgehen und drückte ihr den Schlüssel in die Hand:

Wir sehen uns morgen! *¡Buenas noches!*

Gianna schaute sich um. Durch das Fenster fiel das gelbliche Licht einer Straßenlaterne. Es roch nach scharfem, spanischem Putzmittel, der Steinboden glänzte im Halbdunkel, als wäre er feucht. Einladend hatte jemand die Tagesdecke des breiten Eisenbettes zurückgeschlagen.

Wovon war sie wach geworden? Irgendein Geräusch hatte sie geweckt. Gianna zögerte. Dann noch einmal. Das war es! Unter ihrem Fenster miaute es zum Gotterbarmen. Gianna erhob sich, ging barfuß zum Fenster und öffnete es. Kalte Morgenluft wehte herein. Unten stiebte etwas davon. Gianna zuckte mit den Schultern, ging wieder zu Bett. Erneut dieses Miauen, direkt unter ihrem Fenster. Noch bevor sie sich sagen konnte, dass es keinen Zweck hatte, aufzustehen und nachzusehen, weil die Katze sicher wieder flüchten würde, sprang sie doch auf. Und tatsächlich: Wieder floh die Katze, aber langsamer, so schien es. Also blieb Gianna dieses Mal stehen, lehnte das Fenster nur an, spürte, wie ihr die Kälte des Steinbodens in die Fußsohlen kroch. Die Katze ließ sich bitten. Endlich trat sie aus einem Schatten hervor: ein braun-weiß-schwarz gemustertes Tier, ziemlich mager, aber recht groß. Sie hob den Kopf, schaute hinauf zum Fenster. Langsam, vorsichtig, öffnete Gianna es: Miez, miez! Wie spricht man Katzen auf Spanisch an?

Keine fünf Minuten später ertappte sich Gianna dabei, wie sie in ihrem Zimmer hastig den Rest des Käsebrotes von gestern zerkrümelte, die H-Milch aus der Tüte umfüllte und nach unten rannte. Sie zwang sich, die Seitentür des Hauses leise zu öffnen. Natürlich war die Katze wieder verschwunden. Gianna setzte das improvisierte Futter und die Milch, die sie in der Eile in einen leeren Aschenbecher gefüllt hatte, neben dem Eingang ab.

Miez, miez!

Eine halbe Stunde später waren die Näpfe geleert. Gianna spürte eine eigentümliche Zufriedenheit, als hätte sie für jemanden gekocht. Die Katze saß neben den Näpfen und putzte sich in aller Ruhe. Dann begann sie erneut mit ihrem Konzert, diesmal war das Miauen eindeutig an Gianna gerichtet.

Pst – sei still!

Sie ging ins Bett, versuchte, wieder einzuschlafen. Es miaute weiter.

Im nächsten Moment wurde gegenüber die Haustür aufgerissen, sie hörte einen Fluch – und dann einen Schrei, der eindeutig nicht von einem Menschen stammte. Einen erbärmlichen Schrei! Gianna stürzte zum Fenster, riss es auf und sah einen großen, schweren Mann, der die Faust schüttelte und hinter dem Tier her brüllte, das sich humpelnd entfernte. Er hatte die Katze getreten!

Wütend rannte Gianna nach unten.

¡Imbécil! ¡Pelota!

Ein paar Schimpfworte hatte Gianna sich gemerkt.

Der vierschrötige Mann starrte Gianna verblüfft aus kleinen Augen an. Er hielt ihre Arme mit beiden Händen fest und sagte nur:

¡Tranquila!

Beruhige dich!

Dann zischte er etwas, ließ sie los und war schon wieder verschwunden, erstaunlich behände. Gianna stand zitternd auf der Straße und schaute sich nach der Katze um. Aber die war längst über alle Berge. Mit klopfendem Herzen kehrte sie ins Haus zurück. Hatte sie gerade einen Fehler begangen?

Sie rollte sich im Bett ein, ließ das Fenster offen. Als ob das etwas helfen würde. An Schlaf war nicht mehr zu denken. Sie schob sich das steife Kissen in den Nacken. Draußen wich die Dunkelheit allmählich einem blauvioletten Ton, der sich aufhellte, orangefarben wurde, lichter und lichter. Gleichzeitig schwollen die Geräusche an. Was gestern am späten Abend wie eine ruhige Straße gewirkt hatte, war vielmehr der Weg aus Olite in die Berge, nach San Martín de Unx, einem Ort, dessen Namen Vasco mit einem Schnalzen genannt hatte:

Da musst du hin!

Nun dröhnte der Verkehr: Lkw und die kleinen, berüchtigten Lieferwagen reihten sich aneinander. Trotzdem roch es nicht nur nach Abgasen. Etwas Angenehmeres mischte sich darunter. Gianna schnupperte: Brot und Kaffee – und Zigaretten und eindeutig frisches Rasierwasser mit zu viel Zitrone. Gianna schwang die Beine aus dem Bett und lehnte sich abermals aus dem Fenster. Es stimmte: Da unten gingen Menschen, offensichtlich besuchten sie die Bar im Nachbarhaus, und aus deren geöffneter Tür strömte der verführerische Duft. Nur wenige Minuten später war Gianna unten.

Gianna hatte schon in Andalusien gelernt, dass diese spezielle Mischung den Sonntag kennzeichnete. Am Sonntag putzten sich alle schon am Morgen fein heraus. In den Cafés und Bars ließen sie sich mehr Zeit. Die Zeitungen waren dicker, die Croissants kamen später, und die kleine Stadt lebte allmählich auf wie der warme Wind, der das Papier durch die Straßen trieb. Ein paar Stunden später gingen die einen nach Hause, die anderen besuchten die Messe in der großen Kirche. Hinterher trafen sich alle wieder auf einen Wein und ein paar Tapas in den Bars, bevor es zum großen Familienessen nach Hause ging. Am Nachmittag gehörte die *Plaza* den jungen Leuten. Sie schlenderten, fein ausstaffiert, zu zweit oder in kleinen Gruppen, und schwatzten angeregt. Die jungen Männer und die noch jüngeren Frauen bewegten sich getrennt – der Sinn war ja gerade, dass man sich, vorläufig aber noch aus gebührender Entfernung, wahrnahm. Es war ein Paradieren und Flanieren, ein Prüfen und Sich-Beäugen, wohlwollend begutachtet von den Alten, die unter Arkaden saßen und Limonade tranken. Das war schon immer so gewesen.

Immer schon hatte auch Vascos Restaurant im viel weiter nördlich gelegenen Olite am Sonntag geschlossen, es war der Moment des Innehaltens nach sechs turbulenten Arbeitstagen. Denn auch hier wurde hart gearbeitet, obwohl das Restaurant viel kleiner war als die *Alge* und der Ehrgeiz bei weitem nicht so offen zutage trat. Aber vorhanden war er doch. Das hatte sie schon damals, an ihrem ersten Sonntag, zu spüren bekommen. Vasco hatte sie für den Mittag ins Restaurant bestellt. Es lag im selben Gebäude wie ihre kleine Wohnung, jedoch in einem Turm aus dem 18. Jahrhundert, der das Haus flankierte und weithin sichtbar machte.

Immer sind wir in Türmen, dachte Gianna. Woher kommt nur diese Faszination? Hier freilich lagen Gasträume, Bar und Küche im Erdgeschoss, es waren verwinkelte Räumlichkeiten, nicht einfach für den Service, das erkannte Gianna sofort. Und da kam schon eine Frau auf sie zu, die Gianna als Amaia erkannte.

Bienvenida, sagte diese trocken und ergriff ein wenig verwundert Giannas ausgestreckte Hand. An die spanische Art der Begrüßung musste Gianna sich erst noch gewöhnen. Gleich darauf eilte auch María herbei, fackelte nicht lange, sondern nahm Gianna herzlich in den Arm.

Hola, Giannina, sagte sie. Sie benutzte für alles und jeden die Verkleinerungsform. Sie strahlte: Endlich eine richtige Souschefin!

Mit der weiblichen Form des Titels hatte man in Spanien jedenfalls kein Problem.

Beklommen betrachtete Gianna die beiden Schwestern, als die ihr das Haus zeigten. Noch nie hatte sie solch perfekte Wesen gesehen! Beide trugen schwarze schmale Hosen und cremefarbene Blusen, die nicht die geringste Falte aufwiesen. Amaias dunkelbraune Haare waren kunstvoll zu einem Dutt drapiert, aus dem zwei lange Strähnen herausgenestelt worden waren. Ihr schmales Gesicht wurde beherrscht von dichten, sorgfältig gebürsteten Augenbrauen. Eine feine Nase, ein perfekt ausgemalter, schön geschwungener Mund. Amaia war nicht unbedingt schön, aber von geradezu bestürzender Ebenmäßigkeit. In Marías Gesicht und Körper war mehr Bewegung. Sie lachte, seufzte und unterhielt Gianna mit kleinen Anekdoten zum Haus und zu ihrer Geschichte, sich selbst dabei unterbrechend:

Das wirst du alles noch herausfinden!

Und dann redete sie doch weiter.

Sie zeigten Gianna zuerst den Gastraum. Auch hier war alles schwarz und cremefarben: schwarz der Marmorfußboden, bei dem man sicher höllisch aufpassen musste, um nicht auszugleiten, cremefarben die schwere, gestärkte Tischwäsche, die ebenso faltenlos daherkam wie die Kleidung der beiden Frauen. Auf den Tischen keine Dekoration, nur jeweils ein Ast in einer silbernen Vase. In der Ecke zwei junge Mädchen, die Besteck polierten.

Rafa, Maite!, stellte María sie vor. Die beiden gehörten zum Service. Aha, hier wurde mit Silber getafelt – das war in jedem gehobenen Restaurant ein Thema. In Spanien, lernte Gianna, gehörte sich das einfach so. Ebenso, selbst das Wasser aus geschliffenen schweren Gläsern zu trinken. Viel Arbeit für den Service, denn die mussten von Hand gespült werden. Sie gingen weiter. In der Küche rumorte es leise. Vasco kontrollierte, ob gestern Abend alles ordentlich abgeschlossen worden war. Die Vorratsräume, das Kühlhaus. Dessen Tür öffnete sich mit Schwung, ein Schwall kalter Luft drang heraus, weißlicher Nebel – und dann stand ein kräftiger Kerl im Raum, der ein Spanferkel an den Hinterläufen hielt. Gianna erstarrte: Das war der Kerl von letzter Nacht, der Katzentreter! Auch der Mann fixierte Gianna mit unverhohlener Wut.

Darf ich euch vorstellen?

María war hinzugetreten und wollte die beiden miteinander bekannt machen.

Javier, der Rôtisseur!

Javier, unsere neue Souschefin, das ist …

Nicht nötig!, brummte der Mann, schob die verblüffte María zur Seite und stürmte hinaus, das Spanferkel schlenkerte neben ihm.

Er ist mein wichtigster Mann, ergänzte Vasco mit einem besorgten Blick.

Das Restaurant nahm am Montag nur langsam Fahrt auf. Gianna hatte Zeit, die Küchenbrigade kennenzulernen, hörte zu, wie Vasco mit Lieferanten verhandelte, half María, die Vorräte durchzuzählen. Das war in jeder Küche ein heiliges Ritual. Es ging darum, Lebensmittel auf ihre Haltbarkeit zu überprüfen und festzustellen, wo nachbestellt und wo zukünftig weniger geordert werden musste. Es wurde gerückt, gerichtet, angefasst und geordnet. Wir machen uns die Küche vertraut, hatte Max Wohlleben damals, zu Beginn ihrer Lehrzeit, erklärt.

Verstehen Sie – Adam benennt die Tiere, wir zählen die Zutaten. Das ist wichtig!

Gianna lächelte bei der Erinnerung. Hier war sie zunächst für Gemüse zuständig, nach einer Einarbeitung würde sie dann auch die Personalplanung übernehmen und den Einkauf. Was Gemüse war und was nicht, handhabte man hier großzügig: Zu Gemüse zählte auch das Obst, das in Vascos Küche eine entscheidende Rolle spielte.

Die traditionelle Küche in Navarra war von Fleisch geprägt. Es gab Rinder und eine Vielzahl von Schweinerassen, im Baskenland zogen zudem noch immer größere Herden von Ziegen oder Schafen umher, und die Jäger brachten regelmäßig ihre Beute: Wildschweine, Rebhühner, Fasane und Hasen rundeten den Speiseplan in der entsprechenden Saison ab, machten ihn aber auch ein wenig unberechenbar, je nach dem Jagdglück der Männer. María seufzte, als sie Gianna all das erklärte.

Hatte sich Vasco deshalb zunehmend auf Fische verlegt? Es gab hier einige Flüsse und Seen: den berühmten Stausee von Yesa, dazu die *Laguna de Pitillas* und die vielen wilden Bergbäche mit ihrem kristallklaren Wasser. Gianna versuchte, sich die Namen zu merken, notierte, unterstrich. Die Listen wuchsen. Hechte, Forellen und Lachs standen auf dem Speiseplan. Natürlich verwendete Vasco auch Meeresfische, allen voran den Thunfisch des Südens. Scheute er also die Abhängigkeit von den Jägern? Giannas Herz klopfte heftig, als sie das kleine Buch mit ihren Notizen einsteckte: Es gab so viel Neues zu lernen – und genau deshalb liebte sie ihren Beruf immer wieder aufs Neue. Auch noch nach fünfzehn Jahren. Sie machte sich an die Arbeit, und die ersten Wochen vergingen im Nu. Es war schön, wie María und Amaia sie im Auge behielten: freundschaftlich, beinahe schwesterlich, und wie solidarisch sie die Augen verdrehten, wenn der ungehobelte Rôtisseur lautstark Aufmerksamkeit verlangte. Gianna ging ihm, so gut es ging, aus dem Weg. Aber wenn sie am frühen Morgen aus der kleinen Wohnung nach unten schlich, um die Katze zu füttern, dann packte sie die kalte Wut auf den Mann.

Es war wieder ein Sonntag, als Gianna am Nachmittag ins Restaurant kam. Sie wollte nach den eingelegten Malvenblüten sehen. Seit sie deren Zubereitung mit Poulsen entwickelt hatte, faszinierte sie das zarte Aroma der Blumen, die, in Salz eingelegt, einige Zeit überdauern konnten. Ihre Temperierung war allerdings ein Problem. Im Kühlhaus war es zu kalt, in den Vorratskammern zu feucht. Gianna machte sich Sorgen um die pinkfarbenen Schönen. Zu ihrer Überraschung drang Musik durch das Restaurant, laute Musik, und was sie da hörte, sagte ihr: Der Chef konnte nicht weit sein. Wie viele Küchenchefs hörte Vasco beim Kochen gern klassische Musik, aber seine Vorlieben waren ungewöhnlich: Er liebte amerikanische Musicals, und so kannten sie mittlerweile die *Westside-Story* ebenso auswendig wie *Porgy and Bess*.

Das ist kein Musical, hatte Vasco einmal ungehalten gesagt, das ist eine richtige Oper!

Bei den Begriffen war er genau, was ihn nicht daran hinderte, lauthals mitzusingen, wenn es in der Küche gerade gut lief. Heute jedoch war es still. Keine Konkurrenz für die Sänger Bernsteins und Gershwins?

Gianna fand Vasco in der Küche vor – allein, in Jeans und T-Shirt, und um den Kopf trug er ein Band mit einer Stirnlampe, die grell leuchtete. Er stand am Arbeitstisch, vor sich nur zwei kleine Platten mit seltsamen Zutaten – abgezirkelten kleinen Massen in Weiß, Brauntönen und etwas Gelatiniertem: Kerne, Rechtecke aus einem hauchdünn ausgestochenen Teig, Linsenfladen in Miniaturgröße. Vasco stand angestrengt über eine der beiden Platten gebeugt und traktierte einen winzigen Teigboden, von dem sich eine beinahe durchscheinende, schimmernde weiße Masse nur wenig erhob, mit der Pinzette. Es war ein seltsamer Kontrast: die laute, selbstsicher schmetternde Musik und das filigrane, stille Hantieren des Meisters.

Er sah kaum auf, als sie ihm vorsichtig die Hand auf die Schulter legte.

Hallo, Artischocken-Künstlerin!

Aha, ihre neue Beilage war gut angekommen.

Was machst du da, Chef? Am Sonntag, und noch dazu allein?

Vasco zögerte. Gianna riss ihn aus seiner Konzentration. Schließlich ließ er die Pinzette sinken.

Chicharro. Aus meinem Dorf.

Er wies auf das Silbrige.

Chicharro?

Sie musste das Wort mehrfach ausprobieren: Chi-char-ro. Vasco lachte. Dann angelte er einen Zettel aus einer Schublade und nahm einen Bleistift. Ein Fisch entstand, wie er gewöhnlicher nicht sein konnte, ein Fisch, wie ihn ein Kind zeichnete.

Trachurus trachurus – die Bastardmakrele. *Der Stöcker*. Der war auch in der Oberpfalz ein Begriff. Ein Arme-Leute-Fisch, dreißig, vierzig Zentimeter lang, dessen Fleisch wegen seines massenhaften Auftretens und wegen seiner Minderwertigkeit schon lange hauptsächlich zu Fischmehl verarbeitet wurde, wenn der Fang aus der Nordsee kam. Hier aber, im nördlichen Spanien, war die Makrele aus dem Atlantik der Fisch der Fiestas – sicher, ein ordinärer Speisefisch, weiß Gott nichts Besonderes, den man aber ohne viel Federlesens auf den Grill werfen und dann mit ein paar Freunden vom Holzspieß weg verputzen konnte. Ein billiger Fisch, aber für Feiern unverzichtbar. Und diesem unansehnlichen grünblauen Fisch, der nur an der Unterseite schön silbrig glänzte, wollte Vasco Ehre erweisen – dem Fisch und den Fiestas der Dörfer. Freilich war das, was vor ihm lag, viel kleiner als so ein Chicharro. Die Basis für das, was Vasco da aufbaute, war kaum länger als eine Zigarre.

Vasco hatte nicht weniger vor als eine Dekonstruktion und Rekonstruktion des Fisches.

Dekonstruktion und Rekonstruktion?, wiederholte Gianna andächtig. Da war es wieder. Das waren Begriffe, die sie allenfalls aus dem Theater kannte. Ein allzu bekannter Text, den keiner mehr hören konnte, wurde von bestimmten Regisseuren auseinandergenommen, in seine Bestandteile zerlegt und irgendwie neu wieder montiert. Alle regten sich furchtbar darüber auf; die Aufführungen waren gleichzeitig skandalös und heiß begehrt. Aber in der Küche? John hatte so etwas versucht, aber sie war gegangen, bevor das Ergebnis feststand. Und der

Unterschied: John war es um das pure Aroma gegangen, um die Essenz des Geschmacks – Vasco ging es um den Fisch. Um die Kreatur. Und um sein Dorf.

Die silbrige Unterseite hatte es Vasco angetan. Stolz, als hätte er einen seltenen Bodenschatz entdeckt, zeigte er Gianna die schimmernde Haut. Die gab den Ton und die Textur dieses Gerichtes vor. Der Rest war Experimentieren, Analysieren, Auseinandernehmen, Trocknen, Pulverisieren, Neu-Ansetzen, Verrühren und Aromatisieren. Gianna verstand, dass am Ende ein neuer Fisch entstehen würde – oder jedenfalls eine Art Filet, eine Reminiszenz an den Fisch. Es würde nicht mehr die gewöhnliche Makrele sein – aber doch das Beste von ihr, aufgestellt und ausgestellt auf einem feinen Podest, das die Vorzüge des missachteten Fisches zur Geltung bringen würde.

Wie lange bist du damit schon beschäftigt?

Zwei Monate, sagte Vasco ungerührt. Aber es wird noch dauern, glaube ich.

Der Fisch würde, so hatte es sich Vasco vorgenommen, zudem keinesfalls die Hauptattraktion des Frühjahrsmenüs bilden – das hätte in seinen Augen etwas Gewolltes, Ranschmeißerisches gehabt. Er wollte lediglich einen Punkt in seiner Abfolge von fünfzehn Speisen schaffen, an dem die Gäste an ihre Herkunft erinnert würden – mit einem kleinen Lächeln vielleicht, das aus der Überraschung kam: ein kleiner Gruß aus der Jugend! So, wie man nach vielen Jahren einen stets unterschätzten Klassenkameraden wiedertrifft, der es überraschend weit gebracht hat: du – hier?

Vasco hatte, das sah Gianna zu ihrer Überraschung, feuchte Augen bekommen.

Ist denn dein Dorf so etwas Besonderes?

Ach, was!

Vasco machte eine wegwerfende Handbewegung, dann lachte er.

Ich bin sicher, wenn wir im Sommer eine Tour über die Dörfer machen würden, von einer Fiesta zu anderen, hättest du nach dem vierten Dorf vergessen, welches das meine war. Hast du eines gesehen, kennst du alle!

Gianna dachte an die eigenen, die heimatlichen Feste in Regensburg und in den Dörfern an der Donau. Straßentheater, das Fest derer zu Thurn und Taxis, Kleinkunstfestival, Klangfarben … Huldigte etwas dem Fluss, speziell dem Fluss und seinen Fischen? Aber vielleicht war Regensburg zu groß geworden? Sie dachte an die Dörfer und kleinen Städte. Die Kirchweih, ja die gab es noch, aber es war eher ein Wetteifern der Brauereien, die Jungen blieben weg, sie zogen die Pizza vom Bringdienst den schweren Speisen der Dorffeste vor. Und hier stand einer und rettete den Ruf der Bastardmakrele!

Alle sind gleich, fuhr Vasco fort. Alle Dörfer sind arm, weißt du. Entweder sie schmiegen sich ans Meer oder sie lehnen sich an einen Berghang. Die Menschen arbeiten hart und haben wenig von der Welt gesehen, aber sie sind stolz, wenn einer weggegangen ist und es geschafft hat.

Vasco fand, dass er den Leuten zu Hause etwas schuldig war. Gianna fand, dass seine Leute, wenn sie denn tatsächlich so waren, wie er behauptete, sich durch Großmut auszeichneten. Welche dörfliche Gemeinschaft ertrug schon diejenigen, die aufbrachen? Wer gönnte dem anderen den Aufstieg oder auch nur das Anderssein? Gianna dachte an das egalitäre Dänemark, wo jeder peinlich genau darauf achtete, sich keinesfalls vom anderen abzuheben. Nichts war schlimmer, als sich für etwas Besonderes zu halten – oder für etwas Besonderes gehalten zu werden. Ein Problem für jeden, der Erfolg hatte, auch für Spitzenköche. Sollte es tatsächlich so sein, dass ausgerechnet die angeblich so stolzen Spanier in Wahrheit einen Zug zur Demut hatten?

Vasco lachte. Gianna wusste nicht, ob sie das richtige Wort gewählt hatte.

Du wirst es herausfinden. Bleib nur lange genug hier.

Er wandte sich wieder seiner synthetischen Bastardmakrele zu.

Und nun geh nach Hause, *hija*. Was immer du vorhattest, hat auch bis morgen Zeit. Schau dich um, geh doch mal aus! Die Familie wartet hier morgen auf dich.

Hija – Tochter. In der Familie! Da war es wieder. Gianna spürte, wie die Freude sie tief wärmte. Sie war fasziniert von den drei Geschwistern. Sie mochte die Herzlichkeit Vascos, und die Strenge der beiden Frauen tat ihr gut.

Dazu noch dieser nette Ort. Ein bisschen einfallslos, ein bisschen undramatisch für spanische Verhältnisse. Olite war keine Schönheit, sondern eine recht normale Kleinstadt, die lediglich an einer wichtigen Nationalstraße lag. Hier kam man als Reisender vorbei, hier musste man nicht bleiben. Die Durchreisenden waren die wichtigsten Gäste für Vascos junges Restaurant. Zum einen konnte er von den Einheimischen unmöglich leben, zum anderen würden die Weiterziehenden die Kunde von der neuen Küche hoffentlich verbreiten. Jeder zufriedene Gast war ein Bote, so schärfte es Amaia den jungen Kellnern ein. Aber jeder unzufriedene Gast zählte doppelt: Er selbst würde nicht wiederkommen und die Kunde vom guten Essen zudem nicht weitergeben. Sie konnten sich keinen Fauxpas leisten!

Diesen Druck kannte Gianna. Das machte ihr nichts aus. Außerdem wurde er hier freundlicher vermittelt. Und so fügte sie sich stumm nickend in das Regiment der beiden Marías. So nannte sie die beiden heimlich, denn auch Amaias erster Name war María, wie bei vielen spanischen Frauen. Ohne die Fürsprache der Gottesmutter ging es hier nicht.

Als Gianna heute ins Restaurant gekommen war, hatte sie sich unwillkürlich nach María und Amaia umgesehen. Es war ungewöhnlich, dass Vasco allein auftauchte, normalerweise blieb die Familie zusammen. Aber was genau bedeutete Familie? Immerhin waren es drei Geschwister. María, die Älteste, Vasco der Mittlere, Amaia die Jüngste. Aber was war mit den Eltern? Was mit den berühmten Cousins, die in jeder anständigen spanischen Familie für Lebendigkeit, Abwechslung, ja Wirbel sorgten? Und warum hatte eigentlich keiner der drei einen Partner? Sonst schien das Leben in Spanien nach wie vor durch Traditionen geregelt: Man ging zur Schule, machte eine Ausbildung, möglichst studierte man. Kaum war die Ausbildung abgeschlossen, verschuldete man sich für die erste eigene Wohnung. Kamen die Kinder, wurde es Zeit für eine Ferienwohnung, am Meer oder mindestens eine Hütte in den Bergen – und so immer fort. Viele Gäste, vor allem die älteren, ächzten unter der Belastung und klagten nur halb im Scherz, welches Vermögen sie die Kinder kosteten – Essen gingen sie dennoch. Und die Paare achteten aufeinander. Sie blieben Paare, gleichgültig, wie viele Generationen von Kindern und Kindeskindern folgten. Selbst die Alten spazierten noch Hand in Hand unter den Arkaden; die Männer halfen den Frauen galant in den Mantel, und die Frauen dankten es ihnen durch eine große Liebenswürdigkeit, die freilich auch andere einschloss. Die Frauen waren sich ihrer Sache gewiss. Die spanischen Frauen erinnerten sie an Francesca; vielleicht waren sie ihr deshalb gleich vertraut.

Ja, Gianna mochte ihre Gäste hier. Manchmal, wenn nicht allzu viel los war, schlich sie ins Restaurant und genoss es, dort zu helfen. Kein Problem bei Vasco. Die Stimmung war anders als in Kopenhagen. Die Menschen waren gekommen, um zu genießen, aber im Vordergrund standen das Gespräch und die Geselligkeit. Es kam vor, dass sie die besten, auf den Punkt gegarten Speisen zu Vascos Verzweiflung kalt werden ließen. Vergeblich eilte Javier dann unter einem Vorwand aus der Küche, wies mit angestrengter Gelassenheit auf die feinen Filets und wünschte nachdrücklich guten Appetit. Die Gäste ließen sich in ihrem Geplauder nicht stören, höchstens bezogen sie den netten, rotgesichtigen Koch mit ein. Es war hoffnungslos – und es war herrlich. Natürlich gab es auch hier die älteren Herren, die vor ihren jüngeren Partnerinnen den Rotweinkenner gaben und sechs, sieben verschiedene Riojas probierten, bis endlich einer Gnade vor ihren Augen fand. Die behaupteten, bei diesem einen sei das Eichenfass zu dominant gewesen, wo doch Amaia ganz genau wusste, dass die modernen Weine vom Hauswinzer in Stahltanks reiften und niemals in Kontakt mit Eiche gekommen waren. Es gab die Frauen, die sich streng an Diäten hielten und erst beim fünften oder sechsten Gang aufgaben. Es gab die Schmarotzer und diejenigen, die ihren Platz mit einer Kanzel verwechselten, aber es waren nicht viele. Die meisten kamen in kleinen Gruppen, schmausten, unterhielten sich prächtig und stritten leidenschaftlich um das Privileg, die Rechnung zu bezahlen, so wie Gianna es nun schon kannte. Sie arbeitete sich ein. Und dann wurde es Zeit für Vascos neues Menü. Auch dieser Küchenchef ertrug keine Behaglichkeit und keinen Stillstand.

17. CHICHARRO

Vasco nutzte die ersten wirklich warmen Tage Ende Mai. Die neue Terrasse war gerade fertiggestellt worden. Von hier hatte man einen herrlichen Blick in die Berge von San Martín de Unx, man war verbunden mit der Landschaft.

Mit den Landschaften, verbesserte Vasco. Olite ist eigentlich nur deshalb interessant, weil es an mehreren Wegen liegt, antiken und mittelalterlichen Verbindungen. Olite ist wie eine Spinne im Netz. Alle kommen hier vorbei – und bei uns geht es ihnen an den Kragen!

Er rieb sich die Hände, erwartungsvoll und doch ein wenig bange. Gianna dachte plötzlich an Quirin. Wie gern sie ihm das alles gezeigt hätte! Die vielen romanischen Bauten, die so gut erhalten waren, die kleinen Burgen und die verfallenden Zitadellen, die allmählich wieder Teil der Landschaft wurden. Sie hatte sie auf ihren Einkaufstouren gesehen, Zeit für Besichtigungen war bisher kaum geblieben. Sie musste ihm schreiben, das hatte sie sich schon lange vorgenommen: Quirin, komm, dann entdecken wir gemeinsam Navarra!

Seit Wochen hatten sie alle am Menü getüftelt. Auch hier gab es kein Leben neben der Küche. Nur, dass es hier Spaß machte, dass der Druck von allen gemeinsam ausgehalten wurde, dass jede Diskussion, so erbittert sie geführt wurde, immer auch ein Fest war, ein höchst unterhaltsames Gespräch – gleichgültig, wie gut oder schlecht sie alle Spanisch sprachen, radebrechten und sich mit Englisch und Französisch behalfen. Mehr als Perfektion zählte: die Hingabe.

Sie hatten beraten und geredet, gezeichnet, gebaut und wieder verworfen. Lautstark hatten María und Vasco gestritten, während Amaia nervös im Gastraum auf und ab gelaufen war. Die anderen wussten, wann sie sich nicht einmischen durften. Dann wurde Gianna eingeweiht, dann Javier, schließlich die anderen Chefs de Partie. Und am Ende wurde die schwarze Brigade auf Vordermann gebracht. Den Kellnern verging das Hören und Sehen!

Und nur dass ihr's wisst: Von nun an macht Gianna die Einteilung!

Die anderen applaudierten. So einfach war es hier, aufzusteigen.

Wieder vergaß Gianna, Quirin zu schreiben.

An einem Donnerstag im Juni war es so weit. Die Luft flirrte. Über dem Kastell der Stadt kreiste ein Falke. Die herrischen Vögel vertrieben alle anderen. Ihr Geschrei machte die Katze nervös, die seit ein paar Wochen mutiger wurde. Seit dem Zwischenfall mit Javier hatte Gianna es nur zögernd gewagt, sie wieder anzulocken, wollte es bei den nächtlichen Fütterungen belassen. Aber die Katze wagte sich immer öfter aus ihrem Unterschlupf und strich mit aufgerichtetem Schwanz umher. Gianna freute sich, machte sich aber auch Sorgen um das Tier. Ihr war durchaus aufgefallen, dass die anderen Nachbarn es ebenfalls sichtbar missbilligten, dass sie die dünne, vielfarbige Katze fütterte. Wozu denn? Gab es nicht genug wilde Katzen, die das schlimmste Getier jagten? Wozu diese anlocken und verwöhnen? Dann würde sie keine Mäuse mehr jagen! Javier schnaubte, wann immer er die Katze erblickte, aber er bekam sie nicht mehr zu fassen.

Gianna kraulte das strähnige Fell.

Bunte, bringst du uns heute Abend Glück?

Die Katze sah sie vieldeutig an und strich um ihre Beine. Gianna summte ihr ein kleines Lied, dann trollte sich das Tier.

Am Nachmittag beruhigte sich das urbane Leben. Gianna

wusste: Bald würden wieder die kleinen Lieferwagen, die Mopeds und die Kleinwagen durch die Gassen preschen und der Lärm würde wieder anschwellen. Sie spürte, wie ihr das Blut in den Schläfen pochte. Noch vier Stunden bis zum neuen Menü!

In der Küche arbeiteten alle Hand in Hand. Alle waren da. Zwölf Köche, dazu die Spülhilfen und die aufgeregten Schülerpraktikanten. Es wurde gehackt und geschnitten, geschält und gerührt, Dunst breitete sich aus, der Grill begann zu rauchen. Die Spannung stieg mit der Temperatur in der Küche. Javier schwitzte und nahm einen großen Schluck aus der Wasserflasche. Der Gardemanger richtete die Pasteten zu kleinen Kunstwerken her, während die Auszubildenden bewundernd schauten. María kam herein, scheuchte sie fort.

¡Adelante, chicos!

Gianna prüfte die Listen. Alles da! Amaia richtete den Wagen mit den Getränken für die Weinbegleitung, zählte, kontrollierte zum hundertsten Mal ihr Kellnermesser, korrigierte den Aufbau der Bar.

León, das geht so nicht, du musst das von links nach rechts organisieren.

Vittoria, was ist mit deiner Schürze?

Die Schwestern waren überall – und standen doch, pünktlich um acht, als hätten sie gerade einen entspannten Strandspaziergang gemacht, am Eingang und begrüßten die ersten Gäste.

Hola, amigos, was für eine Freude!

Wie schön, Sie zu sehen, *Señor*! Natürlich ist Ihr Tisch reserviert, schauen Sie nur – aber wir hätten auch die Terrasse …

Die Terrasse war heute der wichtigere Ort. Hier konnte man die neuen Gerichte so servieren, wie Vasco das wollte: eher schmucklos, auf rauen, dunkelgrauen Schiefertafeln, auf denen mit Kreide oder Balsamico die wichtigsten Informationen direkt notiert waren. Und nicht nur diese! Gleich der erste Gang, der eine scheinbar lockere Folge aus Salatherzen und Pasteten präsentierte, symbolisierte gleichzeitig – einen Weg. Vasco hatte einen länglichen Teller als eine Art Landkarte komponiert. Sie zeigte den Weg, den er mit seiner Küche gegangen war, und lud die Gäste ein, ihn nachzuvollziehen.

Die Leute staunten. Sie lachten. Sie lasen einander die Schlüsselwörter vor und versuchten, den Pfad aus karamellisiertem Sherryessig und Tomatenconfi zu entziffern.

Vasco atmete tief durch. Es schien zu funktionieren! Er eilte zurück in die Küche.

Weiter, weiter!

Der Weg auf den Schieferkarten führte von der Biscaya landeinwärts. Logisch, dass es zuerst eine Auster gab – aber was für eine! Die smaragdgrüne Auster war ein französischer Import. Die Schöne kam aus dem Poitou-Charentes und barg nun einen *Granizado de Sidra*, eine halbgefrorene Mischung aus Cidre-Wein und gedämpften Apfelstückchen: das Ganze frisch wie Sekt, aber erheiternd durch den Bratapfel, der eher ein Eisapfel war. Verblüffend auch hier die Textur: die winzigen Apfelstückchen, der zarte Schaum, das Ganze dazu bestimmt, den Gaumen hinabzugleiten, glatt – aber nicht glitschig. Vasco dankte den Franzosen auf Knien für eine Alge, die sie zur Klärung der Auster einsetzten – ein aromatisches Juwel! Und das alles in einem Hauch, in einem Nu zu verspeisen!

Weiter, weiter!

Nach ein paar Grüßen aus der Küche waren sie schon bei den Flüssen: Rogen von der Bergforelle und kross gebratene Haut in einer rätselhaften Emulsion aus iberischem Schinken, gegrillt, getrocknet, pulverisiert und wieder legiert.

Javier hatte nächtelang die Verbindungen ausprobiert, um sie schließlich dem Chef zu überlassen, der hatte die feineren

Finger. Die wurden auch bei der Vereinzelung der Tomaten gebraucht – Tomaten aus Navarra, rosa, aber nur das Innere der feinen Häute hatte sich mit dem Geräucherten von der Sardine vereinen dürfen, um schließlich auf einem Baiser aus Tomaten- und Gurkenschaum zur letzten Ruhe gebettet zu werden. Es würde für immer Giannas Geheimnis bleiben, wie sie die Textur der Tomate so hinbekommen hatte, aber damit war sie hier gut angekommen. Die Tomate hatte etwas Ordinäres, fand Vasco, wie ein lautes Weib; das durfte man ihr keinesfalls nehmen – aber sie brauchte starke Partner. Und so waren sie vom Geflügel über die Forelle schließlich zur bissigen Sardine gekommen. Das war eine schöne Rauferei! Es war ein Gang, dessen Geschmack sich bei jedem Bissen veränderte. Anerkennend schlug Vasco Gianna auf die Schulter.

Gut gemacht, *chica*!

Nach diesen beiden Angebern, der Tomate und der Sardine, war es schwer, wieder runterzukommen. Eine Brühe konnte das richten, der *Caldo* versöhnte die widerstreitenden Eindrücke aus den vorherigen Gängen und bereitete alle darauf vor, dass es nun warm weitergehen würde. So ein Caldo bot stets einen Augenblick der Ruhe, Vasco schätze das Einfache, das Vertrauen einflößte.

Denk an den *Embalse de Yema,* sagte Vasco. Der alte Stausee liegt auch nur ruhig da. Entsprechend war der Caldo, an dem die Potagers seit dem Winter experimentiert hatten, in den Farben des Sees vollendet worden: eine tief moosgrüne Suppe, in der zu winzigen Kugeln gehobeltes Gemüse trieb wie Kiesel oder zartes Moos.

Wieder bewunderte Gianna Vascos Gespür für Dramaturgie. Und auch die beiden Schwestern wussten genau, was sie zu tun hatten. Unmerklich drosselte María das Tempo in der Küche ein wenig, unmerklich verwickelte Amaia die Gäste in längere Gespräche. Gianna wusste, dass das der Sommelière nicht leichtfiel. Sie dachte an Marc und Amélie in Kopenhagen, an ihre heiteren Scherze, ihr Geplauder. Amaia war anders. Sie hielt den Blick meist auf die Etiketts der Weinflaschen gerichtet, als läse sie zum ersten Mal, was sich in den Flaschen befand. Dabei reiste sie viel, um die Winzer zu besuchen, sie bildete sich in Kursen im Ausland fort und schwärmte von Italien, vor allem von Sizilien. Aber hier, im Restaurant, war sie eigentümlich zurückgenommen.

Ein Hecht, dem ordentlich Schärfe beigebracht worden war, weckte die Gäste aus ihrer voreiligen Zufriedenheit. Und dann der *Chicharro*. Eher nebenbei serviert, war er der Star mit seiner glänzend silbrigen Haut. Und dann rasch hinterher, um nicht der Effekthascherei bezichtigt zu werden, noch einmal *Atún*, Thunfisch mit Tapioka-Perlen, und eine *Pelea de Gallos* – einen Hahnenkampf, so nannte Vasco den ersten Fleischgang tatsächlich. Bei diesen Dorffesten gab es ja immer eine Streiterei, immer flogen irgendwann die Fäuste. Und so hatte Vasco aus Knurrhahn und Kamm vom Kapaun eine wundersame fleischerne Verstrickung gebaut, Javier hatte aus dem Fond einen Balsam mit Nüssen hergestellt, der die Wunden der beiden Streithähne versorgte – sie alle hatten Tränen gelacht über diesen kleinen Witz, der der Dorfjugend huldigte. Gemessenen Schrittes brachten die Kellner die Teller zu den Tischen, denn der Clou war hier die Temperatur: nicht zu heiß und nicht zu kalt. Man platzte als Zuschauer nicht mitten in die Prügelei, nein, man bekam sie nur im Vorbeigehen mit, wenn die Gefahr vorbei war – selbst das übersetzten sie ins Kulinarische.

Rufe der Bewunderung erklangen, Gäste applaudierten. Und die letzten kapitulierten genussvoll, als ein paar zarte Streifen vom Milchlamm, gebettet auf einer kunstvoll geflochtenen, knusprigen Wiege aus Blattsalaten das Menü abrundeten. Aber nicht vor den Desserts! Nicht vor den *Huckleberries* – amerikanischen, prallgroßen Heidelbeeren, der hawaiianischen Ananas und dem Kardamom. Hatte das noch etwas mit Navarra zu tun? Nicht wirklich, hatte die Patissière zugegeben, wohl aber mit dem alten spanischen Traum von Amerika und der weiten Welt. Einst hatten sie als Eroberer davon geträumt, dann als Emigranten, die Arbeit suchten. Vasco hatte ihr recht gegeben: Wer in der Küche Geschichten erzählen will, darf kein Ideologe sein!

Inzwischen schlug die Stimmung auf der Terrasse und im Gastraum hohe Wogen. Man verlangte nach der Patissière, nach der Legumière und nach Vasco.

Amaia, wo bleibt denn die *Cava*?

Eilig holte Amaia ein paar neue Flaschen des spanischen Sektes aus der Kühlung. Die Korken flogen über die Brüstung, und ein paar Passanten unten beschwerten sich lachend. Die Ersten zogen die Schuhe aus. Und dann ging diese Premiere des Frühlings-Menüs in ein großes Fest über. Die Lehrlinge trauten sich und machten die Musik lauter, angefeuert von einer eleganten, angeheiterten Blondine. Die schüttelte ihre Goldkettchen, und auch ihr Begleiter ließ alle Bedenken fahren und machte mit. Dann ging es los. Die Paare hielt es nicht auf den Sitzen, und die älteren Damen frohlockten. Mütter tanzten mit ihren errötenden Söhnen, und Väter fanden die Töchter hinreißend. Selbst die Küchenbrigade tanzte. Und María, Amaia und Vasco hielten einander bei den Schultern und wiegten sich in einer Reihe, bis die anderen sie umarmten und trennten. Zwischendurch rauchten sie eine und schauten nach oben zu dem silbrigen Mond.

Gegen so was kommst du nicht an!, sagte Vasco.

Will ich auch gar nicht!, dachte Gianna.

Sie war glücklich.

18. NAVARRA, DIE SIERRA

Dieses Licht auf den Feldern. Diese Luft über den Weiten. Gianna atmete tief ein. Sie hatte den Wagen am Straßenrand abgestellt. Nur ein paar Schritte – und Straße und Verkehr, Schilder und Ballast lagen hinter ihr. Vor Gianna erstreckte sich die Sierra von Tafalla. Von Olite aus einmal den Río Aragón überquert, ein paar Serpentinen hinauf und hinab, bot sich das Land an, öffnete sich wie eine alte, aber kraftvolle Hand, die winkte: Komm her. Komm und schau. Die Hand war gütig, eine Großmutterhand, nur, dass diese hier keinen Teig schlug, sondern Erde. Äcker und Wege knetete die Hand und warf sie in die Luft, dass es staubte. Gianna mochte diese Hand der Sierra, sie wollte einschlagen, wollte diese Hand aus Sand und Steinen und kräftigen Kiefern schütteln, wollte sagen: Danke, dass ich hier sein darf.

Aber sie sagte nichts. Sie stand nur da, gebannt von der Weite, die sich hier allen bot, Menschen wie Tieren, Fahrzeugen wie Vögeln. Über ihr kreiste und rief es. Gianna legte den Kopf in den Nacken und blinzelte. Waren das Habichte? Nein, diese Vögel waren zu groß, zu gewaltig, ihre Schwingen bogen sich an den Enden nach oben. Gelassen zogen sie ihre Kreise, ließen sich von der warmen Luft emportragen und beiseiteziehen, kamen auf und ab, kamen näher, um sich wieder zu entfernen. Gianna staunte: Das waren Adler! Noch nie hatte sie die Vögel in freier Natur gesehen, und dann gleich mehrere, es waren fünf oder sechs. Aber waren Adler nicht Einzelgänger? Tauchten sie nicht höchstens zu zweien auf? Gianna gestand sich ein, dass sie nichts wusste – nichts über die Gegenwart des Landes, in dem sie nun lebte, aber auch nichts über seine Landschaft und seine Geschichte aus Wasser, Erde und Luft, seine Voraussetzungen. Sie wusste nicht, was diese Gegend zu dem gemacht hatte, was sie war: Spaniens großer Sandkasten, in den einige Riesen gewaltige Felsen gerammt und wo mit ihnen befreundete, ebenso kolossale Menschen ihre Burgen gebaut hatten.

Die Ebenen erstreckten sich endlos. Wüstenfarbige Felder wechselten sich ab mit Geröll, Maisfelder mit Bahnen von mühsam bewässertem Gemüse. Gianna wusste, dass hier die besten Artischocken angebaut wurden. Die mächtigen Früchte wuchsen an Sträuchern, die zu Hause gut und gerne für Bäume durchgehen würden. Wo Gemüse angebaut wurde, mischte sich ein wenig Grün in das durchgehende Gold- und Sandfarbene der Sierra. Die einheimischen Köche machten sich, so schien es, einen Spaß daraus, durch ihre Art der Zubereitung die Speisen wieder der Landschaft anzupassen, und so frittierten sie Artischocken, badeten Rinderfilet in zerfließendem, grünlich-ockerfarbenem Roquefort – und am Ende war alles heiß und gewaltig und sandfarben und zerfiel im Mund und hinterließ etwas Würziges, etwas, das nach fremden Aromen schmeckte, nach Anis und Fenchel und das von eigentümlicher, alter Würde war wie das Land. Gianna seufzte. Was wollte man hier mit einer Köchin wie ihr? Mit der Korrektheit des Nordens und der Strenge der Küche, die sie in Kopenhagen gelernt hatte? Warum hatte Vasco sie zur Souschefin gemacht?

Das Premierenfest neulich war gutgegangen, gewiss, aber da hatten die anderen sie auch getragen. Da hatte Vasco ihr unaufhörlich erklärt, worauf es ankam. Manchmal hatte sie ihn im Verdacht, dass er dieses erste Gericht, die Landkarte, nur ihretwegen kreiert hatte. Um sie lockerer zu machen, weicher. Und hitziger sollte sie ruhig sein, das hatte ihr María einmal zugeraunt. Hitziger? Das hatte nichts Zweideutiges, hatte Gianna gelernt. Die Glut, der *ardor*, das war hier einfach – das Lebendige.

Natürlich hatten die spanischen, vor allem die baskischen Köche ihre Schule, natürlich waren auch sie genau bis zur Pedanterie, wenn es darum ging, zu gelieren, zu vaporisieren, Schäume, Soufflés und luftige Pralinen herzustellen. Aber der Charme dieser Küche war ein ganz anderer, er hatte tatsächlich mit dem *Pueblo* zu tun, dem Dorf, von dem Vasco immer sprach. Der Charme dieser Küche begann, wenn eine durchschnittliche Köchin auf dem Fischposten das Brötchen für das Mitarbeiteressen mit den *Delicias del Mar* nicht etwa belegte, sondern, nachdem sie die kleinen Seetiere eine Weile ordentlich drapiert hatte, plötzlich um sich schaute, als wollte sie einen Diebstahl begehen, um dann rasch, mit einer einzigen Handbewegung, dreißig, fünfzig Gramm auf den Teig zu schleudern, dass die Brötchenhälfte in die Knie ging. Dann pfefferte sie Petersilie darauf, die sie Stunden zuvor mit Knoblauch verkuppelt hatte und versöhnte all das in einem Schwall von *Extra Virgine*-Olivenöl, für das es nie ein Maß gab. Ja, unmäßig, großzügig und leidenschaftlich war die Küche, wenn sie auf diese Weise zweitklassig – und am liebenswertesten – war.

Gianna wusste nach den ersten Monaten in Navarra auf eine fröhliche Art nicht weiter. Was hatte sie hier verloren? Oder nein: Was hatte sie verloren, das sie hier wiederfinden sollte? Sie schrieb es an Francesca, die Kluge, die aber nur antwortete, sie werde es schon herausfinden – und grüßte im Übrigen von den Eltern und den Jungen, von Damian also und Quirin. Francescas Briefe wurden kürzer, ihre Stimme am Telefon leiser, aber Gianna wollte das nicht wahrnehmen.

Alle, die nach Spanien kamen, suchten etwas. Meist entdeckten sie bei einem ersten Besuch, dass ihnen etwas verlorengegangen war, etwas wie Großzügigkeit, Grandezza, Genuss – und Konzentration. Und dann kehrten sie zurück. Trugen ihre Sehnsucht offen wie ihr Haar, schämten sich nicht mehr, nicht für die Sehnsucht, nicht für sich selbst. Vielleicht kam daher der Strom der Pilger, die auf dem Jakobsweg wanderten? Eigentlich war das gar nicht ein einziger Weg, ein Geflecht aus verschiedenen Routen durchschnitt vielmehr das nördliche Spanien. Auf diesen Routen war ein Teil der neuen Küche angekommen, Köche aus Frankreich und der Schweiz hatten die spanische Küche ebenso bereichert wie es zuvor die arabische im Süden getan hatte. Und auf diesen Wegen kamen nun Pilger und Touristen, letztlich vielleicht auf der Suche nach dem Genuss, nach dem Wohlgeschmack des Lebens.

Und den sollte sie nun mitgestalten. Gianna, die bayerisch-italienische, skandinaviengeschulte Mittdreißigerin. Konnte sie das? Sie wollte es jedenfalls. Sie hatte Gefallen daran. Sie begann, sich Notizen zu machen. Vielleicht war es kein Zufall, dass der Jakobsweg nicht nur durch ein Kreuz mit einem Schwert gekennzeichnet wurde (oder war es ein Schwert mit einem Kreuz?), sondern durch die Muschel, jenes bescheidene Meerestier, das selbst die Menschen im Landesinneren von Navarra und Aragón jederzeit daran erinnerte, dass Spaniens Größe vom Meer gekommen war.

Vasco, der große Erzähler unter den Köchen, war geradezu besessen von der Muschel, und am meisten liebte er Austern. Vielleicht erinnerte die Muschel daran, dass etwas geboren werden musste, um zu sterben? Dass man essen musste, um nachzugeben, um sich hinzugeben an das Land, um zu sein? Vielleicht war das die eigentliche Rolle der Köche hier? An etwas zu erinnern? Vasco war immer dann besonders zufrieden mit ihr, wenn ihre Gemüsekreationen auch etwas Fisch enthielten, Muschelfleisch oder wenigstens Algen als salzigen Hinweis auf den Ursprung von allem. Er liebte die Verbindung von Fruchtigem und Salzigem.

Gianna schüttelte den Kopf über sich selbst. Woher kamen diese weit ausgreifenden Gedanken? Weitfliegende Gedanken, hochmütig womöglich, *dass sie auffahren mit Flügel wie Adler*, kam ihr in den Sinn. Ein Psalm, den Damian immer für sich reklamiert hatte, der Falkner-Psalm, so hatte er ihn genannt. Damian. Schon wieder schlich er sich in ihren Kopf. Die Adler waren daran schuld. Hatte Damian immer schon gewusst, dass er die Steinmetze in der Dombauhütte wieder verlassen würde? Dass er wieder neu anfangen würde, *mein luftiges Geschäft*, wie er es, halb spöttisch, halb übermütig, in einer Mail an Gianna genannt hatte. Damian war nie sicher. Und nie würde sie vor ihm sicher sein. Warum schrieb er nach Jahren plötzlich wieder? Gianna wurde schwindlig.

Schnell ging sie die paar Schritte zurück zum Wagen, lehnte sich an die heiße Karosserie. Damian. Wie gut er hierher passen würde. Sie legte die Hand über die Augen, suchte die Adler am Himmel. Sie waren inzwischen weiter weg, sie entfernten sich mit einer Leichtigkeit und Eleganz, die schmerzte. Entschlossen grub Gianna in ihrer Jackentasche nach dem Handy. Jetzt. Sie würde ihn anrufen. Sollte kommen, was da wollte. Wer, wenn nicht Damian, würde sie verstehen? Würde sie finden in der endlosen Verlorenheit dieser Landschaft. Sie würde es riskieren. Und Quirin? Sie schaltete das Handy ein, wartete. Das Display leuchtete auf. Kein Empfang.

Langsam wendete Gianna den Wagen und lenkte ihn zurück nach Olite. Sie durfte sich nicht mehr so überwältigen lassen! Nicht von der Erinnerung und nicht von dieser betörenden Landschaft.

Ein Sommer kam. Und dann wieder ein Sommer. Die Sonne begann ihre Herrschaft. Sie würde bis zum Oktober dauern. Die Menschen passten sich an, sie hielten sich an den Schatten der Stadtmauern von Olite, man sah sie huschen wie Eidechsen, wenn es zur Arbeit oder zum Einkaufen ging. Die Landarbeiter allerdings hatten keine Chance. Man trieb sie am Morgen auf die Felder, wo sie Paprika, Tomaten, Auberginen und Zucchini ernteten bis zum Sonnenuntergang. Dann ging es zurück in die ärmlichen Unterkünfte. Aber das wusste man nur, das sah man nicht. Die Menschen aus dem Maghreb waren die Unsichtbaren, auf deren Arbeit jedoch ganze Regionen angewiesen waren.

Im August kam das Leben zum Erliegen. Wer konnte, fuhr fort, machte Urlaub am Meer. Die wenigen, die blieben, teilten sich die Schattenplätze. Bei Vasco kehrten jetzt eher Stammgäste ein. Ein reduziertes Menü nahm Rücksicht auf die Hitze und die Anspannung der Gäste. Sie tranken gekühlten Cidre und das Bier so eiskalt, dass es beim Schlucken schmerzte.

Und dann tauchten die Jäger auf.

Gianna arbeitete in der Küche. Sie versuchte sich zusammen mit Luís, dem Entremetier, an einer kalten Suppe, die halb geliert sein sollte. Die Konsistenz überzeugte noch nicht recht. Der Grat zwischen der gewollten Überraschung, wenn in der klaren Flüssigkeit etwas Festes, gleichwohl Transparentes zu finden war, und dem möglichen Widerwillen dagegen war schmal. Und die richtigen Teller wollten dafür gefunden werden! Sie experimentierten mit Tonschalen, mit Tassen aus hauchfeinem Porzellan, ja sogar mit Glas.

Schwere Schritte kündigten einen Besucher an.

Hallo?, rief Luís, ohne sich umzuschauen.

Kein Chef da?, fragte eine tiefe Stimme.

Luís wischte sich die Hände ab und ging in den Gastraum. Wer war der Gast? Es war wenig los heute; nur ein paar Stammgäste erholten sich mit einem Salat oder einer Suppe von den Strapazen des Vormittags.

Luís?

Sie brauchte ihn hier! Nach einer Weile wurde es Gianna zu bunt. Sie hasste es, Kollegen hinterherzulaufen, aber gerade schien es unvermeidlich. Das übliche Stimmengemurmel empfing sie im Gastraum. Amaia, die mittags die Bar übernahm, versetzte den leichten Landwein aus der Gegend mit Limonade aus dem Siphon – ein beliebtes Sommergetränk. An der Bar lehnte Luís und plauderte. Sein Gegenüber war der Mann mit der tiefen Stimme – ein Jäger in voller Montur. Er scherzte mit Luís, gestikulierte dabei, und mit jeder Bewegung seiner Hände schleuderte er etwas herum, was zwischen seinen Fingern klemmte. Gianna sah genauer hin: Es waren tote Vögel. Lauter Singdrosseln, jede einzelne an den langen und länger werdenden Hälsen zwischen die Finger geklemmt. Ein makabrer Blumenstrauß aus Vogelkadavern in den Händen eines grausamen Kavaliers. Die schlaffen Körper der Singdrosseln baumelten herab, während die kleinen Köpfe auf der Handfläche lagen. Fünf, sechs Vögel in jeder Hand. Amaia fing Giannas entsetzten Blick auf. Sie platzierte Siphon und Gläser auf einem Tablett und schob sich an Gianna vorbei:

Dass du wohl still bist!, sagte sie leise und scharf. Das ist normal hier. Und erlaubt.

Gianna floh in die Küche.

Nach der Mittagszeit kam Amaia zu ihr, nahm sie beim Arm.

Ich kann mir denken, dass das für dich ungewohnt ist …

Das ist nicht ungewohnt – das ist Tierquälerei. Überall in der zivilisierten Welt heißt das so.

Gianna gab sich keine Mühe, ihren Unmut zu verbergen.

Du verstehst das nicht.

Das stimmt. Aber ich verstehe, dass es verboten ist. Auch hier!

Fast noch schlimmer als ihr Zorn war ihre Enttäuschung. Sie hätte es wissen müssen. Sie dachte an die Katze, die immerzu auf der Flucht vor Fußtritten war. Es war klar, dass der Umgang mit Tieren hier völlig anders war als in Deutschland oder in Dänemark. Amaia sah sie ernst an:

Gianna – du wirst damit klarkommen müssen.

Sie wusste es ja: Spanien war nach wie vor ein Land der Jäger. Die Saison konnte – je nach Region – bis zu einem halben Jahr dauern. In Navarra begann sie früh im Jahr, und es nützte nichts, dass Tierschützer immer wieder protestierten. Rund drei Dutzend Vogelarten standen auf der Liste, die die regionale Regierung zum Abschuss freigegeben hatte.

Am nächsten Morgen las Gianna die Liste durch, die ihr Amaia abends unter der Tür hindurchgeschoben hatte. Mit einem kleinen Zettel dazu, darauf in ihrer ordentlichen Handschrift: Damit du informiert bist.

Gianna musste die Vogelnamen nachschlagen und war bestürzt: Blässhuhn und Fasan, Rothuhn und Kolbenente – ja, das wusste sie, das stand bei Vasco auf der Speisekarte. Aber es ging ja weiter: Hänfling und Stieglitz, Ringeltaube und Drosseln, Gürlitz und Grünfink. Was sollte das?

Wir machen nicht mit bei der Leimjagd, sagte Vasco bestimmt, als Gianna ihn ein paar Tage später auf die massakrierten Singvögel ansprach. So etwas dulde ich nicht. Bei uns landen nur Tiere, die ehrlich gejagt worden sind.

Ehrlich gejagt, das hieß: geschossen. Gianna spürte, dass

hier kein Durchkommen war. Und mit Javier konnte sie erst recht nicht sprechen. Der belauschte mit finsterem Gesicht ihr Gespräch mit Vasco. Sie erinnerte sich an die Tritte, die er der kleinen Katze gegeben hatte. Javier war ein Rohling, ganz gewiss. Aber die anderen? Amaia und María – das waren doch kultivierte Frauen? Und Vasco? Mit welcher Zartheit er von seiner Heimat sprach, dem Dorf, wie sorgsam er mit den gefangenen Fischen umging – und, ja, auch mit den Rothühnern und Fasanen. War sie vielleicht die Verzärtelte, weil sie zwischen Vögeln unterschied, die auf den Teller gehörten und solchen, die man schützte, weil sie kleiner, irgendwie niedlicher waren und womöglich für das menschliche Ohr angenehm sangen? War denn ein Unterschied zwischen Türkentaube und Krähe? War ein Hänfling schützenswerter als eine Bekassine?

Spät am Abend telefonierte sie mit Marta. Das war schon länger verabredet gewesen. Aber nun brauchte sie eine Freundin, jemanden, der auch in der Küche arbeitete, aber vielleicht einen anderen Zugang zum Thema hatte als sie, die Oberpfälzerin, die es nach Navarra verschlagen hatte.

Marta lachte: Deine Probleme möchte ich haben!

Sie schlug sich seit Monaten mit den dänischen Behörden wegen einer Aufenthaltsgenehmigung herum. Nicht wegen der ihren – Marta war mittlerweile eingebürgert, eine Dänin, worauf sie nicht wenig stolz war. Sie hatte Gianna ihren eingescannten Ausweis geschickt. Nein, es ging vielmehr um John, ihren neuen Partner.

Bist du verliebt?, fragte Gianna.

Geschäftspartner!

Martas Imbisswagen florierte, so dass sie einen zweiten Mann einstellen musste. Ihre Wahl war auf John gefallen, einen Flüchtling aus Bangladesch. In seiner Heimat waren dem gelernten Koch die Religiösen auf den Fersen, die nicht hinnehmen wollten, wie frei er in seinem Catering-Service mit den Speisevorschriften der Moslems und der Hindus umgegangen war. Für die dänischen Behörden war falsches Kochen aber kein Grund für Asyl – und so mussten die beiden kämpfen. Marta schickte ein Foto von John. Es zeigte einen jungen, dunkelhäutigen Mann mit pink gefärbten Haaren. Gianna lachte.

Da hast du dir ja einen Vogel ausgesucht!

Ja, einen Vogel, der zu Hause zum Abschuss freigegeben ist!

Gianna hörte abrupt auf zu lachen.

Es ist schon eigenartig, welche Leute in den Küchen arbeiten, findest du nicht?, fragte Marta weiter. Klar, die Chefs sind meistens Einheimische oder jedenfalls Vertreter einer ganz bestimmten bürgerlichen Klasse. Männer, weiß, Alphatiere – um die vierzig und immer herzinfarktgefährdet …

Gianna fielen auf Anhieb zwei Dutzend ein.

Aber, fuhr Marta fort, bei den Chefs de Partie und erst recht bei den Beiköchen: lauter Fremde. Gelernte Kräfte, aus den unterschiedlichsten Ländern, verunsichert, viele verschuldet bis über beide Ohren, die rackern, um den Familien zu Hause eine Zukunft bieten zu können. Was die alles mitbringen! Welche Geschichten!

Und was macht die gehobene Küche damit?, hakte Gianna nach, eine rhetorische Frage. Sie kannte die Antwort: nichts.

Marta fuhr fort: Weißt du, vor diesem Hintergrund hört sich deine Geschichte für mich ein bisschen … luxuriös an. Ja, die sind vielleicht nicht so nett zu den Vögeln, und daran sollte man etwas ändern. Aber das ist nicht mein Problem. Wenn es bei euch im Süden die Vögel gibt und sie den Leuten schmecken, dann jagt man sie eben. Natürlich muss jemand darauf achten, dass die Bestände nicht dezimiert werden. Aber gibt es dafür nicht Institutionen in Spanien?

Doch, die gibt es. Aber …

Ich verstehe schon, dass es dir was ausmacht.

Ja, es machte Gianna etwas aus. Ganz plötzlich. Bis dahin

hatte sie das Thema des Fleischkonsums nie berührt. Aber nun sah sie immerfort dieses Bild vor sich. Die erbärmlichen Singdrosseln in den Pranken des Jägers, wie lauter kleine Erhängte.

Über kurz oder lang werden wir uns sowieso alle umstellen müssen, sagte Marta jetzt.

Wie meinst du das?

Fleisch wird in den Industrieländern, also in den hoch entwickelten, nicht mehr so gefragt sein. Weil es mehr solcher Bilder geben wird. Und schlimmere. Das wird die Leute abschrecken. Wir stellen auch um. Das meiste, was du mit Fleisch erreichen willst – ich meine, geschmacklich oder von der Konsistenz her –, geht auch mit Linsen oder Tofu. Und das ist viel vernünftiger.

Gianna schüttelte sich. Sie hasste Tofu, der für sie eher ein Baustoff als ein Lebensmittel war. Sie hasste seine Neutralität, seine Blässe, diese Anpassungsbereitschaft, die es ihr gleichzeitig leicht und unmöglich machte, etwas damit anzufangen.

Charakterloses Zeug!, sagte sie.

Ja, sagte Marta. Jetzt war sie es, die lachte: Aber vielleicht passt es deswegen ganz gut zu uns?

Sie plauderten noch eine Weile, dann legten sie auf.

Die Episode mit den Drosseln war wie ein Zeichen gewesen. Gianna konnte nicht anders, als es so zu sehen. Denn der Hochsommer in Giannas zweitem spanischen Jahr brachte eine Veränderung. Der Tod rückte plötzlich näher. Erst durch die Vögel in der Hand des Jägers. Dann durch einen Unfall: Der Cousin der Patissière prallte mit seinem Motorrad auf der Landstraße gegen einen Baum. Dann zerstörte ein Feuer ein altes Haus nahe der Kirche, die ganze Nacht loderten die Flammen. Ein Feuerwehrmann starb, als er beim Löschen durch den Dachstuhl brach.

Geht es Euch gut?, schrieb Gianna ängstlich nach Hause. Sie

fühlte sich plötzlich wieder fremd in diesem feurigen, rücksichtslosen Land. Sie machte sich Sorgen um ihre Lieben. Geht es Euch gut? Sie hoffte, dass man ihrem Brief die Verwirrung nicht anmerkte. In ihrer Antwort hörte man Francesca förmlich auflachen: Mir geht es gut – ich weiß aber nicht, ob ich mich rechtzeitig abmelden kann, wenn ich in den Himmel aufgenommen werde.

Typisch Francesca. Und doch: Himmel? Aufnahme? Gianna war alarmiert. Dass Francesca behauptete, es gehe ihr gut, beruhigte Gianna kein bisschen. Sie musste nach Hause, sie musste sie sehen.

Wegen der Singvögel? Vasco schüttelte den Kopf, gab ihr aber sofort den erbetenen Urlaub, und so reiste sie im September nach Regensburg.

Du musst dich mal erholen – von uns, von Spanien. Ich weiß, das ist alles ein bisschen viel für eine kleine Deutsche!

Er umarmte sie zum Abschied, ein feinfühliger, herzlicher Mann. María und Amaia fuhren sie nach San Sebastian zum Flughafen.

Komm bald wieder, *¡hija!*

19. ZURÜCK

Wie gut ihr dieser bayerische Altweibersommer getan hatte! Die Gewitter über der Donau und das unbeschwerte Lachen der Jugendlichen, die an der alten Brücke in den Fluss sprangen, geschützt vor der reißenden Strömung von ein paar Felsen. Nervenkitzel musste man sich in Regensburg selber machen!

Die Großmutter war gealtert, ihr Haar mittlerweile weiß wie Schnee; durchsichtig war sie wie Seidenpapier – aber sie hielt sich aufrecht und ließ sich das Kochen und Backen nicht nehmen. Und Rita und Lukas waren einander nähergerückt; auf ihre vornehme Art hatte Francesca das Band zwischen ihnen wieder enger geknüpft, ohne den beiden Vorwürfe zu machen. Zum ersten Mal seit Jahren traf Gianna die Eltern und stellte fest, wie ähnlich sie ihrer Mutter sah: das gleiche widerspenstige dunkle Haar, die gleichen, meist fest zusammengepressten Lippen, die wilden Brauen.

Es ist schön, dass du wieder da bist, Kind, sagte Rita mit feuchten Augen.

Lukas war pensioniert und half bei sozialen Diensten als Fahrer, Rita jobbte halbtags und war zufrieden. Am Wochenende kamen sie zu Francesca, regten sich über die Nachrichten auf und lachten gemeinsam.

So etwas wird wichtiger, wenn du älter wirst, sagte Francesca, als sie mit Gianna allein in der Küche stand. Wichtiger als Recht haben. Weißt du, Recht haben ist eigentlich langweilig. Auch das Recht auf den Schmerz, übrigens.

Giannas Herz wurde wieder leichter. Das lag natürlich auch an den alten Freunden, die sie traf, an den Mitspielerinnen vom FFC Regensburg, von denen die meisten längst Mütter geworden waren und Gianna stolz ihren Nachwuchs präsentierten: Max, Rahel, Svenna, Alexander … Gianna schwirrte der Kopf von so viel Zukunftszuversicht.

Und dann waren da noch Quirin und Damian. Quirin hatte sich lange bitten lassen. Nach den letzten Besuchen bei Gianna war er zurückhaltender geworden, aber Gianna nahm das nicht hin. Sie wollte, dass alles so wäre wie früher.

Sie rief ihn an, sie lockte, ja sie bedrängte ihn – und schließlich gab Quirin nach, so, wie er immer nachgegeben hatte. Er traf sich mit Gianna, wanderte mit ihr durch den Wald, nahm sie in die Arme und mehr. Sie erfühlten die Jahre an ihren Körpern. Ja, da hatte sich etwas verändert. Und doch war es vertraut und ließ sich wecken und riss sie beide hin. Wie gut Quirin ihr tat. Und Damian?

Der war älter geworden, aber noch immer schmal und sehnig. Er führte ein kleines Mädchen an der Hand, Sarah, seine zweite Tochter, auch schon sieben. Das kleine Mädchen trug pfirsichfarbenen Nagellack und war überhaupt ganz Entzücken und Pfirsichfarbe, und Gianna ärgerte sich über sich selbst, weil ihr das einen Stich versetzte. Natürlich spürte Damian das:

Tja, Gianna, Pech gehabt – könnte deines sein …

Wie unverschämt er war! Und wie gut er aussah! Damian hatte natürlich längst wieder einen neuen Job. Aber diesmal schien es anders zu sein.

Voller Begeisterung erzählte er vom Hof der Falkner. Der lag in den Bergen über Regensburg in einer mittelalterlichen, längst verlassenen Burg, die sich aber ideal als Standort für eine Falknerei eignete. Es hatte ein paar Jahre gedauert, aber dann hatten ein paar Begeisterte endlich die Genehmigung der Behörden. Nach umfangreichen Renovierungsarbeiten würden ab dem kommenden Jahr die Vögel dort einziehen: Bussarde und Habichte, Milane und sogar Geier. Nein – das sollte kein besserer Tierpark werden und erst recht keine naturkundliche Einrichtung. Sie würden die intelligenten Vögel abrichten und vor Publikum auftreten, sie würden sie aber auch ihrer alten Bestimmung wieder zuführen, der Beizjagd.

Kein gutes Thema, sagte Gianna und schluckte.

Damian überhörte den Einwand. Er schwärmte von der Anlage, von den Möglichkeiten, erzählte von der Wohnung, die er gerade für sich und Sarah und für Emmy, *die Große,* einbaute –

Sie sind alle vierzehn Tage bei mir, immer abwechselnd.

Wenn es um seine Töchter ging, schien Damian verlässlich und solide zu sein. Das kleine Mädchen hielt seine Hand; es war offensichtlich, dass sie ihren Vater vergötterte.

Und irgendwann machen wir dann auch Führungen, schloss Damian gerade, für Schulklassen und so weiter. Aber dafür bin ich nicht der Richtige. Ich ziehe lieber mit den Vögeln umher.

Er lachte provozierend. Und woher hatten sie das Geld? Gut verhandelt hatten die Gründer, sagte Damian, die Burg selbst war zum Spottpreis zu haben gewesen. Jetzt ging es um den Unterhalt. Das war schwieriger.

Aber du weißt ja, mein braver Bruder …

Das stimmte. Quirin war brav. Er arbeitete nach wie vor in der Dombauhütte und war abends so müde, dass er frühzeitig zu Bett ging. Achtzehn Jahre arbeitete er nun schon in der Dombauhütte, und gelegentlich hatte ihm der Meister angedeutet, dass er durchaus Aufstiegschancen an einer anderen Hütte hätte – oder sogar bei ihm selbst als Vorarbeiter oder als Büroleiter. Aber Quirin besaß keinen Ehrgeiz. Er fand die Arbeit gut, so, wie sie war. Er sah den Dom, das steinerne Dorf, wachsen und blühen. Das genügte ihm. Die anstrengende Arbeit tat ihr Übriges. Er las nicht viel, er kam kaum herum. Er hatte keine Familie. Und so hatte er auch keine Gelegenheit, sein Geld auszugeben. Er hielt sich nicht für sparsam, eher für phantasielos. Und bereitwillig unterstützte er Damians neueste Pläne.

Gianna boxte ihn in die Seite, als sie am nächsten Tag nebeneinander in der Donauaue lagen: Komm, Quirin, du musst hier mal raus!

Und so wurde der Plan geboren. Sie würden nach Navarra reisen, alle beide: Quirin und Damian. Sie würden endlich Ferien machen, sie wären als Brüder nach langer Zeit wieder gemeinsam unterwegs – und sie würden sehen, wie Gianna lebte. Abgemacht? Abgemacht!

Im nächsten Frühjahr wäre es so weit.

Im Oktober kehrte Gianna nach Navarra zurück, sie freute sich: Es war durchaus vertraut und gleichzeitig aufregend fremd. Von nun an sah sie Navarra aber auch ein wenig mit den Augen ihrer Freunde, die kommen würden. Und gleichzeitig mit ihren eigenen Augen, den Augen einer Fremden, die heimisch werden wollte – und die die Aussicht auf das Heimischwerden erschreckte. Das war kompliziert, aber das war wohl so, wenn sich die Jahre langsam anhäuften.

Mit Mitte dreißig habe ich mich manchmal älter gefühlt als mit fünfzig, schrieb Francesca begütigend. Kind, das wird schon!

Die Zeit verging rasch. Der Herbst flog vorbei, und die Weihnachtszeit erschien Gianna als eine einzige Abfolge von Schokolade, Anis und zu viel getrüffelten Filets. Sie hatte ein wenig Abstand zu Vasco und den schönen Schwestern gewonnen. Es half, dass sie sich ein eigenes Auto leisten konnte, einen alten, mattrot lackierten Pick-up, mit dem sie manchmal Großeinkäufe für Vasco erledigte und der ansonsten zu groß, zu laut und furchtbar unbequem war. Gianna liebte das Vehikel, das in den Kurven gefährlich quietschte und bei jeder Bergauffahrt lange Schlangen ungeduldiger Autofahrer produzierte, die hinter ihr drängten und hupten. Sollten sie doch! Schon immer hatte Gianna Pick-ups mit Freiheit verbunden. Sie stellte sich vor, große Heuballen zu laden oder wenigstens einen treuen, zottigen Hund. Manchmal nahm sie Vascos Schäferhund auf ihre Touren mit. Der alte war inzwischen gestorben und ein neuer hatte seinen Platz eingenommen. Aber es gab noch weitere Hunde, sie kamen und gingen – nicht sehr geachtete Tiere, die man manchmal brauchte und meistens eben nicht.

Auf ihren Touren zu den Gemüsezüchtern um Murillo del Cuende, zu den Forellenzüchtern vom tiefblau leuchtenden Río Aragón entdeckte Gianna die Lagune von Pitillas.

Ein Schreien, ein Rufen, ein Krächzen, ein Chor von Piepen und Tschilpen, dazu Schlagen und Wedeln von Tausenden trockenen Tüchern – schon lange bevor man die Lagune erreichte, hörte man sie. Gianna hatte die Wagenfenster geöffnet und fuhr langsam die holprige Straße entlang. Die Lagune lag eingebettet in eine eher nichtssagende Landschaft, eine unentschlossene, mal sich zu kleinen Hügeln erhebende, mal sich sanft absenkende Gegend, gelblich-braun, trocken, vom langen Sommer ausgedörrt und aufgerissen. Aber dann wurden die Ausläufer der Lagune sichtbar: ein geradezu unwirkliches, leuchtendes Türkis, unterbrochen von kleinen Sandbänken, von grünen Halbinseln aus Schilf und Gräsern, begrenzt von wenigen, nur mannshohen Bäumen. Hier wuchsen Moose, Flechten, niedrige Büsche. Pitillas! Plötzlich begann Giannas Herz schneller zu schlagen.

Cristobal, der Wächter der Lagune, erwartete sie am verabredeten Treffpunkt. Stumm drückte er ihr ein Fernglas in die Hand und marschierte in seinen braunen Gummistiefeln los. Sie hatte keine Wahl, als hinter ihm herzueilen. Besonders gesprächig schien er nicht zu sein. Er stapfte drauflos, zum Ufer der Lagune, dort endlich blieb er stehen. Er nestelte einen Plan aus der Innentasche seines unansehnlichen Parkas und entfaltete ihn vor ihr.

Hier stehen wir.

Er wies auf einen Punkt auf der Karte.

Und wenn du willst, gehen wir ungefähr bis dorthin …

Er wies auf einen anderen Punkt oben auf der Karte.

Wenn du dann noch weiterwillst, können wir auch ein Stück

mit dem Auto fahren. Aber mit deinem – ich habe nicht genug Benzin.

Eine klare Ansage. Sie musterte ihn. Ein grauer, klein gewachsener Mann, das Alter kaum zu schätzen. Das genaue Gegenteil all der schmucken Männer, die die Bars und Restaurants in Olite und Pamplona, in Toledo und Jerez bevölkerten. Kein Señor – eher ein Landmann. Man hätte sich gut vorstellen können, wie er schon vor Hunderten von Jahren über die Hochebenen von Navarra oder Aragón zog, mit einer Herde Schafe vielleicht oder Ziegen. Gutmütige, schieferfarbene Augen – aber wachsam. Gehen wir?

Störche, Wildgänse, Stare, Haubentaucher, Rohrdommeln, Bienenfresser, Schwalben ... In ihrer Ausbildung hatte Gianna einiges über Vögel gelernt, und sie hatte mehr darüber gelesen, als für die Prüfungen erforderlich war. Aber hier ... Hier schwärmten Vogelscharen über dem Wasser. Gianna schaute und schaute. Gelegentlich schnellte Cristobals Arm ruckartig nach oben:

Rohrdommel – aus Deutschland! Schwarzstorch – aus Deutschland!

Eifrig blätterte Gianna nach den Begriffen. Er wollte ihr anscheinend eine Freude machen und all jene Vögel zeigen, die es im Herbst aus ihrer kälter werdenden Heimat über Spanien nach Afrika gezogen hatte und die sich nun, im Frühjahr, auf die Heimkehr vorbereiten. Viele machten, so erklärte es Cristobal, hier nur kurz Rast. Sie ruhten sich ein paar Tage oder Wochen aus, fraßen in dem flachen Wasser die reichhaltig vorhandene Beute, um dann weiterzufliegen. Seeadler und Falken, Kraniche, Eulen und Milane gaben sich ein Stelldichein. Gianna war es ein Rätsel, wie die oft räuberischen Vögel hier miteinander auskamen.

Cansancio, sagte Cristobal. Erschöpfung macht nachgiebig. Und manchmal auch erfinderisch.

Er betrachtete die Lagune mit ihrer Umgebung als eine Art Autobahn-Raststätte.

Tank und Rast!

Es war nicht ganz klar, ob er den deutschen Firmennamen im Scherz zitiert hatte. Wo er den wohl aufgeschnappt hatte?

Mehrere hundert Vogelarten legten in der Lagune eine Pause ein. Tagaus, tagein zählte Cristobal die Ankömmlinge. Er prüfte zudem den Wasserstand, den Salzgehalt, die Vorkommen von Amphibien. Fische gab es kaum noch in der Lagune, dafür immer mehr Amphibien. Ja, die Lagune veränderte sich. Sie hatten ein Problem mit Wildschweinen und mit Hasen. Maisfelder machten es den Wildschweinen leicht, sich zu verstecken, und die Hasen höhlten den Grund aus und sorgten dafür, dass immer mal wieder eine Sanddüne zusammenbrach.

Manche Vögel, wie die Kraniche, die früher mit ihrem Schreien und dem rhythmischen Schlagen ihrer Flügel den Herbst bestimmt hatten, kamen nicht mehr bis Navarra: In den französischen Maisanbaugebieten gab es mehr als genug für sie zu fressen.

Die Agrarindustrie verändert alles, sagte Cristobal düster. Die industrielle Landwirtschaft und natürlich die Lebensmittelindustrie. Sie wollen verkaufen, was sie gleichzeitig zerstören.

Das war es aber auch, was dem erfahrenen Vogelwart an Predigt zu entlocken war. Ansonsten nahm Cristobal alles, wie es kam. Besonders mochte er die Störche. Er bewunderte ihren Sinn für Geometrie, die verzwickten Figuren, die sie flogen, die Eleganz, mit der sie einander umkreisten – und dass sie einander halfen, das berührte ihn.

Kannst du dir das vorstellen: Sie warten aufeinander, erklärte er Gianna. Wenn einer auf der Reise in den Süden zurückfällt, fliegen die anderen langsamer, oder sie schicken eine Abordnung zurück, die den Schwachen eskortiert.

Es war ihm offensichtlich ein bisschen peinlich. Nun hatte er doch mehr erzählt, als er wollte. Sie saßen in Giannas Pickup und beobachteten die kreisenden Adler. Ihr Bestand hatte sich erholt.

Sie kommen und gehen, sagte Cristobal. Das steht fest. Der Mensch kann anscheinend immer nur *fast* zerstören. Man kann sagen: Selbst in seiner Fähigkeit zu zerstören überschätzt er sich.

Gianna nahm Cristobal mit zurück ins Dorf. Dort lebte er mit seiner alten Mutter, so viel verriet er doch noch über sich selbst. Nein, danke, kein Trinkgeld!

Komm doch mal wieder!, sagte er zum Abschied und streckte ihr plötzlich die Hand entgegen, während er zur Seite schaute.

Gianna begriff: Wer sich hier schützend um Vögel kümmerte, saß wirklich auf einsamem Posten.

Und dann endlich reisten die Brüder an. Lärmend, rufend, übermütig, so kamen sie ihr am Flughafen entgegen. In diesem Moment sahen sie einander sogar ein wenig ähnlich: der große, schlanke Damian mit seinem Feuerblick und der untersetztere, irgendwie graue Quirin mit seinen Asphalthänden. Die legte er Gianna zur Begrüßung sanft wie immer ums Gesicht: Meine liebe Freundin!

Seit wann wurde Quirin feierlich? Schon hatte Damian ihn zur Seite gestoßen:

Alter, mach dich mal nicht so dicke …

Sie lachten und umarmten einander wieder und wieder.

María und Amaia machten große Augen. Die beiden Deutschen waren irgendwie … raumgreifend. Kaum hatten sie das Restaurant betreten, veränderte sich alles.

Eva, die kleine neue Kellnerin, eilte herbei.

Habt ihr so was wie Cidre?

¿Sidra? – ¡Sí!

Die Verständigung klappte. Sie schoben die Rucksäcke an die Wand. So viel hatten sie sich zu erzählen, dass sie erst einmal verstummten. Und dann beugte sich Gianna über den Tisch und streckte den beiden Männern die Hände entgegen:

Es ist so schön, dass ihr da seid! Willkommen in Navarra!

Damian ergriff fest ihre Linke, Quirin legte scheu seine Hand auf ihren rechten Arm. Und so blieben sie eine kleine Weile sitzen.

Ein paar Tage ging alles gut. Mit Gianna erkundeten die Brüder Navarra. Die berühmten Stauseen, eine erste Tour durch die Berge, am Nachmittag ein exquisiter Tee in den tiefen Polstern des Hotels, das einmal der Palast des Königs von Navarra gewesen war.

Nach dem ersten Schluck waren die Brüder beeindruckt vom Sauvignon Blanc, der hier blumig war wie ein Chardonnay, aber spritziger, heiterer; zu den Fleischgängen entschied sich Damian für einen *richtigen Klopfer, bitte* – einen Syrah aus der Gegend, der ihn vorübergehend verstummen ließ. Und dann gab es ja noch den Cuvée, der als Muster eleganter Ausgewogenheit gelten konnte; er half all jenen weiter, die nicht wagten, den starken Akzenten des Menüs etwas genauso Starkes entgegenzusetzen. Nein, lieber noch keinen *Pacharon*, stöhnten sie am Schluss – der Digestiv der Gegend, der mit in Anis eingelegten Schlehen ein Aroma von tiefem Wald verbreitete, erschien ihnen allzu abschließend. Lieber machten sie hinterher an Vascos Bar mit dem schweren Roten weiter, den Amaia ihnen zu Ehren aus dem Keller geholt hatte: Hiervon gibt es jedes Jahr nur zweihundert Flaschen.

Jetzt nur noch 199 – und gleich nur noch 197!, rief Damian ausgelassen.

Ein paar Tage später besichtigten sie die Bodega, die schon lange auf Giannas Wunschliste gestanden hatte. Bestellen konnte sie hier nicht, die Bodega lieferte nur an ein einziges Hotel in Pamplona. Man konnte auch nicht, wie bei anderen Winzern der Gegend, einfach vorbeischauen. Man musste sich anmelden und warten, ob eine Besuchergruppe zustande käme, so hieß es jedenfalls. Dann erreichte sie der erlösende Anruf, und Gianna wurde das Gefühl nicht los, dass man im Hintergrund lediglich geprüft hatte, ob sie solide waren. Hatten die in der Bodega Angst vor Spionage?

Sie hatten ein uraltes Weingut vermutet, mit einem knorrigen, langbärtigen Besitzer. Doch die Bodega *Lagos de Romero* entpuppte sich als brandneuer Gebäudekomplex aus Feldsteinen, der inmitten einer sanft geschwungenen Landschaft stand. Die Weinberge waren eher Weinfelder, die Weinstöcke reihten sich, mathematisch genau gesetzt, neben- und hintereinander. Im Sommer musste hier eine Gluthitze herrschen!

Die junge Dame aus dem Marketing, die sie schon auf dem Parkplatz empfangen hatte, erklärte ihnen eilfertig und mit vielerlei Prospekten wedelnd das Bewässerungssystem. Es war aus Israel importiert: eine Folge von vielen kleinen Schläuchen, aus denen bei Bedarf Wasser ins Wurzelwerk der Pflanzen tropfte. Und wer stellte den Bedarf fest? Die Marketingfrau lächelte triumphierend: Drohnen überflogen täglich das Gelände, zudem waren Messsonden im Wurzelbereich jeder Pflanze vergraben. Wurde ein Weinstock durstig, zog er sich zusammen, und die Wurzeln strebten nach unten auf der Suche nach Wasser, das System maß den Bedarf, und die Pflanze erhielt Wasser.

Und so funktionierte die gesamte Bodega. Eine Abfolge computergesteuerter Hallen, Keltereien und Lager. Wenige Menschen in weißen Kitteln kontrollierten die Abläufe. Sie sprachen leise miteinander, manche hielten tatsächlich Messröhren in den blitzsauberen Händen. Als ein Traktor aus dem Dorf vorfuhr, wirkte das beinahe skandalös. Die Brüder amüsierten sich.

Und da behauptest du immer, in Spanien sei man so sehr mit der Vergangenheit verbunden, meinte Damian. Hier ist doch alles Hightech!

Das stimmte. Und doch war die Vergangenheit präsent: Als sie zur Weinprobe geleitet wurden, ging es durch das im Untergeschoss gut gesicherte Weinlager. Nur ein paar tausend Flaschen lagen hier und warteten auf den richtigen Zeitpunkt der Reife. Die Marketingfrau drückte auf einen Lichtschalter. Im aufflammenden Licht standen rechts und links des Durchgangs mannshohe Skulpturen. Es waren Figuren aus weißem Marmor, gedrehte Figuren in dringlichen Posen: die eine offenbar predigend, die andere etwas abwehrend, eine dritte mit einem Greifvogel auf der Schulter, eine vierte mit einer Flamme. Fasziniert gingen sie die Reihe ab. Was für seltsame Wächter für einen Weinkeller!

Ihr Guide klärte sie auf: Die Figuren stammten aus einem ehemaligen mittelalterlichen Kloster und stellten die Propheten dar. Die Investoren der Bodega hatten es apart gefunden, sich von den uralten Wächtern der Tugend und der Gottesfurcht zu höchster Qualität ermahnen zu lassen. Außerdem galt es natürlich, sie zu bewahren – und das Klima hier unten war perfekt für die Kunstwerke …

Apart. Investoren. Höchste Qualität. Gianna, Quirin und Damian wurde klar, dass im Weinbau die Zukunft längst eingezogen war.

Im nächsten Ort kehrten sie in einer kleinen Bar ein, sie brauchten eine Pause, um die Eindrücke zu verarbeiten.

Zu Giannas Überraschung war Quirin aufgebracht. Zornig umklammerte er das filigrane Weinglas mit beiden Händen:

Das ist unmöglich! Haben die die Figuren aus dem Kloster einfach … einfach verschleppt …

Quirin – sie haben sie gerettet!

Das sagen sie! Woher weißt du, dass das stimmt?

Gianna zögerte. Sie konnte nicht glauben, dass ein Unternehmen, das Führungen auf seinem Gelände zuließ, sich solche Kunstschätze widerrechtlich angeeignet haben könnte.

Na, vielleicht sind sie nicht bei Nacht und Nebel ins Kloster eingebrochen und haben die Skulpturen weggetragen, meinte Damian ironisch. Da haben solche Herrschaften andere Möglichkeiten.

Er rieb vielsagend Daumen und Zeigefinger aneinander.

Aber die Figuren sind gut restauriert und sie werden dort genauso gut konserviert!, wandte Gianna etwas hilflos ein.

Sie konnte in Wirklichkeit die Qualität der Restauration gar nicht beurteilen. Sie wollte einfach nur mit kindlichem Trotz, dass Menschen, die hervorragende Weine produzierten, auch … einigermaßen passable Charaktere wären.

Die Figuren sahen ganz okay aus, meinte Quirin mit keineswegs nachlassendem Zorn. Aber sie gehören da nicht hin. Es sind Figuren, die der Gemeinschaft, der Gesellschaft etwas zu sagen haben. Also gehören sie in die Öffentlichkeit. Und wenn die Luftverschmutzung hier zu stark ist oder man Angst hat, dass sie entwendet werden könnten, dann bleibt immer noch eine andere Kirche …

Oder ein Museum, ergänzte Damian.

Quirin schüttelte den Kopf.

Warum nicht?, fragte Damian aggressiv. Was hast du gegen ein Museum?

Gar nichts. Es ist nur nicht der richtige Ort. Nicht ganz. Es wäre ein Behelf, mehr nicht.

Gianna schaute ihn überrascht an. Ihr war noch nie aufgefallen, dass Quirin religiös geworden wäre.

Es hat nichts mit Religiosität zu tun, meinte Quirin nach einer Weile, in der jeder schweigend in sein Glas geschaut hatte. Es hat eher etwas mit Respekt vor dem Ort zu tun. Jedes Kunstwerk – und vor allem jedes plastische – ist für einen bestimmten Kontext geschaffen worden, in dem es wirkt und aus dem heraus es wirkt. Wenn man es aus diesem Kontext löst, beraubt man es seiner Wirkung. Es verliert mindestens einen Teil seiner Kraft. Das glaube ich ganz bestimmt.

Er wusste, wovon er sprach. Am Dom in Regensburg erlebte er es jedes Jahr: wie sehr der Bau litt, wenn auch nur ein Wasserspeier entfernt wurde, um in der Werkstatt untersucht und restauriert zu werden. Wie umgekehrt auch die Figuren blasser, schwächer wirkten, wenn man sie in der Werkstatt aufstellte. Sie brauchten ihre Umgebung.

Vermutlich ist das mit Menschen nicht anders, scherzte Gianna.

Zumindest ist es mit mir so, sagte Quirin ernst. Ich weiß, wo meine Grenzen sind.

Gianna wurde es ein wenig mulmig zumute. Wie alt Quirin manchmal wirkte, im Gegensatz zu seinem behänden, flinken Bruder!

Damian lachte über Giannas besorgtes Gesicht:

Lass ihn nur, er hat wieder seinen steinernen Moment! Wollten wir nicht allmählich mal weiter?

Weiter, weiter – das war Damian. Quirin und Gianna waren ihm im Grunde viel zu langsam. Und nun wollten sie weitere Kirchen ansehen! Noch mehr Kunst! Für Damian war es eine Befreiung gewesen, als er die Dombauhütte hatte hinter sich lassen können. So starr und unbeweglich wie der ganze Bau war ihm auch die Werkstatt erschienen. Sicher, man bewegte sich viel an der frischen Luft, aber doch nur in engen, festgelegten Grenzen. Man arbeitete im Team, aber jeder Handgriff war vorherbestimmt, jeder Arbeitsschritt festgelegt, jede Tätigkeit einem bestimmten Kollegen vorbehalten. Da lobte er sich seine verrückte Burg mit den Kollegen aus Polen und aus Tschechien! Da war immer Leben in der Bude! Und wenn sie mal morgens nicht gleich um sechs aus den Federn kamen, dann machten die Greife zwar ein irres Geschrei, weil sie gefüttert werden wollten, aber es passierte nichts weiter. Sie hatten ihren Spaß. Nein, danke, er würde nicht noch ein weiteres Gemäuer mit ihnen anschauen, er würde den Weg zur Lagune suchen. Es gab Busse, er konnte trampen, es war nicht allzu weit. Man sieht sich! Nein, wirklich nicht, ich komm schon zurecht.

Und damit überließ er Quirin und Gianna sich selbst. Gianna hing ihren Gedanken nach, als Quirin den Wagen zurück nach Olite und dann nach Norden steuerte. Er brauchte ihre Anweisungen nicht, sein Orientierungssinn war ausgezeichnet. Und er mochte es, sie zu chauffieren.

Schön und gewalttätig, hatten die Brüder Navarra genannt.

Ja, so war sie, diese Gegend: schön in ihrem Eifer, das Alte zu erhalten, und gewalttätig dabei, das Neue zu erobern. Mit den beiden Brüdern entdeckte Gianna Navarra auf eine andere Art, und sie war nicht sicher, dass ihr das gefiel. Es war ein distanzierterer Blick. Es hinderte sie beim Ankommen. Oder hatte sie das auch nur auf die navarresische Art versucht – sie fand es schön und riss es an sich?

Sie parkten den Wagen vor der kleinen Kirche, die sich an den Berg schmiegte. San Martín de Unx war feinste Romanik, still und sanft geschwungener Sandstein. In der Kirche roch es feucht und modrig, das Wasser von den Bergen hatte dem Bau schwer zugesetzt. Im Dunkel des Kircheninneren erhob sich ein Männlein, es tat sich schwer mit dem Aufstehen. Offensichtlich hatte der Mann schon längere Zeit so zusammengekauert gesessen.

¡Buenos días!

Er freute sich über die Besucher und bot eine Führung an. Das zusammengefaltete Männlein erwies sich als Enthusiast. Vor allem die Baugeschichte referierte er mit allen Details, Gianna wartete nur darauf, dass er neben den Daten auch Aktennummern zum Besten gäbe. Das war kein gewöhnlicher Touristenführer.

Was ist ihr eigentlicher Beruf?, fragte Gianna, als der Mann einmal Luft holen musste.

Historiker, erwiderte der Mann, und verblüfft sah Gianna, wie ihm die Tränen kamen. Es gab für Menschen wie ihn seit der Wirtschaftskrise ja nichts mehr zu tun in Spanien. Tradition war alles – Geschichtswissenschaft nichts. Die Leute klammerten sich an das Althergebrachte, verstehen wollten sie es lieber nicht. Und kosten sollte es schon gar nichts.

Sie versuchten, den jammernden Mann zu beruhigen, bestaunten das mittelalterliche Holzbild, das in seiner Größe und Klarheit sicher einmalig war, und stolperten in der Krypta begeistert über einen steinernen Fußboden, der sorgsam gefaltete Palmblätter imitierte. Von der Kirche gab es keinerlei Dokumente, berichtete der Historiker, der sich mittlerweile wieder gefasst hatte – nur die Urkunde der Einweihung. Das heißt, man musste von der vorgefundenen Architektur auf den Plan schließen, nicht umgekehrt.

Quirin war fasziniert. Natürlich vor allem von den Steinen, nicht so sehr vom Holz. Er stellte Frage um Frage, die sich Gianna redlich bemühte zu übersetzen. Ein wenig Deutsch konnte der Historiker auch. Gianna jedoch wurde immer bedrückter. Sie fühlte sich unwohl. War es, weil ihre sprachlichen Fähigkeiten doch sehr begrenzt waren? Nein, das war nicht das Problem. Quirin und das Historikermännlein halfen sich nach Kräften, sie strengten sich an zu verstehen, was der andere meinen könnte, gestikulierten, malten kleine Zeichnungen in die Luft.

Selten hatte Gianna Quirin derart lebhaft gesehen. Es war vielmehr: Quirin machte sie wieder zur Fremden. Mit ihm wurde sie zur Touristin. Schon, weil sie miteinander deutsch redeten. Und weil er ihr seine Fragen aufzwang, sein Interesse, seine Art, Navarra zu sehen. Und dadurch entfernte sich auch sie.

Gianna gab sich einen Ruck. Sei ein bisschen toleranter!, ermahnte sie sich und versuchte, dem Gespräch eine leichtere Wendung zu geben. Das würde den Abschied erleichtern, denn das Historikermännlein ließ sie gar nicht mehr los.

Schau mal!, sagte sie also ablenkend zu Quirin, der Boden hier in der Krypta. So einen hätte ich auch gern! Nicht aus Stein natürlich, aber aus einem anderen, nachgiebigeren Material.

Oder ob er das mal fotografieren könne? Vielleicht ließe sich aus dem Palmblätterboden ja auch etwas für Vascos Küche entwickeln – einen Fächerboden für eine Tarte zum Beispiel … Jetzt war Quirin genervt:

Du schaffst es auch nicht für zwei Stunden, mal von deiner verdammten Küche abzusehen, nicht wahr?

Gianna schnappte nach Luft. Diesen Refrain kannte sie. Was warf er ihr da wieder vor? Dass sie in ihrem Beruf aufging? Dass sie – auch wenn sie nicht arbeitete – von überall so etwas wie Inspiration empfing?

Du machst es doch nicht anders, sagte sie giftig. Du schaust dir hier an, was du zu Hause den ganzen Tag bearbeitest. Was anderes interessiert dich doch nicht!

Gianna hielt ihm das Touristenhafte vor, die eilfertige Fragerei. Quirin war jetzt ehrlich verblüfft. Was in aller Welt störte sie daran? Dass er sich interessierte? War ihr jemand wie Damian lieber, der abhandenkam, kaum, dass man sich über sein Kommen gefreut hatte?

Dass man sich als Fremder immerfort hervortun musste, das

störte sie. Dass man fremd war, sich aber einmischte und dennoch genau so fremd blieb.

Sie wusste, dass sie sich ungenau ausdrückte. Quirin versuchte, einzulenken, aber er verstand nicht, was sie meinte.

Ich bin doch fremd, sagte er. Hier sowieso. Warum sollte ich mich bemühen, das zu unterdrücken? Fremd bin ich übrigens auch zu Hause, fügte er dann ernster hinzu. Das macht schon der Beruf. Der ist ja buchstäblich herausgehoben! Immer schweben wir über den Köpfen der anderen. Na ja, eher kraxeln wir oder hangeln uns an Wänden entlang.

Er lachte gutmütig.

Aber trotzdem: Wir haben es immer gleich mit Jahrhunderten zu tun. Da kann man die Aktenvermerke der Büromenschen nicht so furchtbar ernst nehmen. Und ein Händemensch bin ich noch dazu! Überleg doch mal: Keiner arbeitet mehr mit den Händen! Alle sitzen nur noch in Kammern, die sie Büros nennen, und das Einzige, was sie bewegen, sind Computermäuse und Tastaturen. Das ist meilenweit weg von mir. Also mach es mir nicht zum Vorwurf, fremd zu sein!

Das war eine lange Rede für Quirin gewesen. Und Gianna wusste, dass er recht hatte. Mit ihrem Beruf war sie ja selbst eine Fremde. Gewiss, genau die Menschen, die Quirin gerade etwas verächtlich beschrieben hatte, waren ihre Gäste. Sie achteten das, was sie tat. Aber sie achteten genauso, was Quirin und seine Kollegen schufen. Nur hatten sie mit beidem nichts mehr zu tun. Die einen und die anderen entfernten sich voneinander.

Wenn Quirins Besucher oder Giannas Kunden ausnahmsweise ein Formular mit der Hand ausfüllten, dann nannten sie das *händisch*. Sie unterschieden zwischen ihresgleichen und den *Locals*, und Dinge, die älter als zwanzig Jahre waren, waren *Vintage*. Es war meistens amüsant und sicher unvermeidlich, aber Gianna und Quirin passten da nicht hinein, obwohl sie es, jeder auf seine Weise, bewirtschafteten.

Plötzlich fühlte sich Gianna noch fremder. Denn die ihr neue, die spanische Gesellschaft war ja nicht anders. Sie hatte das nur bisher übersehen können, so beschäftigt war sie damit, hier anzukommen. Eine merkwürdige Schwere zog durch ihren Körper und machte sie müde.

Komm hier raus!, sagte sie kurzerhand. Das macht mich ganz verrückt, vor diesen Heiligenbildern zu streiten.

Sie verabschiedeten sich rasch von dem enttäuschten Historiker, der nur widerwillig ein paar Scheine entgegennahm.

Wohin gehörten sie beide nur? Wo würden sie ankommen? Unwillkürlich griffen sie nach der Hand des anderen, als sie zum Auto zurückgingen. Sie waren sich nicht einig, aber auf eine seltsame, etwas schmerzliche Weise miteinander verbunden.

Damian stieß zu ihnen, als sie sich am Abend in Giannas kleiner Wohnung ein wenig frisch machten.

Hallo! Da bin ich wieder!

Damian, ein Windstoß, der in die Wohnung fegte. Er sah wild aus, verwegen, sonnengebräunt. Stundenlang war er mit Cristobal durchs Schilf gekrochen. Sie hatten Rothühner gesehen und einen Wiedehopf, majestätische Seeadler hatten ihre Kreise gezogen, und einen Steinkauz hatten sie entdeckt, der sein Gelege bewachte. So früh im Jahr! Damian war Feuer und Flamme für die Lagune, die er phantastisch nannte und schrecklich zugleich – schrecklich, weil sie bedroht war, womöglich verloren, denn der Grundwasserspiegel in der Gegend sank und sank. Phantastisch war die seltsam karge Schönheit der Landschaft, die Konzentration der Arten und wie sie einander ergänzten.

Das ist eine einzige, natürliche Lebensmittelfabrik!, sagte

Damian und verstaute die Kamera, mit der er wohl Hunderte von Fotos geschossen hatte.

Seine Begeisterung hellte Quirins und Giannas Stimmung auf. Wo Damian war, gab es keinen Stillstand, keine Niedergeschlagenheit. Beim Abendessen kramte er umständlich in seinem gekonnt abgewetzten Jackett.

Ich habe eine Adresse, sagte er geheimnisvoll und wedelte mit einem vielfach zusammengefalteten Zettel. Das ist ein echter Geheimtipp. Da müssen wir morgen hin. Gianna, das wird dich überraschen.

Er wandte sich an Quirin:

Vergiss nicht, Bruderherz, wir müssen der Dame etwas bieten.

Und euphorisch zog er Gianna an seine Brust. Die spürte seinen Herzschlag. Und ihren auch.

20. DIE LEKTION

Auf das, was am nächsten Tag kam, war sie nicht vorbereitet.

Die *Ingleses* gingen sofort aufeinander los: hoch aufgerichtet, mit weit aufgerissenen Schnäbeln, die Flügel abwehrend gespreizt. Die Kampfhähne waren für diesen Tag gezüchtet, sie waren gut gefüttert, geimpft und monatelang gepflegt worden. Für diesen einen Kampf! Keines der Tiere würde ihn überleben. Sie waren groß und stattlich, ihre Kämme leuchteten rot. Ihre kräftigen Beine endeten in Krallen. Die natürlichen Sporne hatten ihre Besitzer durch metallene ergänzt. Die *Gallos* waren Kampfmaschinen; hysterisch, aggressiv, wild kreischend flatterten sie los, hackten aufeinander ein, stoben fort, um sich sofort wieder aufeinander zu stürzen, ineinander zu verhaken.

Die Zuschauer standen dicht an dicht, ihre Gesichter waren verschwitzt, ob vor Anspannung oder vor Angst, war nicht auszumachen. Der Ort war kein Zentrum für Connaisseure, sondern eine Spelunke: Die sogenannte Arena, die *Arena de Palenque*, entpuppte sich als ein mieser kleiner Hinterhof. Vielleicht hatte es hier früher einmal prächtiger ausgesehen, aber jetzt war das Ganze heruntergewirtschaftet. Es gab keine aufsteigenden Sitzreihen mehr, es gab überhaupt keine Sitze mehr. Auch keinen Ticketverkauf, keine Getränkebude. Hier standen vielmehr Dutzende, vielleicht auch hundertfünfzig oder zweihundert Männer dicht an dicht, teils, um überhaupt etwas von dem blutigen Spiel mitzubekommen, teils um kein Geräusch nach außen dringen zu lassen: Hahnenkämpfe waren in Spanien seit Jahren verboten.

Gianna konnte es nicht fassen. Wohin hatte Damian sie gelockt? Sie war eine der wenigen Frauen in dem schmuddeligen Hinterhof. Misstrauisch hatte man sie eingelassen, und das nur, weil Damian jemanden kannte, ein paar Namen nannte, ein paar Geldscheine in die halbgeöffnete Türe schob. Nun waren sie drin. Und Gianna wäre für ihr Leben gern wieder draußen gewesen. Es war entsetzlich. Es war laut. Es war stickig. Und die Männer, die einen dampfenden, dumpfen Kreis um die Hähne bildeten, waren angestrengt und einander nicht geheuer. Argwöhnisch, ja feindselig beobachteten sie einander. Das Spektakel hielt sie hier, und die Aussicht auf einen Wettgewinn.

Quirin verfolgte das Geschehen mit unbewegtem Gesicht. Sie hatte keine Ahnung, was er dachte. Damian? Hatte erst ihre Hand gehalten und sie ein bisschen ausgelacht, und dann war er mit seinen neuen Freunden verschwunden. Schöne Freunde! Sie hätte ihn am liebsten geschlagen!

Endlich tauchte er wieder auf, gerade, als das Gebrüll aus dem Zentrum des Kreises immer weiter anschwoll:

¡Dale! Mach ihn fertig! *¡Fuerte!* Los, gib's ihm!

Lauter Rufe, die man nirgendwo mehr hören wollte.

Na, Kleine – reicht's?

Damian hatte gesehen, dass Gianna kurz davorstand, wegzulaufen.

Komm, fünf Minuten noch, dann habe ich's einmal gesehen. Wo ist eigentlich mein liebes Bruderherz?

Das *liebe Bruderherz* tauchte wie gerufen auf und sagte scharf: Ich muss auch nicht hierbleiben!

Aber Damian war schon wieder weg. Warum blieben sie? Warum ließen sie es stumm, entsetzt, über sich ergehen, das Schreien und Toben, das anschwoll, sich steigerte, zu einem Brüllen wurde, um dann in einen wilden Applaus zu münden. Das heißt: Die einen applaudierten, die anderen schrien ihren Protest heraus. Der Kampf war entschieden. Und plötzlich war die ganze Meute verschwunden. Das Schreien der Hähne war verstummt, irgendjemand packte hastig einen Kadaver, eilig wurden die Gewinne verteilt, es gab ein Murmeln, ein wenig Gemaule und Geschiebe – dann herrschte Stille.

Damian stand vor ihnen, wie aus dem Erdboden gewachsen. Gianna starrte ihn wütend an. Zu dritt traten sie wieder hinaus auf die Straße. Die Gassen kamen Gianna düsterer und schmutziger vor.

Ja, Kleine, das musst du auch mal mitmachen, wenn du schon hier bist, sagte Damian.

Muss ich das?, fragte Gianna lauter, als sie eigentlich beabsichtigt hatte. Und nenn mich gefälligst nicht Kleine.

Musst du, sagte Damian entschieden und überhörte den Rest, schließlich ist das Fleisch dieser *Gallos Ingleses* eine Spezialität. Das wusstest du doch? Und auch, dass die Sterneкüche es gern verwendet? Genau wie das Fleisch der Stiere, nicht wahr? Hat eben alles seinen Preis!

Ja, das hatte es wohl.

Sie schlenderten unlustig durch die Stadt. Warum hielten sie sich eigentlich so oft bei den Händen, wo sie sich doch so uneinig waren?

In Pamplona waren die Gassen voller Menschen. Die Stadt war berühmt für ihre feinen, kleinen Tapas-Bars. Das Angebot in den Schaufenstern war überwältigend. Gianna ließ sich aus ihren Gedanken reißen. Es war so schön hier, so … lebendig. Sie hatte den Eindruck, einer Grabkammer entkommen zu sein oder einem Friedhof, in dem die Toten sich aus ihren Gräbern befreit hatten und nun die Welt schmutzig und verwahrlost heimsuchten.

Wie anders war es an der Oberfläche der Stadt! Gianna schaute sich um. Das war verführerisch! Sie wusste, dass es hier eine Garde junger Köche gab, die die traditionellen Tapas neu interpretierten, aber sie hatte bisher keine Gelegenheit gehabt, das auszuprobieren. Und schließlich: Eine Sache war es, die Tapas zu essen – eine ganz andere, sie mit Freunden zu knabbern, sie sich aus den Fingern zu reißen, sich zu necken und gegenseitig zu füttern. Das war bei den ehrgeizigen Kreationen des jungen Jesús aus Pamplona gar nicht so einfach: Vorsichtig balancierte Gianna ein winziges Tablett mit dem sämigen schwarzen Saft des Tintenfischs, auf dem ein rohes Ei in einer undurchdringlichen Kräuterpaste schwamm. Das Ei leuchtete glutrot, das kam vom *Vino Joven*, vom jungen Wein, in dem es eingelegt worden war. Eher ein Schluck als ein Bissen, aber dann kamen ja schon die winzigen Burger aus Kalbfleisch und iberischem Ferkel, die auf einer knusprigen Schicht aus verschiedenen Getreiden thronten, die karamellisierten Anchovis mit Paprikahäutchen, die hauchfeinen Chips aus Spargel, Möhren und Artischocken, denen das Bad in Wein und Olivenöl alles Bittere genommen hatte. Sie probierten und schleckten, sie wussten bald nicht mehr genau, ob sie nun den eigenen Finger zwischen den Lippen liebkosten oder doch den fremden. In der zweiten Tapas-Bar war es ihnen schon egal. In der dritten fingen sie mit den Küssen an. Sie küssten einander und die lachenden Augen einer Unbekannten, die sich für ein paar Stunden zu ihnen gesellte.

Es war ganz natürlich, dass sie im Bett landeten. In einem Bett, alle vier miteinander. Das war ein schönes Liebesgestapel! Die Brüder taten ihr Bestes, und Gianna staunte über die Fingerfertigkeiten des Falkners und die schweren, köstlichen Lippen des Skulpteurs. Es tat gut, sich zu wiegen. Die fremde Frau strahlte sie an. Im Morgengrauen schliefen sie ein, acht Hände auf abenteuerliche Weise ineinander verschränkt.

Der nächste Tag war ein Sonntag, ein verschlafener Maisonntag. Das Restaurant glücklicherweise geschlossen. Und auch sonst keine Pläne. Sie bekämpften die aufkommende Verlegenheit mit viel schwarzem Kaffee und Gebäck in einer Cafetería am Markt. Quirins Stimmung war nicht zu deuten. Er hatte seine grauen Augen hinter einer Sonnenbrille verborgen. Damian wurde von Minute zu Minute munterer. Er beobachtete die Spaziergänger auf der Plaza, all die feingemachten kleinen Mädchen, die unwilligen Jungen, die makellos herausgeputzten jungen Mütter mit den ebenso jungen Männern am Arm, die weithin Rasierwasserdüfte verbreiteten. Und die Punks und die Freaks, die Verlorenen und die Verlassenen. Alle gingen hier auf in der großen Versammlung der Plaza. Sie machte den Sonntag erst zum Sonntag, die Stadt zum Bürgertreff.

Damian hatte seinen Spaß. Er wandte den Kopf nach links und rechts, die Augen leicht zusammengekniffen. Der Falkner wirkte selbst wie ein Greifvogel, er suchte sich die schönste Beute für seine Augen.

Nett hier, sagte er unverbindlich, als er Giannas Blick spürte, schön zu wissen, dass du es hier gut getroffen hast.

Das klang nun schon sehr nach Abschied. Quirin lächelte unergründlich.

Ja, wir werden fahren.

Sie bummelten herum, dann trennten sie sich für ein paar Stunden. Die Brüder brachten die schöne Fremde zum Busbahnhof. Gianna stellte ein Päckchen zusammen, dessen Bestandteile sie schon länger vorbereitet hatte: lauter Köstlichkeiten für Francesca, Leckereien, die sie selbst zubereitet hatte, aber auch Aufmerksamkeiten der Kollegen, die es mochten, wenn Gianna von der Großmutter erzählte. Und ein Brief, endlich wieder ein richtiger Brief, auf Papier und mit einem schönen Stift geschrieben. Es war allerdings kein gewöhnliches Briefpapier, das Gianna ausgesucht hatte. Sie hatte vielmehr über Monate die Zettel mit den Bestellungen, die die Servicekräfte in der Küche abgaben und die der Souschef eilig an der mächtigen Lampenleiste befestigte, gesammelt, wenn sie abgearbeitet waren. Die Zettel waren eingerissen, manche wiesen Fettflecken oder Saucenspritzer auf. Aber sie waren eine Art Tagebuch ihres Alltags in Olite. Gianna machte eine Collage daraus. Auf der Rückseite ließ sich gut schreiben.

Irgendwann klopfte es an der Tür: Schon so spät? Sie hatte vergessen, dass sie mit den Brüdern für den späten Nachmittag verabredet war. Da standen sie schon, erwartungsvoll und gut gelaunt. Sie waren noch an der Lagune gewesen, hatten, wie Quirin es nannte, einfach nur den Vögeln zugesehen. Die, die jetzt an der Lagune zu sehen waren, würden auch den Sommer hier verbringen.

Die Alten und die Lahmen!, lachte Damian.

Quatsch – die, die hierhergehören!, sagte Quirin.

Genossen hatten sie es. Waren durchs Schilf gekrochen, hatten seltene Zwerghühner entdeckt, Biber beim Sonnenbad beobachtet.

Die Brüder plapperten und plapperten. So schob Gianna die beiden irgendwann lachend aus der Tür, hinaus auf den Parkplatz und dann in den Pick-up – und schon ging es wieder zurück nach Pamplona. Das schien ihre Stadt zu sein.

Jesús, der junge Tapa-König, hatte ihnen das Lokal empfohlen. Ganz traditionell gehe es da zu, aber man begreife, was die spanische Küche für eine Basis und Geschichte habe. Alles sehr ehrenwert, ihr werdet schon sehen.

Sie mussten eine Weile suchen.

Das war nun etwas anderes als der Überschwang von gestern! Das Lokal lag verborgen am Ende einer Seitengasse; kein Schild wies es aus. Die Fenster waren mit roten Samtvorhängen vor neugierigen Blicken geschützt. Innen war es düster. Die Brüder wurden plötzlich ganz ernst. Wohin waren sie hier geraten? War das so eine Art Küchen-Kirche? Oder ein Rittersaal, nur ohne Ritter und ohne Rüstungen? Eigentlich nicht ihr Stil. Schwere geschnitzte Stühle aus Ebenholz wurden von älteren Kellnern beflissen zurechtgerückt. *Sie werden platziert,* war hier durchaus wörtlich zu nehmen, denn wenn man einmal auf den Lehnstühlen Platz genommen hatte, war es überaus mühsam, aufzustehen. In einem Kamin brannte ein großes Feuer; noch war es früh, der Raum in dem uralten Gebäude kühl, aber bald würde das Feuer seine Wirkung entfachen – das Feuer im Verein mit dem außergewöhnlichen Wein, den der Chef des Hauses ungefragt servierte. Kaum zehn Minuten da, fühlten sich die drei schon als Gefangene dieser seltsam schweren Behaglichkeit.

Bitte, den müssen sie unbedingt probieren.

Der Wirt schenkte Gianna mit großer Geste ein. Er hatte

recht: Der Wein war eine Köstlichkeit aus Vanille und Traubenaromen. Also gut! Eine Flasche davon! Sie ließen den Mann auch die Speisefolge entscheiden. Wie viel Vertrauen es brauchte, um ein guter Gast zu sein, dachte Gianna. Eigentlich ein Vertrag auf Treu und Glauben, den man immer neu abschließt.

Das Restaurant huldigte tatsächlich der alten Schule. Auf Fisch und Salat, ein leichtes Zitronensüppchen und etwas Fisch folgte eine imposante Reihe von Fleischgerichten, unterbrochen von delikatem Gemüse. Die Teller wechselten, ebenso die Weine; das Feuer loderte, und ihr Gespräch wurde lebhafter. Das Restaurant füllte sich. Viele Gäste waren ausnehmend gut gekleidet, teuer gealterte Paare, einige einzelne Herren, zwei, drei kleinere Gruppen. Und in einer Ecke zwei elegante Damen, die ihre Gesichter unter ausladenden Hüten verbargen, ihnen gegenüber, mit dem Rücken zu Gianna, ein Herr, der viel lachte, mit den beiden scherzte, mal die Hand der einen, mal der anderen küsste.

Schau dir diesen Casanova an, sagte Damian, der ihrem Blick gefolgt war. Beneidenswert.

He he, warnte Gianna spöttisch. Übernimm dich nicht.

Quirin sah sie von der Seite an. Wie anders Gianna war, sobald sein Bruder in der Nähe war. Aber er mochte diese Damian-Gianna auch. Hätte er sie ohne Damian in der vergangenen Nacht auf solche Weise … er schob den Gedanken beiseite.

Der Wirt trat wieder an ihren Tisch, ja, eher ein Wirt als ein Küchenchef, etwas schmierig, von etwas öliger Freundlichkeit, die gleichzeitig etwas Bedrohliches hatte.

Schmeckt es Ihnen?

Gewiss! An der Frage war nichts auszusetzen. Und doch. Etwas an diesem merkwürdigen Typen brachte sie ins Reden. Vielleicht, weil er seine Frage wiederholte, sie bekam dadurch etwas Mehrdeutiges, in dem Sinn: Ob es ihnen grundsätzlich schmecke? Das Leben im Allgemeinen und das Leben miteinander? Und wo sie herkämen, pardon, man könne sehen, dass sie Fremde seien.

Und ehe sie sich versahen, hatten sie von ihren widerstreitenden Eindrücken erzählt, von der Moderne und der Grausamkeit, vom Großmut und den starren Traditionen. Vor allem Gianna redete, ihre schönen, vernarbten Finger malten Fragezeichen in die Luft, als sie von ihrer Zerrissenheit in Spanien erzählte.

Der Wirt war kein großer Psychologe. Er hörte zwar zu, aber er foppte sie nach Kräften, und sie merkten zu spät, dass er das Gespräch in eine bestimmte Richtung lockte.

Sie gehen nicht richtig mit der Dame um, sagte er zu Quirin und Damian gewandt.

Ach nein? Quirin war sofort ganz Angriffslust.

Nein, sagte der Typ sehr bestimmt. Ich bin ganz sicher, dass Sie das nicht wissen. Passen Sie auf …

Er straffte sich ein wenig, richtete sich auf, und es war nicht klar, ob er mit den folgenden Sätzen nur sie ansprach oder alle Gäste im Restaurant. Seine Stimme war jedenfalls laut genug:

Es gibt nur drei wichtige Dinge, die man für eine Frau immer tun muss – immer.

Du musst eine Frau gut füttern, du musst sie gut vögeln, und du musst gut mit ihr tanzen. Immer!

Er vollführte eine anmutige Pirouette und verschwand mit den Worten:

Wohl bekomm's!

Die anderen Gäste lachten. Sie hatten die kleine Unterhaltung mit angehört. Sogar der scheinbare Casanova mit den beiden extravaganten Begleiterinnen wandte sich um, hob das Glas und prostete ihnen zu: Auf die Trilogien des Lebens!

Gianna und die beiden Brüder erstarrten. Der Casanova

war – Vasco. Und seine Begleiterinnen mit den eleganten Hüten – María und Amaia. Von wegen schöne *Schwestern*!

Das war ein gänzlich unerwarteter Abschluss eines sowieso überraschenden Besuchs. Im Nachhinein fand es Gianna auf eine merkwürdige Weise passend. Und absurd. Sie musste lachen, wenn sie an den merkwürdigen Abend dachte. Aber da waren die Brüder schon wieder fort.

Vielleicht war das die spanische Lektion? Liebe und Grausamkeit. Fleisch und Hitze. Regeln und Ausbrüche. Gianna stöhnte unter dem spanischen Sommer. Nach der Abreise der Brüder war es ihr schwergefallen, in ihren Alltag zurückzukehren. Mit den Schwestern zumal. *Schwestern*! Die beiden waren die Geliebten Vascos, oder er war ihr Geliebter: Sie bildeten ein schönes Dreieck, und das seit Jahren. Dass sie Geschwister seien, sei keine Lüge, so erklärten sie, es habe sich so ergeben, sie fühlten sich tatsächlich so. Und sorgten sie nicht wie gute Töchter leider abwesender Eltern für den jüngeren, etwas hilflosen Vasco? Hatte nicht jeder seinen Part, wie in einer ganz normalen Familie? Natürlich, man musste das nicht jedem auf die Nase binden, die Leute hier waren konservativ. Sie lachten sich an, als sie Gianna ihre Geschichte erzählten. Nein, wir wollten dich nicht täuschen, sondern dir nur ein wenig Zeit lassen.

Sie wussten, dass all das Neue die Deutsche sowieso überfordern würde. Das Feuer, die Wärme, die Lautstärke und die Rasanz. Und dann diese alles überflutende, überbordende Sinneslust, gezügelt durch Rituale, aber doch jederzeit bereit, auszubrechen. In dieser steten Spannung lag der Reiz, aber zugleich die Quelle der Erschöpfung. Es gab kein Rasten vom erotischen Spiel, alles, *alles* wurde ihm untergeordnet. Hörte das jemals auf? Gianna fühlte sich manchmal sehr protestantisch. Vielleicht hatte sie auch nur einen *Gefühlskater*, so nannte sie das, wenn ihr alles zu viel wurde.

Andererseits genoss sie es. Und sie liebte Vascos Küche, diese Autorenküche, wie er sie nannte, die immer konsequenteren Versuche, mit seinen Gerichten Geschichten zu erzählen. Dabei war sie an ihrem Gemüseposten fein raus. Ihn hatte sie zur Zentrale der Küche gemacht und María gebeten, beim Organisatorischen zu helfen. So blieb Gianna als Souschefin noch genug Raum zur Entfaltung, und sie vergeudete nicht ihre Kraft mit Planung und Einkauf. Das Gemüse bestimmte die Farbe des Gerichts, entschied, wie fröhlich oder melancholisch, wie vergrübelt oder ironisch so ein Teller daherkam. Gianna begann, sich als Regisseurin zu fühlen, und sie begann, ihrerseits Gerichte zu erfinden, in denen ihre Erfahrungen als Köchin einflossen. Der Schmelz der klassischen Regensburger Küche, die scharfe Modernität aus Kopenhagen, auch die Schmerzen und Demütigungen, die man ihr als Lehrling zugefügt hatte, die Fremdheit, das Flüchtige, der Stolz auf Gelingendes …

Die nächste Saison war Giannas Saison, und als sie im Winter die zunehmend zerbrechliche Francesca, Rita und Lukas besuchte, die in vorsichtiger Eintracht beieinanderblieben, hatte sie das Gefühl: Ich habe es geschafft. Ich kann in Navarra leben, bei meiner anderen, seltsamen Familie. Noch lange würde sie von ihnen allen lernen. Das war es, was Gianna beflügelte: das Lernen, das Lebendige darin. Irgendwann würde sie Küchenchefin sein, irgendwo – und dann würde sie der Küche das zurückgeben können, was sie gelernt hatte. Ja, der Küche. Gianna war den Artischocken und Tomaten, den Zucchini und den Paprika auf eine seltsame Weise dankbar. *Seid zärtlich zum Spinat!* So hatte eine Kapitelüberschrift in einem alten Kochbuch gelautet – ein zerfleddertes Taschenbuch, das Gianna, seit sie es entdeckt hatte, als Talismann mit sich herumtrug.

Gianna gewann neue Sicherheit. Sie konnte sogar Quirin und Damian für eine Weile vergessen. Bei ihren Streifzügen auf den Märkten, wo sie die feinsten Früchte und delikatesten Gemüse aussuchte, hatte sie einen Mann aus Soria getroffen. Er fiel ihr auf, weil er mit solcher Ruhe die Artischocken prüfte. Er hatte seine Umgebung völlig vergessen. Diese Hingabe zog sie an. Sie blieben für ein gutes halbes Jahr zusammen. Auch Martín tat ihr gut – wie eine Weile später Octavio, und schließlich Henri aus Dänemark. Der brachte etwas mit, das sie kannte: diese Kühle, diese pragmatische Entschiedenheit. Henri wollte mehr von Gianna, er wagte zu träumen, aber Gianna war entschlossen: Noch nicht bleiben, nirgends, außer dort, wo man lernte.

Und dann kam die Fiesta von Sanfermines in Pamplona. In ihrem vierten spanischen Jahr hatte Gianna endlich einmal Zeit dafür. Gianna war mit María und Amaia angereist. Sie wollten Maite besuchen.

Die Kellnerin hatte zu einem neuen, angesagten Koch gewechselt, der die baskische Küche revolutionierte. Wieder einmal! Bestand die Küche zwischen San Sebastián und Miranda de Ebro denn aus etwas anderem als Revolutionen? Der Neue, so wussten sie, machte Vorspeisen aus Roibusch-Tee, Trüffeln und Ton: tropfende Aperitiv-Bonbons, die ihr aromatisches Inneres erst allmählich preisgaben. Er servierte eine mit Kohlensäure versetzte Karottensuppe im Glas, die mit Vanille und Zimt gewürzt war und die in ihrem mit Orangenlikör angereicherten Sud so heftige Blasen warf, dass man fürchtete, die filigranen Behälter würden zerspringen. Er verwandelte den

Hecht, den stolzesten aller Flussfische, in ein verschwindend zartes Filet, das in einem Balsam aus Kakaobohnen, Mandeln und allerfeinst gehacktem Kürbis aufging, gehalten nur von Senfblättern, die in einer Pfanne für eine Millisekunde heißes Olivenöl berührt hatten, mit viel Salz.

Schau dich da gut um, und dann kommst du zurück, hatte Vasco zum Abschied zu Maite gesagt. Vasco gönnte jedem den Aufstieg. Maite würde bei Juanmaría Destello García endlich Chef de Rang werden, die nächste Station auf dem Weg zur Restaurantleiterin.

Du wirst mir fehlen, *chica*, hatte sie lachend zum Abschied zu Gianna gesagt.

Du mir auch!

Und nun würden sie Maite wiedersehen, in diesem verrückten, angesagten Restaurant, *El Flash*, der Blitz.

Natürlich war es ein wenig riskant, *El Flash* ausgerechnet zur Zeit des Stadtfestivals zu besuchen, aber María liebte Festivals, und vielleicht wäre es ja jetzt, da so viele Touristen die Stadt überfluteten, etwas weniger zeremoniell? Amaia hoffte sogar auf ein mittleres Durcheinander bei ihrem Besuch – so würde Destello nicht nervös werden, wenn er die Gäste aus Olite bemerkte.

María, Amaia und Gianna hatten den Wagen nahe der Stierkampfarena geparkt und gingen zu Fuß durch die Gassen. Hier würde in ein paar Stunden die berühmte Stierhatz stattfinden: sechs Stiere von verrückten, weiß gekleideten Männern einen Kilometer durch die Gassen verfolgt, ein Wettlauf auf Leben und Tod. Der Lauf endete in der Arena, er war der Auftakt für die Stierkämpfe zu Ehren des heiligen San Fermín. Früher hatten junge Männer aus Pamplona die Stierhatz zu ihrer persönlichen Mutprobe gemacht, es war ein Initiationsritual, roh und zugleich lächerlich wie so viele der archaischen Rituale, die man im Baskenland pflegte, weshalb die Einheimischen selbst die Ersten waren, die sich darüber lustig machten. Seit ein paar Jahren aber dominierten Briten und Amerikaner den Lauf, sie waren wohlhabender als die jungen Männer aus Pamplona; sie investierten viel in den kurzen Nervenkitzel, der sie die Langeweile zu Hause für ein paar Stunden vergessen ließ. Die Einheimischen seufzten und erhöhten für eine Woche die Preise in Bars und Restaurants; den Stieren war es, so sagten sie, egal, wer vor ihnen davonlief. Der Tod war den Tieren ohnedies sicher.

Überall sah man Absperrgitter, rote und weiße Bänder, aber noch lag die Stadt in träger Erwartung da. Es war schon sehr warm. Kleine Mädchen lutschten Eis am Stiel und wurden von ungeduldigen Müttern weitergezogen. Geschäftsleute in mäßiger Eile, die Aktentaschen unter dem Arm. Gianna erinnerte sich daran, wie sie zu Beginn ihrer spanischen Zeit in Jerez de la Frontera solche Männer gesehen hatte: Gut gekleidet und scheinbar in großer Eile hatten sie die Terrassen der Bars gegen Mittag gefüllt, mit ihresgleichen palavert und reichlich Tapas mit *Fino* genossen. Einer von ihnen, ein besonders lauter und geschäftig Tuender, hatte sich aufgeregt und hektisch von den anderen verabschiedet.

Ich muss unbedingt los, die Geschäfte!

Im Aufbruch war ihm die Mappe mit den so wichtigen Unterlagen aus der Hand gerutscht. Die Papiere fielen zu Boden, wurden sogleich verweht – es waren weiße, leere Blätter.

Solche Typen gab es auch hier. Die Kellner wuselten herum, und Boten balancierten schwere Kisten auf wackeligen Mopeds. Die allgegenwärtigen *Furgonetas*, kleine Lieferwagen, hupten sich halsbrecherisch durch die engen Gassen.

Und dann – Gebrüll. Lautstarkes Schreien, es klang wie Rufen und dagegen Proteste. Weiter hinten sah man eine Menschenmenge. Neugierig geworden, schoben sich die drei Frauen heran. Die Stierhatz würde doch erst morgen stattfinden? Hatten sie sich im Tag geirrt? Gianna hatte keine Lust auf blutige Spektakel, nein, keinesfalls! Sie zupfte María am Ärmel, aber die schüttelte sie ab.

Join the human race! Stop bullfighting, so stand es auf großen weißen Schildern, die junge Leute vor sich hertrugen. Eine Demonstration? Erst nahmen sie nur die Schilder wahr, aber dann erkannten sie, was die allgemeine Aufregung verursachte: Die überwiegend jungen Demonstranten nützten die Schilder auch als Schilde, sie trugen nichts am Leib als ihren in mehreren Sprachen vorgetragenen Protest. Andere kamen dazu, ebenfalls nackt, begleitet jetzt von wütenden Pfiffen der Anwohner und Passanten: *The naked truth: Bullfighting is cruel!* So schrien Plakate und Banner, wiederum getragen von jungen Leuten, die sich mit blutroter Farbe beschmiert hatten. Plötzlich sank die ganze Gruppe wie von unsichtbaren Gewehrkugeln getroffen zu Boden, bildete ein Knäuel, sortierte sich, und langsam, langsam konnte man erkennen, was sie da formten: einen einzigen toten, blutigen Stier. Die Formation löste sich wieder auf, die jungen Leute gingen ein paar Schritte. Sie ließen sich vom Protestgeheul um sie herum nicht beeindrucken, sondern begannen, den nächsten Akt ihres Theaterstücks aufzuführen: *Stop Bullfighting*, schrieben nun ihre Körper auf das Pflaster.

Polizei rückte an. Anscheinend war das eine genehmigte Demonstration, denn die Männer lösten die Gruppe keineswegs auf. Sie bauten sich beiderseits der Gasse auf, um die Aktivisten zu beschützen. Schon kam eine neue Gruppe aus einer Seitengasse: Es waren junge Frauen mit Stierhörnern aus Pappmaché auf den Köpfen, und sie hatten es nicht leicht, zu den anderen aufzuschließen, steckten ihre Körper doch in Särgen, die sie wie übergroße Käferpanzer auf dem Rücken trugen. *Die Stiere sterben einen grausamen Tod!*, klagten ihre Schilder, theatralisch hielt jede Demonstrantin eine glutrote Blume in den Händen.

Es war eine gekonnte Inszenierung, sie erinnerte an ein griechisches Trauerspiel – aber nie hatte Gianna so viel Zorn erlebt: Die Leute waren außer sich. Sie schrien, sie schimpften, sie ließen sich nur mit Mühe davon abhalten, auf die jungen Tierschützer loszugehen. Und diese? Bleich, gefasst, mit entschlossenen Mienen, schweigend, schritten sie an der empörten Stadtgesellschaft vorbei. Sie wirkten auf die Bewohner offenbar wie eine feindliche Invasion. Die Stadt war außer Rand und Band. Niemand wollte diese Schilder sehen, nicht die nackten jungen Leute – sie wollten zurück zu ihren Bräuchen, die man ihnen schon lange aus den Händen genommen hatte, aber sie hielten noch immer an ihnen fest, an diesem blutigen Spektakel, grausam, aus der Zeit gefallen, sinnlos und lukrativ.

Komm!

María ließ sich widerwillig wegziehen.

Schau nur, was für eine Energie!

Ihr imponierte, was die jungen Leute riskierten. Sie kamen ja von weit her; das bewiesen die Schriften auf den Plakaten, in englischer, in französischer und in deutscher Sprache.

Pilger der moralischen Internationale, sagte María. Es schwang Anerkennung in ihrer Stimme.

Im *El Flash* war Maite außer sich vor Freude, und Destello erwies sich als herzlicher, schmaler junger Mann, der die drei Frauen mit Freuden bewirtete. Aber Gianna war nicht recht bei der Sache. Die Bilder der nackten Tierschützer mit ihren Plakaten und das falsche Blut für die echten Opfer beschäftigten sie. Gianna war Köchin, eine, die sich mit Leib und Leben dem Genuss verschrieben hatte. Sie fühlte sich als Teil einer elitären Gemeinschaft, in inniger Rivalität verbunden, verschwiegen, über die halbe Erde verstreut. Sie arbeiteten, jeder auf seine Art, an der bestmöglichen Form der Nahrungszubereitung. Aber hatten sie übersehen, dass sich längst eine andere, internationale Gemeinschaft rund um das Essen bildete, eine sehr viel strengere, rigorosere? Der es nicht auf Genuss ankam, sondern auf Moral? Die nicht Völlerei predigte, sondern Verzicht, nicht Finesse, sondern Verbundenheit mit der Kreatur? Gianna wollte den jungen Leuten nicht recht geben. Sie waren ihr zu laut, zu absolut in ihren Ansprüchen. Schwarz-Weiß-Denken stieß sie ebenso ab wie die simple Unterteilung in Täter und Opfer.

Gianna spürte, dass die Zeit der immer luxuriöseren, rücksichtslosen und exquisiten Küchen vorbeiging. Es war nicht mehr zeitgemäß, zu konsumieren, als wüsste man nichts von der Herkunft und nichts von den Folgen. Sie konnten nicht länger mit dem Feuer spielen, als wüssten sie nicht, dass das Haus aus Holz gebaut war. Was aber sollten sie tun?

Worum ging es beim Essen? Wie konnten sie leben?

Indian Summer, New Mexico

21. EIN KOJOTE ZUR BEGRÜSSUNG

Pablo verstand diesen Rückzug nicht. Das konnte es doch nicht sein! Er verstand Giannas Verzweiflung, jedenfalls schrieb er ihr das, jedenfalls drückte das seine Miene in den langen Skype-Gesprächen aus, die sie miteinander führten – in ihrer ganz persönlichen, deutsch-englisch-spanischen Sprache, die doch Teil der internationalen Sprache der Köche war, versetzt mit französischen, kreolischen und neuerdings auch japanischen Begriffen. Pablo verstand. Er hatte ja seine eigenen Schlüsse aus der Krise der Küche gezogen. Agrarwissenschaften – schön und gut. Ein Tellerwäscherleben hatte das im vermeintlich sicheren Ausland bedeutet, keine Karriere. Er war zurückgekehrt, er hatte auf Pedro Rodriguez' Finca mit angepackt, hatte für Effizienz und Modernisierung gesorgt; und ganz nebenbei hatte er immer mehr über die Lagerung und Verarbeitung von Lebensmitteln gelernt.

Nicht kochen!, stellte er richtig, als Gianna ihn einmal einen Kollegen nannte. So weit wird es nie kommen. Ich habe vielleicht den Grips dafür, aber nicht den Gaumen.

Und dann hatte es ihn doch erwischt, hinterrücks, sozusagen. Ausgerechnet Pablo, der immer Bescheidene, der Aushelfer, hatte sich als unentbehrlich für einen Trend erwiesen, mit dem ein junger Koch aus Katalonien sich nun anschickte, die Welt zu provozieren. Es war nicht ganz klar, ob er überzeugen oder nur aufrühren wollte.

Aufrühren! Ein ganz falscher Begriff. Pablo lachte. Aufrühren war genauso falsch wie anrühren, unterheben, häckseln ... Begriffe von gestern. Die neue Küche war eine für Chemiker oder für Wolkenträumer – oder für beide. Pablo war die rechte Hand dieses Kochs, der keiner sein wollte, eines Kochs, der

Tomaten mit der Fahrradpumpe aufblies und sie zum Platzen brachte.

Was ist eine Tomate? Das ist doch die Frage, sagte er dazu trocken.

Und wenn jemand einwandte, eine Tomate sei schließlich eine ganz natürliche Frucht, dann lachte der Zauberer-Zerstörer und extemporierte über Andenfrüchte, die niemand genießen konnte, über Manipulationen und die Essenz des Geschmacks. Sicher, auch bei Pablos Meister in einem schmucklosen Restaurant an der Ostküste gab es Menüs:

Tannensprösslinge auf Eishonigwürfeln, vakuumierte Champignons in Haselnussöl, sich selbst auflösende Ravioli – aber es ging nicht mehr um Sättigung, nicht einmal um Genuss. Es ging um den Prozess und dessen Bewusstwerdung.

Gianna schüttelte den Kopf, als Pablo behauptete, das sei doch genau ihr, Giannas, Anliegen. Sie fand den Mann aus Katalonien faszinierend. Sie lachte mit der halben Welt der Köche über seine vertrackten Einfälle und seinen Humor.

Aber, Pablo – das kann es doch nicht sein! Die Reduktion auf die chemischen Bestandteile! Eine Baukastenküche!

Doch, sagte Pablo, halb im Ernst und halb lachend. Finde dich damit ab: Die Jungs sind auf dem Vormarsch. Es ist eine Jungsküche, unbeschwert, unverantwortlich, aber zukunftsweisend.

Er schwärmte von den Kunstausstellungen, zu denen sie eingeladen waren, von den Diskussionsforen, von den geschockten Mäzenen, den passionierten Gästen im Restaurant.

Klar ist: Das geht nur eine Weile, sagte Pablo gleich darauf ernst. Aber ich, der Ingenieur, werde daran mitgearbeitet haben. Die Erfinder des Flüchtigsten, der Aromen, und die Technikfreaks der Hochschulen in einer wahrhaftig schönen Symbiose. Das gab es zuletzt in der Renaissance, wenn mich nicht alles täuscht.

Seine Begeisterung rührte sie an – nicht aber das, was er sagte. Gianna spürte, wie sie sich voneinander entfernten.

Mit Ende dreißig war Gianna ruheloser denn je.

Komm nach Hause!, schlug Quirin vor, und Gianna fiel es schwer, diesen Unterton zu überhören.

Komm nach Hause, sagten die alten Freundinnen, die es längst zu etwas gebracht hatten, etwas, das man vorzeigen und zu Weihnachten und Ostern schmücken konnte. Sie schickten Fotos von lustigen Schulkindern und schwärmten von Kundalini-Yoga, Zumba und Pilates.

Ratlos klickte sich Gianna durch fremde Bildersammlungen. Wohin sollte es nur gehen? Mit ihr? Mit der Küche? Warum konnte sie nicht lassen von diesem Wahnsinn, der sie um die halbe Erde trieb? Mehr als einmal war sie drauf und dran, alles hinzuschmeißen. Aufgeben, weggehen, irgendwann, wenn sie wieder bei Kräften wäre, etwas Neues beginnen … Nur fiel ihr nichts ein. Nichts machte ihr schöneres Herzklopfen als eine blitzblank aufgeräumte, silbrig schimmernde Restaurantküche, die Reihen großer Töpfe und viel zu schwerer Pfannen, der Duft nach Fleiß und Schweiß und dem Glanz des vergangenen Abends, der immer ein wenig in der Luft hängenblieb.

Du bist nicht zu Ende damit, schrieb Francesca. Für mich ist es ganz klar, *cara mia.* Gib nicht auf! Aber vergiss mich nicht.

Das klang seltsam: Vergiss mich nicht. Francesca hatte noch nie so zaghaft geschrieben. Gianna buchte kurzentschlossen einen Flug nach München und reiste nach Hause. Sie fand Francesca auf das Sofa gebettet vor. Gianna stockte das Herz. Bei ihr saß – Damian. Der große Herumtreiber war immer in Francescas Nähe geblieben, aber jetzt, da sie unerklärliche Schwindelanfälle plagten, wurde er mehr und mehr zum Freund. Als Gianna eintrat, stand Damian verlegen auf. Wer wird schon gerne händchenhaltend mit einer Großmutter erwischt? Damian sah verwirrend gut aus wie immer, aber über seine Stirn zogen sich tiefe Furchen. Die dichten Haare waren graugesträhnt. Verwundert nahm Gianna war, wie rau und grob seine Hände wirkten, die er ihr entgegenstreckte.

Gar nicht so einfach, so ein Leben als Burgherr, sagte er, bemüht um die alte Unbekümmertheit. Aber es war offenkundig: Die Falknerei fraß ihn auf. Die Besucherströme, die Behörden, der Tierschutz und die Finanzen! Und dann hatte seine zweite Ex-Frau einen Streit um das Kind begonnen. Die Burg sei kein geeigneter Ort für Kinder. Er war auf dem Sprung!

Wie immer, dachte und sagte Gianna.

Komm her!, sagte Francesca endlich. Lass dich umarmen, Kind!

Gianna blieb. Ein paar Wochen nur. Aber sie hätte schwören können, dass es Jahre waren, die sie bei Francesca verbrachte. Oder bei Quirin, der in eine einfache Wohnung gezogen war, eine Wohnung, so karg und grau wie der ganze Mann. Während sie stundenlang leise erzählte, streichelte er Giannas Sorgen fort. Dabei zogen seine geduldigen Finger allmählich Furchen und Scheitel in Giannas widerspenstiges Haar, und es reichte vollkommen, dass er nur gelegentlich *mhm, mhm* brummte, um zu zeigen, dass er noch zuhörte. Gianna griff das Brummen manchmal auf, dann machte auch sie *mhm, mhm* und summte wie früher. Sie ahnte ja nicht, dass genau dieses Brummen-Gesumm alles war, was Quirin wollte: Es signalisierte ihm, dass Gianna glücklich war, dass sie dabei war, alles Vergangene zu vergessen und das Zukünftige nicht mehr zu fürchten. Die Gegenwart war ihr persönliches Wolkenkuckucksheim, hoch oben über den Dächern von Regensburg. Aber zerbrechlich war es, nichts, worauf man bauen konnte. Das machte Quirin zu schaffen. Er wusste, dass sie wieder gehen würde. Und dass es sein Part war, ihr dabei zu helfen.

Ein Restaurant im Norden von New Mexico suchte eine Köchin. Keinen Souschef, keinen Chef de Cuisine, einfach eine Köchin. Die Hierarchie schien dort nicht zu kümmern, oder vielleicht hatten sie es auch schwer, jemanden zu finden, denn die Ansprüche schienen hoch. Es ging darum, die Küche neu zu positionieren. Das Restaurant gehörte zu einem Hotel, das durch ein geändertes Konzept plötzlich Gäste aus allen Regionen der USA anzog. Das Restaurant konnte da nicht mithalten und brauchte einen eigenen Neuanfang. Daher die Offenheit. Daher die Dringlichkeit. Wieder und wieder las Gianna die Stellenanzeige durch, verfolgte den Link. Die Homepage zeigte einen seltsamen, aus Lehm gemauerten Gebäudekomplex, in dem alle Kanten abgerundet waren, als hätte sie eine milde Hand geglättet. Im Hintergrund leuchteten weiß behelmte Berge. Gianna hatte nicht gewusst, dass man im Süden der USA Ski fahren konnte. Was hatte sie überhaupt gewusst?

Es war einen Versuch wert, fand Gianna. Sie schrieb Vasco. Der bedauerte und verstand. Köche konnte man nicht halten.

New Mexico!, seufzte Quirin und studierte Flugpreise.

Vergiss uns nicht, sagte Francesca erneut und bezog diesmal Damian mit ein, der mit Tüten voller Einkäufe in ihr Häuschen stürzte: Ich muss gleich wieder los …

Ganz so eilig war es denn doch nicht. Sie fanden noch einmal Zeit, sich zu lieben. Es ergab sich. Blitzschnell – zwischen Kofferpacken und Aufbruch. Gianna war in den Keller gegangen, um eine Tasche zu suchen, und sie spürte, dass Damian ihr folgte, noch bevor sie seine Schritte auf der Kellertreppe hörte. Die letzten Möbel aus der Klosterschenke, eine Bank, alte Decken. Und Damian, der Gianna in entschiedener Eile auszog, mit ein paar Handgriffen die Bank polsterte und sie rücklings darauf bettete. Damian, der ihre Arme nach oben bog, hinter ihrem Kopf mit einer Hand festhielt und sich rasch, übergangslos und mit einer seltsamen Dringlichkeit auf sie legte, atemlos, mit heißer Haut.

Gianna, Gianna!

Er sagte ihr nicht, dass er ihre Hände festhielt, um diese nicht anschauen zu müssen. Giannas Hände verrieten so viel. Von den Verletzungen, den Abenteuern, den vorübergegangenen Jahren. Er konnte das nicht sehen, nicht mehr. Weil so vieles mit ihm geschehen war – mit ihnen, den beiden Brüdern – und so vieles auch nicht. Damian bog Giannas schlanken Körper nach hinten, diesen immer noch jungenhaften, immer noch irgendwie ruppigen Körper, den er kannte, zu dem er zurückkehren würde, immer wieder – und der ihm doch nicht gehörte, niemals gehört hatte, so, wie Damian eigentlich nichts gehörte, wie alles an ihm vorüberzog, die Menschen, die Zeiten. Früher hatte ihm das nichts ausgemacht. Aber nun spürte er die Jahre in seinen Knochen, und er wollte sie wegstoßen und mit sich aufräumen und mit der Liebe.

Als er Gianna wieder auf die Beine zog, hatte Damian, der Coole, Tränen in den Augen.

Entschuldige, sagte er, das musste sein.

Das fand Gianna auch. Aber nun fiel der Abschied noch schwerer.

Als sie im Flugzeug saß, hatte sie zum ersten Mal das Gefühl, es bliebe etwas von ihr in der alten Heimat zurück. Abschiede wurden mit den Jahren nicht leichter, es stimmte nicht, dass man sich ans Fortgehen gewöhnte. Gianna wurde das Herz schwer. Sie setzte die Schlafbrille auf und trank einen Whiskey. Im Gedröhn der Maschine, im Geruch nach Plastik und dem Gepäck vieler Menschen schmeckte der Drink künstlich und trostlos. Noch einen! Und noch einen. Sie hatte Lust, in der Unwirklichkeit zu verschwinden.

Der erste Tag in New Mexico war ihr völlig irreal vorgekommen. Das mochte am Jetlag liegen. Am Flughafen von Albuquerque hatte sie einen Mietwagen nehmen müssen, abends um elf. Sie hatte schon vorher gewusst, dass das eine Überforderung sein würde, das Jammern darüber aber auf später verschoben. Und tatsächlich: Der große koreanische Wagen, den ihr die Leihfirma überließ, entpuppte sich als bockiges Ding; die Automatik machte ihr ebenso zu schaffen wie der unerwartet lebhafte Verkehr. Bestand diese verdammte Stadt nur aus Highways mit Nummern und Angaben von Himmelsrichtungen?

Sehr witzig, Nord, Nord-Ost im Dunkeln, sagte Gianna grimmig zu sich selbst. Es hatte keinen Zweck. An einer Tankstelle scherte sie aus und bat die verblüffte junge Kassiererin, ein Taxi zu rufen.

Aber Sie haben doch …?

Egal!

Das Taxi kam; und vielleicht hätte Gianna den Fahrer nicht ausdrücklich bitten sollen, ganz langsam voraus zum vorher gebuchten Motel zu fahren? Jedenfalls bewegte sich das Taxi vor ihr mit solch provozierender Langsamkeit, dass es rings um sie drängelte und hupte. Sie fuhren, so schien es, einmal um das Zentrum herum, und die Lichter der Straßenlaternen, die vielen Leuchtreklamen verschwammen vor Giannas müden Augen. Endlich – eine Art Ausfallstraße, gesäumt von heruntergekommenen, staubigen Kakteen. Die Häuser rechts und links schienen hauptsächlich von überdimensionalen Werbetafeln zusammengehalten zu werden. Es blinkte und leuchtete, glitzerte und löste sich in Hunderte farbige Pixel auf. Sie waren da. Der Taxifahrer kassierte sein Geld.

Ma'am sind Sie sicher, dass Sie hier bleiben wollen?

Sie überhörte die leise Warnung in seiner Stimme.

Das musste eine Einbildung sein! Das Motel entpuppte sich als Saloon mit angeschlossenem Motel. Mit einer Schwingtür wie in alten Wildwestfilmen! Und entsprechende Typen an den einarmigen Banditen dahinter. Sie wandten sich um, als sie das Gepolter des Rollkoffers hörten, und schoben große Cowboyhüte zurecht. Etliche Augenpaare starrten Gianna an. Fehlte nur, dass die Musik ausgestellt worden wäre. Eine Lady eilte mit klackernden Schlappen auf sie zu: Willkommen, *Darling*!, und übernahm freundlich das Regiment. Und schon balancierte Gianna ein großes Bier auf ihrem Rollkoffer über ein paar Gänge zu ihrem Zimmer. Amüsiert nahm sie das riesige Bett zur Kenntnis, auf dem eine pinkfarbene Überdecke Funken sprühte, sobald man mit der Hand darüberstrich.

Am nächsten Morgen wachte Gianna auf, das Bier unangetastet auf dem Rollkoffer neben sich, sie selbst noch immer in Jacke und Schuhen auf dem Bett ausgestreckt. Nicht ihr Handy hatte sie geweckt, sondern das vielstimmige Brummen von Lkw-Motoren, das die Scheiben des Motelzimmers zum Vibrieren brachte. Und ihren Magen auch.

Das Gefühl der Unwirklichkeit blieb. Daran änderte auch das Frühstück mit den heißen Waffeln nichts, in denen sich der Ahornsirup staute. Der brennend säuerliche Kaffee ätzte sich seinen Weg in den kurz und heftig rebellierenden Magen. Der Kaffee machte, dass Giannas Gedanken etwas klarer wurden, aber die Augen wollten weiterhin halb geschlossen bleiben, zufrieden damit, dass alles ein wenig unscharf blieb, in eine wohltuende Ferne gerückt. Auf dem Parkplatz standen noch immer Trucks, dicht an dicht. Sie standen da mit laufenden Motoren, die Fahrer rauchten eine letzte Zigarette, bevor sie endlich wieder aufbrechen würden. Ohne zu murren, rangierten sie ihre mächtigen Gefährte, damit Gianna, dieser Floh unter ihnen, den leidigen Koreaner ausparken konnte.

Viel Glück, *Darling*!

Verblüfft bemerkte Gianna auf der Landstraße vorbeirollende Büsche. Tatsächlich war die Landschaft so leer und gelb wie die Prärie aus ihrer Fernsehkindheit, nur kühler war es. Sie schaltete die Klimaanlage aus. Die Büsche trieben vorbei, rechts und links. Noch achtzig Meilen bis Santa Fe … sie musste lachen, als sie das Straßenschild las.

Sie hatte wohl geträumt, sagte sie sich am nächsten Morgen, als sie in dem reizenden kleinen Hotel an der West Manhattan Avenue die Augen aufschlug. Es konnte doch nicht sein? Hatte sie wirklich gleich bei ihrem ersten Spaziergang durch Santa Fe einen Kojoten und einen leibhaftigen Indianer gesehen? Gianna war überzeugt davon, dass ihr Müdigkeit und Phantasie einen Streich spielten. Zu ihrem Jetlag kam nun dieses überaus seltsame, kleine Hotel. Es sah selbst aus, als sei es Teil eines Traumes, von dem man nicht wusste, ob er kindlichen Wunschvorstellungen entsprungen war – oder ob es einer dieser Fieberträume war, die sich in eine angenehme oder eine bedrohliche Richtung entwickeln konnten. Das Hotel *Albergo* war ein einfacher Adobe-Bau, rot gebürsteter Lehm, rundliche Fenster, gekrümmte Wege, nachlässig geharkter Kies und eine Einfahrt, in die man sich geduldig einzufädeln hatte wie einen Faden in eine leicht verbogene Nadel. Die Wirtin: entschieden roséblond und von anstrengendster Herzlichkeit. Ihr Lächeln wie mit Haarspray gehärtet. Das Entree: überschäumende Farben, wuchernde Pflanzen und die Chance, mit jedem Schritt Nippes zu zertreten, der offenbar über Jahre angesammelt und ausgestellt worden war. Im Inneren dann Höhlendunkelheit, Sitzmöbel mit behaglichen Kissen, knisternde Kamine. Überall Reliefs aus bunten Kacheln, die seltsame

Szenen aus rätselhaften Sagen darstellten, und dekorative Teppiche; selbst die Fenster waren mit mexikanischen Motiven bemalt: schöne Frauen, Hut und Revolver tragende Skelette, tanzende Gitarren. Gianna hatte sich sofort in ihr Zimmer zurückgezogen, dankbar den bereitgestellten Tee in der Thermoskanne auf dem Nachttischchen bemerkt, verblüfft in das Dachfenster über sich geschaut – und war mit dem Blick auf den unwahrscheinlich blauen Himmel sogleich eingeschlafen.

War sie wirklich wach gewesen, als sie sich ein paar Stunden später aufmachte, um Santa Fe zu erkunden? Sie hatte sich jedenfalls in der Richtung geirrt und war, statt nach Westen stadteinwärts zu wandern, nach Osten gegangen. Als sie es bemerkte, war es ihr schon egal. Sie hielt sich in der Mitte des sandigen Bürgersteigs, betrachtete die rotbraunen Lehmbauten, die sorgfältig ummauerten Grundstücke, die kargen Vorgärten, die hauptsächlich aus Kakteen, wildem Rosmarin und Palmlilien bestanden, die in Töpfen wuchsen. Und dann waren da die Chili-Büsche, das Wahrzeichen des Bundesstaats. Viele Hausbesitzer hatten sie nach der Reifezeit einfach in den Büschen belassen, als knallroten, nunmehr schrumpelnden Schmuck inmitten von Wüstenfarben. Gianna schlenderte weiter. Ihre Augen schmerzten. Die Sonne brannte hier selbst im September mit einer ungeahnten Heftigkeit. Sie war anders als in Andalusien, ihr Licht erschien Gianna weißlicher, gleißender. Sie kniff die Lider zusammen. Und da sah sie ihn: einen Indianer. Der Mann hatte lange schwarze Haare, die offen über seinen Rücken fielen. Das Lederhemd hatte er weit aufgeknöpft, so dass der farbige Keramikschmuck zu sehen war. Er trug eine Feder im Haar, die sich im sanften, warmen Wind leise bewegte. Der Mann stand auf der anderen Straßenseite, vielleicht zwanzig Schritte von ihr entfernt. Sie hatte keine Ahnung, wie er dorthin gekommen war. Der Mann schaute sie an, keineswegs unfreundlich, eher abwartend. Seine Arme hingen am Körper herab, die Beine steckten in Lederhosen, und an den Füßen trug er tatsächlich Mokassins. Gianna war nicht sicher, ob sie in eine Filmkulisse oder schon wieder in einen Traum geraten war. Wie das Sonnenlicht schmerzte! Wie die Augen brannten! Der Mann nickte ihr kurz zu, dann wandte er sich ab und war verschwunden.

Gianna atmete tief durch. Dann riss sie sich zusammen. Sie war müde. Und sie würde sich von einem seltsam verkleideten *Native American* nicht irritieren lassen – und erst recht nicht von Einbildungen, die ihr ein müder Geist vor die Augen spielte. Sie beschleunigte ihre Schritte und hatte bald die letzten Bungalows von Santa Fe hinter sich gelassen. Hier war nichts als Wüste. Eine gelblich-braune Ebene, gesprenkelt von spärlichen Büschen, durchzogen von einer einzigen Straße und überspannt von Leitungen, die sich schlaff von Mast zu Mast schwangen, als würden sie nicht gebraucht.

Ein Hund kam vorbei. Er war ziemlich hoch und sehr mager, er trabte mit sicheren Schritten zügig über die Straße. Der Hund war kein Hund – es war ein Kojote. Giannas Herz machte einen Sprung. Der Hund, der keiner war, verschwand kurz im Straßengraben, dann tauchte er wieder auf. Der wusste ganz genau, wohin. Der kannte sich hier aus.

Er lief noch ein wenig parallel zur Straße, dann entdeckte er sie. Er stoppte, reckte den Hals und schnupperte. Kurz streiften seine gelben Augen Giannas einsame Gestalt. Hatte er ihr ins Gesicht gesehen? Dann drehte er ab und verschwand hinter Büschen. Seine dürre Gestalt verschmolz alsbald mit dem Wüstenhintergrund.

New Mexico – erst einmal eine Halluzination. Unwirklich. So schrieb sie an Quirin, der erfreut antwortete: Das klinge schön. Und: Sie solle bitte viel schlafen und träumen. Das war merkwürdigerweise für eine lange Zeit das Letzte, was sie von ihm hörte.

Spontan entschied sie, noch ein paar Tage in dem kleinen Hotel in Santa Fe zu bleiben. Die Stadt tat ihr gut, so wie sie jedem guttat, der auf der Suche nach Erholung oder Erleuchtung dort Station machte, wie es hieß. Erleuchtung? Seit mehr als einer Generation schon war Santa Fe anscheinend ein Mekka der Sinnsucher. Gianna fielen entsprechende Buchtitel in dem kleinen Laden auf, der nicht nur Romane und Sachbücher, sondern auch Kaffee und Tee anbot. Eigentlich vor allem Kaffee und Tee. Und fedrige Traumfänger, allerlei Holzplastiken im Taschenformat, Tücher, Gürtel. Die Ladeninhaberin trug Zöpfe und einen wohl selbstgenähten, bunten Kittel. Ihr Lächeln teilte das ohnehin faltenreiche Gesicht in einzelne Abschnitte, die durch tiefe Furchen getrennt waren. Wie eine Landschaft von oben, flächig, seltsam geometrisch. Gianna ertappte sich dabei, das Gesichtsmuster zu betrachten, statt sich auf einen Smalltalk einzulassen. Noch immer dieses Gefühl von Unwirklichkeit!

Du hast keine Ahnung, wer hier alles wohnt!

Die zerfurchte Buchhändlerin zählte die Namen von Hollywood-Größen auf. War Los Angeles, war die Filmindustrie nicht Tausende von Meilen entfernt? Ja – eben. Die Schauspieler und Regisseure suchten den Abstand. Und es verhielt sich wie immer bei solchen Trends: Irgendjemand hatte damit angefangen, dessen Freunde waren gefolgt – und nun stiegen die Grundstückspreise ins Unermessliche. Wellness-Oasen wuchsen.

Karen, so hieß die Buchhändlerin, die keine mehr war, fand die Entwicklung gut. Es gehe wirtschaftlich endlich aufwärts. Und dafür, dass nicht alles nur beliebig und esoterisch werde, stünden ja schließlich die Nonnen ein.

Die Nonnen?

Es gab ein buddhistisches Frauenkloster, streng geführt, doch gerade deshalb hatten seine dreißig oder vierzig Bewohnerinnen wohl regen Zulauf von Touristinnen, die sich für ein paar Tage oder Wochen enthusiastisch dem strengen Tagesablauf der frommen Frauen unterwarfen.

Und für den Spaß sorgen die Jazzer!

Santa Fe war auch noch das Mekka der Musiker?, staunte Gianna.

Ja, ja. hier ist viel los, du wirst schon sehen. Noch einen Mokka?

Der Kaffee tat gut, auch wenn er Gianna nicht wirklich aufzuwecken vermochte. Sie streifte durch die Gassen, bewunderte die vielfältigen kleinen Läden, ging der Musik nach, die jetzt schon, am späten Vormittag, durch die Gassen drang. Steel-Gitarre, das weiche Trommeln von Bongos, ein Bass. Sie ließ sich treiben. Am nächsten Tag musste sie sich im Restaurant vorstellen. Am nächsten Tag – das hieß: in einer Ewigkeit, nach drei, vier Träumen. Wenn das die amerikanische Entspanntheit war, dann war sie ihr herzlich willkommen.

22. NEU ANFANGEN IN NEW MEXICO

Jalapeñas und rote Chilis, wilder Thymian und kratziger Rosmarin. Rötliches Land und silbrig-grüne Pflanzen, meerblauer Himmel und im Hintergrund tintenblaue Berge, die sich immer weiter zurückzuziehen schienen, je näher man kam. Als Gianna ihren Wagen in die Einfahrt des *Jicama* lenkte, war sie schier betäubt von den Farben. Und von den Aromen! Die Düfte überwältigten sie, als sie das Auto parkte und ausstieg.

Sie hielt einen Moment inne, atmete tief ein und aus. Dann warf sie die Wagentür mit Schwung zu und verriegelte sie.

Im nächsten Augenblick fuhr sie zusammen. Da stoben drei Hunde auf sie zu, die offenbar unter einem Gebüsch regelrecht auf der Lauer gelegen hatten. Ein kleiner Yorkshire-Terrier, der sich wütend auf sie stürzen wollte, ein mächtiger Chow-Chow und ein kräftiger Jagdhund! Gianna wich zurück.

Ruhig, Jungs!

Das mit den Jungs war Quatsch. Der Jagdhund war offensichtlich ein Weibchen, tief hingen Zitzen von seinem Bauch. Die Hündin zog, laut bellend, Kreise um Gianna und ihren Wagen, während der Chow-Chow sie düster knurrend stellte. Der Yorkshire war als Erster bei ihr angekommen und kläffte wie verrückt, wollte seine Vorfreude auf das Zubeißen aber offensichtlich noch eine Weile genießen.

Gianna stampfte mit dem Fuß auf: Los, verpisst euch!

Das mussten die Köter verstehen, auch wenn es deutsch war.

Ein schriller Pfiff ertönte. Die Hunde drehten augenblicklich bei.

Oben, auf einer kleinen Treppe, stand eine alte Dame und hatte zwei Finger an die Lippen gelegt. Mit strenger Stimme wies sie die Hunde zurecht. Gianna atmete auf. Die Frau winkte sie herbei, wandte sich aber, ohne auf Gianna zu warten, um und eilte zurück in das Gebäude, aus dem sie gekommen war. Giannas Herz klopfte noch immer von dem unerwarteten Angriff. Sie riss sich zusammen, richtete den Blick nach oben: Das Gebäude war stattlich, ein Adobe-Bau wie die meisten hier, aber höher; zwei Stockwerke wurden gekrönt von einer Art Dachterrasse. Umlaufend eine Galerie aus gedrechseltem Holz. Und Nebengebäude – die würde sie später in Augenschein nehmen. Jetzt, da die verdammten Hunde weg waren, konnte man das Gegurre von Tauben hören. Tatsächlich: Dort, links von ihr, waren Taubenschläge, ebenfalls aus dem allgegenwärtigen Lehm gebaut. Bienenstöcke entdeckte Gianna weiter hinten, dazu ein paar Gewächshäuser, die Glasfronten allerdings von einer sandfarbenen Staubschicht bedeckt. Das *Jicama* war anscheinend eine Mischung aus Hotel und Farm für Selbstversorger. Entschlossen hängte sich Gianna die Kuvert-Tasche mit ihren Messern um, packte ihre beiden Reisetaschen und ging ins Haus. Es roch nach Bohnerwachs und altem Holz, etwas Würziges, Herbes schwang mit.

Das Hotel war von innen prächtig. Eine Mischung aus schweren mexikanischen Landhausmöbeln und New Yorker Chic, still und behaglich. Und dann schwebte auch schon eine ältere Dame auf sie zu.

Lilian leitete das *Jicama*-Hotel. Seit vielen Jahren, seit wie vielen genau hatte sie angeblich vergessen. Sie hielt sich sehr aufrecht. Ein elfenbeinfarbenes Kleid umspielte ihre schmalen Knöchel, silberne Armbänder klapperten an ihren Handgelenken.

Komm näher, *Darling!*

Es gab Kaffee, diesmal mit einem Würzzucker angereichert, und dazu einen köstlichen Biskuit, von dem warme Marmelade tropfte.

Der kommt von unserer Pamela, antwortete Lilian auf Giannas bewundernden Blick, du wirst sie noch kennenlernen. Du wirst sie alle noch kennenlernen. Lass dir Zeit. Es reicht, wenn du morgen mit der Arbeit beginnst.

Sie füllte Formulare aus. Und ließ Gianna das Haus erkunden.

Frag mich nur, wenn du nicht weiterweißt!

Sie hatte einige der Gästezimmer gesehen und über die Vielfalt der Ausstattung gestaunt, die dennoch von einer einzigen, kundigen Hand gestaltet zu sein schien. Sie durchmaß den enormen, ein wenig düsteren Speisesaal, der jetzt am Vormittag leer war – und von blitzender, duftender Sauberkeit. Auf den dunklen, polierten Tischen standen filigrane Vasen mit Gewürzsträußchen, an einer Wand hing die Speisekarte für den nächsten Tag. Gianna las mit wachsender Aufregung. Das würde von nun an ihre Aufgabe sein: eine neue Speisekarte entwerfen. Zusammen mit einem Kollegen, der kurz vor ihr begonnen hatte. Wie würden sie sich arrangieren?

Sie betrat die Küche. Diese war nicht besonders groß, und im Vergleich zu den Küchen, in denen sie bisher gearbeitet hatte, wirkte sie eher ein wenig unprofessionell. Gianna war enttäuscht. Zusammengestückeltes Inventar, mehr Holz als Chrom, an den Wänden jedoch eine Reihe schöner, bronzener Töpfe und Pfannen. Niemand da. Die Tür zum Hof stand offen. Aus dem Augenwinkel sah Gianna eine Kräuterspirale. Oh, das war etwas Vertrautes. Neugierig trat sie näher – und da knurrte es schon wieder! Die große Hündin, diesmal allein. Mit eingezogenem Schwanz strich sie über den Hof, die Lefzen böse hochgezogen. Eilig zog sich Gianna zurück. So nett Lilian gewesen war, mit diesen Hunden hier war nicht zu spaßen. Sie spürte eine kräftige Hand auf ihrem Arm:

Come in! Lassen wir die Bestien allein!

Das musste Thomas sein. Thomas, ihr Kollege aus Baltimore. Verblüfft starrte sie ihn an. Thomas war keiner dieser bulligen Typen, die ihr bisher so oft begegnet waren, keine offensichtliche Autorität wie ihre Chefs in Kopenhagen und Singapur, auch kein Energiebündel wie Max Wohlleben – vor ihr stand ein hagerer Mann, vielleicht Ende vierzig, mit einem gewinnenden Lächeln, das zwei Reihen langer, keineswegs perfekter Zähne entblößte. Er trug etliche Ohrringe. Die Hand auf ihrem Arm war schmal, die Finger waren lang. Gianna starrte auf seine Arme: Derart bunte Tattoos hatte sie noch nie gesehen! Ganze Landschaften zogen sich vom Handgelenk bis zum hochgekrempelten Hemdsärmel über dem Ellenbogen. Behutsam zog Thomas die Hand zurück.

Hi, ich bin Thomas, sagte er erwartungsgemäß. Schätze, du bist Gianna, die Deutsche?

Sie beugten sich über Auslagen. Sie musterten Werkzeuge. Sie verglichen die Zutatenlisten, die ausweisen sollten, was in den Gewächshäusern gezogen wurde, mit dem tatsächlichen Bestand. Listen, Listen, Listen. Gianna versuchte, nicht die Landschaften auf Thomas' Armen zu lesen, die vielfältigen Fabelwesen, Drachen und Waffen, die sich mit seinen Bewegungen bogen, wuchsen und zusammenzogen. Thomas bemerkte Giannas Faszination, aber vielleicht war er zu höflich, um sie das wissen zu lassen, oder es war ihm egal, denn er hatte ja keine Zeit zu verlieren, es gab so viel zu besprechen – er war unermüdlich. Thomas fand den Laden gut, das hatte Potential, aber es gab unendlich viel zu tun, vor allem an Systematik hatte es gefehlt, fand er. Er zeigte ihr die Küche, jeden Schrank, jedes Schubfach, dann ging es erst einmal nach draußen.

In den Gewächshäusern war es feucht und sehr warm, die Sonne machte sich im Lauf des Tages über das weitläufige Gelände her und ließ es nicht mehr aus den Klauen. War es wirklich schon Ende September? Sie erkundeten das Gelände.

Auf den Feldern hinter dem Haus stand noch der Thymian, über dem Schmetterlinge trudelten: schon müde gewordene Schwalbenschwänze und Pfauenaugen.

Auf der Galerie verbreiteten Rosmarinbündel, kopfüber von der Holzdecke abgeseilt, ihren würzigen Duft. Es gab noch Tomaten! Und Chilischoten natürlich und Paprika.

Sie begannen sofort zu katalogisieren, machten kleine Skizzen, zählten, nummerierten. Immer wieder verließen sie das unübersichtliche Haus durch andere schmale Türen, immer wieder aber stießen sie an Zäune, an denen rätselhafte Schilder hingen: *No trespassing by order of the warchief.* Wo sollte man in dieser dürren Prärielandschaft einen Hausfriedensbruch begehen? Und wer, bitte, war der *warchief*? Sollte das ein Scherz sein? Die massiven Zäune ließen das Gegenteil vermuten. Eines jedoch wurde schnell klar: Das eigentliche Grundstück war nicht sehr groß, es ragte wie ein Handschuh in eine eher öde Landschaft, auf deren Besitz aber jemand großen Wert legte. Die Hoteliers hatten Land dazugepachtet, aber es würde Tage dauern, sich hier einen Überblick zu verschaffen! Nur: Diese Zeit hatten sie nicht. Schon nächste Woche würden die ersten Gäste anreisen: Individualreisende aus dem Norden der USA und aus Kanada, eine Gruppe von Lehrerinnen auf Fortbildung. Nicht zu vergessen die Tagesgäste aus der Umgebung.

Keine Angst, ich hab das ein bisschen vorbereitet, sagte Thomas, nur scheinbar ruhig. Wir schaffen das schon.

Immer, wenn er nervös war, rang er die Hände. Die Zeichnungen auf seinem Arm tanzten. Er zeigte ihr, was er vorhatte. Einen der drei Vorratsräume hatte Thomas bereits leergeräumt und nach seinen eigenen Kriterien neu gefüllt. Und da staunte Gianna nicht schlecht: Auf den langen Regalböden fanden sich aufgereiht: Anchovis und Sesamsaat, eingelegte Makrelen, Sardinen, große Gläser mit Pinienhonig und Ahornsirup. Das Gewürzregal enthielt neben den üblichen Küchenzutaten auch Senf- und Lilienblüten, Tabasco und Chilicremes, getrockneten Sellerie in vielerlei Arten und alle möglichen Zwiebeln in großen Netzen: kleine rote und dicke Gemüsezwiebeln, Schalotten und Perlzwiebeln, die berühmte Red Toga und sogar die weiße Vaugirard! Eine beruhigende Anzahl von Säcken mit Langkornreis und ganze Reihen getrockneter Wurst, die einen scharfen Duft verbreitete.

Thomas hob den Deckel einer Tiefkühltruhe an:

Rotbarsch und Roter Trommler, Schnapper und Flundern, sagte er, als stelle er eine Reihe von Freunden vor. Frisch wäre besser, ich weiß. Aber wir müssen erst mal rausfinden, wo wir die herkriegen.

Sie mussten bei null anfangen. Die alten Köche des Hotels hatten nach und nach das Weite gesucht, als immer mehr Gäste nicht nur zum Übernachten, sondern auch zum Essen bleiben wollten. Das *Jicama* war dabei, ein Opfer des eigenen Erfolgs zu werden. Thomas und Gianna sollten es richten. Zum Glück waren die vielen Helfer geblieben. Es gab einen Beikoch und, ganz altmodisch, eine Potagère, die anscheinend köstliche Suppen zubereiten konnte. Das Frühstück bereiteten die Kellnerinnen vor, die am nächsten Morgen in aller Frühe die Küche erobern würden.

Damit habt ihr nichts zu tun, hatte Lilian beruhigend zu Gianna und Thomas gesagt. Die machen das Frühstück, ihr besorgt dann den Rest.

Und darin bestand das Abenteuer. Grübelnd ging Gianna die Zutatenliste durch, als sie abends nach kurzer Fahrt wieder in ihrem Zimmer im Hotel von Santa Fe lag. Thomas hatte zweifellos ein System bei seinen Einkäufen, aber es war nicht ihres. Sie ahnte es: Die Aufteilung der Zuständigkeiten konnte ein Problem werden. Aber fürs Erste war sie auf den nervösen Thomas angewiesen. Er war zwar nicht direkt ortskundig, aber eben Amerikaner. Sie mussten miteinander auskommen – sie noch mehr mit ihm als er mit ihr.

In der nächsten Woche empfing sie in der Lobby des Hotels ein betörender Duft. Es roch nach Rosmarin und Gewürzen, aber die verschiedenen Aromen wurden getragen von einem weichen, milden Hefeduft, in den sich ein Hauch von Limette mischte. Im Speisesaal saßen schon kleine Gruppen von Gästen, erwartungsvoll in ihren Kaffeetassen rührend. Sie waren gestern Abend angekommen, jetzt waren sie bereit für das Frühstück. Gerade wurde das Buffet aufgebaut. Gianna schob sich durch die Reihen in die Küche. Dort wuselte und kramte es, dort füllten die Kellnerinnen Körbe mit Croissants, schleppten Einmachgläser mit selbst gemixtem Müsli nach draußen. Inmitten der allgemeinen Geschäftigkeit stand eine kleine Frau sehr ruhig an dem großen Küchentisch. Sie war gedrungen, ein langer schwarzer Zopf fiel ihr bis tief in den Rücken, und sie hatte die Arme bis zum Ellenbogen im Teig versenkt. Der Teig war goldgelb und samtweich – und verströmte diesen wahrhaft gottgefälligen, geradezu betäubenden Duft. Es duftete … Gianna suchte in ihrem Kopf nach Worten … es duftete nach … Sonne und Weizen … und irgendwie nach … Weite.

Die Frau mit dem Zopf schien den Blick in ihrem Rücken zu spüren, drehte sich langsam halb um und sah Gianna in die Augen, ohne dass sie ihre Hände hätte ruhen lassen. Sie nickte ihr kurz und freundlich zu, dann wandte sie all ihre Aufmerksamkeit wieder dem großen, weichen Teiggebilde unter ihren Händen zu.

Das ist Pamela, sagte Lilian, die unbemerkt in die Küche getreten war. Sie ist unsere … Bäckerin, also die Patissière.

Die Indianerin lachte leise: Patissière. Genau. Das bin ich.

Wieder diese offenen Augen, die Gianna, prüfend jetzt, wie es schien, betrachteten.

Ich bin Pamela.

Sie wiederholte den Namen eindringlich. Sie lächelte:

Ich habe gehört, du kommst von weit her.

Sie konnte der Patissière schlecht die Hand reichen, also trat Gianna nur einen Schritt näher, noch näher in den Bannraum dieses Duftes.

Gianna, sagte sie einfach. Gianna aus Deutschland.

Ah, die Frau mit den Messern, rief jetzt einer, der dazugekommen war.

Pamela kümmerte sich nicht um ihn.

Das ist Tony, sagte Lilian. Er ist der Restaurant-Chef.

Ein leutseliger, jugendlich wirkender Hüne.

Deine Messer haben ihn sehr interessiert, sagte Lilian jetzt mit einem leicht strafenden Unterton. Deshalb habe ich sie beiseitegeräumt.

Sie zog ein großes Schubfach unter dem Tisch auf und reichte Gianna ihre Kuverttasche mit dem Messer-Sortiment.

Gianna entging nicht, wie Pamela zusammenfuhr. Rasch nahm sie die Messer an sich und steckte das Kuvert in den Hosenbund. Sie machte einen Schritt auf Pamela zu.

Weißt du, ich habe die Messer aus London, sagte sie, von einem japanischen Messerhersteller. Das sind die besten.

Pamela beachtete sie nicht. Aber Lilian hörte zu.

Jeder Koch betreibt mit seinen Messern einen Kult. Wo andere Angestellte Bilder ihrer Lieben im Silberrahmen aufstellen, da schleifen und polieren die Köche ihre Messer, um sie liebevoll in samtene oder lederne Etuis zu schieben, die sie umständlich zuknöpfen. Die Messer sind das Erste, was sie an neuen Arbeitsplätzen auspacken, und das Letzte, was sie einstecken, wenn sie wieder aufbrechen.

Niemals würden die Köche ihre Messer verleihen. Die Klingen und Griffe tragen ihre Handschrift, im Laufe der Jahre weisen sie Kerben und Kratzer, Flecken und Dellen auf. Sich von einem Messer zu trennen ist schwer, und selbst wenn der Ersatz nachweislich besser ist, trauern sie alten Messern lange hinterher.

Gianna hatte ihre Messer von einem englischen Händler, der eigentlich ein japanischer Messerschleifer war und in London sein Auskommen gefunden hatte. Schon Max Wohlleben hatte ihr die Adresse verraten, aber erst in Kopenhagen hatte sie so gut verdient, dass sie sich ein Wochenende in London leisten konnte.

Der Messerverkäufer hatte seinen Laden, der klein wie eine Kapelle und ebenso elegant eingerichtet war, in einem südlichen Stadtteil. Es war nicht leicht, ihn zu finden, eine Hausnummer gab es nicht, und die Tür war stets verschlossen – aus Sicherheitsgründen, wie der Mann meinte. Ob Sasaki Yuito öffnete oder nicht, lag an seiner Tagesverfassung, am Gesicht des Einlass Begehrenden und an einigen Unwägbarkeiten, über die alle seine Stammkunden rätselten; mancher, der schon ein Vermögen bei Sasaki ausgegeben hatte, hatte bei seinem nächsten Besuch vergeblich geklingelt.

Gianna und ihrem Kollegen allerdings wurde geöffnet, ja mehr noch: Sasaki fand Gefallen daran, den jungen Leuten zu zeigen, was seine Messer vermochten. Er führte es ihnen vor, einen Tanz mit Fingern und Klinge, der sich nach einem gemächlichen Anfang so rasend beschleunigte, dass Gianna bald aufgab, begreifen zu wollen, was sie sah. Sasaki schnitt eine ganz banale Tomate mittlerer Größe. Er ließ sie befühlen: ihre Festigkeit, ihre Form. Dann legte er sich die Frucht zurecht, setzte das Messer in aller Ruhe an ... In sagenhafte einhundertzwanzig allerfeinste Scheiben zerlegte er die Tomate.

Good knife, sagte er nur und hielt Gianna das Messer hin, von dem kaum Saft tropfte.

Er erklärte, worauf es ankomme bei einem Messer. Es musste so scharf sein, dass es beim Gemüse die Fasern nicht quetschte: Das veränderte das Aroma; der Geschmack würde teilweise verlorengehen, noch bevor man das Gemüse weiter verarbeitete. Es solle gut und schwer genug in der Hand liegen. Nur so arbeite das Messer für den Koch und nicht umgekehrt. Es müsse sich leicht absenken lassen. Nur das erlaube hohes Tempo beim Schneiden und damit eine schonende Zubereitung. Die Länge der Klinge schließlich müsse in der richtigen Proportion zur Hand stehen. Für jede Hand gebe es ein passendes Messer – aber eben bloß eines.

Sasaki Yuitos Messer entstanden in Handarbeit, nur mit dem Springhammer und einem großen Schleifstein. Das dauerte.

Ein einziges Messer hatte Gianna bei ihm erstanden; es hatte sie mehrere Monatsgehälter gekostet.

Hier, das ist es, sagte sie und zog das englisch-japanische Messer aus der Tasche, die Klinge blinkte im Licht.

Behutsam steckte sie es wieder ein. Pamela war bleich geworden. Sie schob sich betont unauffällig an Gianna vorbei.

Was hast du?, fragte Thomas, der offenbar um einiges direkter war als Gianna.

Messer sind nicht gut, sagte Pamela leise. Sie bringen großes Unglück.

Und fort war sie.

Thomas lachte die beklommene Stimmung weg:

Wenn sie keine Messer mag, ist sie ja als Patissière genau richtig! Puh, Gianna, da haben wir Glück gehabt.

Wir! Das war Thomas' ständiges Reden, und doch entspann sich zwischen Gianna und ihm ein Wettstreit. Schon gleich am ersten Tag, als Thomas die Speisekarte entwarf. Sollten sie das nicht gemeinsam tun? Sicher, aber Thomas hatte durch das Füllen der Speisekammern schon einiges vorgegeben; war es also nicht praktischer so? Er legte seine Hände zusammen, ließ die Finger knacken. Thomas war nicht gut darin, die Freude über seinen Vorsprung zu verbergen. Aber veranstalteten sie hier ein Rennen?

Gianna zwang sich, sachlich zur Kenntnis zu nehmen, was sie da las: Rotbarsch mit Austernsauce, Schnapper mit Minze, Knoblauch, Zitrone und Kumin – schnell fand Gianna heraus, dass Thomas aus Baltimore die Küche aus New Orleans zu seinem Nonplusultra erkoren hatte. Abgewandelt natürlich, personalisiert sozusagen. Aber auf seiner Karte fand sich der

Pompano, die heikle amerikanische Stachelmakrele ebenso wie *Eggs Sardou* und sogar eine Variante des populären *Gumbo*. Das Eintopfgericht aus der kreolischen Küche reicherte Thomas in New Mexico aber mit Tomaten an.

Es schmeckte gut, keine Frage. Es schmeckte sogar köstlich. Den Gästen sowieso. Aber es war sinnlos. Sie bekamen hier – zumindest in absehbarer Zeit – keine frischen Fische, außer Forellen und Lachsen. Viele Zutaten mussten von weit her geliefert werden, und das *Jicama* befand sich außerhalb der kleinen Stadt, die wiederum abseits von Metropolen lag. Was Thomas plante, war ein Satellit der kreolischen Küche, geprägt von ihrer Heiligen Dreifaltigkeit: Zwiebeln, Gemüsepaprika und Staudensellerie.

Hier wächst keine Paprika, sagte Gianna im Verlauf ihrer langen Auseinandersetzungen. Und bis die hier ist, sieht die rote Paprika aus wie eine alte Säufernase!

Wir verarbeiten die Paprika ja sowieso weiter, sagte Thomas.

Ja, aber mit welchem Aufwand! Wir haben doch Chilis hier …

Chilis! Dieses Karnevalszeug!

Das sagst ausgerechnet du mit deinem New-Orleans-Spleen!

Schon gab es den ersten Streit. Gianna hatte geschrien. Die anderen schauten sie erschrocken an. Thomas verschränkte die Arme und spannte die Muskeln an, dass die Sagenfiguren darauf bedrohlich anschwollen. Nein, so ging das nicht. Sie mussten zusammenarbeiten. Es hatte keinen Sinn, sich mit Thomas zu entzweien, denn sie waren ja gleichberechtigte Kollegen. Leider, dachte Gianna. Und merkte zum ersten Mal, dass sie eine Küche wirklich führen wollte. Alleine und unbedingt. Das Problem war nur: Thomas wollte das auch. Und wie sie wollte er es nicht um jeden Preis. Er meinte es, das musste sie zugeben, gut. Er hatte sich nur auf einen Stil festgelegt, den man nicht ohne weiteres importieren konnte. Und er hielt offensichtlich daran fest, weil … – ja, warum eigentlich?

Nachdenklich ging Gianna am späten Abend durch die Flure des Hotels. Aus der Küche hörte man es scheuern und schrubben. Schon nach ein paar Tagen mit Thomas' importierter kreolischer Küche hing ein Geruch von Fisch und Muscheln in der Luft, der auch mit viel Zitronenwasser nicht mehr weichen wollte. Die Gäste, die zum Frühstück kamen, rümpften die Nasen.

Gianna spazierte weiter. In der Lobby hingen Bilder der Hotelgründerin. Das war eine New Yorker Gesellschaftsdame gewesen, gelangweilt vom eigenen Wohlstand. Sie war 1922 in den Ferien hergekommen und fasziniert gewesen von der kargen, majestätischen Landschaft. Sie hatte sich ausgerechnet in einen Indianerhäuptling verliebt. Das war auch nach neunzig Jahren noch unglaublich. Die *Society* zu Hause war entsetzt, die Wohlmeinenden hielten es für eine vorübergehende fixe Idee, aber sie sollten sich täuschen. Die Lady plante ernsthaft ihren Umzug nach New Mexico und brach alle Brücken hinter sich ab. Der Indianerhäuptling war jedoch bereits verheiratet, und schon bahnte sich eines der Beziehungsdramen an, wie es auch in der Upper East Side hätte stattfinden können. Robert jedoch entpuppte sich als ein weiser Mann: Er half seiner New Yorker Lady, ein Stück Land zu kaufen, und hieß sie, ihr Haus im Stil seiner Leute zu bauen. Daher also ragte das Hotel wie eine freche Zunge mitten in das Indianergebiet hinein. Aber: Es ragte nur hinein, es verschmolz nicht mit ihm. Und bis zum heutigen Tag bestanden die Pueblo-Indianer auf einer strikten Trennung, daher die *Order of the warchief,* wohin man auch ging. Robert besuchte Eva, seine New Yorker Freundin, so oft wie möglich. Sie waren ein Paar, auch nach außen. Und Eva, ehrlich berührt von der Not der Leute und mit einem entschiedenen Gestaltungswillen ausgestattet, sorgte dafür, dass Pueblo-

Indianer und Gäste lernten, einander zu achten. Sie integrierte indianische Elemente in die Ausstattung des Hauses, sorgte aber für europäischen Komfort und den unnachahmlichen New Yorker *Style*. Bald reisten aus New York Architekten, Designer und Theaterleute an und halfen, das seltsame Domizil auf eine unverwechselbare Art zu gestalten. Es konnte passieren, dass man in einem Zimmer landete, dessen indianische Decken auf einem französischen Bett lagen, umgeben von mexikanischen Schränken, vor denen Bauhaus-Stühle noch schlanker wirkten – während die Fenster halb mit japanischen, halb mit mexikanischen Mustern und Ornamenten bemalt worden waren. In den Bädern fanden sich portugiesische Fliesen, in der Bibliothek italienische Bände zur Architektur der Renaissance. Aber alles bezog sich aufeinander. Manches war ein ironischer Kommentar – wie die kindlich bemalten Fenster –, manches eine Hymne an die Umgebung – wie die übergroßen indianischen Vasen, aus denen bei Eva tönerne Bienenkörbe geworden waren.

Räuberisch hatte man diesen Stil genannt, Gianna ließ das Wort in ihrem Mund herumpurzeln wie Kiesel: eklektizistisch. So hatte Quirin schon Vascos Küche in Navarra bezeichnet. Aber ein Räuber gab ja nichts zurück. Eva schon. Und auch sie, die jetzt in ihrem Haus lebten, mussten, das wurde ihr langsam klar, etwas von diesem Geist aufnehmen, um etwas zurückzugeben. Sie mussten erst lernen zu nehmen.

Gianna schlenderte nachdenklich zurück zur Küche. Um diese Zeit war es still, aber es brannte noch Licht. Durch die geöffnete Tür sah sie Pamela werkeln. Wann schlief die Patissière eigentlich? Wenn Gianna morgens kam, hatte sie schon das Frühstück vorbereitet, wenn Gianna am späten Abend Schluss machen wollte, war die kleine Frau immer noch da.

Pamela stand an dem großen, ein wenig zu niedrigen Tisch in der Mitte der Küche und rührte mit den Händen in einer großen Schüssel. Neben sich hatte sie eine große Kanne mit dicker, süßer Sahne und einen Teller, auf dem Koriandersamen lagen. Als Gianna die Küche betrat, knurrte es plötzlich heftig – dann war sie aus der offenen Tür in der Nacht verschwunden: die Hündin, der Gianna schon ein paarmal begegnet war.

Pamela fing Giannas Blick auf.

Girly, sagte sie nur, als erklärte der Hundename alles.

Gianna hatte keine Lust, sich über Tiere in der Küche aufzuregen, etwas von mangelnder Hygiene zu predigen und Pamela zu rügen. Sie war zu müde. Und es roch zu gut hier. Wieder war das so ein Wunderteig, den Pamela vorbereitete.

Was wird das?, fragte Gianna.

Pamela hob den Kopf: Teeküchlein mit blauem Maismehl.

Gianna schnupperte. Pamela nahm die Hände aus der Schüssel und wischte sie an der Schürze ab.

Schau!, sagte sie und drückte Gianna auf einen Hocker, ganz so, als wäre die Deutsche nicht die Chefköchin, sondern ein Kind, das sich unerlaubt in die Werkstatt der Großen verirrt hatte.

Das Geheimnis, erklärte Pamela leise, ist die Vanille. Sie wies auf einen winzigen Topf auf dem Herd. Vanille. In wenig Wasser.

Sie flüsterte nun beinahe.

Mexikanische Vanille. Die Früchte der Orchideenpflanze. Sie wachsen in Reben bei Santa Cruz.

Sie unterbrach sich: Kennst du Santa Cruz?

Gianna schüttelte den Kopf.

Aus Santa Cruz kamen die besten Schoten. Die holte Pamela auf dem Markt in Albuquerque. Das Aroma steckte in den winzigen Samen. Sie wurden behutsam aus den frischen Schoten gekratzt, dann in simmerndem Quellwasser gelöst. Das Quellwasser besorgte Pamela im Pueblo; der Bergbach rauschte durch das Dorf der Indianer, denen er heilig war. Nur frisch verarbeitet entfaltete sich das Aroma der Vanille.

Verstehst du?

Gianna nickte. Das blaue Maismehl kam hier aus der Gegend. Und die Sahne musste nicht nur süß, sondern hinreichend schwer sein. Der Rest war Walken – aber nicht zu viel, sonst kugelte sich der Teig, wurde fest und verlor seine süße Lockerheit.

Pamela formte nun rasch viele kleine Rechtecke und deckte sie mit Folie ab.

Morgen weiter! Die können sich über Nacht ausruhen.

Es sah aus, als ob sie die Teigecken zum Abschied streichelte. Liebevoll strich sie die Folie glatt, steckte die Enden fest und nahm eine neue Schüssel aus dem Regal. Schon mischte Pamela eine andere Sorte Mehl mit Eiern und Butter, um einen neuen Teig anzusetzen. Auf dem Herd röstete sie Anissamen und kramte unterdessen eine Flasche Brandy hervor. Sie lachte: Nur eine halbe Tasse in den Teig!, und bot Gianna einen Schluck an. Die lehnte ebenso lachend ab. Wie angenehm es war, hier zu sitzen.

Pamela nahm die gerösteten Anissamen vom Feuer, mörserte sie, mischte ein wenig Zucker, den Brandy, Anis und Salz unter die Masse und begann zu kneten. Ob sie gar nicht merkte, dass sie dabei ein wenig seufzte? Sie hatte den Teig längst aus der Schüssel befreit, walkte ihn vor sich auf dem bemehlten Tisch, und immer, wenn sie ihn mit dem Handballen vorwärtsschob, um ihn dann zu falten und erneut mit dem Kneten zu beginnen, entfuhren ihr leise, melancholische Seufzer. Ihre Arme fuhren vor und zurück, die Finger öffneten und schlossen sich …

Woran denkst du?, fragte Gianna schließlich.

An gar nichts, antwortete Pamela. Ich denke an nichts. Wenn ich den Teig knete, bin ich der Teig.

Sie wies mit einem bemehlten Finger auf die samtige, helle Masse:

Ich bin da drin. Und wenn ich den Anis röste, bin ich Anis. Oder die Pfanne!

Sie lachte wieder.

Ich bin immer da drin.

Sie schaute Gianna ernst an:

Es ist genug für dich. Du solltest zu Bett gehen. In dir ist viel Schlaf.

Da hatte sie recht.

Von da an hielt sich Gianna so oft wie möglich in Pamelas Teil der Küche auf, sie fühlte sich wohl bei der einfachen Frau. Und sie schaute ihr gern über die Schulter. Wenn Gianna am späten Abend die Küche betrat, sah sie häufig gerade noch die Hündin durch den Hinterausgang fliehen, und sie hatte ihren Vorsatz, etwas zum Thema Hund und Sauberkeit zu sagen, stillschweigend aufgegeben. Ein anderes Mal, sagte sie sich jedes Mal.

Eines Tages fing sie Pamela nach dem Frühstück ab. Die Patissière packte gerade zusammen. Sie würde eine längere Pause machen, bevor sie am Nachmittag wiederkäme, um die Brote und das Gebäck für den nächsten Tag vorzubereiten.

Das Frühstücksbuffet war abgeräumt, die meisten Gäste verließen das Hotel, um wandern zu gehen oder ihre Kurse zu besuchen, und Pamela fegte in aller Ruhe den Küchenboden, mit gleichmäßigen, kräftigen Bewegungen. Gianna beobachtete sie. Als Pamela das Haus zu Fuß verließ, folgte sie ihr. Warum war ihr vorher nie aufgefallen, dass Pamela offensichtlich kein Auto besaß? Alle anderen fuhren mit ihren Wagen vor. Es war ungewöhnlich, hier zu Fuß zu gehen, die Entfernungen waren groß, und die wenigen Busse verkehrten unregelmäßig.

Aber Pamela ging an der Bushaltestelle vorbei. Den Kopf gesenkt, schritt sie mit kurzen, festen Schritten aus. Gianna nahm die Abkürzung über die Pferdekoppel. Gott sei Dank war keiner der drei ewig knurrenden Köter in Sicht. Gianna merkte, dass sie sich von den fremden Hunden ins Bockshorn jagen ließ. Zu Hause wäre sie nicht so leicht zu verunsichern gewesen. Pamela ging weiter in Richtung der Überlandstraße. Dort, an der Kreuzung, wo große Trucks wie fauchende Ungeheuer an der Ampel warteten, holte Gianna sie ein.

Hi, Pamela!

Die Patissière schien nicht überrascht. Sie nickte freundlich.

Gehst du nach Hause?

Wieder ein Nicken. Da fiel Gianna auf, dass Pamela bedrückt wirkte. Sie hatte die feinen Lippen aufeinandergepresst, eine senkrechte Furche zog ihre Stirn zusammen. Ihre Hände hatte sie in der Jackentasche vergraben.

Darf ich ein Stück mitgehen?

Jetzt lächelte Pamela. Wie schnell sich ihr Gesicht aufhellen konnte.

Wenn du nichts anderes zu tun hast!

Sie gingen eine ganze Weile schweigend nebeneinanderher, und Gianna genoss die Gegenwart der Frau. Plötzlich wollte sie mehr über Pamela wissen. Hatte sie einen Mann, hatte sie Kinder? Wie lebte sie? Sie gingen über die *Plaza* der schmucklosen Kleinstadt, dann ein paar Straßen hinab, an der Baptistenkirche vorbei, bogen in einen Weg ein. Ein paar Blocks mit bröckelnden Häusern, dreigeschossig, viergeschossig. Zerbeulte, glanzlose Autos standen davor. Zu Giannas Verblüffung streiften ein paar magere Pferde durch die Straße, wie Hunde, nur viel größer. Kinder schrien, ein paar junge Frauen schoben Kinderwagen.

Hier wohne ich, sagte Pamela und blieb stehen. Keine schöne Gegend.

Sie machte eine verabschiedende Geste. Aber so leicht ließ sich Gianna nicht abschütteln: Wo – hier?

Pamela zögerte. Die Frage stand in ihrem Gesicht geschrieben: Was wollte ihre Chefin, diese Deutsche, von ihr?

Interessierst du dich für die ganz große Scheiße?

Das war ein sehr ungewohnter Ton! Gianna erschrak. Pamelas Stimme hatte noch leiser geklungen als sonst und heiser.

Ist das hier große Scheiße?, fragte Gianna behutsam zurück.

Pamela zögerte. Dann nahm sie Gianna entschlossen beim Arm, drehte sie um, so dass Gianna zurückschaute auf den Weg, den sie gerade gekommen waren, und sagte, vielleicht ein anderes Mal, und ließ sie stehen. Das war deutlich.

So schnell ging das hier nicht. Nicht mit Pamela. Gianna merkte, wie ungeübt sie mittlerweile darin war, Bekanntschaften zu machen. Echte Bekanntschaften. Und nicht nur über die Arbeit und wegen der Arbeit zu reden.

Auf dem Heimweg fiel Gianna ein Huschen in den Büschen neben dem Weg auf. In zehn oder zwölf Metern Entfernung strich etwas durch das hohe Gras, das die Koppeln überwucherte, auf denen gerade keine Pferde grasten. War das ein Grund, sich zu fürchten? Keine Menschenseele weit und breit. Gianna blieb stehen – das Wesen auch. Gianna ging weiter – das Wesen auch, ließ sich aber nicht blicken. Endlich konnte Gianna ein kleines Stück cognacfarbenen Fells erkennen, eine lange Rute. Es war Girly. Die Hündin hatte sich offenbar einen Spaß daraus gemacht, sie zu begleiten.

23. FREMD

Noch nie hatte sich Gianna so fremd gefühlt. Sie verstand das Land nicht. Sie konnte ihre Aufgabe nicht lösen, weil ihr nicht klar war, worin diese bestand. Sollte sie sich durchsetzen mit ihrer Kreativität? Oder sollte sie loyal sein, sich auf Thomas einlassen? Gianna, siebenunddreißig, eine weitgereiste und erfahrene Köchin mit besten Zeugnissen, dringend herbeigerufen in eine krisengeschüttelte Küche, war verunsichert wie eine Jungköchin. Und nicht nur in ihrem Beruf ... Sie war eine Besucherin, auf die ein Straßenköter achtgab, der sie aber anknurrte, wenn sie sich ihm aus Versehen näherte. Sie war eine Köchin, für die andere die Vorratskammern gefüllt hatten. Sie ließ sich von ihrer Patissière nach Hause schicken. Sie ließ sich abschrecken und zurückweisen. Von Straßenkötern genauso wie von ihrem Kochkollegen, der sie auf freundliche Weise hinterging, indem er Waren bestellte, mit denen sie dann zurechtkommen musste; der anderen Entwürfe von Speisekarten zeigte, auf die sie nur noch reagieren konnte. Was war mit ihrem Selbstvertrauen, das doch über die Jahre gewachsen war? Gianna wusste, dass sie sich auf sich selbst verlassen konnte. Aber hier?

Im Hotel wartete die übliche Hektik auf sie. Thomas war mit den Beiköchen schon mitten in der Arbeit. Gianna konnte den Anblick der aufgetauten Fische nicht ertragen. Fische! Aus dem Eis! Das war ein Sakrileg, damit katapultierte man sich selbst ins Abseits. Sie hatte Kontakt zu Lieferanten in Vegas aufgenommen. Vom nächsten Monat an würden sie das *Jicama* probeweise in ihre Route aufnehmen und ihnen so wenigstens einmal pro Woche frischen Fisch liefern. Probeweise! Aber bis dahin? Thomas schien nichts von der Spannung zu spüren. Er unterhielt sich beim Kochen. Entspannter Jazz untermalte das Gerede der Kollegen. Thomas stand auf New-Orleans-Jazz, er liebte Louis Armstrong, aber noch mehr Kid Orys sanfte Posaunenstimme, er liebte dieses alte *Call-and-Response*-Spiel, bei dem einer eine Phrase vorgibt und der andere etwas erwidert. Manchmal gab er in der Küche eine Melodie vor und war enttäuscht wie ein kleiner Junge, wenn niemand darauf antwortete.

Musik! Es ist alles Musik!, rief er dann und schwang seine schmalen Hüften.

Ein angenehmer Junge. Nervös. Aber der netteste Kollege, den sie je gehabt hatte. Und doch trennten sie Welten …

Gianna seufzte. Sie stand in der Küchentür, als wartete sie auf eine Einladung.

Thomas entdeckte sie und deutete einen Schuss mit einem imaginären Fußball an:

Und – Tor! Hi, Gianna! Komm rein, wir haben schon mal angefangen.

Kein Vorwurf, keine Schärfe.

Als alles vorbei war, die Küche geputzt, der Speisesaal gefegt und gewischt, die Kollegen sich verabschiedet hatten, kam sie nicht zur Ruhe. Sie wusste, dass sie keinen Schlaf finden würde. Die Tür zur Bibliothek stand offen. Es war ein kleiner Raum, die alten Bücherschränke an den Wänden bargen vor allem Bände mit Literatur über die Region, Touristisches. Aber es gab auch historische Reiseberichte und ein paar Lyriksammlungen, die wahrscheinlich Besucher zurückgelassen hatten. Gianna trat ein und erschrak. In einem der altmodischen Ledersessel saß, nein: ruhte Lilian in einem ihrer weißen Kleider. Sie hielt einen großen Bildband auf dem Schoß und hatte ein Glas Whiskey vor sich stehen. So winzig war die alte Dame in ihrem Sessel, dass Gianna sie fast übersehen hätte. Gianna musste an ihre Großmutter denken, an Francesca, die in ihren

Briefen hartnäckig behauptete, es gehe ihr gut. Lilian lächelte sie an.

Komm herein!

Wie gastlich alle hier waren, wie entspannt. Vielleicht war es das – vielleicht vermisste sie die Spannung? Weil sie glaubte, dass nur höchste Spannung zu hohen Leistungen in der Küche führte?

Lilian klopfte leicht auf das durchgesessene Sofa neben sich.

Setz dich! Trink einen Schluck mit mir. Du hast es verdient.

Der Whiskey hatte einen überraschend milden Honiggeschmack, da war keine Schärfe, nichts Beißendes. Lilian hatte das Buch geschlossen, aber weder schaute sie Gianna an, noch eröffnete sie das Gespräch. Sie schien alle Zeit der Welt zu haben. Nach einer Weile schlüpfte sie aus ihren feinen Lederpantoffeln und zog die Beine in einer anmutigen Bewegung unter sich.

Zögernd begann Gianna zu erzählen. Sie wollte von ihren Zweifeln erzählen, von der fehlenden Verständigung mit dem netten Thomas, von Pamela und ihrem zweifelhaften Zuhause, von den Märkten, die sie noch nicht gefunden hatte, von den Fischen, auf die sie hoffte. Stattdessen erzählte sie aber von Girly, der feindseligen Hündin.

Du magst sie, nicht wahr?, fragte Lilian, erwartete aber offensichtlich keine Antwort. Sie ist schon lange bei uns. Eine wilde Hündin, zweifellos. Lebte draußen in der Prärie. Sie ist angeschossen worden, ließ sich von uns aber nicht behandeln. Immerhin akzeptierte sie nach einer ganzen Weile ein bisschen Futter. Sie schien auf einem guten Weg, doch dann wurde sie trächtig.

Lilian nickt bekümmert. Sie sah offenbar Bilder vor sich, von Welpen, von einer aufmerksamen Hundemutter. Aber die Geschichte ging anders.

Wir können hier nicht acht oder zehn Hunde gebrauchen. Also haben wir Girly eingefangen.

Ihr habt sie eingefangen?

Ja. Und zum Tierarzt gebracht.

Gianna verstand nicht: Warum – war sie krank?

Lilian blieb ganz ruhig: Nein, aber wir konnten die Kleinen auf keinen Fall gebrauchen. Also haben wir Girly operieren lassen. Die Kleinen wurden entfernt. Alles bei Vollnarkose. Girly hat nichts mitbekommen. Und seitdem ist sie gechipt und geimpft, sie ist sicherer, auch vor den Jägern. Doch seitdem … Sie lässt sich von niemandem mehr anfassen.

Sie schwieg.

Die Hündin war in der Nähe des *Jicama* geblieben. Aber sie hielt Distanz. Girly kam alle paar Tage vorbei und akzeptierte das Futter, das sie aus der Küche bekam. Sie verstand sich durchaus mit den anderen Hunden, mit Bowler, dem großen Chow-Chow, und mit Brutus …

Brutus?

Das war der Yorkshire-Terrier.

Gianna musste lächeln. Der Name passte zu dem kleinen Teufel.

So ist das mit den Wesen hier, sagte Lilian jetzt ein wenig traurig. Sie passen nicht mehr in die Zeit, weißt du. Das geht nicht nur den Tieren so. Wir können es nicht ändern. Eigentlich können wir nur zusehen – und versuchen, das Beste von ihnen mit dem Besten von uns zu vereinen. Bei Girly haben wir versagt.

Sie nahm noch einen Schluck.

Aber du, meine Liebe, du wirst schon deinen Weg finden.

Sie lachte leise: New-Orleans-Food mitten in New Mexico, mit einer Pueblo-Patissière und einer Deutschen als Chefköchin – das kann lustig werden.

Warum habt ihr mich geholt?, fragte Gianna, mich – und Thomas?

Ein Versuch, sagte Lilian. Du hast erstklassige Zeugnisse, und

Thomas war der einzige Koch unserer Klasse, der verfügbar und bereit war, hierherzukommen. Die anderen wären nur eingeflogen – immer mal ein paar Tage. Das wollten wir nicht. Wir wollen, dass hier etwas Eigenes entsteht.

Und was?

You will see …, sagte Lilian lächelnd und klappte langsam ihren Bildband wieder auf.

Gianna beschloss, umzuziehen. Sie liebte ihr kleines Domizil in Santa Fe. Sie mochte den mädchenhaften Charme der Stadt, in der man zu jeder Tages- und Nachtzeit bummeln und einfach dem Klang einer Klarinette oder eines Bassetthorns folgen konnte. Sie mochte das Geklapper von Absätzen in den schmalen Gassen und das sehr seltene Gemurmel der Nonnen auf dem Weg zu einer Meditation. Wenn sie in ihren orangefarbenen Roben in Zweierreihen durch die Stadt zogen, verstummten die Plaudereien der Flaneure. Alle hielten ehrfürchtig inne. Man sagte den Nonnen besondere Kräfte nach, und ihre Äbtissin – sagte man überhaupt Äbtissin? – galt als weise Ratgeberin. Gianna vermisste schon jetzt die kleine Bäckerei mit ihren köstlichen Kuchen, die Buchhandlung, den kleinen Park mit den Oleanderbüschen, die selbst jetzt, im beginnenden Herbst, noch dufteten. Santa Fe ist eine Mädchenstadt, hatte sie an Francesca geschrieben, du würdest es mögen. Und die Großmutter hatte geantwortet, dass sie ihre alten Knochen noch einmal zusammenraffen würde, um Gianna zu besuchen – vielleicht. Im Frühjahr. Mit neu erwachender Wärme.

Gianna übersah das *Vielleicht* und beschloss, Santa Fe zu verlassen. Sie musste näher ans *Jicama*. Sie musste Thomas auf die Finger schauen und ein Gefühl für den Ort entwickeln. Zu ihrer eigenen Überraschung kam ihr bei ihren Überlegungen auch Girly immer wieder in den Sinn. Entschlossen packte sie ihre Sachen.

Lilian wartete mit einer Überraschung für sie auf. Gianna würde nicht etwa in einem der leerstehenden Zimmer im Haus unterkommen – nein, es gab auf dem Grundstück ein paar Hütten, kleine Lehmbauten eigentlich, in denen üblicherweise Gäste wohnten, die längere Zeit bleiben wollten. Eine solche Hütte konnte Gianna jetzt beziehen.

Mit klopfendem Herzen öffnete sie die Tür. Sie war entzückt: Die Hütte bestand aus einem Schlafraum mit einem breiten, mexikanischen Bett; der Flur diente gleichzeitig als Küche. Ein richtiger Herd, eine Spüle, davor ein viel zu niedriger Tisch und ein klobiger Sessel.

Perfekt!

Gianna sagte es laut vor sich hin. Durch das kleine, halbrunde Fenster sah man in die Weite. Zur einen Seite nichts als Prärie. Hüfthohe Büsche – Rosmarin, Thymian – und die rötliche Erde. Dahinter erhoben sich majestätisch die Berge. Sie waren den *Natives* heilig, diese Blue Mountains, das wusste Gianna mittlerweile, und deshalb durfte sie nicht mal daran denken, sie zu erkunden. Zur anderen Seite senkte sich die Landschaft ab. Ein Fluss strömte aus den Bergen in das Dorf, das einige hundert Pueblo-Indianer wieder für sich entdeckt und belebt hatten. Die Ebene dort war grün. In weiter Entfernung sah Gianna einen Hain. Als die Sonne aufging, begannen die Bäume zu leuchten: in den Farben reifer Apfelsinen, in Erdbeerrot und in Kupfer. Gianna war fasziniert von dem Ausblick. Sie ging nach draußen, um sich das Naturspektakel anzusehen. Im Eingang zuckte sie zusammen: Da stand Girly, den Schwanz wie immer eingezogen, aber mit aufmerksamem Blick! Die Hündin hatte sie anscheinend die ganze Zeit durch die geöffnete Tür beobachtet. Giannas Schreck übertrug sich offenbar auf die Hündin, denn schon im nächsten Moment war sie verschwunden, nicht, ohne noch einmal zu knurren. Was für ein seltsames Tier!

Entschlossen umrundete Gianna ihr neues Zuhause. Das war schnell getan. Sie berührte mit ihren Fingern die raue Haut des Adobe-Häuschens, die in den langen Sommermonaten viel Wärme gespeichert hatte. Das Häuschen fühlte sich lebendig an, es hätte Gianna nicht gewundert, wenn sie ein Atmen gehört hätte. Sie lehnte ihren Kopf an die Mauer. Adobe-Bauten waren meist niedrig, gedrungen, breithüftig und fügten sich auf vollkommene Weise in die Landschaft ein.

Gianna summte zufrieden. Gut, hier zu sein!

In der Nacht erwachte sie, weil sie fror. Es wurde empfindlich kalt in der Prärie, die Temperatur fiel von über zwanzig Grad am Tage auf unter null. Schlotternd stand Gianna auf, zog eine dicke Strickjacke an, schlang sich eine Decke um den Körper. Sie machte kein Licht. Mond und Sterne erleuchteten das kleine Haus. Sie schlurfte zum Herd und setzte Wasser auf. Ein Tee würde jetzt helfen. Während sie darauf wartete, bis das Wasser kochte, öffnete sie, ein wenig zögernd, die Haustür. Kalt war es ohnehin – und sie wollte etwas vom Draußen spüren. Es war sehr still, die Luft fühlte sich dicht an, trocken und leicht. Und dann hörte sie das Heulen. Zunächst eine einzelne Stimme, dann mehrere. Es war eine Art Gesang, dünn und seltsam ängstlich, ein Gesang, der sich in Schlaufen und Kurven aufschwang und mit weiteren, ähnlichen Stimmen zu einem seltsamen Chor verband, bald aber unterbrochen wurde von wütendem Bellen. Die Kojoten versammelten sich nachts, um zu singen – das hatte man ihr schon öfter erzählt, doch sie hatte es nie selbst gehört. Es war ein merkwürdiger, irgendwie komischer Chor. Gianna musste lachen. Aber offenbar war das Heulen der Kojoten so unheilvoll, dass die Dorfhunde außer sich gerieten. Gianna dachte an Girly. Wäre sie bei den Dorfhunden oder bei den Kojoten? Gehörte sie zu den Menschen oder in die Wildnis?

Das Wasser kochte brodelnd. Rasch schloss Gianna die Tür.

Kojoten, sagte Pamela, als Gianna sie am nächsten Tag darauf ansprach. Bist du sicher? Es können auch wilde Hunde gewesen sein.

Sie zählte die Tiere auf, die die Gegend um das *Jicama* bevölkerten: Grau- und Rotfuchs, Berglöwe und Rotluchs, Dickhornschaf und Maultierhirsch. Auch Elche gab es, weiter oben in den Bergen, und natürlich den majestätischen Schwarzbären.

Hast du Kojoten schon öfter gesehen oder gehört?, fragte Pamela.

Gianna nickte.

Vielleicht ist es dein Totemtier, sagte Pamela beiläufig.

Totemtier? Willst du mich veräppeln?

Bisher war ihr Pamela nicht als Esoterikerin aufgefallen. Sie lachte bereitwillig mit.

Klar, wer weiß …

Und dann erzählte Pamela ihr den Mythos vom Kojoten und vom Hirschen. Die beiden begegneten sich an einer Wasserstelle, aber obwohl der Kojote zuerst da war, wich er dem sich nähernden Hirsch aus. Warum? Der flinke und angriffslustige Präriewolf hatte doch vom Hirsch nichts zu befürchten? Der Überlieferung zufolge beschämte der Hirsch aber den Kojoten: Während der Hirsch geradlinig einfach auf das zugeht, was ihm fehlt – hier das Wasser –, schleicht sich der Kojote immer auf Umwegen an. Er ist ein einsamer Jäger, der Hirsch hingegen lebt in Rudeln. Der Kojote hat keine Hilfe, kennt keinen Zusammenhalt. Das macht sein Leben gefährlich.

Ihr mögt wohl keine Kojoten?, fragte Gianna.

Wie sollten wir nicht?, fragte Pamela zurück. Wir haben doch beides in uns: einen Hirschen und einen Kojoten. Wir müssen die beiden in Verbindung bringen.

Und an solche Sachen denkst du, wenn du einen Kojoten heulen hörst?, fragte Gianna verblüfft.

Ganz sicher nicht, sagte Pamela lachend. Ich frage mich, ob die Karnickel im Stall sicher sind! So was erzähle ich nur, wenn neugierige Deutsche mich von der Arbeit ablenken.

Sie lachten beide. Und machten weiter, Seite an Seite. So fühlte sich Gianna am wohlsten – und Pamela war es recht.

Ein paar Tage später stand Gianna an der Ausfallstraße. Es war früher Morgen, Tau lag noch auf den Gräsern und Büschen und funkelte im Sonnenlicht. An der Landstraße aber war nichts prächtig: Dicht an dicht fuhren die Autos nach Norden oder Süden, gedrängt und eilig, die meisten waren Geländewagen oder protzige SUVs, bedrängt von gewaltigen Lastwagen, die das Hinterland versorgten. Gianna wartete auf den Lieferwagen aus Vegas, der ihr zum ersten Mal frischen Fisch bringen würde. Das war ihr persönlicher Triumph, sie hatte es durchgesetzt: eine viel kleinere Speisekarte und mehr Qualität. Sie hatte es einmal gesagt, zweimal, unterstützt von Lilians kräftigem und Pamelas leisem Nicken im Hintergrund, dann hatte sie mit der flachen Hand auf den Tisch gehauen, dass die Bestecke sprangen. Das wirkte. Immer noch verblüffte es die männlichen Kollegen, wenn eine Frau nicht nur bestimmt, sondern auch laut auftrat.

Gianna hatte einen Handkarren mitgebracht. Die lange Einfahrt – eher eine Privatstraße, die zum Hotel führte – wollte der Lieferant nicht nehmen.

Keine Zeit, vergessen Sie's, hatte er unverblümt am Telefon gesagt.

Seit einer halben Stunde wartete Gianna nun schon. Genau

hatte der Mann seine Ankunftszeit natürlich nicht nennen können, und so stand Gianna fröstelnd im Gestank aus Betriebsamkeit und Mobilität. Gelegentlich hupte jemand. Was machte die junge Frau da direkt am Straßenrand? Gianna wagte sich nicht weiter weg: Was, wenn der Lieferant sie am Ende übersähe?

Endlich! Ein weißer Lieferwagen bremste scharf. Gianna winkte ihn in eine kleine Einbuchtung. Der Mann sprang heraus, wedelte mit einem Papier vor ihrer Nase und brüllte gegen den Verkehrslärm an. Dann öffnete er die rückwärtige Tür – und da wartete die ganze Herrlichkeit der Welt! Im Eis lagen dicht an dicht die schönsten Fische: Rotbarben und Welse, Barsche und Zander. Und Meeresfrüchte dazu, die *Blue Crabs* und Hummer mussten unbedingt heute noch verarbeitet werden. Rasch zückte Gianna ihre Kreditkarte und verabschiedete sich dann eilig. Ihre Ware lag jetzt in einer eisgefüllten Plastikwanne, die auf dem Handkarren festgezurrt wurde. Und los! Beherzt zog Gianna den Wagen über die lange Schotterpiste zum Haus. Sie hatte das Gefühl, regelrecht Beute gemacht zu haben. Ihr Herz schlug schnell, sie konnte es kaum erwarten, mit der Arbeit zu beginnen.

Ein Stück weiter weg, aber immer neben ihr, bewegte sich das Gebüsch: Girly. Sie musste wohl genau wissen, was hier passierte. Einer plötzlichen Eingebung folgend, blieb Gianna stehen.

Girly?

Natürlich reagierte die Hündin nicht.

Girly?

Sie bemühte sich, ihre Stimme nicht dringlich oder scharf klingen zu lassen. Dann nahm sie eine kleine Forelle – eine winzig kleine nur! – und wog sie prüfend in der Hand. Sollte sie …?

Sie nahm die Forelle und warf sie in hohem Bogen etwa fünf Meter vor sich auf den Weg. Und wartete.

Nichts regte sich. Erst nach einer ganzen Weile sah sie Girly aus der Böschung am Wegesrand kommen. Sie schlich geduckt, sie machte sich ganz klein. Auf dem Weg blieb sie stehen und schaute Gianna wachsam an. Ein Knurren – und schon hatte sie den Fisch gepackt und war wieder verschwunden.

Good girl!, rief Gianna unwillkürlich. Hoffentlich hatte niemand diese Verschwendung bemerkt.

Am Abend gab es ein Festessen im *Jicama*. Das erste einer ganzen Reihe. Wenn der Fischwagen jeden Donnerstag aus Vegas kommen konnte, dann war der Donnerstag eben ihr Fischtag. Der Tag, an dem sie zeigen konnte, was sie gelernt hatte. Sie entschieden sich für ein Buffet, halb kreolisch und *Southern Style*, halb eigene Erfindungen, die die Tradition New Mexicos mit dem verbanden, was Gianna mitbrachte. Es war nicht besonders harmonisch für den Anfang, aber ziemlich abwechslungsreich, und die Gäste probierten begeistert die Forelle, die in Kohlblätter gewickelt und mit Wacholderbeeren gespickt worden war. Sie träufelten Limonen-Ingwer-Butter auf das zarte Krebsfleisch und riskierten grünen Chili-Chutney zum Barsch. Es funktionierte, jedes für sich. Freilich hatte das noch keine Dramaturgie, keine innere Ordnung; es war, wenn man so wollte, ein fröhliches Fisch-Massaker. Am nächsten Tag machten sie gefüllte *Enchilladas* aus den Resten und zogen Bilanz. Notizblöcke wurden gefüllt, Rezepte erwogen und wieder verworfen, ein edler Wettstreit entspann sich, bei dem alle mitredeten.

Thomas litt. Er hatte das Recht auf die Speisekarte aufgegeben und jetzt fehlte ihm jegliche Kraft für den Widerstand. Er rang die Hände, dass sich die Rose auf dem linken Unterarm gefährlich verbog, die Drachen wogten. Er wollte doch nur hierher retten, was ihm am besten gefiel: den Jazz, den *Gumbo*, den Rhythmus der Speisefolge, die er aus New Orleans kannte. Was außer dem Jazz hatte er noch zurückgelassen? Zum ersten Mal sah Gianna den Schmerz in seinen Augen. Darin waren alle Köche so etwas wie Geschwister: Sie hatten in diesem Wanderzirkus namens Spitzenküche zu oft Abschied genommen. Zumindest so lange, bis sie an einem Ort bleiben, ihn zu ihrem Ort machen konnten. Aber selbst dann noch waren sie gefährdet, diese Schausteller des guten Geschmacks.

Gianna blickte Thomas mit neu gewonnener Zuneigung an. Sie wollte ihm das Melancholische nicht nehmen, im Gegenteil: Sie wollte es in diese Küche mit aufnehmen – die säuerliche und scharfe Geschmacksnote des Abschieds. Aber das allein würde ein Menü zu herausfordernd machen.

Komm schon, sagte sie zu Thomas – lass los!

Wie gut, dass sie Pamela hatten! Mit ihren Hefe- und Biskuitteigen, ihren kleinen, knusprigen Broten und dem Salzgebäck war sie in der Lage, die widerstreitenden Aromen zu besänftigen und zu verbinden.

Und dann dämmerte es Gianna: Brot war die Lösung! Konnte es so einfach sein? Sie schaute Pamela an, diesen unverhofft kraftvollen *Sidekick*.

Sie mussten also als Erstes ein Brot entwickeln, das einzigartig und auf eine besondere Weise wohlschmeckend war. Das Brot würde die Gäste von einem Gang zum anderen führen. Es würde allzu hungrige Mägen fürs Erste beruhigen, aber es musste sie auch auf einige Provokationen vorbereiten. Zum Brot aber konnte man immer zurückkehren: War etwas zu befremdlich oder zu intensiv im Geschmack, würde das Brot alles freundlich mildern.

Pamela nahm die Herausforderung an, ohne zu zögern. Sie begriff sofort, was man von ihr verlangte. Sie lehnte es ab, einen halbwegs leerstehenden Schuppen gleich nebenan für ihre Versuche zur Verfügung gestellt zu bekommen.

Ich brauche keinen Platz. Ich brauche die anderen, sagte sie. Ich brauche die Mitte.

Was für eine seltsame Frau! Sie redete doch kaum mit den Kollegen. Niemals machte sie mit den Kellnerinnen einen Ausflug zum Bowling oder verabredete sich mit den Spülerinnen auf einen Kaffee. Und wollte doch *in der Mitte* sein?

Anis und Koriander, Zimt und Ingwer, Chili und getrocknete Preiselbeeren, Wacholder, Limettenzesten und Pinienkerne. Pamela pulte und löste aus, raspelte und röstete, presste und mörserte, marinierte und schnitt. Sie füllte die Erträge in kleine Gläser, beschriftete sie sorgfältig mit Namen, die niemand verstand. Es dauerte Tage und Nächte. Sie sprach mit niemandem. Dann machte sie sich an den Teig. Sie gab Dawson, der Kellnerin, der sie vertraute, eine Bestellliste für bestimmte Mehlsorten mit, fuhr selbst nach Veracruz, rief bei Maisbauern an, weil sie bereits an das kommende Jahr dachte.

Und dann war da wieder dieses rhythmische Walken und Schieben, Pressen und Drehen: Pamela backte Brote. Zunächst nur einen großen, rundlichen Fladen. Den legte sie ihnen stumm auf den Tisch. Hatten sie nicht lauter kleine Brote bestellt, Brötchen beinahe? Die sich jeder Gast so einteilen konnte, wie er es gerade brauchte?

Energisch schüttelte Pamela den Kopf. Sie sollten alle von einem Laib probieren. Thomas, nervöser denn je, sah sich um und griff nach einem Messer. Pamelas Kopfschütteln wurde noch energischer, geradezu streng. Thomas gab auf und setzte sich gehorsam, als Pamela auf einen Hocker wies. Die anderen taten es ihm nach, holten Stühle, Hocker, Kisten. Sieben brave Schüler um einen großen Fladen. Pamela stellte den Krug mit Wasser auf den Tisch, verteilte die Gläser. Dann klopfte sie ihre Hände ab, bekreuzigte sich, klatschte in die Hände:

Come on, ¡degusten!

Sie selbst teilte den Laib, indem sie ihn mit beiden Händen in Stücke riss. Sofort verbreitete sich ein betörender Duft. Es roch ein wenig nach Wald, aber auch nach etwas Frischem, Orange vielleicht. Die Kruste des Brotlaibs war fest, aber nicht hart, sie splitterte nur ein wenig, wenn man sie aufriss. Der Teig darunter aber ging noch einmal eine Winzigkeit auf, wenn man ihn solchermaßen befreite, er hob sich ein wenig – und der Fladen war gerade so dick, dass man ein Stück bequem zwischen Zeige- und Mittelfinger halten konnte.

Der Geschmack war unbeschreiblich. Sie kauten stumm und genossen es. Thomas hatte die Augen geschlossen. Aber er war natürlich der Erste, der wieder redete: Mein Gott, Pamela – wie machst du das? Das ist unser Brot!

Er hob seine Hände in einer Geste fröhlicher Kapitulation. Die Drachen und Rosen schwangen mit.

Das sollte das letzte Mal gewesen sein, dass er Gianna zuvorkam.

Am nächsten Morgen erwachte sie früh. Was hatte sie geweckt? Sie räkelte sich schlaftrunken, dann stand sie zögernd auf. Etwas war anders – nur was? Sie schlang sich wieder die alte Decke um die Hüften, öffnete zögernd die Tür. Und dann sah sie es:

Die vielen kleinen Büsche schienen lebendig geworden zu sein. Über Nacht waren Tausende und Abertausende von Monarchfaltern hier gelandet. Die Schmetterlinge kamen aus dem Norden und waren auf dem Weg in ihre Winterquartiere nach Mexiko. Die orangefarbenen Schmetterlinge hatten sich auf dem Rosmarin und auf dem Thymian niedergelassen, die Wacholdersträucher wurden von den filigranen Tieren bevölkert, die mit den Flügeln schlugen, als wollten sie sich in der kühlen Morgenluft wärmen. Gianna trat aus dem Haus. Überall Monarchfalter – wohin sie auch schaute, krönten die zitternden Tiere die silbrig-grünen Büsche und Sträucher und wirkten wie viele freundliche Flammen, die das Silbergrün entfachten. Die Prärielandschaft schien zu brennen. Gebannt beobachtete Gianna das stille Schauspiel.

Aber was war das da hinten zwischen den Büschen? Etwas Größeres, Runderes bewegte sich da. Gianna legte die Hand über die Augen und ging langsam darauf zu. Es war ... ein Hund. Es war Girly, die nach Monarchfaltern gehascht hatte, aber nun innehielt, sich sehr langsam auf die Hinterläufe setzte und die Nase emporreckte. Ganz vorsichtig, als würde sie etwas balancieren. Und tatsächlich: Auf Girlys Nase saß ein Schmetterling.

Gianna verharrte ebenso regungslos wie die Hündin. Dann nieste Girly. Und der Schmetterling flog davon. Und Girly schaute Gianna an wie ein Kind, dem ein Kunststück missglückt ist. Aber sie rannte nicht weg.

Gianna wandte sich langsam ab. Sie wusste ja, wie schreckhaft die Hündin war. Gemessenen Schrittes ging sie davon, ohne sich umzusehen.

Der morgendliche Spaziergang wurde zur Gewohnheit. Gianna stand früh auf, schlüpfte in einen dicken Pullover und wanderte umher. Es war eher ein Spazierengehen, ein Atmen, ein Schauen. Die Zäune zwangen sie zu immer neuen Umwegen, doch sie respektierte die Grenzen. Als sie ein paar Tage später zu ihrem kleinen Haus zurückkam, wich sie erschrocken zurück. Am Eingang saß Girly. Sie sah wie ein ganz normaler Hund aus, der auf sein Herrchen wartet. Natürlich hatte sie sie kommen hören, aber sie hatte sich nicht bewegt.

Girly?

Die Hündin schaute sie nicht an, tat gleichgültig.

Wie ein Kind, dachte Gianna. Wie ein Kind, das glaubt, es

werde nicht gesehen, wenn es nur selbst nicht hinschaut. Als sie auf die Tür zuging, erhob sich die Hündin nervös, lief aber nicht davon.

Warte!, sagte Gianna bestimmt und ging ins Haus. Und tatsächlich: Als sie gleich darauf mit einem Stück Wurst wieder nach draußen trat, stand die Hündin noch da. Kein Knurren diesmal.

Gianna ging in die Hocke und legte das Stück Wurst auf einen Teller, stellte ihn auf den Boden: Da – nimm! Oder lass es bleiben, ganz wie du willst.

Dann kehrte sie ins Haus zurück, die Tür ließ sie offen.

Die Küchencrew schaffte es. Nicht nur, weil donnerstags jetzt immer das Überraschungsmenü für stets neue Gäste sorgte, sondern eher, weil die Patissière zur Hochform auflief. Pamela vermittelte allen Sicherheit. Wie klug war es von ihr gewesen, sich mitten in der Küche zu platzieren! Sogar Thomas gab unter dem sanften Regiment des Brotes nach. Er musste nicht mehr in jedem Augenblick darauf beharren, dass seine kreolische Erfahrung die beste gewesen sei. Er ließ Gianna neidlos ihre Gerichte erfinden und variierte die seinen mit wachsendem Mut. Er verlor nicht seine alte Leutseligkeit, aber die cholerischen Ausbrüche wurden seltener. Die Drachen und Rosen kamen ein wenig zur Ruhe.

Pamela kannte das Brot so gut, dass sie ihm immer neue Geschmacksnoten entlocken konnte. Sie kannte den Ofen so gut, dass sie wusste, an welchen Tagen und bei welcher Luftfeuchtigkeit er wie lange brauchen würde. Sie ließ dem Ofen Zeit, sie gönnte den Teigen Wasser. Sie fächelte beiden Luft zu, als handelte es sich um nahe Verwandte, die sich erst noch akklimatisieren mussten.

Sie schaute kaum auf die Uhr, und sie maß die Zutaten nicht

ab. Sie wog alles mit den Händen und prüfte alles mit den Augen. Sie war ganz bei der Sache mit allen Sinnen. Sie hielt ihnen den Rücken frei.

Das war nun eine andere Küche. Eine Küche, in der das Schwache stark werden konnte. Und wie stark!

Lilian wusste als Einzige, wie schwer es Pamela in Wirklichkeit hatte. Eines Abends erzählte sie es Gianna. Ihre Treffen in der Bibliothek waren zur Gewohnheit geworden; stets mit ein paar Drinks, stets vor dem Feuer. Lilian erzählte vom Leben der Pueblo-Indianer: Sie waren immer weiter zurückgedrängt worden. Landkäufer hatten sie vertrieben. Die moderne, mobile Gesellschaft hatte sie überfordert. Dann hatte ein Präsident in den Siebzigern – ausgerechnet der umstrittene Nixon – den Indianern ihr angestammtes Gebiet zurückgegeben. Prärieland war wieder Indianerland. Deshalb waren die Zäune und die warnenden Schilder geblieben. Diese Entscheidung des Präsidenten war segensreich, eine zweite war es allerdings nicht: Er gestand den Indianern auch die Konzessionen für das Glücksspiel zu. Kasinos waren beliebt im Süden, und von irgendetwas mussten die Leute ja leben. Die Kasinos der Indianer wurden ein voller Erfolg, aber leider waren sie selbst ihre besten Kunden. Alkohol, zuvor schon ein Problem, wurde jetzt zur Plage. Es gab Sechsjährige, die sich den ganzen Tag im Kasino aufhielten, es gab Kinder, die niemals zur Schule gingen. Die Gewalt war allgegenwärtig und richtete sich vor allem gegen die Frauen.

Die Sozialbauten rund um die Kasinos konzentrierten die Gewalt und den Drogenmissbrauch nur noch. Anständige Leute mieden solche Gegenden. Und die *Natives*, verloren zwischen der Notwendigkeit, sich anzupassen, und der Trauer um die alten Traditionen, gingen allmählich unter. Die Gesellschaft war wie Treibsand, der sie allmählich unter sich begrub. Auch Pamela. Ihr Mann war ein berüchtigter Wüterich. Aber er schlug sie nicht mehr, weil Lilian ihn ein paarmal angezeigt hatte. Stattdessen bedrohte er die Söhne.

Pamela hat Kinder?

Selbstverständlich, sagte Lilian, sie leben bei ihrer Mutter. Doch so ein gewaltbereiter Mann kommt überallhin. Da hilft auch Pamelas neuer Mann nicht viel. Er ist sanfter, aber ich bin nicht sicher, dass er mehr taugt. Sie ruhen sich alle aus bei den Frauen. Vor allem bei solchen wie Pamela.

Gianna hielt das nicht aus. Sie wollte sich davon überzeugen, wie Pamela wirklich lebte, und endlich waren sie so weit. Pamela ließ zu, dass Gianna sie besuchte.

Ich will dich kennenlernen, verstehst du?, hatte Gianna gesagt. Du bist meine Kollegin. Du kannst auch bei mir ein und aus gehen. Du kannst mir helfen, das alles hier zu verstehen.

Einige freie Nachmittag verbrachte Gianna bei Pamela, allerdings hielten sie es in der bedrückenden, dunklen Wohnung nicht lange aus. Sie gingen lieber spazieren, an den Pferdekoppeln vorbei, und ließen den kleinen, verwahrlosten Mann mit den Ringerschultern in der Wohnung zurück, der Gianna jedes Mal aufs Neue fragte, wer sie denn sei. Und dieser Mann sollte besser sein als der erste?

Er trinkt nicht so viel, sagte Pamela.

Gianna musste an Anton denken, den jungen Mann an der Garderobe im Restaurant der Samen. Nur achtzig Prozent Alkoholiker … – hatte er nicht so etwas gesagt?

Wie hältst du das bloß aus?, fragte Gianna also, als Pamela einige Tage später gerade einen Teig ausrollte. Der Teig war wieder ein Versuch, mit Kastanienteig diesmal, der die Basis für eine Tarte mit Pekannüssen und Blaubeeren werden sollte.

Wie hältst du das aus?, wiederholte Gianna, als Pamela nicht gleich reagierte.

Pamela fuhr mit dem Teigholz über die goldgelbe Masse, strich, glättete, dehnte.

Pamela wusste sofort, worauf Giannas Frage sich bezog, aber sie ließ sich Zeit mit der Antwort.

Das ist hier drin, sagte sie schließlich bestimmt. Sie ließ das Teigholz ruhen und wies mit dem Finger auf den Teig: Alles, alles ist hier drin. Es ruht da drin, sagte sie schließlich und lächelte Gianna an. Mach dir keine Sorgen. Es ist gut so, es ist gut untergebracht.

Francesca schrieb einen beglückten Brief aus Regensburg. Die Sache mit Pamela gefiel ihr. Noch besser als der wachsende Erfolg der *Jicama-Küche*. Ja, so nannte man sie mittlerweile! Ihre Küche bekam einen Eigennamen. Was als schiere Notwendigkeit und in ziemlichem Chaos begonnen hatte, erwies sich nun als erfolgversprechend: die widerstreitenden Einflüsse zu verbinden. Eine gute Gelegenheit, vierzig zu werden! Francesca schickte herzliche Glückwünsche. Und ein dickes Paket.

Gianna wendete den Brief von Francesca hin und her. Etwas war auffallend: Sie schrieb nie etwas über Quirin, und auch Quirin selbst meldete sich nicht. Dafür tauchte Damian wieder auf. Und er schien ein wenig verwandelt. Die Falknerei hatte sich ganz anders entwickelt, als er gedacht hatte, wie er bereitwillig zugab. Gianna skypte mit ihm, und sie wunderte sich, wie viele Falten sein Gesicht mittlerweile durchzogen – viele Falten um die Augen, aber Lachfalten. Der Zopf im Nacken deutlich dünner geworden, der ganze Mann aber … fröhlicher. Natürlich mit der alten Ironie. Trotz der mittlerweile drei Kinder, die ihm allerhand abverlangten.

Keine Ahnung, wie ich zu so viel Glück komme!, sagte Damian und strafte das Gesagte durch sein Lachen Lügen. Ich meine: die Kinder und die Burg. Weißt du, das war mehr so ein Robin-Hood-Traum: Wir allein oben auf der Burg. Nur eine Handvoll harter Männer oder so ähnlich. Und jetzt die drei Zwerge. Na ja, die eine ist ja schon beinahe groß. Und ihre Mütter sind friedlich geworden.

Er lachte wieder.

Tatsächlich war Damian nun Partner auf der Burg. Und er hatte ein paar Männer einstellen dürfen: verwegene junge Burschen, alles gelernte Falkner. Sie kamen aus Tschechien und Polen, waren trinkfest und hatten eine andere Einstellung als die deutschen Kollegen, die sich eher auf Verwaltung verstanden. Mit seinen Kumpanen ging Damian jagen. Sie hatten Falken und Bussarde, intelligente Tiere, die beschäftigt werden wollten. Aber dann hatten sie mit den Geiern angefangen.

Geier?, fragte Gianna ungläubig.

Ja, sagte Damian. Die waren hier früher auch mal heimisch. Also haben wir sie uns wiedergeholt.

Schmutzgeier. Ziemlich große Tiere. Und beinahe so anstrengend wie die Adler. Mit denen musste man regelrecht raufen, damit sie einen als Leittiere akzeptierten. Es war gut, viele verschiedene Arten zu besitzen, denn die Falknerei lebte von den Besuchern. Zweimal in der Woche unterhielten die Falkner ihr Publikum mit einer Art Flugschau, an deren Ende bei entsprechender Thermik jeweils ein Adler auf dreitausend Meter Höhe stieg, um dann pfeilschnell herabzustürzen und eine vorbereitete Beute aus der Hand des Falkners zu reißen.

Große Sache, das!, meinte Damian und grinste. Mein Arm hat schon ganz gut Narben!

Zum Beweis krempelte er seinen Ärmel hoch und zeigte ihn Gianna, so gut es mit der Notebook-Kamera eben ging.

Mein Gott, Damian! Pluster dich nicht so auf!

Gianna lachte. Doch der muskulöse Unterarm gefiel ihr.

Womit die Falkner nicht gerechnet hatten: Ausgerechnet die unansehnlichen Schmutzgeier, die meistens viel zu faul zum Fliegen waren und lieber über die Umfriedungsmauer der Falknerei kletterten, entwickelten sich zu Publikumslieblingen. Die Besucher fanden es einfach drollig, wenn so ein großer Vogel aufmerksam äugend neben einem etwa gleich großen Vierjährigen stand und sich anschickte, ihm das Eis zu stehlen. Dass die Falkner bisweilen tausend Tode starben, weil nicht jeder der Schritte in der Schau geplant sein konnte und weil so ein Geier immer doch ein Greifvogel blieb – geschenkt. Die Leute kamen und schrien vor Begeisterung.

Es ist unglaublich, Gianna, sagte Damian. Mittlerweile kommen sie in Bussen. In großen Reisebussen! Organisierter Tourismus! Und das mir!

Das konnte auch daran liegen, dass ihnen das Geierweibchen Sally zu Hilfe gekommen war. Sally war beweglicher als die anderen.

Auch im Koppe!, sagte Damian anerkennend.

Er hatte mit Sally eine Art Ballspiel trainiert, und genau das war das Verhängnis.

Sally hatte sich abgeseilt, sagte Damian.

Wie das?

Der Vogel hatte eines Tages eine günstige Thermik genutzt und war vom Burgberg aus ins Tal geflogen. Und dort, außerhalb des Dorfes, hatte Sally die Tennisplätze entdeckt. Der Tennisverein trainierte gerade die Altherrenmannschaft. Sally hatte die wunderbar gelben Tennisbälle gesehen, die rechts und links der Grundlinie lagen – in Geieraugen lauter plüschige, gelbe Küken. Sie hatte sich mit wahrem Geierkriegsgeheul darauf gestürzt und so viele wie möglich geraubt. Die Tennisspieler waren erst entsetzt, dann entzückt. Zumal Sally ein paar Tage später wiederkam.

Hätten sie uns nur gleich informiert!, seufzte Damian in gespielter Verzweiflung.

Jedenfalls hatte Sally wenig später auch noch die Terrasse des Tennisclubs entdeckt und dort den gewaltigen Barbecue-Grill. Hinfliegen, sich draufstürzen und ein Kotelett klauen war eines!

Das ist nicht dein Ernst!

Doch, sagte Damian. Ich kann dir die Presseartikel schicken.

Sally wurde zur Attraktion des Tennisclubs, und selbst die Tatsache, dass Damian sie wiederholt hatte zum Tierarzt bringen müssen, weil sie neben dem Kotelett auch ausgesprochen unbekömmliche Mayonnaise gefressen hatte, tat der allgemeinen Begeisterung keinen Abbruch. Und so wurde aus der seriösen Falknerei fast so etwas wie eine Art Disneyland der Tiere. Die Sechs- bis Zehnjährigen dominierten die Vorführungen mit lautem Geschrei.

Und weißt du, schloss Damian, es macht mir sogar Spaß! Ich und Kinder!

Gianna dachte an Damians Töchter, um die er sich liebevoll kümmerte. An die drei Mädchen, die sie noch nicht kannte. Erstaunlich, wie ausgerechnet dieser Herzensbrecher und unstete Mann fast zu einem Familienmensch wurde. Sesshaft auf jeden Fall. Er spielte eine Rolle in dem kleinen Ort. Und er klang zufrieden.

Eigenartig – du mit deinen Falken, sagte Gianna.

Wieso, meinte Damian, du hast es doch auch mit Tieren. Mit deiner komischen Hundebrut.

Das stimmte. Sie lockte Girly jeden Tag ein bisschen mehr an, und manchmal waren der bissige Brutus und der knurrige Chow-Chow mit von der Partie und taten, als hätten sie Gianna nie verbellt.

Was ist das bloß, das uns die Nähe von Tieren suchen lässt? Passt doch überhaupt nicht in die Zeit!

Na, eben, sagte Damian. Das ist es ja gerade. Wir beide haben nie in die Zeit gepasst.

Gianna merkte, wie gut ihr der Satz tat: Wir beide! Trotzdem fügt sie an: Wir beide – und Quirin obendrein. Hast du immer gesagt.

Ja klar, sagte Damian rasch. Und fuhr eilig fort: … oder wir haben uns etwas gesucht, das wir dem ganzen Wahnsinn entgegensetzen können. Ich will auf das ganze Computerzeugs ja überhaupt nicht verzichten, sonst könnten wir jetzt auch gar nicht reden. Aber es schmeckt halt nicht und riecht nicht. Was meinst du, wie meine Geier …

Schon gut, sagte Gianna. Aber eigentlich hauen wir doch bloß ab aus der Gegenwart, findest du nicht?

Damian zuckte die Achseln. Das Gespräch wurde ihm allmählich zu anstrengend.

Wieso?, fragte er schließlich. Die Falken und Bussarde gibt es ja auch. Genauso oder noch mehr als das neue, das virtuelle Zeugs. Eines steht fest: Die Natur käme gut ohne uns klar. Bienensterben, Fischeverrecken und so – glaube ich alles nicht. Oder doch: schon. Aber das erholt sich wieder, ob mit oder ohne uns. Wir überschätzen uns. Übrigens auch, wenn man sich nur um das Allerneuste an technischem Kram und so weiter kümmert. Das ist so anfällig! Und schon morgen ist es von gestern. Gut, Quirin mit seinem Steinzeugs ist vielleicht ein bisschen extrem …

Quirin …, sagte Gianna rasch und überhörte die Spitze. Wie geht es ihm? Ich habe lange nichts von ihm gehört.

Damian verstummte kurz. Dann lachte er auf, ein wenig verlegen, wie es schien:

Ach, der! Frag ihn selbst. Da ist eine Menge passiert. Ich muss jetzt Schluss machen!

Gianna blieb mit einem schalen Gefühl in der Magengegend zurück.

Das hatte sie aber bald wieder vergessen. Der dritte, leuchtende *Indian Summer* in New Mexico wich einem warmen, milden Herbst mit allerdings heftigen Temperaturstürzen bei Einbruch der Dunkelheit. Girly übernachtete jetzt immer vor Giannas Tür. Hineinlocken ließ sie sich nur zu den Mahlzeiten, die ihr Gianna regelmäßig hinstellte. Die Hündin kam näher, blieb jedoch eigentümlich distanziert, sie wirkte fast ... höflich. Sobald sich Gianna aber rasch bewegte, flüchtete Girly erschrocken. Es war anstrengend, doch Gianna konnte nicht mehr zurück. Sie wusste selbst nicht, warum es ihr das mächtige Tier mit dem hängenden Bauch und den abstehenden Flanken so angetan hatte. Eine Schönheit war sie nicht.

Es gab viel zu tun. Im Winter wollten sie die Karte wechseln. Eine Wochenkarte sollte dem Umstand Rechnung tragen, dass die meisten Hotelgäste fünf Tage blieben oder über ein verlängertes Wochenende kamen. Dazu ein, zwei Tagesgerichte, je nach Saison. Ein Sommelier wurde gebraucht. Anzeigen wurden aufgegeben, Bewerber stellten sich vor. Das Rennen machte eine junge Schweizerin, die in der Gegend hängengeblieben war wie so viele. Charlotte machte sich sofort daran, den Keller auszuräumen, und stellte Regale auf. Sie war jung, tatkräftig und setzte sich durch. Die Gäste liebten ihren kehligen Akzent und ihre sichere Hand, wenn es darum ging, Weine auszusuchen. Und nicht nur Weine! Wer hier mittags einen Schoppen zu sich nahm, geriet leicht in Verdacht, ein Säufer zu sein. Also auch Säfte. Und Tees. Charlotte war sich nicht zu fein dafür, auf den umliegenden Märkten nach Kräutern und Blüten zu suchen. Sie setzte die Tees selbst an und gab Pamela einen Auftrag für eine Töpferin mit: Schöne Teeschalen mussten her und bauchige Krüge, in denen die Tees ihre laue Temperatur eine Weile halten würden! Sie nannten Charlotte also Tea-Sommelière, und zu ihrer eigenen Überraschung schlug der Begriff ein: Tea-Sommelière – selbst die Zeitungen in New York berichteten.

Unmerklich nahm das neue *Jicama* Gestalt an. Thomas war hin- und hergerissen zwischen Euphorie und Verzweiflung. Er spürte, dass ihm die Leitung immer mehr entglitt. Wie die meisten Choleriker war er im Grunde seines Herzens ein Opportunist und durchaus in der Lage zu genießen, wenn es lief. Und wie es lief! Gianna machte es ihm leicht. Sie war ja eher eine Moderatorin als ein traditioneller Chef de Cuisine, obwohl sie diesen Rang nun offiziell bekleidete. Aber Gianna war zu klug, um ihre neue Macht zu überschätzen, vielleicht steckte doch noch etwas von der Torhüterin in ihr: Mannschaftsdenken, den Kasten sauber halten. In Wahrheit, fand Gianna, gaben hier die Chefs de Partie den Ton an, die Männer und Frauen, die sich mit den Gemüsesorten der Gegend auskannten und im Schlaf die köstlichen Eintöpfe, die Reisgerichte und Pasteten zubereiten konnten, die in New Mexico seit Jahrhunderten Tradition waren. Sie waren sich ihrer Sache so sicher, dass sie die alten Rezepte ohne weiteres zu verändern bereit waren – und so sehr unter Druck, dass sie nicht lange darüber diskutierten, wenn man ihnen Altvertrautes entriss. Sie machten einfach. Sie waren es gewöhnt zu mischen, miteinander zu verblenden, und sie verstanden sich bald nahezu blind.

Sie hielten zusammen gegen Thomas, der gern organisierte, aber genauso gern Chaos verbreitete, der großmütig über schwere Fehler hinwegsehen konnte, aber gelegentlich ausflippte, wenn Kleinigkeiten nicht funktionierten. Dann flogen die Töpfe, dann wurden Kellen zu Wurfgeschossen. Thomas war ein vorzüglicher Souschef, aber ein wankelmütiger. Gianna war mittlerweile unumstritten, doch sie begriff, dass größere Veränderungen anstanden. Thomas musste aufhören, sich um das tägliche Klein-Klein zu kümmern. Unmerklich verschob Gianna die Aufgaben.

Im Oktober gruben kräftige Männer die Erde hinter dem Haus um. Im nächsten Jahr wollten die Beiköche einen Versuch mit einem Gemüsegarten starten. Und ein Gewächshaus wurde gebaut: aus Fenstern, die von Abrisshäusern übrig geblieben waren. Das war das Richtige für Thomas. Er plante, zeichnete, rechnete. Und er ließ sich nicht mehr von Kleinigkeiten ablenken.

Das verschaffte Gianna endlich Freiraum in der Küche. Dafür überließ sie Thomas sogar ihre geliebte Gemüseküche. Stundenlang beriet sie sich mit den anderen Köchen, tauschte Erfahrungen aus, ließ sich belehren über regionale Gerichte, Spitzfindigkeiten von Saucen, Garzeiten von Fleisch und Säuregrade von Obst. Dann wieder zu Thomas: Worauf wollten sie hinaus? Bis tief in die Nacht saßen sie zusammen und berieten. Die neue Küche sollte die alte Schärfe behalten, das Feuer der Chilis, die Entschiedenheit des grünen Pfeffers. Aber sie sollte lebendiger werden, sie brauchte einen Spritzer Säure, etwas Kribbelndes, Junges ... Sie experimentierten mit Zitrusfrüchten, mit Verbenenkraut, mit sauer eingelegtem Gemüse und den einheimischen Senfsaaten. Und dieses ganze kreative Chaos stellten sie ins Netz. Die Commis de Cuisine – zwei radikale junge Frauen aus Mexiko – hatten sie dazu überredet: nichts Perfektes mehr! Die Leute wollen den Prozess sehen, den Weg. Sie wollen mit euch mitfiebern, euch bedauern, euch anfeuern.

Sie hatten recht. Die neue Seite des Restaurants im Web wurde tausendfach angeklickt. Wackelige Videos entstanden, Schnappschüsse.

Gianna und Thomas kümmerten sich nicht darum.

Sie mussten das Bild vor Augen behalten, wie ihre Küche riechen und schmecken sollte, welche Leichtigkeit oder Beschwingtheit die Speisen, welche Intensität ihre Gewürze annehmen konnten. Das ging über Monate so. Das Team wuchs zusammen.

Es war eine komplexe Herausforderung, sie stritten, zweifelten und verzagten bisweilen, aber sie fühlten sich auf seltsame Weise gehalten von Pamelas Backkunst und Weitsicht. Und die Filme und Posts taten, als könnte die Kochkunst dauern.

24. VERTRAUT

Das Flattern der Schmetterlinge. Das Schmatzen der Früchte in der Salsa. Der beißende Duft der Limetten, des Sherrys, des Essigs. Das Rühren und Schütteln, Heben und Bewegen. Das glimmende Feuer in der Erde, die Asche, in der allmählich die Tonkrüge gebrannt wurden – über Wochen; das Schnuppern der Hündin an der Schwelle, die vorbeihuschenden Graufüchse ... Gianna lebte nun schon fast vier Jahre in New Mexico. Ihre Küche bekam Rhythmus und Bilder. Das *Jicama* nahm Fahrt auf, verwandelte sich in einen Überlandzug, der alle mitnahm: Köche und Kellner, Patissière und Légumier, die Auszubildenden und die stets lächelnde Lilian. Positive Kritiken erschienen, sie galten nun als Geheimtipp. Das Telefon stand im Frühling nicht mehr still. Eine bemerkenswerte Küche, schrieben die Zeitungen. *Fusion-Kitchen at its best*. Sie stießen an auf die Lobeshymnen, sie klopften sich auf die Schultern: Alle wurden mitgenommen. Aber dann gab es ein neues Problem, das zur Krise wurde. Die Gäste.

Sie waren über die Jahre kundiger geworden, eine Entwicklung, die Gianna schon in Dänemark aufgefallen war, die sich in letzter Zeit jedoch zu beschleunigen schien. Das erschien Gianna zunächst eher als ein Vorteil. Schließlich konnte man sich mit den Gästen unterhalten, jetzt mehr denn je. Sie interessierten sich für die Zubereitung der Speisen und zunehmend für die Herkunft der Tiere. Sie waren belesen, und sie brachten Fragen aus Zeitschriften mit. Kochsendungen im Fernsehen gaben den Zuschauern das Gefühl, selbst mitreden zu können, Blogs und Magazine machten selbst die exotischsten Trends in den Küchen der Provinz bekannt. Gianna hatte sich gefreut über das neue Interesse an der Küche und am Kochen.

Zu Beginn ihrer Karriere, in Regensburg, hatten sie es ja nur mit den ängstlichen alten Herren zu tun gehabt, die blutjungen Begleiterinnen ihre Kennerschaft beweisen mussten. Sie hatten sich verständigt – keiner wusste, warum –, dass sich das am besten mit Rotwein, mit französischem zumal, bewerkstelligen ließe. Dann kamen die Italophilen, die halbrohe Pasta für *al dente* hielten und das Basilikum kennerisch zwischen den Vorderzähnen zerrieben. Die Whiskey-Fraktion wurden von den Gin-Seligen abgelöst, jenen, die bereitwillig ein Vermögen für Gurkenwasser ausgaben und den penetranten Geschmack naturidentischen Wacholders so artig schluckten wie den Hustensaft in ihrer lange vergessenen Kindheit. Die Gesundheitsbewussten hatte es schon lange gegeben: Sie lehnten Schweinefleisch ab, hielten auf Hühnchen und, sofern sie weiblich waren, steckten sie sich auf der Damentoilette gelegentlich auch mal den Finger in den Rachen. Die Gesundheitsbewussten waren den Selbstoptimierern gewichen: Keine Kohlehydrate am Abend! Niemals Eiweiß und Kohlehydrate gemeinsam verzehren. Nicht nach achtzehn Uhr essen und auf keinen Fall vor zwölf. Und Eiweiß – ja, aber um Gottes willen kein Milcheiweiß. Verblüfft sahen Gianna und ihre Kollegen, wie die allgemeine Verfeinerung einer allgemeinen Ablehnung gewichen war: Keine Milch! Kein Weizen! Auf keinen Fall Nüsse! Und Soja war schon lange des Teufels! Die neue Verbotsküche trug den beschönigenden Namen *Frei von*.

Die Kellner in New Mexico lernten die überschlanken, agilen New Yorkerinnen fürchten. Die kamen übers verlängerte Wochenende eingeflogen, meditierten Tag und Nacht in ihren teuren Freizeitanzügen Gelassenheit herbei – verwandelten sich aber in Furien, wenn nicht jeder einzelne Bestandteil des Menüs fein säuberlich in Zutaten zerlegt auf der Speisekarte auftauchte. Wenn sie bestellten, dauerte es so lange, wie die gesamte Crew für ihr Belegschaftsessen brauchte.

Jeder Gast eine Allergie, jede Allergie ein Speisenausschluss, jeder Ausschluss eine notwendige Veränderung des Gerichts, das weitere Veränderungen nach sich zog … Was hatten die davon?

Wahrgenommen werden!, sagte Pamela kurz, als sie wieder einmal eines ihrer köstlichen kleinen Brote zurückbekommen hatte. Kummervoll schaute sie den kleinen, nussbraunen Laib an. Wo sollte das noch enden?

Manchmal kam es Gianna vor, als veranstalteten sie ein Wettrennen – aber eines, bei dem andere die Regeln festlegten, nicht sie selbst. Während Gianna und Thomas, die Beiköche und die Patissière, ihre eigenen Erfahrungen, ihre Vorlieben und Könnerschaften in immer neue Gerichte integrierten und über all ihren Erfindungen immer vergnügter wurden, zog eine neue Miesepetrigkeit in die Restaurants ein. Kundig war nicht mehr, wer zu genießen verstand – man profilierte sich vielmehr durch Ablehnung. Schroff wurde zurückgewiesen, was überforderte, abgelehnt, was man nicht kannte – verbrämt und gerechtfertigt durch die neuen Götter namens Wellness, Gesundheit und Fitness.

Manchmal schafften sie es über Wochen, die Gäste zufriedenzustellen. Das waren die guten Phasen. Sie mussten viel Mühe darauf verwenden, neu ankommende Gäste mit ihrer Küche vertraut zu machen. Zu kochen allein reichte nicht, es musste ein Gespräch über das Essen geführt werden, sie liefen Gefahr, aus Menüs Workshops zu machen.

Das ist hier schon lange so, schrieb Pablo aus Spanien.

Die experimentelle Küche in Katalonien, für die er sein ganzes Wissen als Agraringenieur brauchte, geriet immer mehr zum Diskurs über das Essen.

Wir haben die Meta-Ebene erreicht, schrieb Pablo weiter. Ich weiß nicht, wie ich das eigentlich finden soll. Aber wir werden fast nur noch zu Kunstausstellungen eingeladen. Ich schwöre dir: Irgendwann geht die ganze Sache in die Luft. Es dauert nicht mehr lange.

So weit waren sie hier noch nicht. Aber die allgemeine Unsicherheit äußerte sich zunehmend aggressiv. Die Gäste wurden immer wählerischer, sie argumentierten immer differenzierter und schärfer. Es schien, als habe sich der Geschmack vom Gaumen in den Kopf verlegt. Wie brachte man den Leuten bei, wieder entspannt zu genießen?

Wir müssen sie ins Boot holen, hatte Liz, die neue Oberkellnerin, bestimmt gesagt. Wir müssen ihnen sagen, was wir hier tun. Dann fühlen sie sich als Teil des Ganzen.

Das ging mal besser, mal schlechter. Auf die Dauer aber war es ermüdend. Während sie selbst mittlerweile Bestandteile der verschiedenen Küchen ganz selbstverständlich miteinander verbanden und die kleinen Fusionen als große Verbindung feierten, lehnten die Gäste es immer mehr ab, zu integrieren. Ein

Diktat scheinbar harscher Vernunft zog in die Restaurants ein, hinter der sich viel Kindliches verbarg. Die Küche musste durchschaubar sein. Bloß keine Überraschungen! Alles sollte *easy* sein, von offensichtlicher, leicht süßlicher Harmonie, ohne Widerstand, schmelzend, dabei übersichtlich – und natürlich kalorienarm.

Dieselben Gäste strichen dann spätabends durchs Hotel auf der Suche nach einem Snackautomaten: Von diesem elenden Grünzeug kann ja kein Mensch satt werden, sagten sie vorwurfsvoll.

Pamela hatte Mitleid mit den gestressten Menschen.

Sie lehnen ab, was sie sind, sagte die Patissière eines Tages zu Gianna, während sie durch die Küchentür in den Speisesaal schaute.

Was sind sie denn?, fragte Gianna ein wenig gereizt, ich glaube, das wissen sie selber nicht.

Sterblich, erwiderte Pamela. Das scheint die letzte große Beleidigung zu sein. Jedenfalls für ihresgleichen. Sie haben viel zu verlieren, weißt du.

Sie musterte die Gäste draußen. In ihrem Gesicht war keine Kritik zu lesen, keine Ablehnung, nur Trauer. Sie räumte ihre Schalen und Schüsseln mit so großer Sorgfalt zusammen wie jemand, der länger fortgehen will.

Dabei war es ein wundervolles Menü gewesen, der Abend war gelungen. Es hatte eine Mischung aus Thomas' geliebtem kreolischen *Gumbo* gegeben – dem traditionellen Eintopf –, aber *en miniature* und verfeinert, und neuen Gerichten, die ihrer eigenen Erfahrung und Phantasie entsprungen waren: So hatten auf dem Buffet Austern in einer Hülle aus Artischocken-Biskuit gestanden, hatte ein Langusten-Étouffée den Geschmack der feinen Krebse vortrefflich geschont, hatten hauchdünne

Streifen vom Wildschwein den Forellen Beine gemacht, hatte eine schier unübersichtliche Menge gebrannter, gebeizter, marinierter Paprika und Artischocken den Aufbau des Buffets in einen bunten, weltlichen Altar verwandelt. Alle hatten geschmaust, getafelt und mit Charlottes Limonaden und Wein angestoßen, so dass sie auch in der Küche von der allgemeinen Ausgelassenheit angesteckt wurden, die Musik lauter drehten, bis am Ende Thomas sein Englischhorn aus der Schatulle holte und, endlich einmal, zum Jazz der *Red Hot Peppers* seine eigenen Melodien spielte: *Call and Response, Call and Response* …

Aber mitten in diesem schönen Trubel hatte plötzlich diese Dame in der Tür gestanden, sehr aufrecht und sehr streng, und mit ihrer Kritik begonnen, zu der sie sich sogar Notizen gemacht hatte. Was alles schwer verdaulich, Allergien auslösend, kurzum: unverantwortlich gewesen war an dieser bedenkenlosen Kinder-Küche – so nannte sie das. Und sie hatten alle dagestanden – nicht wie die Profis, die sie waren, gelobt von anderen Profis, ausgezeichnet und zunehmend begehrt, sondern leer und müde.

Sterblichkeit. Das sollte also das Problem sein? Dass nicht einmal die beste Küche sie erlösen konnte? Dass sie keine magischen Fähigkeiten besaßen?

Da war durchaus etwas dran: Wenn Gianna zurückdachte, hatten alle großen Köche mit dem *Memento mori* gespielt. Das hatte schon im Barock angefangen, verblüfft hatte sie in der Berufsschule von den Köchen am Hof von Versailles gehört.

Und die aktuelle, üppige französische Küche? Verschwendete, weil man in gut katholischer Tradition wusste, dass es morgen vorbei sein würde. Noch weiter waren die Mexikaner mit ihrer bunten, steten Feier des Todes. Die rotglühenden Chilifrüchte erinnerten daran: an die Schärfe des Lebens wie des

Sterbens, und lachend tanzten die Gerippe als Mobiles in den Wohnungen, wurden durch die Gassen getragen und geliebt. Hatte Kochen-Können etwas mit Katholizismus zu tun? Gianna überlegte: Dann wäre die stocknüchterne, korrekte Küche der Skandinavier nichts weiter als eine intellektuelle Antwort darauf: In Dänemark und Schweden suchte man den Genuss in der Verneinung, im Puristischen, Kühlen. Sie nahm sich einen Stuhl. Das musste sie jetzt in Ruhe überlegen.

Es geht doch immer nur um eines, sagte Pamela: Wie gehen wir damit um, dass wir fortgehen müssen? Was darauf keine Antwort weiß, ist nichts wert. Und jeder wahre Koch sucht eine Antwort darauf. Er antwortet auf die Vergänglichkeit.

Sie hatte sich an den Tisch gelehnt, schaute Gianna zweifelnd an, als sei ihr der Gedanke gerade erst gekommen. Gianna nickte zögernd.

Wenn du recht hast … dann ist unser ganzer Kampf um Perfektion natürlich für die Katz. Man muss ja immer neu suchen, immer neu versuchen, die Kräfte miteinander zu versöhnen. Dann geht es bei uns nicht um Perfektion …

… sondern um Hingabe, sagte Pamela. Genau.

Gianna schwieg. Das hatte sie schon einmal gehört. An ihrem glücklichsten Ort: in Spanien.

Pamela reckte sich ein wenig:

Hast du eine Ahnung, wer das Glas mit den *Biscochitos* genommen haben könnte? Ich muss noch Zimt dazugeben.

Sie erhob sich und rieb die Hände an der Schürze ab, wie immer.

Wie sehr ich diese Geste vermissen werde, dachte Gianna plötzlich.

Warum dachte sie jetzt an Abschied?

Und dann erreichte sie die Nachricht aus Deutschland.

Sie war mit dem Hund draußen gewesen. Mittlerweile fühlte es sich fast so an, als sei Girly ihr Hund und freute sich darauf, dass sie mit ihr Gassi ginge – dabei war es gerade umgekehrt: Wenn Gianna frei hatte, wartete sie darauf, dass die halbwilde Hündin sich blicken ließ, nahm dann ein Tuch, um unterwegs Pilze, Kräuter oder Früchte zu sammeln, und rief: Komm schon, Girly! nach draußen. Die Hündin wartete gehorsam und geduldig und begleitete Gianna auf ihren langen Wegen. Mehr oder weniger jedenfalls. Aus der Ferne hätte man Gianna für eine ganz normale Hundebesitzerin halten können, und aus irgendwelchen Gründen machte ihr diese Vorstellung Spaß. Ihr Hund! Den sie noch nie angefasst hatte. Bisweilen kam Brutus mit, der giftige Yorkshire, oder der brummige Chow-Chow, dem sie aber noch immer lieber aus dem Weg ging.

Sie waren länger unterwegs gewesen, waren bis zum Dorf der Pueblo-Indianer gegangen, wo einige hundert *Natives* versuchten, nach den strengen Regeln der Alten zu leben: ohne Strom und ohne fließendes Wasser, vor allem aber ohne Alkohol. Sie hatten einen weiten Bogen um das Dorf gemacht, obwohl es Gianna wie magisch anzog und obwohl sie wusste, dass Pamela hier ihre Töpferwaren anfertigen ließ. Die Dorfhunde aber waren scharf; sie liefen frei herum, und Girly war nicht zum Nähergehen zu bewegen. Es dämmerte schon, als sie wieder in ihrem kleinen Haus ankam, und Gianna ließ die Tür wie immer offen, damit Girly merkte, dass es noch etwas zu holen gab – diesmal entfernte sich die Hündin nicht, als sie ihre Mahlzeit beendet hatte. Es war merklich kühler geworden in diesem Oktober. Sollte sie den Hund hereinholen? Girly machte einen Schritt auf Gianna zu, als sie beim Namen gerufen wurde, blieb jedoch genau auf der Schwelle stehen.

Na gut!

Gianna hatte es aufgegeben, zu viel von Girly zu erwarten.

Sie ließ die Türe offen stehen, fuhr den Rechner hoch. Und las die E-Mail.

Lukas hatte geschrieben. Das war sehr ungewöhnlich. Mit einem unguten Gefühl las Gianna hastig die Mail.

Francesca war gestorben. Einfach so, binnen zwei Tagen.

Und am dritten Tage wird sie wieder auferstehen, flüsterte Gianna. Sie musste sich am Stuhl festhalten.

Es war nicht abzusehen gewesen, daher hatten die Eltern Gianna nicht früher verständigt. Ein kleines Unwohlsein, begleitet von ein bisschen Schwindel, das Bedürfnis, sich hinzulegen. Fortgegangen über Nacht. Die Eltern waren geschockt. Sie erwarteten nicht, dass Gianna eigens die weite Reise … Aber es wäre schön.

Gianna saß wie erstarrt. Francesca. Die Großmutter. Ihre Gedanken wirbelten und standen gleichzeitig still. Sie musste reagieren. Sie musste sich bewegen. Atmen. Einfach weiterleben. Gianna, atme.

Sie spürte in ihrer Hand etwas Warmes, Zartes. Girly war unmerklich ins Zimmer getreten. Sie hatte ihre feuchte Schnauze ganz leise in Giannas zitternde Hand geschoben.

Den Aufbruch bewältigte sie über Nacht, wie in Trance. Sie rief Thomas an, verständigte Lilian. Niemand fragte, warum sie es so eilig hatte, jetzt, da die Großmutter doch sowieso … Eine andere Nachricht kam ihr zu Hilfe: Max Wohlleben meldete sich nach Jahren, ihr erster Chef. Er hatte ihren Weg verfolgt, ihre stetige, wenngleich etwas ungewöhnliche Karriere – *Chapeau*. Er wollte gleich zur Sache kommen, hatte natürlich auch von Francesca gehört. In der Not traf es sich doch vielleicht ganz gut, dass er ihr ein Angebot machen konnte, er hoffte, dass sie es nicht unpassend fände: Max hatte vor, in Regensburg ein zweites Restaurant eröffnen. Eine gastliche Stätte für Familien sollte es sein, unmittelbar beim Kloster Sankt Emmeram gelegen. Weniger formal als der *Garden*, moderne, leichte *Fusion*-Küche. Genau ihr Ding! Und sie, Gianna, könnte die Chefköchin sein. Schnelle Antwort erbeten, Sie wissen ja, die anderen. Gruß Max.

Es fügte sich. Es fügte sich in all dem Schmerz. Der geschockte Thomas würde sich fangen, der *Springer* stand als nächster Souschef bereit. Und Lilian? Half ihr, stumm und teilnahmsvoll. Blieb nur Girly. Gianna fiel es schwer, von dem Tier zu lassen. Sie wagte nicht, mit jemandem darüber zu sprechen. Vielleicht war es gar nicht richtig gewesen, Girly so an sich zu gewöhnen? Die Hündin war seit dem Vortag verschwunden, sie ahnte wahrscheinlich etwas. Und dann kam schon das kleine Lastentaxi und holte ihre Sachen ab. Morgen würde sie selbst folgen.

Sie waren zu müde und zu betäubt, um den Abschied zu feiern. Niemand machte ihr Vorwürfe. Pamela blieb nur noch länger als sonst in der Küche, und Lilian wartete in der Bibliothek, eine Karaffe mit Wasser vor sich, Whiskey, zwei Gläser. Pamela umarmte sie stumm und herzlich, ein letztes Mal roch Gianna ihren schönen Duft, diese Mischung aus Teig und ein wenig Mandarinenöl in den Haaren.

Mach es gut!

God bless you, dear!

Ein rätselhaftes Zeichen mit dem Finger auf ihre Stirn und ihre Brust gezeichnet.

Dann saß Gianna mit Lilian vor dem Feuer und schwieg. Das war ein Endpunkt, sie spürte das, auch wenn sie sicher bald wieder arbeiten würde, irgendwo, mit irgendwem. Der Schmerz machte den Körper schwer, lähmte die Zunge und die Vorstellungskraft. So also fühlte sich Trauer an. Das Leben hatte sie lange verschont, aber nun traf es sie mit Wucht.

Sie dachte an Pablo: Er hatte mit seiner Befürchtung recht behalten. Sein wagemutiger Koch in Katalonien war gescheitert, das Experiment mit vielen Schulden pleitegegangen. So viele hatten es nicht geschafft. Begabte Köche wie Marta oder Mattes waren ausgestiegen, andere hatten klein beigegeben, kochten in Kantinen, widmeten sich der Systemküche. Es war ein erschöpfendes Leben. War es das wert?

Lilian begleitete sie zu ihrem Häuschen, als sei sie krank. Sie war ja auch krank, fühlte sich schwach und leer. Trotzdem schlief sie schnell ein. Am Morgen entdeckte sie einen mit einem Tuch abgedeckten Korb vor ihrer Tür. Lange konnte der Korb dort nicht gestanden haben, sonst hätten die Hunde sich darüber hergemacht. Kleine Biskuits, Brötchen, frisch gekochte Marmelade, ein Bündel aus Rosmarin, Thymian und unbekannten Kräutern: Abschied auf Mexikanisch. Man ging mit den Rauchwaren durchs Zimmer, man reinigte das Haus von sich selbst. Unbelastet und frei, so sollte ein Haus weitergegeben werden. Gianna tat, was man sie gelehrt hatte, ein wenig kopfschüttelnd, weil sie nicht an solchen Hokuspokus glaubte, aber das war nun egal – weil es guttat. Sie dachte an Pamela, an den Bäckerinnenduft, dachte an die Backwaren der Großmutter. Das tat weh und tröstete doch. Sie schaute sich noch einmal um: das karge, kleine Haus. Die reduzierten Farben von Lehm und das silbrige Grün da draußen. Sie öffnete die Tür.

Am frühen Morgen hatten die Spinnen schon ganze Arbeit geleistet: Sie hatten Thymian- und Rosmarinbüsche mit ihren weißlichen Fäden überzogen; ein Netz aus winzigen weißlichen Perlen ließ die Landschaft, die doch sonst oft so stumpf und ausgeblichen dalag, kostbar glitzern. Im Hintergrund erwarteten die Blue Mountains die Sonne. Seltsam, so nah bei den Bergen zu leben und sie doch nie zu erreichen.

Dann kam das Taxi. Die Kollegen winkten. Unwillkürlich hielt Gianna nach Girly Ausschau, aber sie blieb ebenso verschwunden wie die anderen Hunde. Es ging nur sehr langsam im Schritttempo über den Schotter. Und dann sah Gianna die Hündin: Girly saß mitten auf dem Weg und hechelte. Sie wirkte aufgeregt, bewegte sich aber nicht, als das Taxi sich näherte. Erst als der Fahrer fluchend anhielt, trottete sie zur Seite. Gianna hielt es nicht aus. Sie riss die Tür auf und schrie: Girly!

Und zum ersten Mal hörte die Hündin wirklich auf sie! Eilig kam sie auf sie zugetrabt und lief Ginna direkt in die Arme. Es war, als würde Girly sie umarmen. Gianna kamen die Tränen.

Lady, wir haben es ein bisschen eilig, sagte der Fahrer. Hund kostet extra.

Vielleicht war es dieser Satz. Vielleicht war es dieser Satz, der alles entschied. Gianna schaute Girly prüfend an. Sie lief immer noch nicht weg. Und sie trug ein Halsband. Das war nichts Besonderes. Am Halsband aber hing eine kleine Box. Das war ungewöhnlich. Gianna überlegte nicht lange, sie nahm die Box ab: Papiere! Die Hündin hatte Papiere. Ein Gesundheitszeugnis, einen Impfpass. Lilian. Lilian hatte das so kommen sehen. Und sie hatte es geschafft, Girly so auszustatten. Gianna musste jetzt erst recht weinen.

Lady …

Gianna wollte etwas sagen, wollte den Mann bitten, einen Augenblick zu warten – aber da war Girly, so als ob sie das jeden Tag täte, schon an Gianna vorbei in den Fond des Wagens geklettert und hatte sich artig auf den Boden gelegt. Das war eindeutig. Gianna stieg wieder ein und schloss die Tür.

Wir können!

Ihre Stimme zitterte. Was redete sie da? Aber sie konnten tatsächlich. Gianna schaffte es, Girly, die immer noch halbwilde Hündin, nach Deutschland mitzunehmen. Sie hatte keine

Zeit zu überlegen, ob das alles so richtig wäre – aber Girly signalisierte mit jedem Schritt Vertrauen. Sie bestieg die Flugbox, sie akzeptierte, dass diese verschlossen wurde, und empfing Gianna in Frankfurt keineswegs verängstigt oder verstört, sondern wie ein älterer, etwas müder Hund, der nach Hause wollte und fürchterlichen Hunger hatte.

Und half auf diese Weise, dass es leichter wurde für Gianna.

25. ZU HAUSE

Das Rauschen des Flusses. Das war das Erste, was Gianna bewusst wahrnahm. Der Rest war an ihr vorbeigegangen, als habe das nichts mit ihr zu tun. Die Eltern am Flughafen in Frankfurt, ihr Erstaunen über den friedfertigen, großen Hund, die Freunde – und Max. Sie fuhren nach Hause, nach Regensburg, und plötzlich fiel Gianna auf, dass Francescas Häuschen durchaus Ähnlichkeit mit dem ihren in New Mexico hatte: die gleichen Dimensionen, die gleiche Zurückgenommenheit. Dieses hier aber atmete Francesca in jeder Fuge. Die Großmutter war in jedem Augenblick gegenwärtig. Gianna rang nach Luft. Wie sollte sie hier übernachten? Wieder machte es ihr Girly leicht. Die schnupperte unbefangen überall herum, um sich schließlich, mit einem zufriedenen Grunzen, auf den Teppich plumpsen zu lassen. Die Eltern wussten nicht, wohin mit sich und ihrer Freude und ihrer Traurigkeit. Rita streichelte ungeschickt Giannas Arm, und Lukas streichelte Rita. Girly begann wieder, ein bisschen zu knurren: Sie kam da nicht ganz mit. Als die Eltern gegangen waren, griff Gianna nach der neuen Leine. Girly stand sofort auf, folgte ihr. Die Leine ließ sie sich allerdings hier, anders als am Flughafen, nicht anlegen. So weit waren sie noch nicht. Gianna musste lächeln. Die Hündin bestimmte das Tempo ihrer Annäherung, nicht sie.

Sie gingen zur Donau, vorbei an der Steinernen Brücke, hinunter zum Ufer. Girly trabte voraus und erkundete die Gegend. Gianna waren die Beine schwer. Sie kam kaum vorwärts. Die Hündin schaute sich alle naselang nach ihr um. Der Fluss schäumte und rauschte. Er trug Geräusche und Gerüche heran, die sie lange nicht gehört hatte: das Gerede aus den Biergärten, das Lachen der jungen Leute, die ihre Fahrräder gemeinsam nach Hause schoben. Die Feuchtigkeit der Wälder stromabwärts. Die Oberpfälzer Berge. Die Straßen, die Geschäftigkeit der Stadt, die jetzt, am späten Abend, nur vorübergehend zur Ruhe kam. Regensburg war eine Stadt der Tüchtigen, schon immer gewesen, eine Stadt der Handwerker und Kaufleute, die die Besucher nicht zuletzt mit dieser Tüchtigkeit beeindruckte. Seit tausend Jahren schaffte man hier, da richteten auch ein paar hunderttausend Touristen nichts aus. Weiter unten standen die Angler, gerade so, als wäre Gianna erst gestern gegangen. Gianna schaute genauer hin: Kannte sie jemanden?

Gianna zählte für sich die Fische auf, die die Donau belebt hatten, die Fische, um die dann alle später gekämpft hatten, weil die Begradigungen die Fließgeschwindigkeit verändert hatten. Die Huchen waren als Erste ausgeblieben, dann die Waller und Schleie. Ob es gelungen war, sie zurückzuholen? Karausche und Karpfen, Hechte und Welse waren robuster gewesen. Die Namen der Fische! Wie gut das klang! Kar-ausche. Wal-ler. Sie sagte sie sich still vor, wie Verse eines Gedichts. Am liebsten hätte sie den Angler dort drüben gefragt. Aber durch nichts konnte man sich so sehr als Fremde outen wie dadurch, dass man die Angler störte. Ein Pärchen hockte auf der Mauer, die Hände ineinander verschlungen, die Gesichter dicht beieinander.

Der Fluss so offen und klar.

Girly bellte, als müsste sie das in Deutschland erst einmal ausprobieren. Gianna wandte sich um, schaute auf die Altstadt, die sich selbstbewusst wie immer emporreckte. Ja, Regensburg war eine erhabene Stadt. Eine, die man sich erobern musste, eine, bei der man die Rockschöße glattzog und einen letzten prüfenden Blick in den Spiegel warf. Früher war ihr die Stadt nicht so streng, nicht so aufgeräumt vorgekommen. Regensburg war vertraut und verändert. Vielleicht war das ihre Chance?

Die Trauerfeier ging vorbei und die Woche danach. Quirin ließ sich nicht blicken, das war unbegreiflich. Aber Damian war in ihrer Nähe, sie lernte seine Töchter kennen und Agnes, die neue Frau. Gianna blieb im Häuschen der Großmutter und sortierte deren Sachen. Das tat gut und tat weh. Der schöne, wenngleich nicht besonders wertvolle Schmuck. Die feinen, duftenden Kleider. Viel war es nicht. Agnes freute sich, als Gianna ihr einiges aufdrängte. Damian konnte nicht hinsehen. Francesca hatte schon zu Lebzeiten aufgeräumt. Gianna fand eine Korrespondenz mit einem Herrn in München und eine viel ältere, Postamt Catania, Sizilien. Sie fand zehn Kopien von Francescas deutschem Pass, sie fand Tanzkarten, Postkarten, wenige Fotos. Girly blieb neben ihr liegen, wenn sie Karton um Karton füllte und wieder verschloss. Die Hündin strahlte Ruhe aus; die Fremde schien ihr nichts auszumachen.

Ein paar Tage später besichtigte sie das neue Restaurant. Max richtete es gerade ein. Er fand, es sei an der Zeit, dass sie sich einmischte. Der kleine *Garden* lag tatsächlich direkt neben dem alten Kloster Sankt Emmeram.

Gruselbude! So hatte Quirin das Kloster genannt, weil die Brüder Asam in den romanischen Bau ihre ganz persönlichen

Phantasien von Heiligen und weniger Heiligen gemalt hatten. Es war halb Geisterbahn, halb Heiligenkarussell. Drum herum ein verwunschener Garten.

Solche Nachbarschaft fand Max inspirierend. Er freute sich, dass sie kam. Er führte sie überall herum. Behutsam begann er, mit Gianna Gespräche über die Küche zu führen. Er wollte ihr nicht vorgreifen. Sie sollte entscheiden, welcher der jungen Köche, die sich bewarben, der richtige fürs Team wäre. Sie seien jetzt Partner. Gianna schaute Max lange an. Er war grau geworden und ein wenig müde. Er hatte Lust, zu teilen. Es klang gut, es klang nahezu perfekt. Nur einer fehlte ihr: Quirin.

Jeden Tag auf dem Weg zum *Garden* blickte Gianna zum Dom hinauf und hoffte, Quirin dort zu entdecken. Oder sie spazierte mit Girly besonders langsam an der Werkstatt der Dombauhütte vorbei. Aber hinter der hohen Mauer konnte man niemanden erkennen.

Und als sie Lukas nach Quirin fragte – hatte der nicht Kontakt zum Anzinger-Vater? –, winkte er ab und sagte nur: Später, Kind, später. Glaub mir, er hat seine Gründe.

Dann kam Solong zu ihr. Und alles klärte sich auf.

26. DER TURM

Der Blick von Solong, seine Geste nun: Geh schon!

Sie ist an ihm vorbei, betritt den Raum zwischen den Türmen. Unter ihr der Bretterboden des Gerüsts und darunter, in siebzig Metern Tiefe die Stadt. Die Baustelle oben auf dem Dom verbindet die beiden Türme, und da, beim anderen Turm, ist das Geviert der Galerie.

Sie wirft einen Blick nach unten. Es dämmert, die Beleuchtung auf dem Domplatz ist gerade aufgeflammt. Aber es gibt eine Konkurrenz für die Lichter der Stadt: Auf dem Platz und aus den Gassen bewegt sich eine Vielzahl von Menschen. Pilger sind es, wie es scheint. Sie halten, könnte man meinen, Gesangbücher in den Händen, auf die sie flehentlich schauen. Die Texte darin so heilig, dass die kleinen Gesangbücher leuchten. Fest halten die Pilger sie in den ineinander verschlungenen Händen – ihre Mobiltelefone.

Auch 'ne Art von Pilgerschaft!, sagt Gianna zu Solong, der ist aber anscheinend nicht in der Stimmung, zu scherzen. Wieder diese Geste von ihm: Geh schon, geh endlich.

Sie sind auf der Galerie. Sie macht noch zwei Schritte, da ist ein Pfeiler im Weg, ein warmer Lichtschein dahinter. Sie sieht einen niedrigen Tisch, ein Meer von brennenden Kerzen, und da ist endlich Quirin! Er dreht sich zu ihr um, er lächelt, und Gianna denkt, dass sie dieses Lächeln immer unterschätzt hat. Quirin geht damit sparsam um, aber wenn er lächelt, erhellt sich alles. Quirin lächelt, aber warum steht er nicht auf und kommt ihr entgegen?

Etwas schimmert metallisch, er hält etwas in Händen – nein: Etwas hält ihn. Quirin sitzt in einem Rollstuhl und hat die Hände auf die Räder gelegt. Gianna will an einen Scherz glauben, will glauben, dass er gleich aufspringt. Sie will glauben, dass er sich vielleicht den Fuß gebrochen hat. Steinmetze leben gefährlich, und bestimmt hat er es mit den Sicherheitsschuhen nicht so genau genommen ... Kann man das alles denken? In Bruchteilen von Sekunden? Oder fährt ihr nur der Schreck in die Glieder? Eiskalt, scharf? Ein Schrecken, der ihr sagt: Alles ist anders?

Quirin nimmt ihr die Scheu. Er sagt: Nun komm doch mal näher, und lass dich anschauen!

Er streckt ihr beide Arme entgegen, so dass sie sich zu ihm hinabbücken und ihn umarmen kann. Wie gut sich das anfühlt, auch wenn sie nur Kopf und Brust, die Arme und den Rücken spürt. Aber wie sie das spürt, wie vertraut ihr das alles ist!

Sie tritt einen Schritt zurück und prallt gegen den Korb, den sie mitgebracht hat. Sie will ihn fragen, was passiert ist und ob das eine vorübergehende Sache sei, doch Quirin lächelt sie auf eine Weise an, die sie stumm macht.

Er hat alles vorbereitet: eine festlich gedeckte Tafel oben auf dem Dom. Kerzen, Decken, Geschirr und vor allem die Speisen nach oben gebracht – oder bringen lassen, denn Solong hat ihm, wie immer, geholfen.

Solong! Jetzt weiß Gianna, warum er so bedrückt war, nichts erzählen wollte und auf dem Weg nach oben auf eine seltsame Weise bummelte.

Sie setzt sich auf einen weich gepolsterten Hocker, Quirin gegenüber. Die Kerzen flackern, es weht ein sachter, noch warmer Wind. Auf Quirins Gesicht wechseln Licht und Schatten. Alle paar Sekunden ist er ein anderer. Kann es sein, dass man sich an dem vertrauten Freund nicht sattsehen kann?

Sie glaubt nicht, dass sie etwas essen kann. Aber es geht dann doch. Das Essen ist eine Art Picknick: Salat mit Fisch und winzigen Kapern, Couscous mit Rosinen, in Chili eingelegte Gurken, versöhnlich-weiche Panini als Kontrast dazu, zum Dessert säuerliche Apfelringe mit einem knusprigen Rand aus Karamell. Das Essen ist einfach und voll wohltuender Kontraste. Das Essen hilft. Das Essen geht zwischen ihnen hin und her, es ist wie Frage und Antwort. Es ist ein Gespräch, und es feiert die Gemeinsamkeit. Nicht die vollkommene Harmonie, wohl aber den Ausgleich der Gegensätze. Möglich, dass man sich, ohne zu essen, treffen, finden, verlieben kann – aber es ist unmöglich, sich ohne Essen zu versöhnen.

Gianna und Quirin legen das Besteck beiseite, sie essen mit den Händen. Sie beginnen, sich gegenseitig zu füttern und gleiten von ihren Sitzen: Gianna von ihrem Hocker, Quirin aus dem Rollstuhl. Sie umarmen sich, sie halten sich, sie essen und trinken abwechselnd, sie küssen sich, sie liebkosen sich und erinnern sich noch genau, was dem anderen gefällt, sie nehmen sich aus, als seien sie seltene Beutetiere. Nichts vom anderen darf verloren gehen, kein Fetzen Haut, kein warmes, weiches Fleisch, kein Tropfen der Liebeslust. Und dann wieder Wein und schrumpelige, süße Trauben und sich Streicheln und Küssen und Stille. Der Wind löscht die meisten Kerzen, die anderen brennen friedlich herunter. Es wird kühl, aber es sind genug Decken da und genug Worte, um die Dunkelheit zu überwinden. Gianna fragt sich, wie man einen Querschnittgelähmten liebt? Das weiß sie nicht, aber sie erinnert sich, wie es ist, Quirin zu lieben. Das reicht. Er hilft ihr. Sie fordert ihn heraus. Irgendwann hört Gianna tatsächlich einen Hahn in weiter Entfernung den Morgen begrüßen. Über Quirins glücklichem Lachen muss sie eingeschlafen sein: Gianna, hör auf. Hör nicht auf.

Sie wacht auf, und natürlich ist es viel später als gedacht. Sie schaut sich um, als könne sie jemand sehen hier oben. Dabei ist nur Quirin da. Aber nein – auch Quirin ist fort. Sie schaut auf die Uhr und erschrickt. Quirin ist längst zur Arbeit. Er arbeitet nach wie vor als Steinmetz, es gibt genug zu tun in der Werkstatt, und Saiblinger behauptet, Quirin sei sein bester Mann. Zwar ist Quirin zu klug, das zu glauben, aber gut tut es ihm doch. Gianna zieht erst die Decken an sich, dann wirft sie sie entschlossen fort und zieht sich eilig an. Auf ihrem Hocker liegt ein Zettel – nein, es ist ein Stück Pappe, es ist, wenn sie sich nicht täuscht, eine alte Pommes-Pappschale, länglich, geriffelt, wie früher! Quirins Zeichenuntergrund von einst. Sie muss lachen. Tatsächlich eine Zeichnung darauf: Sie selbst, schlafend, mit gespitztem Mund, als ob sie summt oder pfeift, daneben angedeutet: gebrochenes Brot, eine sich ringelnde Schale, Zitrone vermutlich.

Da hört sie Schritte im Gang: Das ist Solong, der sie nicht anschaut, aber ein freundliches *guten Morgen* brummt und sich anschickt, hier aufzuräumen. Gianna will ihm helfen, aber er schüttelt nur ablehnend den Kopf und schiebt sie zur Seite, zum Abgang Richtung Eselsturm. Und, als würde das nicht reichen, legt er auch noch einen Finger auf die Lippen: Wir schweigen still!

Gianna geht, langsam zuerst, dann immer schneller. Und mit jedem Schritt abwärts in der steinernen Spirale wächst ihre Entschlossenheit. Jetzt ist sie sicher: Sie wird hierbleiben. Sie wird Max Wohllebens Vertrauen belohnen und eine erstklassige Chef de Cuisine im neuen Restaurant werden. Sie wird hier Wurzeln schlagen, sie wird wieder ein Zuhause finden – mit Quirin. Sie muss sich mit der flachen Hand vor die Stirn schlagen, so sonnenklar liegt alles mit einem Mal vor ihr. Wie lange hat sie sich vom eigenen Glück abhalten lassen? Sie muss lachen über sich, halb böse, halb amüsiert von so viel Blindheit. Sie wird gleich zu Quirin in die Werkstatt gehen. Soll der Dombaumeister sie doch kritisch mustern – ihr egal. Sie wird Quirin auf der Stelle sagen, dass sie bei ihm bleiben will, endlich. Er wünscht sich das, er hat es sich immer gewünscht, aber sie hat sich taub gestellt.

Du hattest eben noch zu tun, hat Quirin gestern Nacht gesagt. Immer geschäftig. Ich verstehe das. Und ich mag dich dafür.

Wer bin ich, dass ich dich vom Leben abhalte?, hat Quirin gefragt. Das hätte ich mir nie verziehen. Es war schön, dich aus der Ferne zu sehen. Dich zu besuchen. Deinen Besuch zu genießen – und dich wieder gehen zu lassen.

Bis zu diesem vermaledeiten Unfall. Da hat es ihn vom Gerüst gehauen, einfach so, ein falscher Tritt und ein Sturz aus acht Metern Höhe. Niemand hatte Schuld gehabt, es war einfach Handwerkerpech. Und doch. Er hatte seine Zeit gebraucht. Die Kollegen hatten ihn nicht im Stich gelassen. Sie hatten ihn zurückgeholt, ins Leben. Aber Gianna …? Es reichte, dass sie jetzt da war, für eine kleine Weile.

Keine kleine Weile!, hat Gianna in sein Ohr gesagt. Eine große Weile, ganz sicher.

Pscht, hat Quirin da nur gesagt und sie dichter an sich gezogen.

Keine Frage: Er glaubte ihr nicht mehr. Wie sollte er auch? Wie oft hat sie ihn warten lassen, ihn stehen lassen, ist davon ausgegangen, dass er einfach da sein würde, so wie die Luft zum Atmen da war.

Aber genauso dringend braucht sie ihn auch, so kommt es ihr jetzt vor. Sie muss ihm das sagen.

Atemlos steht sie kurz darauf vor der Werkstatt der Steinmetze. Ein prüfender Blick an sich herunter – alles in Ordnung. Beherzt öffnet sie die Tür, und sofort richten sich einige Augenpaare auf sie.

Gianna – wie schön!

Der neue Dombaumeister kommt mit ausgebreiteten Armen auf sie zu. Saiblinger, der Vorarbeiter von einst, ist jetzt der erste Mann am Dom. So gehört sich das. So hat hier alles seine Ordnung. Gianna ist voller Zuversicht.

Eine halbe Stunde später weiß sie Bescheid. Quirin ist nicht in der Werkstatt. An diesem Morgen nicht, und er wird auch nicht mehr zurückkehren. Quirin, der Sesshafte, der sich nie aus Regensburg wegbewegt hat, der seine Donau liebt, das Blau und das Grün der Berge, die Stadt, den Dom, diese steinerne Gottesanstrengung – Quirin ist fort. Er hat sich, so steht es in einem Brief, anstecken lassen von ihr, von ihrer Lebenslust, ihrer Lernlust. Er hat ein Angebot aus Island angenommen. Island?

Auf der Insel im nördlichen Atlantik, auf halber Strecke zwischen den USA und Europa, gibt es eine einzige steinerne Kirche von Belang, liest Gianna. Die Kirche von *Pingeyrar*, aus dem 18. Jahrhundert. Nichts Bedeutendes eigentlich. Aber den Isländern ein heiliger Ort. Sie muss restauriert werden, und die Frage ist, ob man sie vollkommen wiederherstellt oder die Arbeit der Steinmetze und Schreiner als sichtbares Zeichen erhält. Das ist noch zu klären, aber Quirin freut sich, er ist Teil dieses Prozesses, Teil eines internationalen Teams. Und dann gibt es noch den Altar aus Alabaster, eine englische Arbeit aus dem 15. Jahrhundert. Seit dem Unfall hat sich Quirin mehr und mehr auf bildhauerische Arbeiten konzentriert, und Alabaster ist weich, es wird geschnitzt, nicht behauen. Er wird gleich abreisen, schreibt Quirin, und er hat es nicht fertiggebracht, sich zu verabschieden. Obgleich er den Aufbruch doch ihr verdankt.

Ihr? Ja. Durch sie, schreibt Quirin, habe er gelernt, dass man sich nur entwickelt wenn man in Bewegung bleibt, dass nur lebt, wer sich hingibt. Es habe lange gedauert, aber nun habe auch er seine Lektion verstanden. Und: Danke für die Nacht, Gianna. Das hat mir Mut gemacht.

Gianna lässt den Brief sinken. Island!

Ihr wird kalt, dann sehr heiß. Sie faltet den Brief sorgfältig zusammen. Sie muss, sagt sie sich, unbedingt nach dem Hund sehen.

In Island gibt es ein einziges Sternelokal, in der Hauptstadt, in Reykjavik.

Hunde an Bord der Icelandair sind erlaubt.

Ein paar Stunden später packt sie die Koffer.

EIN KLEINER GRUSS AUS DER KÜCHE

Ich esse gerne. Deshalb haben die Recherchen für diesen Roman meistens großen Spaß gemacht.

Schon die erste Station war ermutigend: Wie kann jemand, der in Regensburg quasi aus dem Nichts ein Sterne-Restaurant aufbaut und führt, ausgerechnet *Anton Schmaus* heißen?! Der junge Küchenchef im *Storstad* öffnete bereitwillig seine Pforte, ertrug geduldig sicher enervierende Fragen – und die Tatsache, dass ich tagelang die Abläufe in seiner perfekten Küche ein wenig durcheinanderbrachte. Anton Schmaus kocht jetzt auch für die deutsche Fußball-Nationalmannschaft – und das allein zeigt, dass sich der Mann vor nichts fürchtet.

Dazu passt, dass das weltberühmte *Geranium* in Kopenhagen tatsächlich in der Nachbarschaft des Fußballstadions liegt. Rasmus Kofoed ist aber viel, viel netter als der Küchenchef im Roman. Ich habe im *Geranium* nur Anleihen bei den Rezepten, nicht beim Charakter des Chefs genommen – und das gilt auch für das *Noma*, das erst 2018 wiedereröffnet wurde, und für seinen Chef, René Redzepi.

In Navarra war es der überraschend scheue Koldo Rodero, der zunächst phantastisch kochte und dann viele Stunden lang erklärte, welche große Erzählung von Essen und Genuss er da gerade geliefert hatte. In seinem Restaurant *Rodero* in Pamplona kann man die Zeit vergessen. Die Geschichte vom »Chicharro«, der auf Baskisch »Txitxarro« heißt, hat mich berührt – wie einer versucht, seinem Dorf Ehre zu erweisen, und wie ihn das antreibt, ein Leben lang.

Die Menüs im *Mabel Dodge Luhan House* in Taos, New Mexico, werden von der unbekümmerten Mischung aus mexikanischer, New Yorker und indigener Küche getragen, gewürzt mit ein bisschen europäischer Haute Cuisine. Die gelassene Weisheit der Köchinnen Jane und Pamela bringt, so konnte ich bei mehrwöchigen Aufenthalten beobachten, die Balance in die Herzen gestresster Urlauber und Workshop-Teilnehmer zurück. Nie habe ich eine einfachere und gleichzeitig stimmigere Küche erlebt; sie ist im besten Sinne des Wortes »sättigend«.

Alle vier Küchenchefs haben bereitwillig ihre Lieblingsrezepte für dieses Buch zur Verfügung gestellt. Ich betrachte sie nicht wirklich als Anleitungen (von wegen »Milchgel« ...!), sondern eher als liebevoll hinterlassene Visitenkarten großer Küchenkünstler – als Grüße aus der Küche, sozusagen.

FJORDFORELLE MIT HÄNDLMAIER-SENFCURRY, SAUERKRAUT & MANGO

Rezept von Anton Schmaus
(*Storstad*, Regensburg)
http://storstad.de/

für 4 Personen

600 g Fjordforellenfilet (4 Filets à 150 g) · 1 reife Mango · Salz · Pfeffer · 200 g frisches Sauerkraut · 4 Scheiben Bauchspeck

MANGO-GEL

200 ml Mangopüree · 1,8 g Agar-Agar · frischer Chili · frischer Meerrettich

Mangopüree mit 40g Sahnemeerrettich und Agar-Agar aufkochen, ca. 2 Minuten gut durchkochen lassen, anschließend das Ganze abkühlen lassen und fein mixen. Dann mit etwas frischem Chili und frisch gehobeltem Meerrettich abschmecken.

Fjordforelle mit Salz und Pfeffer würzen und bei 52° C Dampf ca. 8 Minuten garen.

Die reife Mango schälen und in ca. 1 cm x 1 cm große Würfel schneiden.

Das Sauerkraut in einer Pfanne ohne Fett scharf anbraten und leicht mit etwas Salz würzen.

Bauchspeck ohne Fett knusprig braten und auf einem Küchentuch abtropfen lassen.

SENFCURRY

10 g Ingwer · 50 g klein geschnittene Schalotte · 10 g Korianderwurzel · 3 g Knoblauch · 3 g Kümmel · 25 g süßer Händlmaier-Senf · 10 g scharfer Senf · 5 g Koriandersaat · 6 Wacholderbeeren · ½ frische Chili · 15 g frischer Meerrettich · 330 ml Pale Ale · 700 ml Wasser · 1 Banane · Zitronensaft · Sojasauce · braune Butter · Salz

10 g Ingwer, 50 g klein geschnittene Schalotten, 10 g Korianderwurzel, 3 g Knoblauch, 3 g Kümmel, 25 g süßer Händlmaier-Senf, 10 g scharfer Senf, 5 g Koriandersaat, 6 Wacholderbeeren, ½ frische Chili und 15 g frischer Meerrettich mit Hilfe eines Mixers fein mahlen. Dann die Curry-Paste scharf anrösten, ablöschen mit Pale Ale (0,33 l) und auffüllen mit 700 ml Wasser. Das Curry nun ca. 1 Stunde leise köcheln lassen. Dann mit einer Banane mixen, mit Zitronensaft, Sojasauce, brauner Butter, Salz und süßem Händlmaier-Senf abschmecken und fein abpassieren.

SAUERKRAUTSAUCE

250 ml Sauerkrautsaft · Ingwer · Wacholder · Chili · Nelke · schwarzer Pfeffer · 50 g kalte Butter

Sauerkrautsaft mit Ingwer, Wacholder, Nelke, schwarzem Pfeffer und Chili um die Hälfte reduzieren, anschließend abpassieren und mit kalter Butter aufmontieren.

ANRICHTEN

Sauerkraut in der Mitte des Tellers anrichten. Mangogel mit drei Punkten und die Mangowürfel auf dem Teller verteilen.

Dann die Fjordforelle auf das Kraut setzen und das Senfcurry großzügig angießen. Sauerkrautsauce aufschäumen und um das Curry herumziehen. Den Fisch mit frisch gehobeltem Meerrettich, grob gehacktem gebratenen Speck und etwas Kresse ausgarnieren.

LOBSTER, MILCH & SAFT VON FERMENTIERTEN KAROTTEN UND SANDDORN

Rezept von Rasmus Kofoed
(*Geranium*, Kopenhagen)
www.geranium.dk/en/

für 30 Personen

150 g gekochter Hummer · 15 g klein gewürfelte Karotten · Zitronenverbene · 500 g Heumilch · 4 g Gelatine · 250 g getrockneter Sanddorn · 500 g Öl · 2 L Karottensaft · 100 g Sanddorn · 50 g Salz · 50 g Lactic Acid (Kasein: der Proteinanteil der Milch, der zu Käse weiterverarbeitet wird)

LOBSTER UND KAROTTEN

Den Hummer-Schwanz 4 Minuten, die Scheren 5 Minuten in reichlich Salzwasser kochen.

In Eiswasser einige Minuten abkühlen lassen.

Das Fleisch vorsichtig lösen. Behutsam in kleine Stücke schneiden.

Karotten in kleine Würfel schneiden. Zitronenverbene in feine Scheiben schneiden.

Die Zutaten von Hand vermischen und mit Salz abschmecken.

MILCHGEL

Die Heumilch auf 30 Grad erwärmen. Die eingeweichte Gelatine dazugeben und auflösen. Durchseihen.

SANDDORNÖL

Den Sanddorn über Nacht bei 63 Grad trocknen.

Öl und getrocknete Beeren 8 Minuten lang melieren bzw. vermischen.

FERMENTIERTE KAROTTEN & SANDDORNSAFT

Alle restlichen Zutaten vermischen und bei Raumtemperatur 10-15 Tage ruhen lassen. Filtern.

ANRICHTEN

In je eine kleine Tasse je 12 g der Lobster-Mischung geben.

25 g des Milchgels dazugeben. 60 Minuten ruhen lassen.

À la minute 13 g des Karotten-Sanddorn-Safts und einige Tropfen des Sanddornöls drüberträufeln, sofort servieren.

PLAUDEREI VON BIRKHUHN UND SEEZUNGE

Rezept von Koldo Rodero
(*Rodero*, Pamplona)
http://restauranterodero.com/

für 10 Personen

BIRKENPILZE

Hüte von Birkenpilzen mit Knoblauchöl und Salz leicht anbraten.

Salbeiblätter reinigen, in Laktose dehydrieren, braten und zwischen Papierhälften trocknen.

GERÖSTETE HASELNÜSSE

350 g halbierte Haselnüsse · 15 g Zucker · 25-30 g Salz · 50 g mildes grünes Olivenöl

Die Haselnüsse mit der Hälfte des Zuckers und ein wenig Salz 12 Minuten bei 160 Grad (Heißluft, wenn möglich auf der zweiten Ventilationsstufe) im Ofen backen. Dann in einer Pfanne mit dem restlichen Zucker und dem Salz vorsichtig braten. Dabei das Olivenöl allmählich dazugeben und die Pfanne schwenken. Im Sieb abtropfen lassen und rasch abtrocknen. Auf einem Eisentablett ausbreiten und auf dem Wärmetisch weiter trocknen lassen. Mit Kieselgel aufbauen.

ZITRONENMARMELADE MIT KAPERN

250 g gehackte Zitronen (Haut und Inneres zuvor blanchieren) · 50 g Zitronensaft · 200 g Zucker · 80 g beste gehackte Kapern · 70 g ganze Kapern · Zitronensaft

Bereiten Sie helles, flüssiges Karamell vor, fügen Sie die gehackten Zitronen hinzu und decken Sie die Masse ab. Wenn die Masse weich ist (eventuell noch Zitronensaft hinzufügen), die gehackten Kapern hinzugeben. Nach weiteren fünf Minuten die ganzen Kapern hinzugeben. Abziehen. Die Masse einfrieren und im Filtrierbeutel für den Service bereitstellen. Reste im Vakuumierbeutel aufbewahren.

Ausgewähltes Sortiment von Kresse bereitstellen.

KRESSE-ESSIG HERSTELLEN

150 g weißer Miso · 400 g zitronierter Essig der Daidai-Bitterorange · 150 g Hühnerfond zubereiten · 30 g Jang-Ginseng · 0,5 g Xanthan

SEEZUNGE MÜLLERIN-ART

SCHRITT 1

750 g fein gehackte Frühlingszwiebeln · 1 kg gehackte Champignons · 150 g Knoblauchöl · 50 g grob gehackter Schinken zum Abziehen · 150 g Weißwein · 650 g bester Fischfond (z. B. von der Seezunge, vom Knurrhahn) · 10 g Salz · 5 g Xanthan

Die Frühlingszwiebeln mit dem Öl und dem Schinken pochieren, gehackte Champignons hinzufügen. Wenn das Wasser komplett verdunstet ist, Weißwein hinzufügen und reduzieren, dann Essig hinzugeben und warten, bis er verdampft ist. Feuer reduzieren, im Thermomix zusammen mit Salz und Xanthan mischen. Bereitstellen.

SCHRITT 2

1 kg Haselnussbutter · 200 g Fischfond · 5 g Xanthan · 400 g Kapernsaft · 75 g Zitronensaft · 10-12 g Salz

Haselnussbutter bei 125 Grad schmelzen.

Alle Bestandteile bis auf die Haselnussbutter im Thermomix schreddern, zum Schluss Butter hinzufügen. Bereitstellen.

Bestandteile von Schritt 1 und 2 im Thermomix mischen, bis eine homogene Masse entsteht. Eventuell mit noch etwas Kapernsaft oder Zitronensaft abschmecken.

Anrichten.

BACKPFLAUMEN-PIE NACH ART VON TAOS

Rezept von Pamela Martinez
(*Mabel Dodge Luhan House* in Taos, New Mexico)
http://mabeldodgeluhan.com/

FÜR DEN TEIGMANTEL

3 Tassen Mehl · 1 TL Salz · 1 Tasse Süßrahmbutter · ¼ Tasse kaltes Wasser · 1 Ei · 1 TL guten, weißen Essig

Mehl, Salz und Süßrahmbutter in einem Teigmixer oder von Hand vermengen.

Anschließend Wasser, Ei und Essig vermengen und mit der ersten Masse gründlich von Hand vermengen. Der Teig sollte zart und nicht zu feucht sein. Einen Augenblick ruhen lassen.

Den Teig nach der Ruhephase in zwei Stücke von je ca. 20 x 20 cm Fläche ausrollen.

FÜR DIE FÜLLUNG

2 Päckchen weiche Backpflaumen, entkernt · 1 TL Zimt · 1 TL frisch geriebener Muskat · 1 TL brauner Zucker

Die Backpflaumen in genug Wasser kochen, bis sie sehr weich sind. Wasser hinzufügen, falls die Pflaumen zu viel davon aufsaugen. 15-20 Minuten abkühlen lassen, dann vorsichtig ausdrücken, so dass das überflüssige Wasser austritt. Abgießen. Abkühlen lassen und mit einem Kartoffelstampfer oder einer Gabel zu einer feinen Masse zerdrücken, in der keine Stücke mehr erkennbar sind.

Zu der Backpflaumenmasse Zimt, Muskat und braunen Zucker hinzufügen.

Nun die Pflaumenmasse auf einem Teigboden verteilen. Die zweite Teighälfte darüberlegen und einige Male einstechen, damit Wasserdampf entweichen kann. Die Teigränder mit einer Gabel verschließen.

Im aufgeheizten Backofen (180 Grad) ca. 45 Minuten backen, bis der Teig eine goldbraune Farbe angenommen hat.

Warm oder abgekühlt servieren.

DANKSAGUNGEN

Schauspieler im Theater sind zu beneiden: Sie dürfen sich total einsauen, mit Farbe hantieren, rumschreien und im Dreck wälzen …

Für diesen Roman durfte ich auch endlich etwas müssen: Ich musste auf den Regensburger Dom. Das Wahrzeichen der Stadt Regensburg ist wie eine Stadt-in-der-Stadt. Die Steinmetze der Dombauhütte haben mich ihre anfängliche Skepsis freundlicherweise nicht spüren lassen. Der Dombaumeister selbst, Helmut Stuhlfelder, führte die Türme hinauf, über die Gelasse und Wege, die Dächer und Galerien. Eine ganze Woche Hospitation bei den Steinmetzen lehrte dann die Unterschiede zwischen Sprengeisen, Spitzeisen und Schlegel – aber vor allem die Hochachtung für eine Zunft, die auf Autonomie und Würde hält: 90 % der Werkzeuge stellen die Männer selbst her, immer verbunden mit einem der schönsten mittelalterlichen Bauwerke der Welt …

Erholen konnte sich die zunehmend schwindelfreie Autorin beim *Kneitinger* in Regensburg (»Bratensülze«!), einer Institution im Ort, und beim *Stockhammer* im benachbarten Kelheim. Die großzügige Chefin, Monika Greinwald, half nicht zuletzt beim Verstehen manch sprachlicher Oberpfälzer Eigenart …

Auf die Donau schauen konnte man am besten im Kloster Weltenburg. Dort sind in der kleinen urigen Kirche auch die Werke der Asam-Brüder zu bestaunen – ebenso wie im Regensburger Kloster Sankt Emmeram. In Weltenburg kann man günstig übernachten; nachts, wenn die Touristenmassen fort sind, schwingt sich die Donau dann zu ihrer Rausche-Sinfonie auf, für die man eigentlich hergekommen ist.

Navarra in Spanien entwickelt sich langsam zu einem der Geheimtipps für die reiche Küche Spaniens. Alle – meist jungen – Köche in Pamplona und anderswo zehren noch immer von der Erfindungsgabe des genialen Ferran Adriá, dessen Küchentüftelei sie aber souverän weiterentwickeln. Die »Gaucho-Bar« und Iñaki Andrades in Pamplona lieferten ebenso viele Anregungen wie das »Baserriberri« und das feine, unaufgeregte Restaurant Merindad de Olite (genau dort), wo man auch die hervorragenden Weine der Gegend genießen kann. Nachts ließen mich die Memoiren von Anthony Bourdain, dem berühmten New Yorker Koch, nicht schlafen. Die Anekdoten, die der Meisterkoch Christian Lohse berichtet, machten Mut, auch Krasses zu erzählen.

Wer frühere Romane von mir gelesen hat, kennt meine Faszination für Vogelarten. Dieser Leidenschaft konnte ich an der Laguna de Pitillas nachgehen, wo Javier, der örtliche Naturschützer und Vogelwart, sich als ein kundiger und ein wenig melancholischer Führer zeigte: Die Lagune droht zu verschwinden.

Dies hier ist ein Sinnenbuch, die Geschichte einer Köchin. Sie richtet sich gegen die Geringschätzung der Dinge. Sie will jener Einfachheit Ehre erweisen, die nur durch äußerste Hingabe zu erreichen ist – und den Menschen, die Tag um Tag ihr Bestes dafür geben.

Eine Buchhandlung als Lebensglück

Inseln haben etwas Magisches. Das erfährt auch das Buchhändlerehepaar Svea und Daniel, als es in dem kleinen Ostseehafen anlegt. Es begegnet einer eingeschworenen Gemeinschaft. Doch als der Sommer sich langsam verabschiedet und die Insel beginnt, sich auf den Herbst vorzu-bereiten, müssen Insulaner und Neuankömmlinge sich plötzlich gemeinsam beweisen – in einem Sturm, bei dem es um alles geht.
Ein Roman über eine Insel im Spätsommerlicht, über Menschen zwischen Aufbruch und Abschied.

Gabriela Jaskulla, Septembermeer. Roman.
insel taschenbuch 4450. 430 Seiten

NF 313/1/1.16

Das Glück ist eine Reise

Kratzbürstige Berlinerin die eine, norddeutsche Kleinstädterin mit einer Vorliebe für Yoga und Handarbeiten die andere: Außer einer gegenseitigen tiefen Abneigung haben Edith Scholz und Christel Jacobi nichts miteinander am Hut – dennoch lassen sich die beiden 70-Jährigen auf ein Abenteuer ein, das sie quer durch Deutschland führt.

»Frei sein heißt allein sein können«, ist die verwitwete Edith Scholz überzeugt, die in ihrer Berliner Mietwohnung mit einer Zigarette und hin und wieder einem Gläschen Schnaps ganz zufrieden ist. Doch ein Sturz macht ihr einen Strich durch die Rechnung – Frau Scholz muss zur Reha nach Usedom. Was im Grunde recht erholsam sein könnte. Wäre da nicht Christel Jacobi, ihre viel zu freundliche und esoterische Zimmernachbarin: »Wir alten Weiber – wir müssen doch zusammenhalten«, meint die, überschüttet die knurrige Frau Scholz mit Freundlichkeiten und schafft es schließlich sogar, sie zu ihrer Verbündeten zu machen. Denn Christel Jacobi will sich nicht länger dem Willen ihrer Familie beugen, sondern endlich mal ein Abenteuer erleben, bevor es zu spät ist …

Sarah Schmidt, Weit weg ist anders. Roman. insel taschenbuch 4556. 261 Seiten.

NF 387/1/3.18

Hat der Garten uns oder haben wir ihn?

Auf vielerlei Pfaden geht Eva Demski in ihrem Buch dem besonderen Verhältnis zwischen Mensch und Garten nach, sie erzählt vom Glück des Gelingens und von der Erschaffung eines Stücks Himmel auf Erden.
»Er hat mich mehr als einmal gerettet, der Garten: die Dinge zurechtgerückt, mich zum Lachen gebracht, wenn mir zum Heulen war. Er bereitet mir Niederlagen, aber er tröstet mich, wenn die Welt mir welche bereitet.«

»Schon lange nicht mehr war so ein anregendes, kluges und charmantes Buch über Garten und Gartenmenschen auf dem Büchermarkt.« *Frankfurter Allgemeine Zeitung*

Eva Demski, Gartengeschichten. Mit Bildern von Michael Sowa. insel taschenbuch 4003. 235 Seiten

»Poetisch und witzig!« ***Woman***

Paulina Neblo war gefeierte Tänzerin und erfolgreiche Choreographin, die Männer lagen ihr zu Füßen, sie hatte eine wundervolle Tochter und eine erfüllte Ehe. Als ihr Mann bei einem Autounfall ums Leben kommt und kurz darauf ihre Tochter stirbt, zieht sie sich aus dem Leben zurück – bis sie mit 70 Jahren beschließt, der scheinbaren Zukunftslosigkeit des Alters trotzig die Stirn zu bieten: Auf einem Laptop beginnt sie, Tagebuch zu schreiben und dabei über ihr Leben zu sinnieren …

Erika Pluhar hat ein berührendes Portrait einer kompromisslosen Frau geschrieben, die im Alter die Liebe und das Leben wiederfindet.

Erika Pluhar, Spätes Tagebuch. Roman. insel taschenbuch 4091. 219 Seiten

NF 157 / 1 / 8.12